TRAUMSCHWINGEN

Traumschwingen Verlag GbR

Yvonne Wundersee

Three Wishes

Überlebe um zu sterben

1.Auflage

©2023 Yvonne Wundersee, Traumschwingen Verlag

ISBN: 978-3-946127-87-1

Text: Yvonne Wundersee
Cover: Hera N. Hunter
Lektorat: Claudia und Sascha Schröder
Layout und Satz: Sascha Schröder

Prolog

Samira

Ein lauter Schrei ließ mich im Bett hochfahren. Erschrocken starrte ich in die Dunkelheit. Schon zerriss ein weiteres Kreischen die Stille. »Sie kommen! Bringt euch in Sicherheit. Sie kommen!« Meine kleine Schwester fing an zu weinen. Meine Augen hatten sich an die spärlichen Lichtverhältnisse gewöhnt, also stand ich auf und hob ihren pummeligen Körper aus dem Bettchen. Sie steckte sich den Daumen in den Mund. Ihr Wimmern versiegte augenblicklich. Kija liebte es, wenn ich sie im Arm hielt.

Mein Vater stürzte in unser Schlafzimmer. »Wir müssen weg. Lasst alles hier!

Los!«

Ich stand einfach nur da und bewegte mich keinen Millimeter. Wo wollte er denn hin? Es war mitten in der Nacht. Mutter stürmte an uns vorbei und riss die Hintertür auf. Sie schob uns eilig hinaus.

Der Anblick, der sich mir bot, brannte sich in mein Gehirn, überlagerte alles und ließ mich leer und trotzdem überfüllt zurück.

Soldaten mit Speeren und Fackeln drangen von allen Seiten in unsere Siedlung ein. »Tod den Dschinns! Tod den Unheilsbringern!«, skandierten sie laut und warfen dabei Fackeln auf die mit Binsen gedeckten Hausdächer. Die Flammen fraßen sich sofort und unaufhaltsam in das trockene Material. Rauch stieg auf und hüllte alles in eine dichte Nebeldecke. Nur das gelb-orange Flackern der Flammen war noch verschwommen zu sehen.

Die Schreie kamen nun von allen Seiten. Aus ihnen sprach so viel Panik und Schmerz, dass sich mir die Nackenhaare aufstellten. Starben die Dschinda? Starben meine Freunde, mein Volk? Und wohin sollten wir uns in Sicherheit bringen? Die Soldaten waren überall. Schon hörte ich das Knacken und Knistern des Feuers auch aus unserem Haus. Mein Leben ging hinter mir in Flammen auf.

Mutter und Vater schauten sich verzweifelt um. Es gab keinen Ausweg aus dieser Hölle. Der alte Elas rannte brennend auf uns zu. Er stolperte und riss das große Wasserfass aus Ton mit einem lauten Poltern um. Das Wasser strömte in einem enormen Schwall heraus, löschte Elas´ Leib. Seine verbrannte Haut hing in Fetzen von seinem Rücken. Trotzdem rappelte er sich auf und rannte mit weit aufgerissenen Augen davon. Das Wasser zischte in den Flammen, die das Haus inzwischen vollständig verschlangen. Weißer Rauch stieg auf und verbarg uns für wenige Augenblicke vor allen Angreifern.

Mutter nahm mir Kija aus dem Arm. Sie küsste ihre zarte Wange.

»Rein da!«, zischte Vater und gab mir einen unsanften Stoß in Richtung des Fasses. Ich stolperte! Aber ihn schien es nicht zu interessieren, dass ich mir mein Knie aufschürfte. Es brannte furchtbar. Ich warf meinem Vater einen wütenden Blick zu. Der schob mich allerdings fast brutal in das Fass und drückte mir meine Schwester in die

Arme. »Halt Kija ruhig und bleib da drin! Verstanden?«
Ich nickte, obwohl ich nichts verstand.

Mutters Gesicht erschien noch einmal in der Öffnung.
»Ich liebe euch!« Noch während sie sprach, schob mein
Vater den Deckel auf das liegende Fass. Nur noch
Dunkelheit und Schreie erfüllten meine Welt. Tränen
liefen mir über die Wangen.

Kija schlief selig in meinen Armen. Ab und an
durchdrang ihr zufriedenes Schmatzen die Kakophonie
aus den Geräuschen der Vernichtung, die außerhalb noch
sehr lange nicht verstummten. Irgendwann schlief ich
erschöpft ein.

Die Ruhe weckte mich. Meine Schultern schmerzten,
weil ich Kija noch immer fest an mich gedrückt hielt. Ich
wagte es allerdings nicht, sie abzulegen. Angespannt
lauschte ich, aber es herrschte absolute Stille. Wo waren
Mutter und Vater? Warum hatten sie uns nicht hier
herausgeholt, nachdem jetzt der ganze Spuk vorüber zu
sein schien?

Ich wollte es dringend herausfinden. Der Deckel
verschloss die Öffnung fest. Mit aller Kraft musste ich
meine nackten Füße dagegenstemmen, bevor er sich mit
einem Plopp löste. Mit lautem Scheppern polterte er auf
den Boden. Ich hielt die Luft an. Hatte jemand diesen
Lärm gehört? Würden die Männer mit den Speeren
kommen und mich holen? Als nichts passierte, entspannte
ich mich ein wenig, fasste neuen Mut. Ich legte Kija ab
und krabbelte rückwärts ins Freie. Ich schirmte meine
Augen mit meinen Händen vor der blendenden
Morgensonne ab. Mit angehaltenem Atem schaute mich

9

um. Doch der Anblick, der sich mir bot, war falsch. Was ich sah, war nicht mehr unser Dorf. Nur noch Ruß geschwärzte Ruinen ragten um mich herum auf. Dünne Rauchfäden stiegen in kleinen Wirbeln hinter den Mauerresten auf. Überall auf den Wegen lagen meine Nachbarn und schliefen. Sie hatten ja keine Häuser mehr.

Erst bei genauerem Hinsehen erkannte ich abgetrennte Gliedmaßen und Unmengen von Blut. Nein, das sprach nicht gerade für einen friedlichen Schlaf. So viele Augenpaare starrten mich blicklos an. Ich bekam keine Luft mehr, mein Herz schnürte sich zusammen. Es tat so weh. Schutzsuchend schlang ich die Arme um meine noch kindliche Brust und wiegte mich wie in Trance vor und zurück. Wie lange ich dort stand, wusste ich nicht. Erst Kijas Weinen, das bald zu einem zornigen Gebrüll anschwoll, brachte mich in die Wirklichkeit zurück. Ich holte sie aus dem Fass. Dabei fiel mein Blick auf das Gesicht meines Vaters. Er lag neben unserem Haus. Der Kopf war fast vollständig von seinem Hals getrennt. Das Blut war vom Wüstensand aufgesaugt worden. Nur ein dunkler Fleck zeigte, dass hier Blut geflossen war – sehr viel Blut.

»Oh, Papa!«, keuchte ich.

»Samira, bist du das?« Als ich die Stimme meiner Mutter hörte, überflutete mich eine unbändige Freude. Sie hatte überlebt. Ich rannte um das Haus und fand sie angelehnt an unsere kleine Bank. Das Lächeln erstarb auf meinen Lippen, als ich ihre tiefe Bauchwunde sah. Mutter presste ihre Hände darauf, aber das Blut pulsierte unaufhörlich aus dem Schnitt. Ihre Haut war unnatürlich blass und die Lippen hatten jegliche Farbe verloren. Ihre Augen zuckten unkoordiniert hin und her.

Ich kniete mich neben sie und legte meine kleine Hand auf ihren Arm. »Ich bin da, Mama.«

»Samira. Meine große, starke Samira. Geh zu den Bergen. Bring dich in Sicherheit.«

»Ja, Mama und du kommst mit, oder?«

»Ich werde heute gemeinsam mit Vater sterben, mein Kind. Wer kümmert sich denn sonst um ihn? Er braucht mich doch.«

»Aber ich brauche dich auch, Mama. Kija braucht dich!« Tränen rannen aus meinen Augen und ließen meine Sicht verschwimmen.

»Nicht weinen, mein Kind. Unser Volk braucht dich. Geh zu den Göttern und bitte um Schutz für unser Volk. Sie werden dir zuhören, denn dein Herz ist so rein wie ein klarer Bergsee.« Ihr Atem rasselte laut und sie musste sich sehr anstrengen weiterzusprechen. »Vergiss nicht, dass ich dich liebe, du und Kija seid das Beste, was mir je passiert ist. Danke, dass ich deine Mutter sein durfte.« Sie hob ihre blutige Hand an meine Wange und strich federzart mit dem Daumen darüber. Ich spürte Feuchtigkeit. Meine Tränen, ihr Blut? Ich wusste es nicht. Wahrscheinlich eine Mischung aus beidem. Ein Lächeln umspielte ihre bleichen Lippen. Dann brach ihr Blick und ihr Arm fiel schlaff zu Boden.

Das war der Moment, in dem ich das Kind in mir verlor. Es war einfach weg, als habe jemand mit dem Finger geschnipst. Ich straffte die Schultern und sperrte die Trauer und jedes bisschen Verzweiflung in den hintersten Teil meiner Seele. Dort würde ich es erst wieder herausholen, wenn ich den Wunsch meiner Mutter erfüllt hatte. Ich würde in die Duat, das Totenreich, gehen und die Götter um Hilfe anflehen. Ich löste den kleinen Dolch von Mutters Hüfte und legte ihn mir selbst an. Beherzt zog ich ihn aus der Scheide und machte mich ans Werk. Auch meine Eltern hatten ein ewiges Leben in den Gefilden der Binsen verdient und dafür würde ich alles tun.

Anschließend durchsuchte ich die Überreste unseres Dorfes nach Vorräten, band mir die inzwischen wild kreischende Kija auf den Rücken und lief in die Wüste. Am Horizont konnte ich die Berge sehen. Sie waren mein Ziel. Dort würde ich lernen, zu kämpfen und dann meiner Bestimmung folgen, egal welchen Preis ich dafür zahlen musste.

Kapitel 1

Neun Jahre später ...

Samira

Ich lag bereits so lange hinter diesen Felsen auf der Lauer und beobachtete den Tempel. Wieder war er es, der den Unrat aus der Küche zu den Schweinen bringen musste. Die Holzstange, an der die zwei Eimer hingen, ließ ihn gebückt gehen. Schweiß tropfte von seiner Stirn. Er konnte ihn nicht abwischen, da er mit zusammengebissenen Zähnen versuchte, seine Last auszubalancieren. Fliegen umschwirrten seine Fracht. Ich konnte das Surren bis zu meinem Versteck hinauf hören. Der Wind brachte den Geruch von Verwesung mit sich. Ich hielt mir angeekelt die Nase zu.

Er hatte den Hof zur Hälfte überquert, als die anderen aus dem Schulgebäude kamen. Ihre Tuniken strahlten so weiß, dass sie mich blendeten. An den funkelnden Schmuckkragen erkannte jeder sofort ihre gehobene Stellung innerhalb des Tempels. Während er ein Arbeiter, ja fast ein Sklave war, fungierten sie als die Herren.

»Hey Kadir, du stinkst.«

»Ja, die Schweine werden sich freuen, wenn du kommst. Dann ist die Rotte wieder vollzählig.«

»Bestimmt legt er sich mit einer Sau in die Suhle. Vielleicht lässt die ihn ja dann mal ran.« Er versuchte, an

13

ihnen vorbeizugehen, aber sie versperrten ihm den Weg. Es gab keine Möglichkeit, ihren bösen Scherzen auszuweichen. Trotzdem sah er einfach nur zu Boden, reagierte nicht auf die Worte, die mich schon längst zur Weißglut getrieben hätten. Aber anscheinend stachelte das den Mob nur noch mehr an. Sie begannen ihn zu stoßen. Der stinkende Brei schwappte aus den Eimern und lief an seinen Beinen herab. Die Insekten stürzten sich auf die neu gewonnene Futterstelle. Unzählige Plagegeister krabbelten über seine Haut. Wie hielt er das nur aus?

»Hast du dich schmutzig gemacht, Kadir? Wie ungeschickt, da du nur diese eine Tunika besitzt.« Die Jungen lachten schallend über diesen Kommentar.

»Sicherlich macht ihn dieser Geruch besonders schön für seine Sau.« Das Gelächter wollte nicht aufhören, aber Kadir stand weiterhin stoisch da und ließ alles über sich ergehen. Nur an seinen geschlossenen Augen erkannte ich, wie sehr die Worte ihn verletzten. So ging es nun seit einer Woche. So lange beobachtete ich den Tempel von Hamunaptra bereits. Jeden Tag musste Kadir sich diese oder noch schlimmere Demütigungen gefallen lassen. Kein einziges Mal setzte er sich zur Wehr. Nicht ein einziges wütendes Wort richtete er an seine Peiniger. Kadir schwieg, bis es ihnen zu langweilig wurde oder der Hohepriester sie zum Gebet rief. Warum tat er das? Ich hätte ihnen längst gezeigt, dass sie mit mir nicht so umspringen konnten.

»Was geht denn hier schon wieder vor sich? Hast du nichts zu tun?« Kadir drehte sich ruckartig um, als er die Stimme des Hohepriesters hinter sich hörte. Auch ich fuhr erschrocken zusammen. Dieser alte Priester konnte sich anschleichen wie kein zweiter.

Einer der Eimer stieß mit Schwung gegen eine Marmorstatue, die wohl Osiris und Isis in einer liebevollen Umarmung darstellen sollten. Als habe jemand die Zeit langsamer laufen lassen, kippte sie zu Boden und zerschellte auf den Pflastersteinen in viele kleine Teile. Der Hohepriester presste die Lippen fest aufeinander. Seine Nasenflügel bebten. Er holte aus und verpasste Kadir eine schallende Ohrfeige. »Du gottloser Bastard. Kein Wunder, dass deine Eltern dich auf unsere Schwelle legten. Du bist zu nichts zu gebrauchen und nun zerstörst du auch noch das Abbild unserer höchsten Götter.« Er wies mit dem Zeigefinger in Richtung Schweinestall. »Geh mir aus den Augen. Heute Nacht wirst du Osiris um Verzeihung anflehen, auch wenn ich mir sicher bin, dass selbst die Götter angewidert ihr Haupt abwenden, wenn sie deiner gewahr werden.«

Die Anwesenden lachten hinter vorgehaltenen Händen und folgten dem wütend ausschreitenden Hohepriester in den Tempel.

Ich sah den roten Handabdruck auf Kadirs Wange bis hierher. Der Schlag hatte gesessen. Trotzdem sagte der junge Mann nichts. Selbst die Eimer hielt er noch immer sicher auf seinen Schultern. Nur wenige Kleckse der grauen Pampe sprenkelten die weißen Wege, als er seinen Weg zu den Ställen fortsetzte.

Ich biss von meinem Streifen Trockenfleisch ab und sah ihm nachdenklich hinterher.

Die Sonne verschwand gerade hinter den Gräbern der

15

Totenstadt, als ich mich aus meinem Versteck schlich. Heute würde ich alles auf eine Karte setzen. So leise wie möglich schlich ich an der hohen Mauer entlang.

Durch meine Beobachtungen kannte ich den kleinen Geheimgang, den die privilegierten Schüler hinter einer Rankpflanze versteckt hielten. Oft genug hatte ich gesehen, wie sie sich davonschlichen, um die Mädchen des benachbarten Dorfes mit ihren gesäuselten Lügen um den Verstand zu bringen. Es graute mir, als ich daran dachte, dass aus diesen gewissenlosen Menschen einmal die Führungselite des Landes werden sollte. Aber das war im Moment nicht mein Problem. Ich hatte ein anderes Ziel.

Der Vorhang aus trockenen Blättern raschelte leise, als ich ihn zur Seite schob und in den Tempelgarten schlüpfte. Der abnehmende Mond warf nur wenig Licht auf die ordentlich angelegten Beete. Ausschließlich das Weiß der Wege zog sich wie ein filigranes Labyrinth durch die Dunkelheit, ganz so, als würden die Götter mir den Weg weisen.

Hinter einem hohen Torbogen, der ins Innere des Tempels führte, flackerten hunderte Kerzen, einige ganz neu, andere fast bis zur Gänze heruntergebrannt. Sie säumten den runden Saal, an dessen Stirnseite eine riesige Statue des Totengottes Osiris wohlwollend in den Raum herabsah. Während der Körper des Gottes aus einem Stück riesigen Basaltgesteins geschlagen war, leuchtete sein Gesicht in Jadegrün. Eine Krone aus weißem Marmor, verziert mit goldenem Schmuck, bedeckte sein Haupt. In den schlanken Händen hielt er ein goldenes Was-Zepter und den Krummstab mit Geißel.

Auch zu seinen Füßen leuchteten die Kerzen. Ihr flackerndes Licht warf tanzende Schatten auf das Gesicht des Gottes, ließ ihn in der einen Sekunde lächeln und in der nächsten fast wütend dreinblicken. Ich erwartete fast, Osiris würde jeden Augenblick zum Leben erwachen.

Zu seinen Füßen lag Kadir ausgebreitet auf dem Bauch. Arme und Beine hielt er so weit wie möglich von sich gestreckt. Seine Augen waren geschlossen und der Rücken bewegte sich in gleichmäßigen Atemzügen auf und ab. War er etwa eingeschlafen? Ich hielt mir die Hand vor den Mund, um nicht lachen zu müssen. Das hier war das erste Zeichen von Widerstand, das ich an ihm sah, wenn auch ein unfreiwilliges.

Auf Zehenspitzen schlich ich mich neben ihn. Noch einmal fragte ich mich, ob ich ihm wirklich vertrauen sollte, ob ich das Leben oder auch das Sterben meines Volkes in die Hände dieses jungen Mannes legen konnte. Aber ich hatte keine andere Wahl. Also atmete ich tief durch und kniete mich neben ihn auf den kühlen Boden. Schnell schickte ich noch ein Stoßgebet zu Osiris und es schien mir, als würde die Statue mir aufmunternd zunicken.

Egal! Jetzt oder nie. Ich pikte meinen Finger in die Rippen des jungen Mannes. Er nuschelte etwas im Schlaf und drehte den Kopf zur anderen Seite. Ich lächelte. Noch nie hatte ich ihn so friedlich gesehen. Vorsichtig legte ich meine Hand auf seine Schulter und rüttelte leicht. Ein Ruck ging durch seinen Körper. Wie von der Tarantel gestochen, sprang er auf die Knie.

»Ich hab nicht... Es sah nur so aus, als ob ich...«,

stammelte er und schaute sich panisch um. Erst als sein Blick auf mir hängen blieb, wurde aus Panik Verwirrung. Er zog die Stirn kraus.

»Wer bist du denn und was machst du hier?«

»Nett, dass du fragst. Mein Name ist Samira und ich bin hier, weil ich deine Hilfe brauche.«

»Ja, genau. Ausgerechnet meine Hilfe suchst du, wo hier die Söhne der Berater und obersten Baumeister die Priesterschule besuchen. Sicherlich sitzen sie irgendwo im Schatten und können ihr Lachen kaum zurückhalten.« Kadir stand auf, ging in den Garten und setzte sich dort auf eine Bank. »Ihr könnt rauskommen. Sie ist wunderschön, aber ich falle nicht auf ihren Liebreiz herein.«

Mir wurde ganz heiß. Noch nie hatte mich jemand schön genannt. Trotzdem musste ich mich auf den Plan konzentrieren. Kadir war meine Chance, vielleicht sogar die Einzige.

»Hier ist niemand, außer mir.« Ich setzte mich neben ihn.

»Ich möchte dir einen Vorschlag unterbreiten.« Meine Hand legte sich wie von selbst auf seine. »Hör mir erst zu. Anschließend darfst du über mich urteilen.« Ich machte eine kurze Pause. Jetzt oder nie! »Ich bin eine Dschinda.« Kadir sog scharf die Luft ein.

Enttäuschung machte sich in mir breit. Ich entzog ihm meine Hand und presste die Lippen zu einem Strich zusammen. Hatte ich tatsächlich geglaubt, er würde mich nicht verurteilen, nur weil er ebenfalls schlecht behandelt wurde? Er war eben doch nur ein Mensch, bereit, sich allem zu beugen, was das Schicksal ihm auferlegte. Vielleicht sollte ich einfach gehen und mir einen anderen Weg suchen.

»Es tut mir leid. Ich wollte dich nicht beleidigen, aber jeder Mensch hat Angst vor den Dschinns. Es werden die grausamsten Geschichten über euch erzählt. Wie Naturgewalten sollt ihr Dörfer und Städte dem Erdboden gleichmachen, sobald ein dummer Mensch euch seine sehnlichsten Wünsche offenbart. Und wenn ich das richtig verstanden habe, entsprechen die Dschindas genau diesen Dschinns.«

Ich legte den Kopf schief und flüsterte: »Was interessieren dich die anderen Menschen? War je jemand gut zu dir? Hat es jemand verdient, dass du ihn schützt?«

Ein Schatten legte sich über seine Züge. Er schüttelte traurig den Kopf.

»Dann hast du nichts zu verlieren. Ich biete dir an, deine drei sehnlichsten Wünsche zu erfüllen, wenn du mich in die Duat begleitest, mir hilfst, die Tore zu passieren und die Gefahren dort zu überleben.« Kadir riss die Augen erschrocken auf, aber ich hob schnell die Hand. Bat ihn damit um noch ein wenig Redezeit. »Wir werden uns vor Osiris einen Eid schwören, dass du die drei Wünsche verlangen kannst, ohne dass dir eine Gefahr droht, wenn ich sie dir erfülle.«

Jetzt legte ich meine Hand wieder auf seine. »Überlege dir gut, ob das hier das Leben ist, das du bis ans Ende deiner Tage weiterführen möchtest. Ich kann das ändern.«

»Du willst in die Duat?«, entfuhr es ihm. »Wie soll ich dir denn dabei helfen?«

»Du bist ein Priester, oder nicht?« Kadir bewegte unschlüssig den Kopf hin und her.

»Zumindest kennst du alle Gebete, weißt, wie man die Götter anruft, und hast viel über die Duat gelesen.«

»Mhhh...«, war seine unbestimmte Antwort. Er schien mit sich zu ringen.

»Ich kann dir bis morgen Abend Zeit geben. Dann brauche ich allerdings deine Entscheidung.«

Wieder »Mhhh...«

Ich hob mit meinem Zeigefinger seinen Kopf an, sodass er mir in die Augen schauen musste. »Du bist meine einzige Chance, Kadir. Ich werde morgen Abend wieder hier sein und erwarte dann deine Antwort.«

In seinen braunen Augen spiegelte sich die Mondsichel. Sie schienen mir bis in die Seele zu schauen, zu erkunden, ob ich ihn hinters Licht führte oder ihm eine echte Chance aufzeigte diesem Leben zu entfliehen. Sein Mienenspiel wechselte zwischen Hoffnung und Unglaube.

Ich stand auf und huschte zum Geheimgang. Bevor ich hinter den Blättern verschwand, drehte ich mich noch einmal zu ihm um und lächelte.

Kapitel 2

Kadir

Wie ein Engel war sie mir erschienen und das auch noch in einem so peinlichen Moment. Hoffentlich hatte ich im Schlaf nicht auf den Tempelboden gesabbert.

Ich schaute zu Osiris auf. Hatte er mir diese Chance geschickt oder wollte sein Bruder Seth mich hinters Licht führen? Jedem Menschen wurde von klein auf mit auf den Weg gegeben, sich nicht von Seth in die Irre treiben zu lassen. Zu meinen frühesten Erinnerungen zählten die strengen Worte des Hohepriesters: »Der leichte Weg führt ins Verderben!« Immer wieder sagte er diesen Satz, um Krankheit und Verletzung nicht dafür herhalten zu lassen, dass ich meiner Arbeit nicht nachging.

Deshalb erschrak ich nicht, als ich in die Küche kam und die Überraschung sah, die mir mit großer Sicherheit Amir und Nebamun bereitet hatten. Ich nahm mir den Eimer aus der Ecke. Er war glücklicherweise noch ausreichend gefüllt. Ich tunkte die Bürste in den Sand und begann, den Küchenboden zu scheuern. Amir und Nebamun hatten sich diesmal einen Spaß daraus gemacht, die Fliesen dick mit dem Brei einzureiben, den ich gestern zu den Schweinen gebracht hatte. Natürlich würde man mir wieder die Schuld an dieser Sauerei geben. Es war einfacher, mich zu rügen, denn hinter mir stand kein reicher Vater, der dem Tempel Unsummen spendete.

Ich schrubbte mit aller Kraft, aber das Zeug klebte wie

Kleister an den Steinen. Es würde eine Ewigkeit dauern, bis das helle Gelb der Bodenfliesen wieder sichtbar werden würde.

Wieder schweiften meine Gedanken zu dem Angebot des Mädchens ab. War eine Reise durch die Duat wirklich der leichtere Weg? - Nein, bestimmt nicht. Aber sie war eine Dschinda. Ein Wesen, das zerstören und vernichten konnte, sobald ihre Mächte entfesselt wurden. - Aber sie wollte auf Osiris schwören, dass mir kein Leid durch ihre Zauber widerfahren würde. Das Ganze Für und Wider machte mich ganz schwindelig.

Ein Schmerz ließ mich zusammenfahren. Ich schaute erschrocken auf und sah den alten Koch vor mir stehen. Seine Züge waren wutverzerrt. In der Hand hielt er den langen Rohrstock, mit dem ich schon so oft das Vergnügen gehabt hatte.

»Was hast du mit meiner Küche gemacht?«

Ich antwortete nicht. Denn ich konnte ihm sowieso keine richtige Antwort präsentieren. Amir und Nebamun beschuldigen? – Wie könnte ich es wagen, die tugendhaften Söhne der Senatoren zu bezichtigen? – Ich bekäme Schläge. Mich entschuldigen? – Welcher Dämon hatte mich geritten, eine solche Form des Vandalismus an den Tag zu legen? – Ich bekäme Schläge. Also blieb ich still und bürstete weiter den Küchenboden. Ich unterbrach meine Arbeit auch nicht, als der Stock mehrfach auf mich niedersauste. Die Narben auf meinem Körper hatten mich gegen den Schmerz abgehärtet.

Als der Koch die Lust verlor, weiter auf mich einzuschlagen und das Blut langsam auf meinem Rücken

22

trocknete, dachte ich wieder an ihr Lächeln. Hatte mich jemals jemand so ehrlich angelächelt? Was konnte ich verlieren? Ich selbst war weniger wert als eine Ratte. Diese konnte nach ihrem Ableben noch auf einem Spieß gebraten werden und in Zeiten des Hungers über Leben und Tod entscheiden. Mich würde man nur im Wüstensand verscharren und vergessen.

Drei Wünsche – ich wusste genau, wie sie lauten würden, denn ich träumte schon so lange davon sie auszusprechen. Ein Lächeln legte sich über meine Lippen, als ich mir vorstellte, wie es sein würde. Meine Entscheidung war gefallen. Selbst wenn die Duat mich in den Tod führen sollte, konnte ich doch mit Hoffnung im Herzen sterben.

Die Stunden vergingen so langsam wie nie, obwohl dieser Tag genauso war, wie viele andere davor. Irgendwann war der Koch mit der Sauberkeit seiner Küche zufrieden und ich durfte die Tiere füttern. Das war die schönste Aufgabe des Tages. Auch wenn ich dafür verspottet wurde, die Tiere waren Freunde für mich. Selbst den wilden Eber konnte ich beruhigen. Inzwischen kam er genauso fröhlich zu mir wie seine Damen und holte sich seine täglichen Streicheleinheiten ab. Besonders gern mochte er es, wenn ich ihm das Kinn direkt unter den Hauern kratzte. Er zuckte dann mit seinem Hinterbein wie ein Hund und grunzte zufrieden. Seine Sauen liebten die Bürste und nicht selten schubsten und schoben sie, um als Erstes an der Reihe zu sein.

Anschließend kümmerte ich mich um die Schafe. Den alten Bock quälte die Hufrehe, eine übelriechende und extrem schmerzhafte Pilzinfektion. Jeden Tag badete ich daher seinen Fuß in Bittersalz und verband ihn dann. Inzwischen humpelte er schon bereitwillig zu mir herüber und ließ die Prozedur über sich ergehen. Natürlich nicht, ohne meine Taschen nach dem ein oder anderen frischen Kräutlein abzusuchen. Selbstverständlich war seine Suche auch jedes Mal erfolgreich.

Um die Tiere tat es mir wirklich leid. Niemand hier würde Zeit aufwenden, um sie glücklich zu machen. Sie waren Nutzvieh, standen in ihren Ställen, um geschlachtet oder geschoren zu werden. Mehr sah niemand in ihnen. Ich strich dem Eber noch einmal über seinen Rüssel. »Mach´s gut, mein Freund. Wünsch mir Glück.« Er grunzte, als wünsche er mir eine gute Reise und ich machte mich auf den Weg zurück zum Tempel.

Die Schule hatte bereits begonnen, sodass ich ohne Schikane in den kleinen Nebenraum kam, den mir der Priester zum Lernen zugewiesen hatte. Nur nachts, verhüllt von der Dunkelheit, durfte ich den Tempel betreten. Aber auch dann musste ich den Kopf gesenkt halten, damit ich die Götter mit meinem Anblick nicht verärgerte.

Müde lehnte ich mich zurück und folgte den Worten des Hohepriesters. Inzwischen konnte ich alle Gebete und Beschwörungen auswendig. Oft rezitierte ich sie gemeinsam mit ihm, fast im Duett, und verzog das Gesicht beim Sprechen zu einer strengen Grimasse, wie er sie immer zutage trug. Er konnte mich hier drin ja weder hören noch sehen.

Während die jungen Studenten nur wenige Jahre im

24

Tempel verbrachten, lernte ich schon mein Leben lang. Das mussten inzwischen zwanzig oder einundzwanzig Jahre sein. Genau wusste ich es nicht. Ich kannte jedes Wort, das im großen Buch der Götter geschrieben stand, auch wenn ich es nie gelesen hatte. Sicherlich wussten die Priester nicht einmal, dass ich lesen und schreiben konnte. Sie hatten nie eine Notwendigkeit darin gesehen, es mir beizubringen, also tat ich es selbst. Lauschte heimlich dem Lesetraining der Studenten und versuchte mich dann selbst mit Hilfe eines ausgedienten Lehrbuchs daran. Schneller als ich es selbst für möglich gehalten hätte, schlich ich mich in die Bibliothek und las dort die Schriftrollen und Folianten. Eine ganz neue Welt eröffnete sich mir. Ich konnte fliehen, den Schmerz und die Einsamkeit hinter mir lassen. Reiste gedanklich in fremde Welten, bereiste ferne Länder.

Die Geschichte über einen bösen Dschinn war eine der Ersten, die ich gelesen hatte. Er wurde als blauer Unhold beschrieben, der aufgrund seiner Gräueltaten in eine Öllampe gebannt worden war. Samira glich diesen Beschreibungen überhaupt nicht. Sie war auf ihren eigenen zwei Beinen gegangen. Kein Rauch, der sie schweben ließ. Ich seufzte. Samira sah alles andere als furchterregend aus. Ihre grünen Augen strahlten so viel Stärke aus, dass ich fast fühlen konnte, wie sie auf mich übersprang. Mit ihrem sonnengebleichten, hüftlangen Haar, das ihr zartes Gesicht umrahmte, wirkte sie wie eine gute Fee, nicht wie ein furchtbares Monster. In ihrem Lächeln konnte ich mich verlieren. Wie sollte sie böse sein? In diesem Moment beschloss ich, nicht nur mit ihr

zu gehen, sondern der Dschinda zu vertrauen.

Die Nacht breitete ihre dunkle Decke über die Wüste. Eine kühle Brise strich durch die Dünen und wirbelte Staub auf, den diesmal nicht ich beseitigen würde. Ich grinste schadenfroh bei dem Gedanken daran, wie sie alle nach mir rufen würden. Wer würde wohl den Besen schwingen, wenn ich nicht mehr zur Verfügung stand?

Ich starrte aus dem winzigen vergitterten Fenster. Dieser Ausschnitt des Himmels zeigte, selbst das Wetter schien auf meiner Seite zu sein. Dicke Wolken verdeckten Mond und Sterne fast vollständig. Niemand würde mich mit Samira im Tempelgarten sehen können, wenn ich ihr sagte, dass ich mit ihr gehen würde.

Ich schlich aus dem winzigen Zimmer. Mein Blick ruhte ein letztes Mal auf dem, was bisher mein Reich gewesen war. Die harte Pritsche, die mein Bett darstellte, füllte den Raum vollständig aus. Auf einem Regalbrett über der Schlafstatt standen ein Becher und ein Teller. Sie und das fadenscheinige graue Gewand, das meine Blöße bedeckte, waren mein einziger Besitz. Ich zog langsam die Tür zu. Ab heute gehörte mir die ganze Welt.

Auf Zehenspitzen huschte ich die verlassenen Flure entlang. Mein erster Weg führte mich in die Küche. Wir brauchten Vorräte. Die Reise zum Tor der Unterwelt dauerte zu Fuß mindestens drei Sonnenzyklen. Dafür sollten wir gerüstet sein und der Tempel war gut ausgestattet. Ich nahm zwei Schläuche Wasser sowie etwas Brot, Käse und Datteln und stopfte alles in eine große Tasche, die für den Transport der Einkäufe auf dem Markt bestimmt war. Bei der Fülle, die diese Speisekammer zu bieten hatte, würde das Fehlen des Proviants kaum auffallen.

Ich warf mir die Riemen über die Schulter, verharrte aber einen kurzen Moment. Es gab noch jemanden, von dem ich mich verabschieden wollte. Ich ging in den Balsamierungsraum. Heute war die Nacht der Ruhe. Niemand befand sich in der Nähe, um den Geist unseres Herrschers nicht bei der Vorbereitung zum Übergang in eine neue Daseinsform zu stören. Hier roch es nach Weihrauch und getrockneten Kräutern. Der süßliche Geruch des Todes war schon vor einigen Tagen verschwunden. Eine dicke Schicht aus Binden verhinderte den weiteren Zerfall der Mumie, die hier vor mir lag. Niemand hätte wohl den verstorbenen Pharao als solchen erkannt, würden nicht unzählige Schmuckstücke aus den einzelnen Lagen hervorblitzen. Neben ihm stand sein verzierter Sarkophag. Sein gütiges Antlitz war mit Goldfarbe darauf gezeichnet. In fünf Tagen würde er darin seine Ruhestatt finden. Die komplette Priesterschaft des Tempels würde den verstorbenen Herrscher in seine Grabkammer transportieren und dort den letzten Akt des Mundöffnungsrituals durchführen. Damit konnte seine Reise durch die Duat beginnen. Gemeinsam mit dem Sonnengott Re würde er sich bei Sonnenuntergang in die königliche Barke begeben, um am nächsten Morgen selbst als Re, die Sonne, am Morgenhimmel aufzuerstehen.

Ich legte eine Hand auf die harzgetränkten Bandagen, die den Körper des Pharaos wie ein Kunstwerk umwickelten. Eine eigenartige Ruhe stellte sich in mir ein.

Ich beschwor den König stumm, uns in der Unterwelt zur Seite zu stehen, und wünschte ihm eine gute Reise.

Vorsichtig löste ich meine Finger von ihm und tat das Undenkbare. Meine Hände zitterten leicht, als ich nach dem Buch griff. Es war nicht irgendein Buch, das ich jetzt schnell in die Tasche zu den Lebensmitteln stopfte. Nein, ich war im Begriff das heilige Buch der Toten mit auf unsere Reise zu nehmen. Nirgends sonst standen so viele Geheimnisse der Unterwelt gelüftet. Nichts konnte uns besser den Weg weisen. Mit diesen Texten schaffte ich die besten Voraussetzungen, um der Erfüllung meiner Wünsche näher zu kommen.

Kapitel 3

Samira

Ich saß schon eine Stunde in dem winzigen Durchgang und starrte in den Tempelgarten. Was sollte ich tun, wenn er sich gegen mich entschied? Wie konnte ein anderer Weg aussehen, wenn selbst die Erfüllung seiner sehnlichsten Träume, die Angst vor der Unterwelt nicht überwinden konnte? Oder die Angst vor einer Dschinda?

Ich wollte mich schon wieder in die Berge zurückziehen und über einen anderen Weg nachgrübeln, als ich eine Bewegung in der Finsternis wahrnahm. War dort jemand? Da, Schritte knirschten im feinen Sand, den die Nacht herbeigeweht hatte. Ich packte den Griff meines Säbels fester, bereit ihn blitzschnell aus meinem Gürtel zu ziehen, sollte ein Feind sich nähern. In diesem Moment öffnete sich die Wolkendecke für einen winzigen Augenblick und ich erkannte Kadir. Er hatte eine Tasche geschultert und stand unschlüssig auf dem Weg. Sein Kopf ruckte unruhig hin und her. Alles in mir jubelte. Offensichtlich hatte er sich doch für das Abenteuer, für mich, entschieden. Warum sonst sollte er den halben Hausstand des Tempels auf seinem Rücken mit sich herumschleppen? Erleichtert stieß ich die Luft aus, kam aus meinem Versteck und ging ihm entgegen. Er legte seine Tasche hinter einem Gebüsch ab.

»Hallo.« Unsicher knetete er seine Hände.

»Ich freue mich, dass du mir helfen möchtest.«

29

Er nickte und sagte dann so leise, dass ich ihn kaum hören konnte: »Aber zuerst müssen wir in den Tempel.«

Ich runzelte die Stirn. Was sollte ich denn jetzt in diesem Tempel? Er bemerkte meine Verwirrung.

Ängstlich flüsterte er: »Du hast es versprochen. Wir schwören vor Osiris.«

Jetzt fiel es mir wie Schuppen von den Augen. Für mich wäre ein Schwur überall bindend gewesen, aber er war ein Priester und glaubte, dass die Götter die Gebete nur in den Tempeln hören konnten. Es war ein Risiko. Wir konnten entdeckt werden und dann würde die Reise enden, bevor sie überhaupt begonnen hatte. Trotzdem war es wichtig, dass Kadir mir vertraute. Also stimmte ich zu und begleitete ihn.

Auch in dieser Nacht brannten die Kerzen. Sicherlich ließen sie sie nie erlöschen. Eine Art Ritual, dessen Grund mir nicht bekannt war.

Kadir nahm meine Hand. Er zog mich direkt vor die Statue des Osiris. Dort kniete er nieder und bedeutete mir, mich ihm gegenüber niederzulassen. Sein Blick traf meinen. »Osiris, Herr der Unterwelt, durch Betrug und Brudermord. Wenn jemand weiß, wie Verrat sich anfühlt, dann du. Deshalb bin ich mir sicher, dass dein Zorn unerbittlich über jeden kommen wird, der unter deinem Antlitz unwahr spricht.« Kadir legte eine Hand auf sein Herz. »Ich schwöre, diese Dschinda mit Namen Samira in die Duat zu begleiten. Ihr nach bestem Wissen und mit allen meinen Möglichkeiten zur Seite zu stehen, bis wir am Morgen mit dem Sonnengott Re auf die Erde zurückkehren.«

Kadir nickte mir auffordernd zu. Ich schaute zu dem Gott auf und schluckte. Ich kannte die Tragweite des Eides, den ich jetzt sprechen würde. »Osiris, Herr der Unterwelt, durch die Liebe deiner Schwestergemahlin Isis. Ich schwöre vor dir und dem Priester Kadir, dass ich ihn auf unserer Reise durch die Duat mit allen mir zur Verfügung stehenden Mitteln schützen werde. Kein Leid soll ihm jemals durch mich widerfahren. Und ich schwöre, ihm zum Dank für seine Hilfe, drei Wünsche zu erfüllen, nachdem wir aus dem Totenreich zurück ins Leben aufsteigen.«

»So sei es. Bezeugt durch Osiris sind unsere Schwüre bindend.« Kadir hielt weiter meine Hand, als wir uns erhoben. Er strahlte wie ein neuer Mensch. Von dem unsicheren Jungen schien nichts mehr übrig zu sein. »Jetzt können wir aufbrechen.« Er zog mich hinter sich her, holte die Tasche aus ihrem Versteck und tauchte durch den Spalt auf die andere Seite der Mauer.

Kaum hatten wir uns aufgerichtet, wurden hinter uns Stimmen laut. »Meinst du, dass ich heute die Tochter des Schmieds rumbekomme? Sie soll endlich ihre Beine für mich öffnen. Ich habe langsam keine Lust mehr, mir ihre Liebesschwüre anzuhören. Die Kleine soll die Klappe halten und einen heißen Ritt auf meinen Lenden hinlegen.« Jemand lachte gehässig. »Danach kann sie zu Papi zurückrennen und ihm die Ohren vollheulen.«

»Ja, es macht Spaß, die Dummheit der Dorfschönheiten auszunutzen. Als wenn jemand in einer gehobenen Stellung ein solches Nichts zur Frau nehmen würde.« Wieder ein Lachen.

Sie waren bereits am Geheimgang. Bis zu den Bergen konnten wir es jetzt nicht mehr schaffen. Sie waren zu nah. Die Blätter raschelten bereits und zwei Schemen kamen in der Dunkelheit zum Vorschein. Kadir und ich pressten uns eng an die Mauer. Hätten sich die beiden nur einmal umgewendet, wäre es für sie unmöglich gewesen, uns zu übersehen. Hier gab es nichts als den hellen Wüstensand und diese weiße Steinwand. Ich hielt die Luft an. Das Herz schlug viel zu laut in meiner Brust. Kadir ließ meine Hand zu keiner Sekunde los, doch je weiter sich die beiden entfernten, desto lockerer wurde sein Griff. Das Letzte, was die kühle Nachtluft zu uns herüberwehte, waren die Worte. »Vielleicht hat ja der Schweinejunge eine Chance, unsere Reste zu bekommen. Er sollte uns dankbar sein, wir ebnen ihm schließlich den Weg.« Damit verschwanden sie hinter einem Hügel. Ich schaute vorsichtig zu Kadir hinüber. Beinahe hatte ich Angst davor zu sehen, dass diese furchtbaren Worte ihm seinen kurzen Anflug von Fröhlichkeit wieder genommen hatten. Aber Kadir überraschte mich. »Und jetzt erst recht!«, flüsterte er so leise, dass ich ihn kaum verstehen konnte. Trotzdem musste ich breit grinsen. »Jetzt erst recht!«

Wir holten mein Gepäck vom Berghang und machten uns sofort auf den Weg. Der Eingang zur Unterwelt befand sich wenige Meilen nördlich von Sakkara. Diese

32

ungenaue Wegbeschreibung war alles, was ich hatte. Der Rest bestand aus guten Augen und einem Quäntchen Glück. Wir mussten in der kurzen Zeitspanne, in der das Tor sich zeigte, so nah dran sein, dass wir es durchqueren konnten. Nur in den zehn Minuten, in denen das letzte Sonnenlicht die Erde erhellt, würde das Tor sichtbar werden. Als ob diese Aufgabe nicht schon schwer genug wäre, gab es laut den Überlieferungen auch noch Torwachen, mit denen nicht zu spaßen war. Sie wiesen jeden ab, der nichts in der Unterwelt zu suchen hatte. Zu dieser

›Nichtszusuchen‹-Gruppe gehörten wir beide ohne jeden Zweifel auch. Ich schaute zu Kadir, der einen entschlossenen Gesichtsausdruck aufgesetzt hatte. Neuer Mut durchströmte mich. Gemeinsam würden wir einen Weg finden. Da war ich mir ganz sicher.

Wir liefen bereits eine Stunde durch die nächtliche Wüste, als das dumpfe Dröhnen der Hörner hinter uns erklang.

»Was ist das?« Mein Blick ruckte erschrocken zu Kadir. Automatisch beschleunigte ich meine Schritte. Er zuckte nur mit den Schultern und klopfte auf seine Tasche. »Mich werden sie wohl nicht so schmerzlich vermissen, wie das hier.«

»Was ist das hier?« Mir wurde ganz mulmig. »Kadir, was hast du in dieser Tasche?« Ich sah bereits Heerscharen von berittenen Rachekriegern hinter uns herjagen.

Kadir erkannte wohl das Entsetzen in meiner Miene, als er mir eine Ecke des reich verzierten Einbandes zeigte. Er hob mir besänftigend die Handflächen entgegen. »Sie

33

werden uns nicht folgen, solange das Mundöffnungsritual für den Pharao noch nicht vollständig vollzogen wurde. Alle müssen daran teilnehmen, außer dem Koch und mir natürlich.« Er grinste. »Du siehst, uns bleibt genügend Zeit, damit wir uns in der Duat in Sicherheit bringen können.«

Ich entspannte mich wieder und atmete tief durch. »Es ist schon sehr makaber, dass die Unterwelt uns mehr Sicherheit zu bieten scheint als die Welt, in die wir geboren wurden.«

Kadir rempelte mich spielerisch an. »Wir werden sehen, vielleicht richten wir uns da unten ja häuslich ein.«

Der Klang der Hörner verfolgte uns noch lang. Aber Kadir schien Recht zu behalten. Niemand folgte uns. Trotzdem schaute ich mich immer wieder um. Vorsicht konnte nicht schaden.

Wir liefen in der Nacht und ruhten tagsüber im Schatten, wenn die Hitze der Sonne uns zu ersticken drohte. Bei Dunkelheit waren die Gefahren der Wüste schlechter zu erkennen. Schlangen, giftige Skorpione und Sandwürmer krochen dann aus ihren Löchern und warteten nur auf unbedarfte Reisende. Trotzdem gab es keine Alternative. Nur im kühlenden Mondlicht kamen wir zügig voran und schonten unsere Kräfte.

Von den Händlerrouten am Nil musste ich mich selbst nachts fernhalten. Es war nicht sicher für eine Dschinda, sich unter Menschen zu begeben. Ein falsches Wort, eine falsche Bewegung. Wenn mich etwas als Dschinda verriet, würde ich gnadenlos getötet werden. Bilder versuchten, sich aus meinem Geist an die Oberfläche zu graben, aber ich drängte sie zurück. Dafür hatte ich jetzt keine Zeit. Es gab keinen Grund, den Dämonen meiner Vergangenheit einen Platz einzuräumen. Ich musste stark sein und das Richtige tun. Vorsichtig warf ich einen Blick nach rechts. Quälten Kadir auch Erinnerungen? Jetzt, in diesem Moment, sah er glücklich aus. Er bemerkte wohl, dass ich ihn ansah, und lächelte offen. Auch mein Mund verzog sich zu einem Grinsen. Ich war froh, ihn an meiner Seite zu haben.

Kadir und ich sprachen nicht viel miteinander. Aber das Schweigen zwischen uns war nicht so, dass ich mich unwohl fühlte. Im Gegenteil, es fühlte sich an, als schweißte es uns mit jedem Schritt enger zusammen. Als wären wir blind aufeinander eingestimmt, wusste jeder, was seine Aufgaben waren. Es gab keinen Grund, diese Einheit durch Gespräche durcheinanderzubringen.

In der dritten Nacht unserer Reise kamen wir an eine Oase. Wie in den fantastischen Märchen, die meine Mutter mir immer vorgelesen hatte, rauschten junge Palmen im kühlen Nachtwind. Eine Quelle speiste ein Becken, das so klein war, dass ich es mit zwei bis drei kräftigen Schwimmstößen durchqueren hätte können. Das Wasser kam direkt aus den Felsen und plätscherte fröhlich über die Steine, bevor es sich in kleinen Wellen in den Teich ergoss. Das Licht des Mondes brachte die Wellen zum Funkeln, als wären sie aus Edelsteinen gemacht. Um die Quelle wuchs saftig grünes Gas. Es raschelte bei jedem unserer Schritte. Fast erwartete ich, einen weiblichen Wassergeist als Herrin dieses wunderschönen Fleckchens Erde vorzufinden. Aber so

sehr ich auch nach ihr Ausschau hielt, ich konnte sie nicht entdecken. Wir waren allein. Nur ein paar Frösche und schillernde Libellen leisteten uns Gesellschaft.

»Sollen wir?«, fragte ich mit Vorfreude in meiner Stimme.

»Ich weiß nicht. Ich kann nicht schwimmen.«

»Dann werde ich mal nachschauen, wie tief das Wasser ist.« Behände entledigte ich mich meiner Tasche und zog mir die Tunika über den Kopf.

»Was tust du da?« Fast panisch hörte ich den Ausruf von Kadir hinter mir.

»Keine Angst, ich lasse meine Unterkleidung an. Du wirst nichts von mir zu Gesicht bekommen, das deine Tugend gefährden könnte.« Ich kicherte und hüpfte ins Wasser. Es war kühl, aber nicht kalt. Einfach eine Wohltat. Ich ließ mich nach vorn fallen. Mein Körper wurde augenblicklich vom Nass verschluckt. So lange wie möglich hielt ich die Luft an und genoss dieses schwerelose Gefühl. Erst Kadir holte mich zurück in die Realität. Mit einem lauten Klatschen brachte er das Wasser im Becken in Bewegung. Ich wurde herumgewirbelt, bevor starke Arme mich packten und an die Oberfläche hoben.

»Samira, ist alles in Ordnung?« Kadir hielt mich an sich gepresst und schleppte mich zurück ans Ufer.

»Was denkst du, dass du da tust?«

»Ich rette dich.«

»Ja, vielen Dank auch, aber das war nicht nötig. Ich bin eine ganz passable Schwimmerin und wie du gerade selbst bemerkst, ist das Wasser nicht sehr tief.« Ich grinste ihn frech an. »Aber wo du schon mal im Wasser bist, kannst du es doch jetzt einfach genießen, oder?«

Kadir blieb wie angewurzelt stehen und starrte zu mir herunter. Ich lag noch immer in seinen Armen und das schien ihm wohl gerade auch bewusst zu werden.

Kapitel 4

Kadir

Ich war wie vom Blitz getroffen. Gerade noch hatte ich alle meine Ängste über Bord geworfen. Todesmutig hatte ich mich in die Fluten gestürzt, um Samira zu retten. Und jetzt lag sie hier in meinen Armen und lächelte wieder dieses wunderschöne Lächeln, das mir den Atem stocken ließ. Dass ich ihre nackte Haut an meinen Händen spürte, machte es auch nicht gerade besser. Was hatte ich mir nur dabei gedacht?

Ich ließ sie los, als hätte ich mich an ihr verbrannt. Mit einem Platschen schloss sich die Wasseroberfläche über ihr und ich versuchte, mich zurück zum Ufer zu kämpfen.

Plötzlich packte etwas meine Knöchel und zog so fest daran, dass ich das Gleichgewicht verlor und wie ein gefällter Baum umfiel. Prustend kam ich an die Wasseroberfläche und wischte mir das Wasser aus den Augen. Samira hielt sich vor Lachen den Bauch. Dieses kleine Biest, diesen Hinterhalt sollte sie mir büßen. Mit zwei großen Schritten pflügte ich durchs Wasser, packte sie an der Hüfte und warf sie in die Mitte des Sees. Das Wasser spritzte hoch auf und Samira strampelte wild mit den Beinen, um ihr Gleichgewicht wieder zu finden. Sie kämpfte sich auf die Füße. Nun musste ich auch lachen. Ihre Haare hingen ihr wirr ins Gesicht. Wasserlinsen zauberten grüne Punkte hinein und um ihren Bauch hatte sich eine Seerose gewickelt. Die Arme vor der Brust verschränkt, sah sie aus, wie ein niedlicher Wassemeck.

Im nächsten Augenblick wurde ihre Miene ernst. Ihr Blick wanderte über meinen Oberkörper und ich ahnte, was sie sah. Hunderte dicke und dünnere Narben bedeckten meine Brust, meinen Bauch und was sie aus ihrer Position nicht sehen konnte, besonders meinen Rücken. Manche von ihnen waren erhabene dicke Wülste. Einige schnitten tiefe Gräben in meine Haut. Sie erzählten ihre eigene Geschichte über mein Leben im Tempel. Ich senkte den Blick. Ich schämte mich für den Anblick, den ich bot.

Ihre Bewegungen ließen Wellen über meinen Bauch schwappen. Ging sie, um den Anblick meiner Gestalt verdauen zu können?

Ich zuckte erschrocken zusammen, als ich ihre Hand an meiner Wange spürte. Wasser perlte von ihren Fingerspitzen und tropfte auf meine Schulter.

»Es tut mir leid«, flüsterte ich.

»Was sollte dir denn leidtun?« Wie konnte ihre Stimme trotz meines Anblicks noch so viel Wärme enthalten?

»Dass ich dir nicht vorher gesagt habe, mit was für einem Monster du die Reise antrittst.«

»Schäme dich nie dafür, Kadir. Diese Narben sind die Zeichen deiner Stärke. Schämen müssen sich die, die sie dir zugefügt haben. Sie sind die Monster.« Sie nahm mein Gesicht in beide Hände und wie schon im Tempel zwang sie mich, ihr in die Augen zu sehen. Ich fand in ihrem Blick so viel, aber nichts davon war Abscheu oder Ekel. Einmal glaubte ich, einen Hauch Traurigkeit zu sehen, aber mit einem Wimpernschlag war das aufrichtige

Leuchten ihrer grünen Augen wieder da.

»Ich bin so froh, dich gewählt zu haben. Niemand hätte diese drei Wünsche mehr verdient als du.«

Mit diesen Worten stieg sie aus dem Wasser und ließ mich mit meinem flatternden Herzen und dem ungläubigen Kreischen meiner Gedanken allein. Ich blinzelte. Hatte ich mir diesen Moment nur eingebildet? Ich hatte bereits von ähnlichen Geisteskrankheiten gelesen.

»Kommst du auch raus aus dem Wasser? Du erkältest dich sonst noch.« Ich drehte mich um und sah Samira neben einer der Palmen stehen. Sie hatte sich ihre Tunika wieder übergeworfen und sammelte gerade abgestorbene Pflanzenteile und das wenige Holz, das es hier zu finden gab. Für ein kleines Feuer würde es reichen. Vielleicht konnte ich uns aus dem Trockenfleisch eine Suppe kochen.

Bei diesem banalen Gedanken wurde mir endlich klar, dass ich mir nichts eingebildet hatte. Weder Samira, noch diese Oase entsprangen meiner Fantasie, denn so etwas Schönes hätte ich mir niemals ausdenken können. Wir entschieden uns für eine kalte Mahlzeit, aber ich kochte uns einen wärmenden Tee.

Nach dem Essen zeigten sich bereits die ersten Zeichen der aufgehenden Sonne am Firmament. Jetzt konnten wir die Reise nicht fortsetzen, ohne bei dem beschwerlichen Fußmarsch unter der Wüstensonne gegrillt zu werden, also blieben wir.

Am Morgen rissen Stimmen uns aus dem Schlaf. In Windeseile bedeckten wir die vor Stunden verloschene Feuerstelle mit Sand und abgestorbenen Blättern. Schweigend rafften wir unsere Sachen zusammen und versteckten uns hinter dem Felsen, aus dem die Quelle noch immer vergnügt heraussprudelte. Keine Minute zu früh, denn schon kamen Kamele in unser Sichtfeld. Vier Reiter ließen die massigen Tiere knien und stiegen aus den Sätteln.

»Wie konntet ihr ihn entkommen lassen? Gerade jetzt?«, herrschte eine Frau jemanden an. Zu meinem Entsetzen erkannte ich den Hohepriester, dessen Kopf so tief gebeugt war, dass seine Krone aus Federn, Trockengräsern und Papyrus fast von seinem Kopf fiel.

»Es tut mir schrecklich leid. Wir wollten erst den Pharao für seine Reise vorbereiten und ihm dann sein weltliches Gepäck hinterherschicken. Er sollte lebendig mit in die Grabkammer eingemauert werden.«

»Warum nicht ein Messer in den Rücken und ab in die Wüste?«

»Bedenkt doch, wer er ist, Eure Hoheit.«

»Der Spross dessen, dem ich genauso das Leben nehmen ließ. Du kannst dir meiner Wut nicht vorstellen, als ich in deinem ach so tollen Tempel eintreffe, um die Sache selbst in die Hand zu nehmen, und dann erfahren muss, dass das Bürschchen einfach so weggegangen ist.« Ihre Augen sprühten vor Zorn.

»Jetzt muss ich mich durch die Wüste plagen, um deinen Fehler wieder gutzumachen.« Sie schlug dem Priester ins Gesicht. Seine Krone landete vor einem der Kamele. Das Tier nutze die Gunst der Stunde und zerkaute die anscheinend sehr schmackhafte Kopfbedeckung mit einem zufriedenen Röhren.

Jeden anderen hätte der Oberste meines Tempels sicherlich für diese Schmach getötet, aber vor dieser Frau buckelte er weiter, wie ein geschlagener Esel.

»Vielleicht sollten wir ihn einfach gehen lassen. Wo soll er denn hin? Er hat weder Geld noch irgendwelche Fähigkeiten, die es ihm möglich machen, eine Anstellung zu finden.«

»Dann geht es ihm ja genau wie dir. Als ich dich von der Straße aufgesammelt habe, konntest du nichts, als deine Hand ausstrecken und um Almosen bitten. Nur für einen Zweck erhob ich dich in die sehr angenehme Position des Hohepriesters. Ich habe dir vertraut! Und wie dankst du es mir?« Sie bohrte ihm die mit Edelsteinen und Goldschmuck verzierten Finger in die Brust. »Du solltest nur dafür sorgen, dass der Junge stirbt oder zumindest diesen Tempel nicht lebend verlässt.«

»Glaubt mir, ich habe alles versucht, damit sein Körper von selbst den Lebensgeist aushaucht. Die Götter beschützen ihn.«

»Was ist das für eine Idiotie? Die Götter interessieren sich nur für sich selbst. Sonst hätten sie längst eingegriffen. Du kannst dir gewiss sein! Es ist ihnen egal, wer auf dem Thron sitzt.«

Samira tippte mir auf die Schulter. Ganz auf dieses

Gespräch konzentriert, zuckte ich unter der leichten Berührung zusammen.

Mit dem Kopf wies Samira in Richtung einer nahe stehenden Felsformation. Ich verstand, dass sie Abstand zwischen sich und die Oase bringen wollte. Dieses Fleckchen Erde war seit der Ankunft dieser Personen nur noch mit Hass behaftet. Die Wirklichkeit hatte den Traum eingeholt. So leise wie möglich schlichen wir davon.

Als wir uns außerhalb ihrer Hörweite befanden, fragte Samira leise: »Was war das?« Langsam zog ich meine Schultern bis an meine Ohren. »Ich habe keine Ahnung.«

»Hattest du nicht gesagt, dass der Hohepriester erst das Mundöffnungsritual beenden muss, bevor er uns verfolgt? Wie konnte er sich dann so schnell an unsere Fersen heften?«

»Samira, ich kann dir nur sagen, was das Ritual vorschreibt. Warum er sich gegen die Einhaltung dieser Vorschriften entschieden hat, das müsstest du ihn schon selbst fragen. Dem Pharao gegenüber ist das einzig und allein als mangelnder Respekt anzusehen.« Ich schüttelte fassungslos den Kopf. »Hast du gehört, wie sie über die Götter gesprochen hat? Diese Frau ist so verderbt, dass es mir kalt den Rücken herunterläuft. Selbst in der Glut der Sonne treibt mir der Gedanke daran Schauer über die Haut.«

Samira sah mich noch einmal eindringlich an. »Wir müssen versuchen, mit Abstand zu ihnen, unseren Weg fortzusetzen.«

Sie sprang von einem flachen Felsvorsprung in den

44

Wüstensand. »Komm Kadir, beeilen wir uns.«

Ich folgte ihr. Grübelte aber unentwegt über die gehörten Worte. Über wen hatten sie gesprochen? Sollte tatsächlich ich das Objekt ihres Zorns sein? Aber warum sollte diese reiche Matrone ein so großes Interesse an meinem Tod haben? Ich war doch nur Kadir. Ein Nichts.

Kapitel 5

Samira

Zu Beginn der Nacht erreichten wir Sakkara. Die Tempelanlage strahlte beeindruckende Macht und Stärke aus. Kadir hatte mir erzählt, dass hier zu jeder Tages- und Nachtzeit die Tore für die Gläubigen offenstanden. Pharao Djoser hatte das vor seinem Ableben so verfügt. Jeder sollte Zutritt haben, der den Rat der Götter nötig hatte oder sich einfach nur in einem Gebet versenken wollte. Der verstorbene Pharao ruhte unterdessen in einer geheimen Grabkammer in seiner Stufenpyramide und achtete von dort auf die Sicherheit aller, die sich vor seiner Macht beugten. Eine schöne Vorstellung, einmal geschützt zu sein.

Deshalb war es auch nicht verwunderlich, dass wir nicht allein die nächtliche Anlage durchschritten. Der Eingang war ein Korridor, der von riesigen Schlangenwächtern aus Sandstein gesäumt war. Hier begegnete uns eine ältere Dame. Ihr silbernes Haar wurde vom Mond beschienen und verlieh ihr etwas Erhabenes. Sie lief stolz und aufrecht, was auch mich dazu brachte, meine Schultern zu straffen. Die Kapuze meines Umhangs verbarg alles, was die Menschen auf die Idee bringen konnte, ich sei kein menschliches Wesen. Meine Augenlider hielt ich gesenkt, da ich genau wusste, dass das Grün meiner Iris manchmal unkontrolliert aufleuchtete. Ich wollte auf keinen Fall so kurz vor unserem Ziel

47

enttarnt werden. Die alte Frau nickte uns grüßend zu. Sie reichte mir eine aus Papyrus hergestellte Rose. »Für die Götter, mein Kind. Sie sehen dich genau.« Ich nahm das kleine Kunstwerk entgegen. Die Frau ging ohne ein weiteres Wort weiter. Ich schaffte es gerade noch, ihr ein »Danke« hinterherzurufen, bevor sie aus meinem Sichtfeld verschwand.

»Wir sollten nicht zu lange bleiben. Es sind Menschen hier.«

Kadir nickte mir zu. »Ein paar Meilen nördlich, richtig? Wenn wir uns beeilen, können wir morgen Abend schon in der Duat sein.«

»Danke. Ich glaube zu wissen, wie gern du den Tempel besichtigt hättest. Die Götter waren und sind augenscheinlich deine ganze Welt.«

Kadirs Mundwinkel zogen sich nach oben. »Dazu werde ich nach unserer Reise genügend Zeit haben. Vielleicht begleitest du mich dann nochmal hierher?«

Seine Worte versetzten mir einen Stich. Wusste ich doch, dass es dazu nicht kommen würde. Natürlich wollte ich mit ihm die ganze Welt bereisen, war neugierig auf ferne Länder und neue Kulturen. Stattdessen antwortete ich mit einem unbestimmten »Vielleicht...«

Ich legte die Papyrusrose auf den Sockel einer unscheinbaren Statue von Isis. Still bat ich sie, die Hoffnung aus meinen Gedanken zu vertreiben.

Schnell schlüpfte ich anschließend durch die Pforte, die den Ausgang markierte. Sie wurde von zwei Sphinxen flankiert. Groß wie echte Löwen, mit einem menschlichen Gesicht, wirkten sie mehr weise als angsteinflößend. Die riesigen Augen schienen mir aufmerksam hinterherzuschauen. Sie erkannten mich als Dschinda, doch ihre steinernen Lippen blieben für die Ewigkeit versiegelt.

»Warte doch«, rief Kadir mir nach, doch ich brauchte gerade etwas Abstand zu ihm. Er brachte eine Saite in mir zum Klingen, die besser für den Rest meines Lebens schweigen sollte. Für mich gab es kein Leben danach, keine Reisen, keine Freude oder die ewige Liebe. Für mich sollte nur mein Volk zählen und schon auf den ersten Metern zu ihrer Rettung begann ich zu zweifeln und mich egoistischen Tagträumen hinzugeben. Wenn ich eine böse Dschinda wäre, dann würde ich Kadir die Schuld daran geben, aber tief in mir wusste ich genau, dass es mein schwaches Herz war, das immer noch auf eine Zukunft hoffte.

Ich ging schneller. »Lass mich bitte einen Moment allein.«

»Aber was ist denn los, Samira? Lass mich dir doch helfen.«

Ich drehte mich um und schrie ihn an: »Was verstehst du an meiner Bitte nicht? Ich will jetzt nicht mit dir zusammen sein. Halte Abstand!«

Kadir blieb wie angewurzelt stehen. Sein Blick war so verletzt, so voller Angst. Was war ich nur für ein Monster, einen der liebsten Menschen auf dieser Welt so vor den Kopf zu stoßen? Aber ich konnte auch nicht zurück. Spürte ich doch, wie sich Tränen in meinen Augen sammelten, die ich niemanden sehen lassen konnte. Ich musste stark sein. Schließlich würde ich mit etwas Glück

49

morgen in die Duat hinabsteigen und meine Aufgabe erfüllen. Ich wandte mich schnell von Kadir ab. Die Enttäuschung in seiner Miene brach mein Herz. Es zersprang in tausend Stücke. Als die ersten Tränen über mein Kinn flossen, war ich bereits so weit von ihm entfernt, er konnte mein leises Schluchzen nicht hören. Mit dem Handrücken wischte ich sie wütend weg.

»Warum macht ihr es mir so schwer?«, rief ich in die Dunkelheit. »Ich habe mich entschieden, es sogar vor euch geschworen, dass ich mein Volk retten und dafür mein Leben geben werde. Wieso müsst ihr mir gerade jetzt das Herz schneller schlagen lassen, wenn ich in diese braunen Augen schaue? Wieso müsst ihr mir gerade jetzt Träume geben?« Ich sank in die Knie und bedeckte mein Gesicht mit den flachen Händen.

Ich weiß nicht, wie lange ich dort hockte und den Tränen freien Lauf ließ. Irgendwann spürte ich, wie jemand seinen Arm um mich legte. Der vertraute Geruch nach Heu und Honig stieg mir in die Nase. Der Geruch von Kadir. »Warum bist du nur so unglaublich gut?«, nuschelte ich.

Er zog mich an seine Schulter und streichelte meinen Rücken. »Du hast dir eine harte Aufgabe auferlegt. Zweifel, Angst und Sorge können da schon einmal hart zuschlagen.«

»Aber ich habe dich angeschrien.«

»Und ich habe es verstanden und bereits vergessen.«

Ich weiß nicht, wie lange wir einfach beieinandersaßen. Er hielt mich im Arm und stellte keine Fragen. Seine leises »Sch...« strich mir über die Seele. Langsam beruhigte ich mich. Nur ab und zu schluchzte ich noch.

Irgendwann richtete ich mich auf und sah ihn dankbar an. »Weißt du eigentlich, warum ich in die Duat gehe?«

Kadir schüttelte den Kopf.

»Ich will die Götter um Hilfe für die Dschinda bitten. Mein Volk stirbt und niemanden scheint es zu interessieren. Im Gegenteil, wir werden noch immer verfolgt. Der Hass der Menschen ist so groß, dass sie uns erschlagen, sobald sie uns erkennen. Es ist ihnen egal, ob es sich dabei um ein Kind oder einen Greis handelt. Nur ein toter Dschinn ist ein guter Dschinn.« Ich lachte bitter auf. »Wenn ich denjenigen in die Finger bekommen könnte, der dieses unsägliche Märchen über uns in die Welt gesetzt hat ...« Ich ließ offen, was ich dann mit diesem Idioten anstellen würde, aber sicherlich ahnte Kadir, dass es ihm schlecht ergehen würde.

»Ich wünsche mir ein Leben für meine kleine Schwester.« Ich zog undamenhaft die Nase hoch. »Ihr Name ist Kija. Du würdest sie lieben. Sie ist so neugierig. Ihr größter Wunsch ist es, eines Tages in eine Schule gehen zu dürfen. Sie will eine Gelehrte werden.« Ich seufzte und presste dann die Lippen aufeinander.

»Ich habe es nicht übers Herz gebracht, ihr zu sagen, dass das wohl ein Traum bleiben wird. Mehr als lesen und schreiben konnte ihr in unserem kleinen Dorf niemand beibringen. Ich selbst besuchte nur wenige Jahre eine Schule, bevor ich dort um mein Leben fürchten musste.«

Kadir stand auf. Irritiert schaute ich zu ihm hoch. Hatte ich etwas Falsches gesagt? Er stemmte die Hände in die Hüften und schaute streng zu mir hinab.

»Warum sitzen wir dann noch hier herum? Wir müssen etwas unternehmen. Kija braucht deine Hilfe.« Ein verschmitztes Lächeln schlich sich auf seine Lippen, als er mich auf die Füße zog. »Gemeinsam werden wir schon einen Weg finden, ja?« Er hob die Augenbrauen. »Aber schließ mich nicht wieder aus. Ich will für dich da sein, denn wir retten nicht nur dein Volk, sondern du schenkst auch mir ein neues Leben und dafür bin ich dir unendlich dankbar.«

Er beugte sich zu mir und küsste meine Wange, ganz zart, kaum spürbar, aber mein Herz vollführte einen Salto. Es katapultierte mein Blut durch den Körper.

Der Puls rauschte in meinen Ohren. Sicherlich starrte ich ihn an, wie die Motte das Licht; völlig paralysiert. Ich musste mich anstrengen meinen Mund zuzuklappen und ein betont emotionsloses »Danke« herauszupressen.

Auch wenn ich mich sofort von ihm abwandte, sah ich doch die Wärme in seinen Augen. Wo sollte das denn hinführen? Ich durfte mich doch nicht ausgerechnet jetzt verlieben. Das wäre nur eine unnötige Ablenkung, oder?

Schweigend liefen wir durch die Nacht. Was würde uns erwarten? Konnte eine Dschinda mit einem Priester die Gefahren dort wirklich überleben? Ich hatte noch nie davon gehört, dass Menschen die Duat durchquert hatten. Entweder war bisher noch niemand so wagemutig gewesen oder sie waren einfach nicht mehr herausgekommen. Beide Möglichkeiten waren nicht gerade die besten Vorzeichen für unser Abenteuer, aber ich hatte keine Wahl. Was für Gedanken Kadir wohl durch den Kopf gingen? Ich war zu feige ihn danach zu fragen.

So hing ich meinen Gedanken nach, bis ich in einiger Entfernung ein lautes Rauschen hörte. Wir kamen dem Nil immer näher. Diesem Fluss, der nicht nur die Lebensader Ägyptens, sondern auch der Eingang zu seiner Unterwelt war.

Der Boden unter unseren Füßen war inzwischen schwarz. Der Fluss brachte bei seiner jährlichen Überschwemmung mit dieser Schwärze das Leben mit. In ihr gediehen die Pflanzen und bescherten den Bauern reiche Ernten. Niemand in Ägypten musste Hunger leiden, solange es der Fluss gut mit den Menschen meinte.

Reich bewachsene Felder, die unseren Weg säumten, zeigten, dass wir uns auf dem richtigen Pfad befanden. Kleine Kanäle wässerten den Boden. Auch unser Weg war aufgeweicht. Unsere Schuhe sanken immer wieder im Schlamm ein. Unsere Schritte schmatzten laut. Um uns herum quakten unzählige Frösche ihre nächtliche Symphonie. Bisher hatte ich nur davon gelesen und konnte mir nicht vorstellen, dass ihr Quaken eine solche Lautstärke annehmen konnte, dass man sein eigenes Wort nicht mehr verstand. Aber es war sogar noch lauter. Selbst wenn Kadir und ich schreiend zum Nil gerannt wären, die Frösche hätten uns trotzdem übertönt.

Es war fast, als würden wir eine unsichtbare Grenze überschreiten. Nur ein Schritt lag zwischen der endlos scheinenden trocknen Wüste und diesem lebensbejahenden Land. Dichtes Schilfgras tauchte vor uns auf. Ich wollte es bereits zur Seite schieben und mich hineinwagen, als Kadir meinen Arm festhielt.

Mit gerunzelter Stirn schaute ich ihn an. Er zeigte auf etwas, das keine fünf Meter von uns entfernt aus dem Schilfdickicht herausragte; ein mit Zacken bewehrter dicker Schwanz. Dieser Teil gehörte zu einem der Nilkrokodile. Da nur das Heck dieses Tiers bereits solch enorme Ausmaße angenommen hatte, wollte ich dem vorderen Teil auf keinen Fall begegnen. Wie viele wären wohl in dem dichten Bewuchs über mich hergefallen?

»Das war knapp.«

Kadir nickte und führte uns in einem großen Bogen zum Fluss an den Feldern vorbei. Immer wieder huschten allerlei Echsen und Schlangen über unseren Weg. Aber sie schienen mehr Angst vor der nächtlichen Ruhestörung unsererseits zu haben als wir vor ihnen.

Der Mond schien in dieser Nacht sehr viel heller. Die Sichel nahm allmählich zu. Auch die Sterne wurden von keiner Wolke verdeckt. Wie weit entfernte Edelsteine funkelten sie am Firmament.

Kadir ging zielstrebig auf einen breiten Steg zu. Er war aus Holz errichtet. Dicke Balken, die tief in den Fluss hineinführten und seiner Gewalt trotzten, trugen die Planken. Einige wenige Boote lagen vertäut an der Seite und schaukelten in den sanften Wellen des Flusses. Kadir setzte sich und schaute über das Wasser.

»Ich hätte nie gedacht, dass ich ihn jemals sehe.« Er atmete tief den Geruch von schwerer Erde und Morast ein. »Setz dich zu mir. Wenn ich mich an diese wundervolle Nacht erinnere, dann möchte ich auch an dich denken, Samira.« Kadir klopfte neben sich. Nur zu gern kam ich seiner Aufforderung nach. Da wir nicht

54

wussten, wo genau der Eingang zur Unterwelt auftauchen würde, mussten wir warten und morgen bei Sonnenuntergang Ausschau halten. Fanden wir hier nichts, mussten wir dorthin weitergehen, wo jetzt der Horizont vor uns aufragte. Auch wenn es Tage dauern konnte, aufgeben war keine Option.

Kapitel 6

Kadir

»Halt die Augen auf, Samira. Die Sonne geht unter.«
Ich traute mich kaum, zu blinzeln, um das Tor nicht zu
verpassen. Mein Puls beschleunigte sich und die
Aufregung ließ meinen Atem stocken. Würde ich in
wenigen Minuten die Unterwelt betreten?

Ich drückte die Tasche mit dem Buch der Toten fest
an meine Brust. Es war unsere Lebensversicherung in der
Duat und musste unter allen Umständen beschützt
werden.

»Da!« Samira zeigte auf einen Nebel, der aus dem Nil
aufstieg. Ein goldenes Tor zeigte sich in seinem Inneren.
Und während die Konturen immer deutlicher wurden,
schwangen die Torflügel lautlos auf. An den Ufern des Nil
tauchten die Verstorbenen auf. Sie sammelten sich, als
würden sie auf ein großes Ereignis warten, aber ihre
Mienen waren, soweit ich das erkennen konnte,
ausdruckslos und leer.

Samira packte meinen Arm und zog mich mit sich.
Beinahe wäre ich gestolpert, denn ich konnte bei ihrem
Tempo schwer mithalten. Ihre Füße flogen fast über den
unebenen Boden. Im Tempel hatte ich wenig
Möglichkeiten für Ausdauersport gehabt. Rennen gehörte
daher nicht zu meinen besten Disziplinen. Ich bemühte
mich allerdings redlich, mit ihr Schritt zu halten. Je näher
wir dem Portal kamen, desto unruhiger wurde ich. Das

Tor befand sich tatsächlich mitten im Wasser und der Nil war sicherlich nicht so flach wie das Wasser in der Oase. Ich konnte ja noch immer nicht schwimmen.

Samira bemerkte nichts von meiner Unruhe. Sie rannte einfach weiter. Kein Wunder, unsere Zeit verflog. Das Tor war noch immer so weit weg. Ich keuchte und Seitenstechen quälte mich. Der schlammige Untergrund machte es auch nicht gerade einfacher voranzukommen. Meine Füße sanken immer wieder tief in den Morast ein.

Zu meiner Erleichterung sah ich, dass es einen Weg zum Tor gab. Er bestand vollständig aus weißem Nebel, schien aber sehr stabil zu sein. Die Toten beschritten ihn von beiden Seiten des Flusses und kurz vor dem Tor liefen beide Abzweigungen in einem breiten Weg zusammen. Zu beiden Seiten standen Wachen. Doppelt so groß wie ein normaler Mensch und muskelbepackt, achteten sie genau darauf, dass sich niemand hinein- oder hinausschlich. Unterschiedliche Tierköpfe thronten auf diesen Körpern.

Ein hässlicher Dämon in Form eines Keilers streckte nur kurz den Kopf am Türrahmen heraus und schon schnappten die Kiefer eines Wachhabenden unerbittlich zu. Der Dämon stieß furchterregende Schreie aus, bevor er in einem Stück verschlungen wurde.

Ich schluckte schwer. Wie sollten wir nur vermeiden, auch im Schlund einer dieser Kreaturen zu landen? Am liebsten wäre ich sofort wieder umgekehrt, aber Samira zog mich unerbittlich voran. Sie drehte sich kurz mit einem zuversichtlichen Lächeln auf den Lippen zu mir um, während ich vor Angst zitterte.

Die Umrisse des Tors verschwammen bereits, als wir

den Fuß auf die Nebelbrücke setzten. Es war, als würden wir über eine Hängebrücke gehen. Der Boden schaukelte und federte. Eigentlich ein gutes Gefühl, nicht mehr den Morast unter den Füßen zu spüren, aber der Nebel löste sich zusehends auf. Und schneller als gedacht, verschwand die Brücke unter unseren Füßen. Noch einen Wimpernschlag standen wir in der Luft, bevor wir den Fluten des Nil entgegenstürzten.

Eiskalt schlug das Wasser über mir zusammen. Ich strampelte wild mit den Beinen, ruderte mit den Armen, um wieder an die Luft zu kommen. Panisch japste ich nach Luft, als mein Kopf endlich die Wasseroberfläche durchbrach. Die Panik brachte mich dazu, unkontrolliert zu zappeln. Ich schrie um Hilfe. Mehr als einmal schluckte ich die braune Brühe. Der Geschmack nach Sumpf ließ mich würgen, doch ich hatte keine Zeit, mich zu übergeben. Ich musste um mein Leben kämpfen.

Samiras Arme legten sich um mich, und ich versuchte, mich instinktiv an ihr festzuklammern. Dabei drückte ich sie immer wieder unter Wasser. Sie trat mir unter Wasser mit beiden Füßen fest in den Bauch und befreite sie sich so von mir. Als Nächstes spürte ich eine schallende Ohrfeige, während ich versuchte Luft statt Flusswasser in meine Lungen zu pressen.

»Du Dummkopf, halt still!« Samira drehte mich mit einem Ruck von sich weg. Dann legte sie meinen Kopf an ihre Schulter. Ihr Arm umfasste meinen Oberkörper und griff nach meiner rechten Hand. Ich spürte die kräftigen Bewegungen ihres schmalen Körpers unter mir. Stück für Stück kamen wir dem Ufer näher. Doch bevor ich mich wirklich entspannen konnte, hörte ich ein Platschen ganz in unserer Nähe. Die Strömung hatte uns in Richtung einer Insel abgetrieben. Und dort lagen unzählige Krokodile. Die Sonne hatte sie tagsüber aufgeheizt, aber jetzt, wo die Nacht anbrach, wurden sie unruhig, peitschten ihre Schwänze hin und her und schnappten nacheinander. Und anscheinend hatten wir die Aufmerksamkeit eines besonders großen Exemplars auf uns gezogen. Lautlos durchpflügte der Koloss das Wasser. Nur seine Nase und einige Zacken waren zu sehen. Doch ich wusste genau, dass er uns erreichen würde, bevor wir uns ans Ufer retten konnten. Samira gab zwar ihr Bestes, aber ich wusste selbst, wie schwer ich war. Ihr Keuchen an meinem Ohr gab mir Recht.

Auch Samira schien unseren Verfolger nun bemerkt zu haben und erhöhte ihre Geschwindigkeit noch, aber auch das würde nicht reichen. Ich zog mit meiner freien Hand den Dolch aus meinem Gürtel. Ganz ohne Gegenwehr würde ich bestimmt nicht sterben. Wenigstens ein paar anständige Narben wollte ich hinterlassen.

Ungefähr zwei Meter neben uns tauchte das Tier ab. Ich hielt die Luft an und erwartete, dass die riesigen Zähne sich jeden Moment in meinem Fleisch verbeißen würden. Auch Samira hielt ganz still. Wir lagen auf dem Wasser, wie Treibholz. Die Strömung ließ die Schatten des Ufers wie einen Scherenschnitt an uns vorbeilaufen. Nichts geschah. Ich entspannte mich langsam und stieß die Luft aus.

Als habe das Monster genau auf diesen Moment

gewartet, brach sein Kopf durch die Wasseroberfläche und packte zu. Doch nicht etwa einen Arm oder ein Bein hatte es sich gegriffen. Nein, sein Kiefer hielt meine Tasche wie in einem Schraubstock gefangen. Es begann sich zu rollen und daran zu reißen. Mit jeder Drehung schnitten mir die Riemen tiefer ins Fleisch und quetschten meine Rippen.

»Schneid die Riemen durch«, hörte ich Samira rufen, die sich noch immer an mir festklammerte.

»Wir brauchen dieses verdammte Buch«, presste ich angestrengt hervor.

»Schneid endlich die Riemen durch! Ich brauche dich. Wir schaffen das auch ohne Buch!« Ihre Stimme klang verzweifelt. Das Tier ruckte erneut mit aller Kraft an der Tasche. Ich wurde aus Samiras Griff gerissen. Augenblicklich verschluckte mich der Strom. Tiefer, immer tiefer ging es abwärts. Die gelben Augen des Krokodils fixierten mich dabei genau. Jetzt gab es nur noch einen Weg, hier lebend herauszukommen. Auch wenn es mir das Herz brach, schnitt ich mich von der Tasche los. Mit einigen gezielten Stößen kam ich wieder an die Wasseroberfläche. Etwas packte meinen Kragen und hielt mich fest.

»Doch vernünftig geworden, Kadir?« Samiras Stimme troff vor Spott, aber ich konnte die Erleichterung darin ganz eindeutig heraushören.

»Mhhh.« Das war alles, was ich herausbrachte. Jeder einzelne Knochen tat mir weh, doch ich wollte nichts mehr als aus diesem Wasser heraus. Wenn die Bestie merkte, dass ihr Abendessen aus Papyrus und Tinte bestand, würde sie sich bald den nahrhafteren Happen zuwenden. Als hätte Samira meine Gedanken gelesen, zog sie mich zu sich heran und ich konnte mich am Holz neben ihr festklammern. Daran zog ich mich in Richtung Ufer. Nach ihr kletterte ich an Land. Dort brach ich schwer atmend zusammen. Flach auf dem Rücken liegend, schaute ich zu den Sternen und fragte einmal mehr die Götter, was sie sich dabei gedacht hatten, mich in diese Situation zu bringen. Saßen sie jetzt irgendwo und lachten über den anmaßenden Sklaven, der vorgab ein Priester zu sein?

»Wir leben noch.« Samira lag direkt neben mir.

»Ja, aber es war verdammt knapp.«

»Morgen schaffen wir es.«

Siedend heiß fiel es mir ein. Wir würden es beim nächsten Sonnenuntergang erneut versuchen. Samira würde sich nicht durch so einen kleinen Zwischenfall von ihrem Vorhaben abbringen lassen.

Ich stöhnte resigniert auf. »Ich freue mich ja so sehr auf morgen.«

Ich erwachte mit knurrendem Magen. Im Halbschlaf wollte ich nach meiner Tasche greifen, als mir plötzlich einfiel, dass diese sich inzwischen wohl im Magen eines Krokodils irgendwo im Nil befand. Damit waren auch alle meine Lebensmittel verloren.

»Hast du noch etwas Essbares in deiner Tasche?«

Samira gähnte und blinzelte mich verschlafen an. »Hat dir schonmal jemand gesagt, dass du ein ganz schöner Vielfraß bist?«

Ich zuckte grinsend mit den Schultern. »Sag bloß, du kannst ohne Essen über- leben?«

Ohne zu antworten, schnappte sie sich ihre Tasche. Mit einem schmatzenden Geräusch löste sie sich vom Boden. Wasser floss in kleinen Rinnsalen aus den Ledernähten. Das war kein gutes Zeichen. Es überraschte mich also wenig, als Samira eine Pampe aus aufgeweichtem Brot, versetzt mit nicht mehr trockenem Trockenfleisch aus der Tasche kratzte. Ich rümpfte die Nase. Diesen Brei würde ich bestimmt nicht essen. Wer wusste schon, was das schmutzige Flusswasser mit meinen Innereien anstellen würde.

»Wir müssen ein Dorf suchen. Bestimmt können wir dort neuen Proviant besorgen.«

Samira zog ein verschmiertes Messer aus ihrer Tasche. Es steckte in einer verzierten Lederscheide und konnte am Gürtel befestigt werden. Ein wirklich schönes Stück. »Den hier könnte ich anbieten, aber ich möchte in kein Dorf der Menschen. Es ist zu gefährlich.«

»Ich könnte auch überall dem Hohepriester oder dieser Geisteskranken in die Arme laufen, aber was bleibt uns für eine andere Wahl? In der Unterwelt wird es sicherlich nicht sehr viele Dinge geben, die für Menschen bekömmlich sind. Die sind einfach nicht auf lebende Besucher eingestellt und ich bin mir nicht sicher, ob gegrillter Dämon schmeckt.«

»Es ist ein großes Risiko.« Samira seufzte resigniert.

»Aber ich glaube auch, dass uns kaum eine andere Wahl bleibt, wenn wir nicht verhungern wollen.«

»Vielleicht haben wir Glück und es passiert gar nichts. Wir kaufen die Lebens- mittel, verabschieden uns und sind rechtzeitig zum Sonnenuntergang zurück am Nilufer.« Ich legte alle Zuversicht in meinen Blick, aber Samira presste nur die Lippen aufeinander. Sie knurrte durch zusammengebissene Zähne: »Vielleicht sind wir aber auch heute Abend schon aufgeschlitzt im Nil versenkt.«

»Sei nicht so pessimistisch. Es ist nur ein kurzer Einkauf, mehr nicht.«

Sie stand auf und legte den Umhang an. Die Kapuze zog sie sich tief ins Gesicht. Der sonst so leichte Wollstoff hing nass und schwer auf ihren Schultern. Doch die Sonne brannte bereits heiß vom Himmel. Dampf stieg aus den Fasern auf. Es würde sicherlich nicht lange dauern, bis die Hitze die Feuchtigkeit herausgesogen hatte.

Wir einigten uns darauf, den breitesten Weg zu gehen. Zwischen Feldern und Weiden führte dieser Weg weiter Richtung Norden, dabei verloren wir den Nil nie aus den Augen. Sein Rauschen wurde gemeinsam mit dem Gleichklang unserer Schritte zu einer Hintergrundmusik. Dieser Takt führte uns zügig voran. Hoffentlich war das nächste Dorf nicht allzu weit entfernt. Aber ich erkannte bald, dass meine Sorge unbegründet war. Noch vor der Mittagszeit begegneten uns die ersten Bauern, die ihre Ziegen auf die saftig grünen Weiden trieben. Sie grüßten freundlich und ich konnte es mir nicht verkneifen, einen selbstgefälligen Blick zu Samira zu werfen. Die Menschen hier schienen sehr freundlich zu sein.

»Hör auf, so zu grinsen. Noch haben wir den Proviant nicht gekauft.«

Ich verstand ihre Angst nicht. Wie sollten diese Leute erkennen, dass Samira kein Mensch war. Nichts an ihrem Äußeren wies darauf hin, dass es sich bei ihr um eine Dschinda handelte. Nur einmal hatte ich bisher ihre Augen aufleuchten sehen, aber da war sie vollkommen aufgelöst gewesen. Das würde doch sicherlich nicht mitten auf einem Marktplatz geschehen. Ich war mir sicher, Samira übertrieb maßlos.

Im Dorf herrschte reges Treiben. Offensichtlich war heute auch noch Markttag. Die Marktstände der Händler standen dicht an dicht. Der süße Duft von Kuchen mischte sich mit den Gerüchen von Curry, Safran und Kümmel. Frische Brote, Früchte, Stoffe und Töpferwaren ließen kaum noch einen Blick auf die Teppiche frei, auf denen die Sortimente ausgestellt waren. In einiger Entfernung blökten Kamele, die von vorsichtigen Kunden und emsigen Händlern umringt waren. Von den Ständen wurden die Waren lauthals angepriesen. Wie das Summen in einem Bienenschwarm mischten sich Unterhaltungen, das Lachen der Kinder und die Beschreibung der Waren. Ab und an unterbrach das Gackern eines Huhns oder das Bellen eines Hundes die ohrenbetäubende Monotonie des Geräuschpegels.

Niemand beachtete uns weiter. Bestimmt waren wir nicht die einzigen Fremden hier, denn so viele Menschen, wie sich hier versammelt waren, passten sicherlich nicht in dieses Dorf. Ich erkannte nicht mehr als vielleicht

zwanzig eingeschossige Häuser, deren Zentrum der Marktplatz bildete. Natürlich lagen einige Höfe außerhalb des Ortskerns, trotzdem musste mindestens die Hälfte der Kunden aus anderen Dörfern oder Städten hergekommen sein.

Samira hielt geradewegs auf einen Stand zu, der ein sehr breites Sortiment im Angebot hatte.

»Wir benötigen zwei gefüllte Wasserschläuche, zwei Brote, Käse und Trocken- fleisch. Wie viel gibst du mir dafür?« Sie streckte ihm den Dolch entgegen.

Der Händler, ein zahnloser, alter Mann, nahm das Messer an sich und begutachtete es von allen Seiten. »Die Wasserschläuche und zwei Brote. Mehr bekommst du dafür von mir nicht«, sagte er, aber ich hatte das gierige Leuchten in seinen Augen gesehen. Er wusste, dass dieser kleine Schatz weit mehr wert war, als das, was er uns gerade geboten hatte. Ich nahm ihm den Dolch aus den faltigen Händen. »Dann werden wir es bei einem der anderen Händler versuchen.«

Erschrocken riss der Alte seine Augen auf. »Nein, nein, junger Herr, ich war ja noch gar nicht fertig. Ein Stück vom Käse, so groß wie meine Faust und sechs Streifen Trockenfleisch gebe ich euch noch dazu.«

»Wenn die Faust so groß ist wie meine und ich die Streifen Trockenfleisch selbst aussuchen darf, sind wir im Geschäft.« Ich streckte ihm meine Hand entgegen und wartete auf seine Zustimmung. Ein besseres Geschäft würde er heute nicht mehr machen. Breit grinsend schlug er ein und begann uns die Sachen einzupacken. Ich schulterte die zwei Wasserschläuche, während er zwei

Brote auf ein Tuch legte und tatsächlich ein großzügiges Stück Käse abschnitt. Ich suchte das Trockenfleisch aus und dann knotete der Mann die Zipfel des Tuches aneinander und überreichte uns die Ware fröhlich.

»Habt eine gute Reise.« Ich nickte ihm zu und drehte mich um. Wir hatten uns bereits einige Schritte vom Stand entfernt, als er uns hinterherrief: »Ich wünschte, alle Kunden wären so wie ihr.«

Er hatte die Worte noch nicht vollständig ausgesprochen, als ein gleißend helles Licht aus dem Umhang von Samira strahlte. Es war so hell, dass ich einige Schritte zurückgehen musste. Sie stöhnte gepeinigt auf und ging in die Knie. Bevor ich die Situation überhaupt richtig erfassen konnte, hörte ich schon die ersten Ausrufe.

»Das ist ein Dschinn.« »Ein Dschinn ist in unserem Dorf.« »Fasst das Monster, tötet es.«

Die Stimmung war von einer Sekunde zur anderen von fröhlicher Ausgelassenheit in alles umfassenden Hass gekippt. Samira strahlte noch immer. Trotzdem packte ich ihren Arm und zog sie auf die Füße. Wir mussten hier weg, aber wohin? Die Menschen hatten uns umzingelt. Es gab nur einen Weg. Ich stieß eine Frau zur Seite und sprang, mit Samira im Schlepptau, direkt in die Kuchen eines Marktstandes. Die Verkäuferin schimpfte lauthals, gab mir allerdings auch den Weg frei. Hinter den Ständen war das Dorf nämlich so gut wie ausgestorben und das nutzte ich nun für unsere Flucht. Samira erholte sich langsam. Schon nach wenigen Schritten musste ich sie nicht mehr stützen. Nebeneinander rannten wir, so schnell uns unsere

Beine trugen.

Die Dorfbewohner blieben uns auf den Fersen. Ich musste mich nicht umschauen, um das zu wissen. Ihre Schreie waren so nah, dass ich meinte ihren Atem im Nacken zu spüren. Kalter Schweiß brach mir aus und die Angst ließ meine Beine über die schmalen Feldwege fliegen. Die Wasserschläuche schlugen bei jedem Schritt hart in meinen Rücken und ich klammerte mich wie ein Ertrinkender an das Bündel mit den Lebensmitteln.

»Tötet den Dschinn! Schlitzt ihn auf! Dieser Vorbote des Bösen muss vernichtet werden!« Die Rufe folgten uns. Ich schaute kurz über meine Schulter. Erleichterung ließ meine Hände kribbeln. Wir hatten den Abstand zu ihren Harken und Dreschflegeln vergrößern können.

»Wo ... sollen ... wir ... hin?« Samira keuchte angestrengt und auch ich merkte, wie meine Kräfte nach und nach schwanden. Lange würden wir dieses wahnwitzige Tempo nicht mehr durchhalten. Die Fanatiker hinter uns würden sicherlich keine Ruhe geben, bis sie Samira zur Strecke gebracht hatten. Für diese Bauern und Kaufleute war sie kein lebendes, fühlendes Wesen. Sie war nur der Dschinn. Jetzt endlich verstand ich ihre Angst vor den Menschen. Ihr Antrieb ihrem Volk zu helfen, wurde in diesem Moment, in dem uns ein Mob, bewaffnet mit Sensen und Äxten, verfolgte, zu meinem größten Bestreben. Wie sollte ein Volk leben, wenn es so unerbittlich gejagt wurde? Die Dorfbewohner hatten nicht eine Frage gestellt, sich nichts erklären lassen. Diese Menschen wollten sie nur vernichten. Und wenn wir kein Versteck fanden, würde ihnen das auch gelingen.

Samira bog nach links ins hohe Schilfgras ab. Ich folgte ihr, ohne nachzufragen. Dazu blieb keine Zeit. Sie schlug drei dicke Rohre Papyrus ab und legte ihren Umhang darauf. Dieses Gebilde schob sie in den Fluss, dann fasste sie meine Hand und zog mich weiter. Wir rannten einem Gestank entgegen, der mir die Tränen in die Augen trieb. Was hatte sie vor?

Samira schob sich durch das Gestrüpp. Sie kam so urplötzlich zum Stehen, dass ich beinahe in sie hineingerannt wäre. Vor uns lag ein riesiger Kadaver. Ich hatte Zeichnungen von diesem Tier gesehen. Es musste sich um ein Flusspferd handeln. Diese Tiere hatten in diesem Teil des Nils eine Schulterhöhe bis zu sechs Metern. Und augenscheinlich hatten wir den Koloss seiner Art gefunden. Ich fühlte mich winzig neben dem stinkenden Fleischberg, der wohl schon eine ganze Weile tot war. Fliegen umschwirrten den Körper und unzählige Maden bedeckten das, was von dem verwesenden Fleisch noch übrig war.

»Rein da!« Samira gab mir einen Stoß. Ich schaute sie ungläubig an. Das konnte unmöglich ernst gemeint sein. Ich sollte in das Flusspferd kriechen?

»Jetzt mach schon. Ich bin direkt hinter dir.« Sie zeigte auf das Hinterteil, das ungefähr einen halben Meter hinter der Uferlinie verweste. So wie es aussah, hatte sich da zuvor schon etwas seinen Weg hineingefressen. Ein Teil der Därme hing noch an einem Fetzen Schleimhaut am Kadaver. Der Rest davon trieb aufgebläht auf den Wellen des Nils. Ich ging einige Schritte an das Loch heran. Auch im Inneren wanden sich die Maden. Ich würgte und schlug

69

mir die Hand vor den Mund.

»Lieber kotzen als sterben. Bitte Kadir.«

Samira ging an mir vorbei und kroch, ohne zu zögern, in das stinkende Tier. Ich hörte, wie die Maden unter ihren Händen und Knien zerquetscht wurden. Das Platzen ihrer sich windenden Körper ließ mich würgen. Ich schluckte schwer, aber die Stimmen waren schon so nah. Die Ablenkung mit dem Umhang würde sie nicht lange aufhalten.

Ich fasste allen Mut zusammen. Hielt mir die Nase zu und kroch hinter Samira her. Sie packte meine Schultern und zog mich in meine persönliche Hölle. Schlimmer konnte nichts in der Unterwelt sein. Die Augenlider so fest zusammengepresst, dass es in meinen Ohren zu rauschen begann und den Stoff meiner Tunika über Mund und Nase gepresst, harrte ich aus.

Kapitel 7

Samira

Es fiel mir schwer, einen klaren Gedanken zu fassen, während Fliegen um mich herumschwirrten und ihre Brut allmählich an mir herauf krabbelte. Ich durfte mich dieser Übernahme allerdings auch nicht erwehren, denn die Stimmen der Menschen, die mich tot sehen wollten, waren ganz nah. Ihnen würde sofort ins Auge stechen, wenn Fliegenschwärme aus dem Inneren dieses Kadavers aufstiegen.

Mein Blick wanderte zu Kadir. Er hockte kerzengerade auf seinen Knien. Sollte ich ihm sagen, dass er in dieser Haltung mit dem Kopf gefährlich nahe an den Rippenbogen des Flusspferdes heranreichte? Wohl besser nicht. Eine Panikattacke konnten wir nicht gebrauchen. Und die würde es bei einem Blick nach oben sicherlich geben. Die Knochen, an denen das grün verfärbte Fleisch in Fetzen herabhing, waren auch von den winzigen, weißen Würmchen übersät. Sie tropften in regelmäßigen Abständen von oben hinab und brachten ihre Kameraden am Boden in einen wilden Aufruhr. Wie lange konnte Kadir in dieser Umgebung stillhalten? Er hielt sich noch immer Mund und Nase zu, presste Lippen und Lider fest aufeinander. Eine Hand hatte er so fest zur Faust geballt, dass die Fingerknöchel weiß hervortraten. Ich erinnerte mich an den Eimer mit dem stinkenden Inhalt, den er zu den Schweinen gebracht hatte. Dabei hatte Kadir nie eine

71

Miene verzogen. Er würde auch das hier ertragen.

»Wo sind sie hin?« Der Sprecher stand direkt vor uns. Ich konnte seine Schuhe durch das zerfressene Fleisch sehen.

»Sie sind in den Fluss gesprungen. Ich hab dir doch gesagt, dass ich sie gesehen hab, aber du wolltest es ja nicht glauben.«

»Im Nil wimmelt es vor Krokodilen und seinen lebenden Kumpanen.« Bestimmt zeigte er gerade auf den Kadaver. »Nur ein Selbstmörder würde da freiwillig hineinspringen.«

»Das Monster war ein Dschinn. Die können zaubern. Vielleicht hat sich der Kerl an ihrer Seite gewünscht, dass sie unbeschadet entkommen.«

»Mhh, ein guter Einwand. Dieser Mensch ist genauso gefährlich wie der Dschinn selbst. Er wird das Monster mit seinen Wünschen auf die Welt loslassen.«

Eine Weile blieb es still. Ich sah die Füße auf und ab marschieren. Wann verschwanden sie endlich? Inzwischen war ich über und über mit kriechendem, zuckendem Getier überzogen. Sie krochen allerdings nicht nur auf mir herum, nein, sie bissen auch immer wieder mit ihren kleinen Kauwerkzeugen zu. Das juckte so furchtbar, ich hätte am liebsten geschrien. Der Kerl da draußen konnte sich freuen. Er folterte mich gerade, ohne dass er auch nur einen Finger dafür krumm machen musste.

»Lass mich noch kurz etwas versuchen.«

»Aber mach schnell. Das verrottete Ding da stinkt widerlich.« Der zweite Sprecher hatte noch nicht fertig gesprochen, da durchdrang plötzlich eine Klinge unseren

72

Schutz. Nur wenige Zentimeter neben Kadirs Kopf glänzte die polierte Klinge. Kadir blieb wie zur Salzsäule erstarrt. Er bewegte sich keinen Millimeter und gab keinen Ton von sich. Unser Verfolger musste das Schwert bis zum Heft durch die ledrige Haut getrieben haben, denn es erreichte fast den Boden. Durch die Störung wurden die Fliegen aufgeschreckt. Sie stoben in einer schwarzen Wolke auf. Einige prallten gegen mich, bevor der ganze Schwarm aus allen Öffnungen des Nilpferdes stob.

Die Männer außerhalb fluchten und endlich verschwanden die Füße eilig aus meinem Sichtfeld. Bald verstummten ihre Schritte und nur das Brummen der wiederkehrenden Fliegen war zu hören. Nach und nach setzten sich die grün schillernden Insekten zurück zu ihrer Brut, um neue Eier in dem für sie nahrhaften Aas abzulegen und den zukünftigen Geschwistern einen guten Start ins Leben zu ermöglichen.

Ich weiß nicht, wie lange ich den Fliegen noch still bei ihrem Werk zugesehen hatte, aber irgendwann war ich mir sicher, dass die Männer aufgegeben hatten. Ich tippte Kadir an. Dieser saß noch immer in der gleichen Haltung. Atmete er überhaupt noch?

Ich rüttelte an seiner Schulter – nichts.

»Kadir?« Nichts.

Ich heftete meinen Blick auf seinen Brustkorb. Dieser hob und senkte sich in regelmäßigen Abständen. Also lebte er noch.

Ich stieß ihn fester an und zermatschte dabei einige Larven. »Kadir, jetzt beweg deinen Arsch hier raus, sonst gehe ich allein weiter.« Bei diesen Worten ging ein Ruck durch seinen Körper. Die Augen noch immer fest geschlossen, schoss er in rasender Geschwindigkeit aus dem Hinterteil des Nilpferdes. Er nahm wiederum alle Fliegen mit nach draußen. Langsam krabbelte ich hinterher. Das Platschen von Wasser sagte mir, Kadir besaß weder vor lebenden Flusspferden noch vor Krokodilen genügend Angst, dass sie ihn daran gehindert hätten, sich die Schmarotzer des Todes vom Leib zu waschen.

Ich zog mich bis auf die Unterwäsche aus und befreite erst einmal meine Kleidung von den Plagegeistern. Erleichtert stellte ich fest, dass sie keinen Weg zu unserem Proviant gefunden hatten. Kadirs Hand war nicht nur aus Angst wie ein Schraubstock um die Öffnung des Bündels gelegt gewesen. Nein, er hatte unsere Nahrungsmittel beschützt. Mit einem erleichterten Lächeln sprang ich ebenfalls in den Fluss. Da Kadir bisher nicht gefressen worden war, schätzte ich die Gefahr für mein Leben als überschaubar ein. Es war ein erhebendes Gefühl, als das Wasser die Maden aus meinen Haaren mit sich davontrug. Fische kamen an die Oberfläche und schnappten eine nach der anderen. Wir bescherten ihnen mit unserem Bad einen kleinen Festschmaus.

Ich watete zu Kadir herüber. Vorsichtig holte ich die letzten Untermieter aus seinen Locken. In dem schwarzen Haar waren die weißen zuckenden Körper sehr gut zu erkennen.

»Stell dich hin«, forderte ich ihn auf und als er dem nachkam, streifte ich ihm die Tunika über den Kopf. Mit schnellen Bewegungen wusch ich sie aus und warf das

74

nasse Kleidungsstück achtlos ans Ufer zu meinen Sachen.

»Dreh dich.« Ich malte mit dem Finger einen Kreis in die Luft. Ganz langsam kam Kadir dieser Aufforderung nach und ich erstarrte, als ich seinen Rücken sah. Aber nicht die einzelne Made, die sich dort verzweifelt festklammerte, forderte meine Aufmerksamkeit, sondern das, worin sie lag. Ein tiefer Schnitt überzog seinen Rücken. Es sah fast aus, als hätte jemand ihm das Fleisch von den Knochen schälen wollen. Diese Wunde war längst verheilt, aber allein die Vorstellung, welche Qualen sie ihm bereitet haben musste, machte mich rasend. Und als ob dieses Zeichen von Unmenschlichkeit nicht genug gewesen wäre, zeigten unzählige weitere Narben die Abgründe seines Lebens. Diese Scheinheiligkeit des Hohepriesters, der in seinem Tempel von den Gesetzen der Götter schwafelte. Ich hatte noch nie gehört, dass ein Gott die Verstümmelung von Unschuldigen für gut befunden hätte.

Einige Verletzungen waren noch frisch. Schorf hatte sie erst vor wenigen Tagen verschlossen. In diesem Tempel hatte niemand Mitleid mit dem stillen jungen Mann gezeigt, der so viel mehr war, als das, was sie in ihm gesehen hatten. Ich schloss die Lücke zwischen uns und legte meine Hand auf seine Schulter, sodass er mit dem Rücken zu mir stehen blieb.

Ich spürte, wie sich sein Körper anspannte und hektische Atemzüge ihn erzittern ließen. Ganz vorsichtig strich ich mit den Fingerspitzen über die Berge und Krater, die sein Fleisch zeichneten. Auf der Reise meiner Hände entfernte ich fast unmerklich die Made, aber ich konnte auch danach nicht aufhören, Kadir zu berühren. Seine Haut war so warm und wechselte von weich wie Seide zu hart wie zerklüftete Felsen. Andere Stellen waren rau, wie der Wüstensand und wieder andere so zart wie die Flügel eines Schmetterlings. Sein Rücken spiegelte Kadirs Wesen wider. Er war wie eine Landkarte zu seiner Seele. Die Gewalt hatte tiefe Furchen geschlagen, doch seine Wärme und Sanftheit nicht vollständig vertreiben können. Die Gewalt hatte ihn nicht zerstört.

Ohne darüber nachzudenken, hauchte ich einen Kuss auf seine Haut. Genau dorthin, wo das größte Zeichen seines Leides begann. Kadir sog scharf die Luft ein und drehte sich mit einem Ruck zu mir um. Fast verzweifelt hatte er die Augenbrauen zusammengeschoben und suchte wohl in den Regungen meiner Miene nach Antworten auf Fragen, die er selbst nie für möglich gehalten hätte.

Ich sah in seine wunderschönen ehrlichen Augen und spürte, wie mein Lächeln zu zittern begann. Meine Hand hob sich wie von selbst zu seiner starken Brust, legte sich vorsichtig darauf und wanderte über sein Schlüsselbein, zu der Stelle an der sein Puls rasend schnell unter der Haut pochte. Meine Finger setzten ihren Weg weiter zu seinem Nacken fort. Um diesen zu erreichen, musste ich einen Schritt auf Kadir zumachen. Jetzt berührte meine Brust mit jedem Atemzug fast seine definierten Bauchmuskeln. Ich wandte mich von diesem verstörenden Anblick ab. Doch die Wildheit in Kadirs Augen brachte mein Herz dazu, nur noch schneller zu schlagen. Ich war mir jedes Zentimeters meiner nackten Haut bewusst. Ein Teil in mir schrie, dass ich genau dort seine Haut auf meiner fühlen wollte, dass ich seine Hände überall auf mir spüren wollte. Woher kamen diese Gedanken?

Wasser tropfte aus Kadirs Haaren, als meine Finger sich in seine Locken schoben und ich seinen Kopf mit leichtem Nachdruck zu mir herunterzog. Unsere Blicke ließen sich keinen Augenblick los. Jetzt spürte ich endlich seine Hand an meinem Rücken. Fast besitzergreifend zog er mich an sich und ich stöhnte auf, als sein Körper den meinen berührte. Dunkle Gier zeigte sich in seinen Augen. Sie spiegelten das, was ich in diesem Moment fühlte. Seine Lippen kamen meinen immer näher.

Ein Platschen holte mich in die Realität zurück. Ich packte Kadirs Arm und rannte los. Dort wo wir gerade noch gestanden hatten, schoss ein Krokodil aus dem Wasser. Seine gewaltigen Kiefer verfehlten uns nur um wenige Handbreit. In Windeseile kletterten wir an Land, schnappten unsere Sachen und versuchten schnellstmöglich so viel Abstand wie nur möglich zwischen uns und die Gefahr zu bringen.

78

Kapitel 8

Kadir

Ich schaute immer wieder zu Samira herüber. Sie hielt den Blick starr nach vorne gerichtet und es machte den Anschein, als wäre sie vollkommen auf unser Ziel fokussiert. Wie konnte sie so einfach verdrängen, was gerade fast zwischen uns geschehen wäre?

In mir spielten alle Gefühle verrückt. Ich spürte noch immer ihre warmen Lippen auf meinem Rücken. Sie hatte sich eine der wenigen Stellen ausgesucht, die noch in der Lage waren zu fühlen. Und wie ich es gefühlt hatte, gerade dort.

Was hatte sie dazu getrieben? Anfangs war ich mir sicher, dass Mitleid sie dazu gebracht hatte, diesen Schandfleck meines Körpers zu liebkosen, aber dann erinnerte ich mich an ihre Worte in der Oase: Schäme dich nicht für die Narben. Sie sind ein Zeichen deiner Stärke. Niemals würde Samira meine Narben mit Mitleid betrachten. Aber was war es dann?

Noch einmal wanderte mein Blick zu ihr. Sie war so schön. Ihre Haare hingen nass und schwer über ihrem Rücken. Die Sonne zauberte eine leichte Röte auf ihre honigfarbene Haut. Die Tunika, die sie wieder übergezogen hatte, war schmutzig und an einigen Stellen zerrissen, aber das ließ Samira nicht schäbig wirken. Nein. Es unterstrich ihre Wildheit und den absoluten Willen, den ich an ihr bewunderte.

79

Mein Herz schlug schneller, als ich mich daran erinnerte, wie weich sich ihre Haut an meinen Händen angefühlt hatte. Sie hätte nach Verwesung stinken müssen, waren wir doch gerade eine gefühlte Ewigkeit vom Tod umgeben gewesen, aber ich hatte nur frisches Gras und die Sonne an ihr wahrgenommen. Ein Geruch der meine Sinne streichelte.

»Hier werden wir auf den Sonnenuntergang warten. Was meinst du Kadir? Sind wir hier an der richtigen Stelle?«

Bei ihren Worten zuckte ich zusammen. Ich hatte mich zu sehr auf ihr Schweigen konzentriert. Schnell fasste ich mich wieder und schaute mich um. Für mich sah diese Stelle am Nil genauso aus, wie jede andere an der wir in den letzten Stunden vorbeigegangen waren. Deshalb zuckte ich nur hilflos mit den Schultern.

Samira schmunzelte. »Wir haben noch Zeit, bis die Sonne untergeht. Sollen wir etwas essen, bevor das nächste Abenteuer auf uns einprügelt?«

»Das hast du treffend gesagt. Ich warte schon den ganzen Nachmittag, wann die nächste Katastrophe über uns hereinbricht.« Ich setzte mich an den Wegrand und schnürte das Bündel auf. »Wie wäre es mit einer Heuschreckenplage oder einem sintflutartigen Regenschauer?«

Samira ließ sich lachend neben mir ins Gras fallen. »Du hast eine blühende Fantasie, Kadir.«

Sie schnitt sich ein Stück Käse ab und steckte es in den Mund. Gedankenverloren kauend legte sie sich zurück und schaute in den Himmel. »Wie lange werden wir dieses

Blau und die Sonne nicht mehr sehen?«

»Eine Nacht?« Meine Antwort war eher eine Frage. Worauf wollte sie hinaus?

»Natürlich eine Nacht, aber hast du nicht auch gehört, dass in der Duat die Zeit anders vergeht als im Reich der Lebenden?«

Ich grübelte einen Moment. »Natürlich, du hast Recht. Hinter jedem der neun Tore werden die Uhren neu gestellt. Sie laufen langsamer oder schneller. Dafür erhalten die Verstorbenen eine Sanduhr, deren Körnchen mal schneller und mal langsamer verrinnen.« Ich kratzte mich an der Schläfe. »Diese eine Nacht könnte für uns Tage oder Wochen dauern.«

Samira nickte mir nachdenklich zu. »Wir haben keine Sanduhr. Wir brauchen wieder das Glück auf unserer Seite.«

Ich spürte auch diese Last auf meiner Schulter. Schon wieder eine Hürde, die es zu überwinden galt, und ich hatte keine Ahnung, wie hoch sie war. Natürlich hätte ich nicht erwartet, dass es einfach werden würde. Aber dass ich bereits in den ersten drei Tagen mindestens zweimal dem Tod nur mit Mühe entkomme, damit hatte ich nicht gerechnet.

Langsam verfärbte sich der Himmel in ein atemberaubendes Rot. Selbst die Wolken sahen aus, als würden sie in Flammen stehen. Es war Zeit für uns, alles zusammenzupacken und auf den Moment zu warten in dem der Zugang erneut sichtbar werden würde. Waren wir heute nah genug, um in dem kurzen Zeitfenster in die Duat zu gelangen?

Gespannt hockten wir im Schilf und beobachteten den Fluss. Er plätscherte so friedlich vor sich hin. Nichts wies auf die unzähligen Gefahren hin, die jeden Unvorsichtigen sofort verschlingen würden.

Ich schluckte schwer. In wenigen Momenten sollte ich mich erneut auf die Wolkenbrücke begeben. Immer mit der Gefahr im Nacken, dass sie wieder verschwinden konnte, bevor wir unser Ziel erreicht hatten. Mir schauderte davor erneut in die Fluten zu stürzen.

Die Krokodile lagen noch reglos auf der kleinen Insel, als würde sie das Treiben um sie herum nicht interessieren. Aber ich wusste es besser. Nur eine Bewegung im Wasser reichte und sie würden sich blitzschnell auf ihr Opfer stürzen. Es in Stücke reißen. Es verschlingen. Nur um sich anschließend wieder ans Ufer zu legen, als wäre nie etwas passiert. Die Krokodile waren allerdings nicht immer schnell genug.

In dem Fall, dass die Opfer ihnen entkamen, konnten die langen Hauer der Nilpferde ebenso tödlich sein. Auch wenn es sich bei ihnen um Pflanzenfresser handelte, war ihr Territorialverhalten so aggressiv wie bei kaum einem anderen Tier. Kam man ihnen zu nahe, war es oft schon zu spät. Dabei war es nicht förderlich, dass ich das Schwimmen nie erlernt hatte und die Strömung mit mir machen konnte, was immer sie wollte.

Nebel waberte über die rötlich funkelnde Wasseroberfläche. In den dichten Schwaden wurde das Tor sichtbar. Samira drehte sich breit grinsend zu mir um, als sich direkt vor ihr die Wolkenbrücke manifestierte. Überall um uns herum tauchten leicht durchscheinende

82

Menschen auf. Ihre Blicke waren starr auf den Eingang zur Unterwelt gerichtet. Mit gleichmäßigen, fast fremd gesteuerten Schritten gingen sie darauf zu.

»Seht ihr, Eure Hoheit, hier ist es.« Woher kam diese Stimme? Jedes einzelne Härchen auf meinen Unterarmen stellte sich auf. Ich schaute mich um und entdeckte die Reisegruppe des Hohepriesters keine zwanzig Meter von uns entfernt. Auch sie starrten auf das Portal.

»Und warum glaubst du, sollte der Junge ausgerechnet hier sein?« Die ältere Dame zog genervt die Augenbrauen nach oben. Angeekelt sah sie auf ihre schmutzigen Schuhe.

»Er hat das Buch der Toten gestohlen, Eure Hoheit. Für was sollte er es sonst brauchen. Vielleicht will er seine Eltern zurückholen, keine Ahnung. Aber ich bin mir sicher, dass wir ihn hier finden können.«

Ich fuhr erschrocken zusammen, als Samira sich neben mir bewegte. Sie griff unter ihre Tunika. Ich riss die Augen auf. Warum löste sie gerade jetzt ihr Brustband?

»Dafür haben wir keine Zeit«, flüsterte ich ihr zu, aber sie machte wortlos weiter. Mit dem Stoff in den Händen kam sie auf mich zu und drückte meinen Kopf nach unten. Erst als sie begann mir den Hanfstoff um den Kopf zu winden, dämmerte mir, was sie vorhatte. Im Handumdrehen zauberte sie mir einen ordentlichen Schesch auf den Kopf und auch mein Gesicht verbarg sie gekonnt dahinter. Nur meine Augen blieben frei.

Samira klopfte mir auf die Schulter und zog mich auf die Füße. Ich durfte nicht daran denken, wo die Wärme an meinen Lippen und Wangen herkam, welchen

83

verbogenen Teil dieses wunderschönen Körpers das Tuch zuvor bedeckt gehalten hatte. Samiras Geruch drang mir in die Nase. Ich atmete tief ein und schloss dabei die Augen. Fast wäre ich über meine eigenen Füße gestolpert. Ich musste mich zusammenreißen. Zu viel stand auf dem Spiel, um es durch meine Ungeschicktheit zu verderben.

Wir passten uns den Schritten der Verstorbenen um uns herum an. Unter ihnen verborgen, kamen wir dem Eingang immer näher. Ein Eingang, der von diesen furchterregenden Wachen beschützt wurde. Ich war mir sicher, dass wir sie nicht so leicht täuschen konnten. Nervosität schnürte mir mit jedem Schritt näher an sie heran, die Kehle ein Stück weiter zu. Meine Hände wurden feucht und zitterten. Ein Blick zur Seite zeigte mir, dass Samira mit gesenktem Kopf neben mir lief. Ihr Blick war ebenso emotionslos, wie der der Toten um uns herum. Wie machte sie das nur? Es schien, als könne ihr nichts und niemand Angst einjagen.

In diesem Moment blies eine kräftige Windböe über uns hinweg. Sie löste den Schleier von meinem Gesicht. Dieser flatterte für wenige Sekunden hoch auf. Genügend Zeit, um entdeckt zu werden. »Da ist er. Holt ihn mir oder tötet ihn. Sofort!« Auf den Befehl der Dame setzten sich die beiden Soldaten in Bewegung. Sie hasteten auf die Brücke. Erschrocken wandte ich meinen Blick von ihnen ab und sah zu Samira. Doch meine Begleiterin schaute weiterhin ausdruckslos vor sich hin und machte keine Anstalten, zu fliehen. Sie behielt die Geschwindigkeit der Seelen bei. Wäre ihr nicht alle Farbe aus den Wangen gewichen, hätte ich gesagt, dass sie von den Verfolgern

84

nichts zu bemerken schien.

Vom Portal erklang mit einem Mal ein lautes Brüllen, das den Nebel um uns herum wabern ließ. Die Wachen! Und schon setzten sie sich in Bewegung. Ihre bronzenen Speere funkelten im letzten Streifen Sonnenlicht. Die Löwenpranken an ihren Hinterläufen machten kein Geräusch auf der Brücke. Ihr Anführer besaß einen schlanken, fast anmutigen Körper, aber die zwei Schlangenköpfe, die auf seinen Schultern saßen, ließen keinen Grund an seiner Bedrohlichkeit zu zweifeln. Sie kamen zielstrebig auf uns zu. Mein Atem ging stoßweise und Schweiß bildete sich auf meiner Stirn, hatte ich doch gesehen, was diese Monster mit dem Dämon getan hatten. Samira nahm meine Hand und drückte sie leicht, dann verschränkte sie ihre Finger mit meinen. Diese kleine Geste löste den Knoten, den die Angst in meine Gedärme gebunden hatte. Ich konnte wieder frei atmen.

Die Wachen stürmten an uns vorbei. Ich warf einen vorsichtigen Blick über die Schulter und sah, wie die Soldaten des Hohepriesters sich rücksichtslos vorankämpften. Dabei nahmen sie auch in Kauf, dass Seelen über den Rand der Brücke in den Nil stürzten. Sie wurden mit der Strömung davongetragen. Für sie blieb der Weg in die Gefilde der Binsen verwehrt. Nur die wenigsten von ihnen würden den Weg zur Brücke zurückfinden. Aus ihnen wurden die Geister, die auf der Suche nach ihrem alten Zuhause des Nachts in Häuser eindrangen. Auch wenn es nicht ihr Ziel war, erschreckten sie doch die Bewohner oft fast zu Tode. Ein schreckliches Dasein. Traurig schaute ich ihnen nach, bis der Horizont sie verschluckte.

Wir zogen weiter unbehelligt Seite an Seite mit den Seelen vorwärts, während hinter uns ein erbitterter Kampf entbrannte. Direkt am Portal drehte ich mich noch einmal um.

»Ihr Idioten greift die Falschen an!«, kreischte die Frau neben dem Hohepriester. Aber die Portalwachen nahmen keine Notiz von ihr. Die goldenen Spangen um ihre gewaltigen Arme funkelten wie flüssiges Feuer im Rot des letzten Sonnenstrahls. Sie bewegten sich routiniert. Es schien, als bildeten sie mit ihren langen Speeren eine Einheit. In einem gnadenlosen Tanz trieben sie die Soldaten des Hohepriesters zurück. Dabei rissen ihre gewaltigen Kiefer immer wieder tiefe Wunden in die Körper der Unterlegenen. Auch die Krallen an ihren Füßen setzten sie ebenso gekonnt wie zerstörerisch ein. Die zwei Wächter hätten beileibe keine Waffen gebraucht, um mit unseren Verfolgern fertig zu werden. Noch bevor die Sonne vom Nil verschluckt wurde, fielen ihre Leichen in die Fluten. Die Krokodile, angelockt vom Blutgeruch, sammelten sich bereits und verwandelten das Wasser in eine brodelnde Suppe, als sie sich gierig über die unverhofften Leckerbissen hermachten.

Das Tor verschwand allmählich, aber ich erhaschte noch einen Blick auf die Frau. Das Gesicht zu einer hasserfüllten Fratze verzogen, schaute sie mir direkt in die Augen.

Kapitel 9

Samira

Kaum war das Tor verschwunden, blieb nur noch ein düsteres Zwielicht übrig, um sich zu orientieren. Die Geister um uns konnte ich kaum noch erkennen. Ihre Silhouetten waren so durchscheinend, als wären sie selbst zu Nebel geworden.

Wir standen in einer Höhle. Wirklich, es sah aus, als wären wir unter der Erde, in einer dieser atemberaubenden Tropfsteinhöhlen gelandet. Ich konnte mich noch sehr gut daran erinnern, dass eine solche Höhle damals zur Wasserversorgung unseres Volkes diente. Einmal im Jahr huldigten wir den Göttern, dankten ihnen für das lebenswichtige Nass. Dazu versammelte sich das ganze Dorf vor dem unterirdischen See. Wir sangen Lieder und entließen Lichtfeen in die Dunkelheit, die wir in den Tagen zuvor gefangen hatten. Die kleinen Leuchtpunkte erhellten die Dunkelheit und zeigten die Wunder von Atum, dem Schöpfergott, in ihrer vollen Pracht.

Wir verbrachten eine ganze Nacht in der Höhle und feierten, bis die letzte Fee den Weg in die Freiheit gefunden hatte. Das konnte manchmal sehr lange dauern. Ein Lächeln schlich sich auf meine Lippen, als ich daran dachte, dass wir einmal einer Fee den Ausgang zeigen mussten, weil sich vor Müdigkeit schon keiner mehr auf den Füßen halten konnte. Mama sagte später, dass das ihre

Rache für die Gefangennahme gewesen sei, und Papa hatte sich bei ihren Worten, fast an seinem Tee verschluckt.

Diese schönen Erinnerungen verflogen allerdings schnell, als sich meine Augen an die Dunkelheit hier gewöhnten. So märchenhaft zeigte sich das Reich um mich herum nicht. Die Tropfsteine waren schwarz mit roten Einschlüssen, als würde Blut an ihnen hinabrinnen. Sie umrahmten ein weiteres Portal, das ich in einiger Entfernung schemenhaft erkennen konnte. Wie das Maul eines wilden Tiers bereit zuzuschnappen, gierte es der Seelen, die gerade in Strömen darunter hindurchzogen.

Nach einem ersten Schritt vorwärts, quietschte ich erschrocken auf. Ich stand plötzlich bis zu den Knien im Wasser. Kadir hielt mir die Hand entgegen. Er hatte wohl den Fluss früher gesehen als ich und musste mir nun heraushelfen. Eine schöne Kriegerin war ich, tappte einfach blind durch die Unterwelt. Das Wasser tropfte an mir herunter und jetzt sah ich den Fluss auch, der sich zum nächsten Portal schlängelte. Durch die Spiegelungen der Decke im Wasser war er kaum zu erkennen gewesen. Das war also das Wasser des Re. Hier würde der Pharao seine Barke besteigen und seinen Weg durch die Unterwelt beginnen.

»Mensch«, zischte es plötzlich aus der Dunkelheit.

»Mensch«, knurrte es hoch über uns.

Gestalten, in Dunkelheit gehüllt, krochen aus Felsspalten und Rissen.

»Wir sollten uns beeilen.« Kadirs Stimme zitterte leicht.

»Weißt du, was wir tun müssen, wenn wir das Portal

erreicht haben? Ich habe das Gefühl, es muss dann ganz schnell gehen.« Ich lief zügig los, Kadir an meiner Seite, ohne die Bewegungen in der Dunkelheit aus den Augen zu verlieren. Immer mehr Wesen sammelten sich an der Decke und so wie sie das Wort ›Mensch‹ aussprachen, klang es nicht nach einer freundlichen Begrüßung. Ich stellte mir vor, wie sie das Besteck zur Hand nahmen und sich ein Tuch um den Hals banden, so hungrig klangen die Stimmen.

Ich zog mein Schwert, wollte besser vorbereitet sein. Auch wenn ich mir keine großen Chancen gegen diese zahlenmäßige Übermacht ausrechnete. Noch hielten sie sich zurück. Auf was warteten sie nur?

Wir erreichten das Portal, ohne dass eine Kreatur uns angegriffen hätte, aber die ständige Wachsamkeit laugte mich aus. Das Schwert zitterte in meiner Hand. Ich wollte mir gar nicht vorstellen, wie es Kadir gerade erging. Meine ganze Aufmerksamkeit lag auf dem Feind, der uns trippelnd und schlurfend kopfüber folgte. Ich hatte keine Zeit, nach Kadir zu schauen.

»Mach das Tor auf und lass uns verschwinden.«

»Ich gebe mein Bestes.« Aus dem Augenwinkel sah ich, wie er seine Hand ausstreckte. Etwas Schwarzes, Langes schoss vor und verfehlte seinen Arm nur um wenige Zentimeter.

Als wäre das der Startschuss für die Dämonen gewesen, ließen sie sich, einer nach dem anderen von der Decke tropfen. Die Kreaturen waren so verschieden. Es gab Monster, die aus rohem Fleisch zu bestehen schienen. Rauch stieg von ihnen auf und ein ekelhafter grüner

Schleim zog sich über die Muskeln und Sehnen. Waren das einmal Hunde gewesen?

Es gab aber auch Dämonen, die tatsächlich noch als Tiergestalt erkennbar waren. So wie der Keiler, der sein Leben an der Pforte verloren hatte, standen nun Hyänen, Löwen und auch einige Vögel vor mir. Wären die grünen Wirbel in ihren Augen nicht gewesen, nichts hätte sie als Dämon verraten.

»Mach das Tor auf, Kadir!« Meine Stimme klang schärfer, als ich es beabsichtigt hatte. Die Panik setzte die Feinfühligkeit ins Abseits.

»Ich versuche es ja, aber mir fällt nichts ein, wie ich diese Schlangendämonen davon abhalten kann, mich zu beißen. Aber ich muss die Symbole direkt auf die Tür...« Weiter kam er nicht. Eine Hyäne griff an. Mit gefletschten Zähnen sprang sie auf mich zu, um meine Kehle zu zerfleischen. Ich hob das Schwert, lehnte meinen Oberkörper zurück. Das Tier schoss über mich hinweg und schlitzte sich selbst an meiner erhobenen Waffe den Bauch auf. Es prallte gegen das Portal und fiepte ohrenbetäubend, während seine Därme langsam aus der klaffenden Wunde herausquollen. Einer der Schlangendämonen, die als Türwächter einen guten Job machten, schoss heraus. Er biss beherzt zu und zog sich sofort wieder zurück. Augenblicklich wurde der Hyänendämon still. Schaum bildete sich vor seinem Maul und die Augen traten aus den Höhlen. Sein Körper wurde innerhalb von Sekunden steif. Dann erkannte ich, dass die Hyäne nicht nur verkrampfte, sondern sich tatsächlich in Stein verwandelte.

90

»Scheiße«, sagte Kadir und trat einen halben Schritt zurück.

»Du kannst jetzt nicht aufgeben. Kadir, ich darf nicht scheitern, bitte!«

Ich hörte seinen zittrigen Atem, als sich auch schon die nächsten zwei Dämonen an uns anschlichen. Diesmal hatten es die schleimigen Hunde auf uns abgesehen. Sie waren vorsichtiger. Der Tod der Hyäne hatte wohl Eindruck bei ihnen hinterlassen. Sie schlichen vor mir hin und her. Lauerten, ohne den Blick von mir zu lösen, auf eine Unachtsamkeit, auf dem perfekten Moment zum Angriff. Geifer zog lange Fäden von ihren hochgezogenen Lefzen. Hass verwirbelte das unnatürliche Grün in ihren Augen.

Kadir kniete sich neben mir nieder. Er legte den Kopf auf den Boden und begann zu murmeln. Ich verstand die Worte nicht. Was tat er da? Ich hoffte inständig, dass er sich an einem Weg versuchte das Portal zu öffnen und nicht nur die Götter um einen schnellen Tod anflehte.

Ich stellte mich breitbeinig vor ihn. Kein Dämon würde ihn erreichen, solange ich am Leben war.

Von beiden Seiten fielen die Hunde mich an. Mein Schwert erwischte einen an der Seite. Das Tier sprang knurrend zurück. Schwarzes Blut rann aus dem Schnitt an seiner Flanke. Er war tief, aber sicherlich nicht tödlich. Ich hoffte, dass es ihn zumindest für eine Weile auf Abstand halten würde.

Bevor ich mich dem anderen Hund zuwenden konnte, spürte ich schon einen brutalen Schmerz in meiner Wade. Das Vieh hatte seine gewaltigen Reißzähne in meinem

Bein versenkt und begann daran zu reißen. Der Schmerz explodierte förmlich in mir. Ich versenkte mein Schwert mit aller Kraft in seinem Kopf, spießte ihn förmlich auf dem Boden auf. Das Monster erschlaffte, seine Zähne noch immer in meinem Fleisch. Ich riss mein Schwert heraus und stemmte damit das riesige Maul auf. Blut rann aus der entstandenen Bisswunde und sickerte in den Stoff meiner Leinenhose. Das stachelte die Gier der anderen Dämonen weiter an. Inzwischen standen bestimmt zwanzig unterschiedliche Gattungen vor mir. Nur eins einte sie, die Lust am Töten. Ich hörte sie in allen erdenklichen Tierlauten zischen und kreischen. Zwischendrin vernahm ich immer wieder die Worte ›Menschenfleisch‹, ‚zerreißen‘, ›zerfleischen‹. Mir stellten sich die Nackenhaare auf. Ich konnte unmöglich gegen all diese Gegner siegreich sein. Noch hatten die Angreifer das nicht erkannt. Sie hielten Abstand zu dem Menschen, der mit seinem Schwert eine Gefahr bedeutete, aber es konnte nicht mehr lange dauern, bis sie merkten, dass ich ihrer Übermacht nicht gewachsen sein würde.

Der Schmerz in meinem Bein sandte Schockwellen meinen Körper hinauf. Aber ich durfte mich davon nicht ablenken lassen, behielt den verletzten Hund im Auge, zu dem sich zwei weitere Rudelmitglieder hinzugesellt hatten.

»Wie weit bist du, Kadir? Ich weiß nicht, wie lange ich uns noch beschützen kann.« Es kam keine Antwort, nur weiterhin das Murmeln. Kadir machte mich wahnsinnig. Mir blieb keine Zeit noch einmal zu fragen. Alle drei Monsterhunde rannten gleichzeitig auf mich zu. Ich wirbelte im Halbkreis. Die Klinge surrte in der Luft. Sie war so scharf, dass ich kaum einen Widerstand spürte, während sie sich durch Fleisch Sehnen und Knochen fraß. Ein Hund wurde nach hinten geschleudert und brach dort bewegungslos zusammen. Die anderen zwei hatten sich mit einem beherzten Sprung in Sicherheit bringen können. Einem von ihnen hatte ich ein Ohr, mitsamt einem guten Stück seiner Schädeldecke entfernt. Das Gehirn lag an dieser Stelle frei. Ein schauriger Anblick, besonders, weil das den Hund so gar nicht zu stören schien. Er stand in gebückter Haltung neben seinem Mitstreiter. Sein Körper war zum Zerreißen gespannt. Ohne die Haut sah ich das beeindruckende Muskelspiel. Alle Kraft nur dafür bereit, sich auf mich zu stürzen.

Kadir schlug mit der flachen Hand auf den Steinboden und erhob sich. Ohne zu zögern, ging er auf das Tor zu.

Ich war davon so abgelenkt, dass ich den Angriff der Hunde nicht kommen sah. Sie stürzten nach vorn. Einen konnte ich mit meinem Schwert aufspießen, aber ich hatte keine Waffe, um Nummer zwei aufzuhalten. Er prallte gegen mich. Ich verlor das Schwert. Von riesigen Pranken auf dem Boden festgenagelt, stemmte ich mich mit aller Kraft gegen die schnappenden Kiefer. Schleim und Geifer tropften in mein Gesicht. Der Atem des Monsters roch nach Verwesung. Meine Eingeweide zogen sich zusammen, bereit ihr letztes Mahl im Schwall von sich zu geben. Aber auch das hätte mich zu sehr abgelenkt. Ich wollte, durfte nicht sterben.

Die Pranken stemmten sich immer fester auf meinen Oberkörper. Das Gewicht des Hundes presste mir die Luft aus den Lungen. Wie lange konnte ich dem noch standhalten? Wann würden auch die anderen Dämonen über mich herfallen? Sie würden nicht ewig dabei zusehen, wie ihre Beute schon fast geschlagen und bereit zum Verschlingen dalag.

Plötzlich versteifte sich der Hund auf mir und kippte zur Seite von mir herunter. Über mir stand Kadir. Er hielt mein Schwert in den Händen und starrte mich mit vor Entsetzen weit aufgerissenen Augen an. Er war kalkweiß. Ich sprang auf die Beine und nahm ihm das Schwert aus den zitternden Fingern. Er musste sich darauf konzentrieren, den Griff zu lösen. Die Angst hatte vollständig Besitz von ihm ergriffen.

»Danke«, flüsterte ich ihm zu und stellte mich wieder in Kampfposition auf.

»Wir sollten durch das Portal gehen, außer du magst noch weiterkämpfen.« Bei diesen Worten drehte ich mich ruckartig um. Das Portal hinter mir stand auf. Kadir packte meine Hand und wir rannten los. Als wäre das ein Startsignal, ging eine Welle durch die Meute und sie setzten uns nach. Mit meinem verletzten Fuß kam ich nicht so schnell vorwärts.

Ich hörte das Getrampel näherkommen. Die Schlangendämonen katapultierten ihren dicken Körper aus den Wänden neben dem Portal. Panisch wollte ich zurückweichen, aber Kadir zerrte mich unerbittlich vorwärts. Giftzähne schlugen sich in meine Haut, durchbohrten Arme, Beine und auch meine Hüfte. Entsetzt sah ich zu Kadir. Er blutete nicht nur aus zwei Punkten an seinem Hals. Ein Schlangenwächter trieb seine Zähne gerade tief in seine Schulter, was ihn gequält aufstöhnen ließ. Aber Kadir verlangsamte zu keinem Zeitpunkt seine Schritte. Kaum hatten wir das Portal durchquert, schlug es donnernd hinter uns zu. Die Dämonen waren uns so nah gewesen, dass Köpfe und Pfoten mit einem lauten Schmatzen von den zufallenden Flügeltüren abgequetscht wurden. Diverse Körperteile lagen hinter uns auf dem Boden. Einige zuckten noch.

Ich sank auf den Boden. Um mich herum nur trostlose rote Einöde. Dann starrte ich auf die Schlangenbisse. Ich wartete darauf, gleich zu Stein zu erstarren, so wie der Hund, der den Schlangen nicht mehr hatte ausweichen können, aber nichts geschah. Nur etwas Blut sickerte aus den winzigen Löchern. Ich sah zu, wie sich Schorf bildete und die Wunden bald nicht mehr, als kleine erhabene Punkte auf meiner Haut waren.

Fragend schaute ich zu Kadir auf. Dieser grinste erleichtert. »Ich habe mich an eine Geschichte erinnert, die ich in der Bibliothek gelesen hab. Ein großer Priester befreite eine Stadt von einem giftigen Untier, indem er dessen Gift in Wasser wandelte. So wurde aus dem Totbringer ein Geschöpf, gegen das sich die Menschen zur Wehr setzen konnten.«

»Du hast den Zauberspruch aus einer Geschichte angewandt?« Meine Augenbrauen berührten schon fast meinen Haaransatz, so weit hatte ich sie nach oben gezogen.

Kadir nickte nur.

»Und du warst dir sicher?«

»In keiner Weise. Aber ich musste ja was tun. Die Dämonen hätten uns sonst zerfleischt.« Kadir streckte seinen Arm aus und zeigte mir eine Bisswunde. »Ich habe es einfach ausprobiert.«

»Du hast es einfach ausprobiert«, wiederholte ich tonlos und strich über seinen Arm. Der Sinn seiner Worte prasselte auf mich ein und sickerte Stück für Stück in meinen Verstand. »Du hast es einfach ausprobiert?«, schrie ich dann aufgebracht, als mir das Ausmaß seines Handelns klar wurde. »Du hättest zu Stein erstarren können. Kadir, es war nur eine Geschichte.« Ich packte seine Schultern und schüttelte ihn. »Was glaubst du, wie weit ich ohne dich gekommen wäre?« Ich zog ihn an mich. »Oder wie sehr du mir gefehlt hättest.«

Er legte seine Arme um mich und hielt mich einfach nur fest. Auch wenn in diesem Moment die Welt über uns zusammengestürzt wäre, ich hätte ihn nicht loslassen können. Wann war er zu so viel mehr als einem Weg durch die Duat für mich geworden? Wann war es passiert, dass mein Herz ihm einfach einen Platz eingerichtet hatte. Kadir. Was machte dieser stille, gepeinigte Mann mit mir?

Kapitel 10

Kadir

Sie hielt mich, streichelte meinen Rücken. Ich wagte es nicht, mich zu bewegen, auch wenn die Schlangenbisse furchtbar brannten. Das Risiko war zu groß, dass sie aufhören würde. Selbst wenn die Viecher mir ein Bein abgetrennt hätten, würde ich in dieser Position, mit ihren Händen auf mir, liebend gern verbluten.

Ich atmete den unverwechselbaren Geruch nach frischem Gras und Freiheit ein. Das war Samira, eine starke Kriegerin mit einem fürsorglichen Herzen. Eine Frau, die das Wohl ihres Volkes und das Glück ihrer Schwester stets über das Eigene stellen würde. Es machte mich unendlich stolz, dass sie mit dieser Umarmung zeigte, auch ich war ihr nicht unwichtig. Sie hatte doch tatsächlich Angst um mich gehabt, um mich, den unsichtbaren Kadir.

Plötzlich erinnerte ich mich an ihre Verletzung. Dieser Monsterhund hatte fest zugebissen, bevor Samira ihn durchbohren konnte. Ich löste mich widerwillig von ihr, lehnte mich zurück und griff nach ihrem Knie. Alarmiert zuckte sie zurück.

»Ich möchte mir nur deine Wunde anschauen. Darf ich?«

Zur Bestätigung zog sie das blutgetränkte Hosenbein nach oben. Ich legte ihren Fuß vorsichtig auf meinen Schoß. Meine Zähne fest aufeinandergebissen,

97

begutachtete ich die tiefen Löcher, die der Duat-Dämon in ihr Fleisch geschlagen hatte. Noch immer rann das Blut aus vereinzelten Stellen. Ich tupfte es vorsichtig mit dem Ärmel meiner Tunika ab. Samira presste dabei die Augen zusammen und stöhnte unterdrückt auf.

Fast entschuldigend klangen meine Worte. Ich wusste, was ich ihr für enorme Schmerzen zufügen würde. »Ich muss die Stellen ausbrennen, damit kein Wundbrand entsteht. Wer weiß schon, was sich Giftiges im Speichel dieses Hundes befunden hat.« Ich selbst hatte mir einige Wunden selbst ausgebrannt, um zu verhindern, dass Fliegen ihre Eier in die offenen Stellen legten. Ich hasste diese weißen zappelnden Würmer schon immer. Wieder stieg die Erinnerung an das verwesende Nilpferd in mir auf. Ich schüttelte mich. Es machte mich sprachlos, dass ich tatsächlich ohne Androhung körperlicher Gewalt zu den Maden gekrochen war.

»Kannst du nicht einfach nochmal diesen Zauber anwenden und alle Gifte aus der Wunde verschwinden lassen?«

Ich lachte leise. »Die Beschwörungen funktionieren nur an den Toren... leider. Wenn dich ein Dämon beißt, müssen wir das behandeln, wie jede andere Verletzung auch.«

Samira reichte mir resigniert ihre Tasche. Ihre Zustimmung dazu, dass ich mit der Arbeit an ihrem Bein beginnen sollte. Ich fand den Feuerstein und schaute mich suchend um. Was sollte ich hier nur entzünden, um die Wunden zu schließen? Vor mir breitete sich karge Einöde aus. Nichts als roter Sand und schwarzes Vulkangestein, soweit das Auge reichte. Nirgends sah ich auch nur einen einzelnen welken Grashalm. Einfach nichts. Das Einzige, dass diese Trostlosigkeit unterbrach, war der Fluss, der sich auch durch diese Welt bis zum nächsten Tor schlängelte. Er brodelte und Dampf stieg aus ihm auf, als würde er kochen. Diese Hitze würde allerdings nicht reichen, um die Wunde sicher zu verschließen.

Ich würde heute einfach weniger essen. Samiras Gesundheit ging vor. Mit zwei Fingern fischte ich einen Streifen Trockenfleisch aus dem Proviantbündel und entzündete es. Schnell drückte ich die Flamme an die Wunden. Es zischte und der Geruch von geröstetem Fleisch stieg mir in die Nase, keine Ahnung ob von ihrem Fleisch oder der getrockneten Mahlzeit in meinen Händen.

Samiras Haut zog sich zusammen. Sie keuchte und krallte die Hände in den roten Sand. Schweißperlen bildeten sich auf ihrer Stirn, aber sie wehrte sich nicht. Trotzdem gab ich sie kurz frei und blies über die Brandwunde. Ich wusste, dass der leichte Luftzug Linderung bringen würde.

»Danke.« Ihre Stimme zitterte leicht.

»Das war erst eine Zahnreihe. Ich muss die Prozedur leider nochmal wiederholen.« Wie gern hätte ich ihr etwas Zeit gegönnt, um den ersten Schmerz zu verarbeiten, aber wir mussten uns beeilen. Ewig würde das Trockenfleisch nicht brennen. Die Flamme flackerte bereits und heißes Fett tropfte an meinen Fingern herab.

Samira griff sich meine freie Hand und drückte sie, dann nickte sie mir zu. Noch einmal presste ich das

Fleisch an ihre Haut. Diesmal schrie Samira kurz auf.

Ich löschte das Feuer, als die Wunde schwarz verkrustet war und kein Blut mehr daraus hervor sickerte. Dann suchte ich ihren Blick und hielt ihn, so wie ich sie in diesem Moment gern gehalten hätte. Allmählich beruhigte sich ihr Atem. Ich beugte mich nach vorn und blies auch über diese Verbrennung. Die kleinen Härchen an ihrem Bein stellten sich auf. Dabei unterbrach ich zu keiner Sekunden den Blickkontakt zu ihr. Erst als ich Erleichterung und etwas anderes, dass ich nicht einordnen konnte, in ihrem Blick erkannte, richtete ich mich auf.

»Es tut mir leid, aber wir müssen weiter. Ich habe keine Ahnung, wie lang eine Stunde in dieser unwirtlichen Gegend ist und der Weg scheint weit zu sein.«

»Es wird schon gehen. Mach dir keine Sorgen.« Samira stand mühsam auf. Ich sah, dass sie noch immer unter der Verletzung litt. Trotzdem nahm sie den Rucksack auf und wollte ihn sich auf die Schultern schwingen. Das kam gar nicht in Frage. Schnell griff ich nach dem Riemen.

»Das wäre ja noch schöner, wenn du auch noch unsere Sachen durch die Duat schleppen müsstest.« Ich zeigte auf das Schwert in ihrer Hand. »Du trägst damit genug.«

»Aber glaube nur nicht, dass du mich jetzt wie ein verletzliches Püppchen behandeln musst.« Bei ihren Worten musste ich lachen. Das war so absurd, als würde man einen Wüstensturm als laues Lüftchen bezeichnen.

»Nein Samira, du bist ganz sicher kein Püppchen. Ich wollte damit sagen, dass du unsere Lebensabsicherung bist. Damit trägst du die gesamte Last der Verantwortung auf deinen Schultern. Wo soll denn da noch Platz für einen Rucksack sein?«

Jetzt schmunzelte sie. »Der Fluss ist unser Wegweiser durch die Duat. Er führt uns zu den Göttern und jetzt erst einmal zum nächsten Portal. Mal sehen, welche Gefahren jetzt schon gierig ihre Fühler nach uns ausstreckten.«

Wir setzten uns in Bewegung und folgten dem Wasser, ohne unser Ziel am Horizont ausmachen zu können.

Es war heiß hier, brütend heiß. Die Hitze des Sandes drang sogar durch die Ledersohlen meiner Stiefel. Sicherlich würde ich einige Brandblasen bekommen, bevor wir das nächste Portal erreichten.

Ich wusste nicht, wie lange wir bereits durch diese Ödnis liefen, aber noch immer sah ich, soweit das Auge reichte nichts außer dem orangeflirrenden Himmel. Richtig, hier war ein Himmel in der Unterwelt. Allerdings fehlten ihm hier Sonne, Mond und Sterne. Es war nur ein rostroter Nebel, der von grauen Schwaden durchdrungen war und ein ersticktes Licht auf den Untergrund warf. Weder Wind noch Wolken spendeten uns Schutz vor der Hitze. Wir wurden förmlich in unserer Kleidung gekocht, während wir uns voran schleppten.

Weil mir nichts anderes zu tun übrigblieb, zählte ich die trichterförmigen Vertiefungen, die sich in unregelmäßigen Abständen in den roten Sand gruben. Wie die Löcher in einem Käse gaben sie der Tristesse ein Antlitz.

»Nein!« Der Schrei zerriss die Stille. Wir blieben beide stehen und sahen uns um. Wo war er hergekommen. Bisher waren wir davon ausgegangen, hier ganz allein zu sein.

»Ich werde mich bestimmt noch verwandeln. Gebt mir noch ein bisschen Zeit.« Samira und ich gingen hinter einem der Vulkansteine in Deckung.

Zwei Dämonen in Form von haarlosen Affen hielten ein zappelndes, winziges Etwas an seinen Vorderbeinen. Sie standen an einem der Krater.

»Es tut mir leid, Ellil. So sind die Gesetze.«

»Wenn du richtig zappelst, wird es schnell vorbei sein. Bist ja nicht gerade ein großes Opfer, richtig?« Der Gesprochene lachte schrill und gehässig.

»Machs gut, du alter Quälgeist.«

Mit Schwung warfen sie ihren Gefangenen in den Krater und verschwanden. Sie waren tatsächlich von einer auf die andere Sekunde einfach weg. Nur ihr Opfer blieb fluchend im Sandtrichter zurück.

Samira erhob sich und machte einige Schritte auf den Krater zu. Ich hielt sie am Ärmel fest. »Was hast du vor?«

»Ihm helfen natürlich. Was denkst du denn? Hast du gesehen, wie klein und hilflos das Ding war, was diese Affen hier entsorgt haben?«

»Bist du verrückt geworden? Wer weiß, was passiert, wenn du das Ding anfasst.

Es könnte giftig sein.«

Plötzlich kreischte der Winzling in dem Loch laut auf.

»Dann werde ich jetzt herausfinden, ob es giftig ist. Hilf mir oder lass es bleiben.« Samira schüttelte meine Hand ab und rannte zu dem Schreienden. Ich folgte ihr, obwohl ich kein gutes Gefühl bei der Sache hatte. Trotzdem würde ich sie nicht allein in ihr Verderben rennen lassen.

Wir waren noch nicht bei unserem Ziel angekommen, als auch schon eine riesige Spinne aus dem Krater sprang. Sie folgte einem ... Gecko?

Dieser schrie und fluchte, weil seine kleinen Beine ihn nicht schnell genug vorwärtsbrachten, um dem Monster zu entkommen. Immer wieder rutschte der Winzling auf Sandkörnchen aus und drohte wieder in den Trichter zurückzufallen.

Die Spinne hatte sich bereits über ihm aufgebaut. Sie war so groß wie ich. Was wollte sie mit diesem Winzling? Der würde ja nicht mal eine ordentliche Mahlzeit abgeben. Die Spinne hob ihre Vorderbeine, bereit zuzustoßen. Das Rot unter den gewaltigen Fangzähnen setzte sich gefährlich zum Schwarz ihres haarigen Körpers ab. Ein Tropfen Gift löste sich von ihren Zähnen und tropfte auf den Gecko, der davon wieder ein Stück zurückgeworfen wurde. Die Tarantel zischte leise. Es hörte sich fast so an, als würde sie die kleine Jagd genießen.

Ihre acht Augen beobachteten das Opfer, fixierten es. Wenn sie gekonnt hätte, ich war mir sicher, sie hätte gegrinst.

Mir lief ein Schauer über den Rücken, als ich mich umschaute. Wie viele Krater hatte ich bisher gezählt? Einundneunzig! Waren die alle von dieser einen Spinne gebaut worden oder wartete ihre gesamte Familie darauf, zuzuschlagen, wenn sich eine passende Gelegenheit bot. Bevor ich Samira warnen konnte, schlug die Spinne schon zu. Der Gecko schaffte es sich mit einem beherzten Sprung zurück in die Grube, vorerst außer Reichweite zu bringen. Nun nahm das Untier Samira wahr, die nur noch wenige Schritte von ihm entfernt war. Samira hielt das Schwert mit beiden Händen, bereit, kraftvoll zuzuschlagen.

Die Spinne hatte den Gecko wohl vergessen. Ein größeres Mahl kam gerade auf sie zu. Das Monster stieß sich mit seinen gewaltigen Hinterbeinen vom Boden ab und katapultierte sich regelrecht in die Luft. Samira blieb stehen und beobachtete den Flug der Spinne. Zu meinem Entsetzen hatte sie wohl nicht meine Begleiterin als Beute ausgewählt, sondern das Opfer, das ohne spitze Waffen in den Händen wehrlos erschien ... mich.

Ich bremste mitten im Lauf ab und sprang zur Seite. Keinen Augenblick zu früh, denn dort wo ich gerade noch gestanden hatte, bohrten sich jetzt riesige Beißwerkzeuge in den Sand. Zischend taxierte die Tarantel mich. Ich stand da, wie zur Salzsäule erstarrt. Wo sollte ich hin? Mit ihren acht Beinen war dieses Monster so viel schneller als ich.

Samira bemühte sich, zu mir zu kommen, aber sie würde es nicht rechtzeitig schaffen. Und schon rannte das Untier los. Ich hatte nicht mal die Zeit mich umzuwenden, da stieß sie mich bereits zu Boden und baute sich über mir auf. Sie erhob ihren Oberkörper. Ich wollte nicht sehen, was da auf mich zukam. Lieber blind in den Tod gehen. Also drehte ich mich blitzschnell um. Ein harter Schlag traf meinen Rücken. Er presste mir jeglichen Sauerstoff aus den Lungen. Dann wurde ich in die Luft gerissen und wild hin und her geschleudert. Ich war zu geschockt, um zu schreien. Mehrfach wurde ich auf den Boden geschlagen. Der Sand presste sich dabei in Augen, Mund

und Nase. An irgendeine Form der Gegenwehr war nicht mal zu denken. Plötzlich kreischte das Untier über mir so laut auf, dass es mir fast den Kopf zerriss. Ich wollte die Hände auf die Ohren pressen, schaffte es aber nur, die rechte Hand zu heben. Der linke Arm hing wie ein loser Faden an mir herunter. Endlich durchbrachen meine Gedanken den Schock und ich schrie aus Leibeskräften. Bis die Spinne über mir zusammenbrach und mich mit ihrem Gewicht fast zerquetschte.

Jemand rollte mich auf den Rücken und ich atmete tief durch, als die Last von mir genommen wurde. Ich öffnete die Augen und sah Samira, die an mir herumhantierte.

»Wenn ich sterbe, kannst du dann meine Eltern finden und ihnen sagen, dass ich sie nie vergessen habe.«

»Du wirst nicht sterben. Das kannst du ihnen selbst sagen.« Samira stellte einen Fuß an meine Schulter und nahm meine linke Hand. Ich riss die Augen auf und wollte protestieren, aber sie zog bereits an meinem Arm und drehte ihn gleichzeitig nach hinten. Es krachte ohrenbetäubend. Durch den Schmerz wurde mir schwarz vor Augen, doch Samira ließ mich liegen und eilte davon. Ich presste meinen Arm an die Brust und atmete langsam ein und aus. Mit jedem Atemzug nahm die Ruhe den Schmerz ein bisschen mehr in sich auf. Bald konnte ich wieder klar sehen.

Ich lehnte an der toten Spinne. Ich rutschte von ihr weg und nahm sie genauer in Augenschein. Samira hatte ihren Hinterleib in zwei Hälften geschnitten. Blaues Blut wurde vom roten Sand aufgesogen. An ihren Kauwerkzeugen hing noch immer unser Rucksack. Die

Erkenntnis darüber, was für ein ungeheures Glück ich gehabt hatte, sickerte nur langsam in mein Hirn, aber als sie es geschaffte, lachte ich hysterisch auf. Dieses Monster hatte nicht mich, sondern nur den Rucksack mit ihrem Gift vollgepumpt. Die Riemen hatten mir den Arm ausgekugelt, aber sonst war ich unverletzt. Ich würde weiterleben und ... bestimmt bald wieder in Lebensgefahr geraten. Dieser Gedanke dämpfte meiner Vorfreude doch gewaltig.

Es kreischte erneut hinter mir. Der Gecko. Ich drehte mich um. Bei dieser Bewegung schoss erneut der Schmerz in meine Schulter. Die Welt um mich herum drehte sich und ich musste die aufsteigende Übelkeit herunterschlucken. Dann sah ich den Gecko, der sich am Giftzahn einer Spinne festklammerte. Sie konnte ihn so nicht damit aufspießen, aber er würde sich nicht ewig daran festhalten können.

Samira versuchte, die Beine der Tarantel mit dem Schwert zu erwischen. Die Spinne schwang aber ihren Kopf so, dass der Gecko dem Schwert immer wieder gefährlich nahekam und kreischte, wie ein Schwein auf der Opferbank. Ohne Unterlass rammte das Monster ihre Zähne in den Sand und quetschte mit dieser Aktion den Körper des Winzlings. Ohne die Saugnäpfe an seinen Füßen wäre er schon längst abgefallen.

Ich stemmte mich auf die Füße. Jetzt war nicht die Zeit zum Wunden lecken. Wir mussten hier weg und wenn Samira diesen Gecko retten wollte, dann sollte ich ihr helfen, damit wir hier rechtzeitig wieder herauskämen.

Ich pflückte der toten Spinne den Rucksack von den

Zähnen und setzte ihn auf die unverletzte Schulter. Die Hand des verletzten Arms steckte ich in den Halsausschnitt meiner Tunika, damit ich ihn nicht die ganze Zeit festhalten musste. So schlurfte ich auf den Kampf zu. Ich wartete, bis Samira mich gesehen hatte, und nickte ihr zu, damit sie sich bereit machte. Dann stieß ich einen lauten Pfiff aus. Samiras Gegner wurde davon so sehr abgelenkt, dass sie eine Lücke in der Deckung fand und ihm eines seiner haarigen Beine abschlagen konnte. Das Monster kreischte und bäumte sich so weit auf, bis es auf den Rücken fiel. Der Gecko konnte sich nicht länger halten und plumpste auf den Bauch seines Angreifers. So schnell ihn seine Füße trugen, rannte er von dem Vieh weg, direkt auf Samira zu. Ohne anzuhalten, kletterte er an ihrem Bein hinauf, über ihren Rücken und versteckte sich in ihrem Haar.

Die Spinne rappelte sich zwischenzeitlich wieder auf, hatte aber anscheinend genug. Sie humpelte zu einem Krater und vergrub sich darin. Augenblicklich breitete sich wieder Stille um uns herum aus.

Ich drehte mich um und sah, dass auch die tote Spinne nicht mehr dort lag, wo ich mich gerade noch von ihr befreit hatte. Nur Schleifspuren im Sand, die zu einem weiteren Krater führten, zeugten davon, diese Spinnen schlugen keine Mahlzeit aus. Ich für meinen Teil wollte einfach nur so viel Abstand wie möglich zwischen mich und diese Ungeheuer bringen.

Kapitel 11

Samira

Ich ging zu Kadir.

»Wie geht es dir?«

Er zuckte mit einer Schulter. »Wird schon werden.«

Ich griff nach dem Saum meines Umhangs und riss einen breiten Streifen davon ab. Daraus knotete ich eine Schlinge für seinen Arm. »Danke, dass du mir geholfen hast.«

»Dafür hast du mich ja mitgenommen. Sei nur froh, dass ich vorher nicht darüber nachgedacht habe, was ich da tue, sonst wäre ich nämlich einfach nur schreiend weggelaufen.« Kadir malte mit seiner Fußspitze Kreise in den Sand und schaute zur Seite.

»Danke, dass du nicht nachgedacht hast.« Ich legte ihm meine Hand an die Wange und hauchte ihm einen Kuss auf die Lippen.

»Igitt, muss ich mir jetzt anschauen, wie ihr euch die Zungen in den Hals schiebt und daran herum saugt?« Der Gecko lugte aus meinen Locken. Seine Stimme ließ mich leicht zusammenfahren. Wie konnte ein so tiefer Bariton in diesem kleinen Wesen stecken.

Beherzt zog ich ihn aus meinen Strähnen. »Hey, was soll das? Ich bin doch keine Haarnadel.« Er saß auf meiner Hand und schaute mich fast vorwurfsvoll an.

»Guten Tag, ich bin Samira und das ist Kadir. Mit wem haben wir das Vergnügen?«

»Warum wollt ihr das wissen? Ihr habt doch sicher eure Lauscher auf Empfang gestellt, als diese Idioten mich in die Grube geworfen haben. Die haben ganz eindeutig meinen Namen gesagt. Aber nur für euch, da ihr ja etwas langsam zu sein scheint. Mein Name ist Ellil. Verstanden oder soll ich dir die Buchstaben auf die Handfläche tanzen?« Er leckte mit seiner klebrigen Zunge über sein linkes Auge und starrte mich weiter an.

Mir war bei diesen Worten der Kinnladen nach unten geklappt. Eine solche Frechheit hatte ich nicht erwartet. War denn ein kleines Dankeschön zu viel verlangt?

»Du kannst auch gern gehen. Ich habe keine Lust darauf, beleidigt zu werden.« Ich stemmte die freie Hand in die Hüfte und kniff wütend die Augenbrauen zusammen.

Ellil kletterte meine Finger empor. »Das stellst du dir so leicht vor, was? Du hast mir aber das Leben gerettet, du Genie und in der Unterwelt bedeutet das, ich stehe in einer Lebensschuld bei dir.«

»Was soll das denn heißen?«, fragte Kadir.

»Noch so eine Leuchte!« Ellil warf seine Vorderbeine genervt in die Luft. »Das bedeutet, dass ich bei euch bleiben muss, bis ich die Schuld getilgt habe. In diesem Fall muss ich deinem Weibchen da das Leben retten.« Er sprach zu uns wie zu Kleinkindern und deutete auf Samira.

»Oh«, sagte Kadir.

»Genau, du sagst es … oh! Schaut mich doch bitte mal an. Ich bin im besten Fall ein entwicklungsverzögerter Dämon. Wenn es nicht gut läuft, dann werde ich mich niemals in meine Dämonenform wandeln. Und jetzt kommt das Dilemma«, er umspielte theatralisch mit den Vorderbeinen seine Silhouette, »wie soll ich mit diesem mickrigen Körper ein Leben retten? Ich werde auf ewig an einen Menschen gefesselt sein.«

»Wir werden schon eine Möglichkeit finden. Schließlich sind wir in der Duat. Wenn wir hier nichts finden, dass uns nach dem Leben trachtet, dann weiß ich auch nicht. So lange erwarte ich allerdings etwas mehr Höflichkeit. Ich habe kein Problem damit, dich zu deinen Freunden zurückzubringen. Hast du verstanden?« Ich schaute ihm unerbittlich in die großen, schwarzen Augen. Mein Gott, war der Kerl niedlich, aber leider nur so lange, bis er den Mund aufmachte.

»Hast du verstanden, blablabla?«, nuschelte er so leise vor sich hin, ich konnte ihn kaum hören. Dann krabbelte er ohne ein weiteres Wort zurück in mein Haar.

Ich schaute zu Kadir herüber, der allerdings auch nur erschrocken mit der intakten Schulter zuckte.

»Lass uns weitergehen. Ich habe das Gefühl, dass wir jetzt noch einen wichtigen Grund haben die Unterwelt schnellstmöglich zu durchqueren.« Kadir wartete meine Antwort nicht ab, wusste er doch, ich würde ihm folgen.

Die Hitze dieser Welt war kaum auszuhalten. Nicht das kleinste Lüftchen kühlte meine glühende Haut. Der Schweiß rann in Strömen über meinen Rücken und die Ledertunika saugte sich an meinem Oberkörper fest. Wir hielten uns nah am Fluss. Das brodelnde Wasser ließ heißen Dampf aufsteigen, der zusätzlich das Atmen erschwerte und sich um mich legte wie eine dicke

Wolldecke. Kadir lief leicht gebückt vor mir her. Der Arm würde ihm noch einige Zeit zu schaffen machen, aber er würde heilen. Ich war froh, dass er nur ausgekugelt und nicht gebrochen war. Aber auch einen Bruch hätte Kadir stoisch weggesteckt.

Kadir. Ich sah auf seinen breiten Rücken. Die Tunika verdeckte die Zeichen seines Überlebenswillens. Ich bewunderte ihn jeden Tag mehr. Schmerz schien für ihn Normalität zu sein und vor Liebe schreckte er zurück, als habe er sie nicht verdient. Er ahnte ja nicht, was er in mir auslöste, was ein Blick aus seinen braunen Augen mit mir machte. Schon bei dem Gedanken an die Wärme darin begann es in meinem Bauch zu kribbeln. Ich seufzte. Warum hatte ich gerade jetzt jemanden wie ihn kennengelernt? Jemanden der meine Zukunft hätte sein können, jemanden dem ich vertraute.

Eine kleine Stimme in mir flüsterte, dass ich ja nichts zu verlieren hatte. Ich solle die Liebe genießen, alle Erfahrungen machen, die der Rest meines Lebens mir bot und dann mit einem Lächeln sterben. Aber was war mit Kadir? Konnte ich ihn so benutzen? Er hätte seine drei Wünsche, die ihn glücklich machen konnten. Vielleicht würden wir uns ja in den Gefilden der Binsen wiederfinden. An diesem Ort, an dem die Toten glücklich weiter existierten, konnten wir zusammen sein. Aber würde er mich dann noch wollen? Kadir war jung. Sicherlich hätte er dann schon Frau und Kinder, die ihm folgten oder bereits auf ihn warteten. Wer war ich, dass ich auch nur überlegte, mich dort zwischen ihn und seine Lieben zu drängen.

Aber wenn Kadir nach meinem Tod glücklich werden konnte, warum sollte ich dann jetzt seine Liebe nicht genießen, mir einfach nehmen, was ich so dringend brauchte, nur von ihm? Ich würde erfahren was die Liebe zu einer anderen Zeit, an einem anderen Ort, für mich bereitgehalten hätte. Das wäre etwas von dem ich in der Ewigkeit zehren konnte. Eine Erinnerung, die mich in der Einsamkeit wärmte.

Kadir drehte sich zu mir um und schenkte mir sein strahlendes Lächeln, obwohl auch ihm der Schweiß im Gesicht stand. Mein Herz vollführte einen Salto in meiner Brust. Ganz von allein hoben sich meine Mundwinkel. Was machte er nur mit mir?

Während meiner Überlegungen waren wir gut vorangekommen. Wir hielten ausreichend Abstand zu jedem noch so winzigen Sandtrichter im roten Sand, doch es sah so aus, als müssten wir keine weiteren Angriffe befürchten.

»Ellil?«

»Was willst du?« Der Gecko krabbelte auf meine Schulter.

»Warum wollten diese Dämonen dich töten?«

»Ich habe die Mutter des einen gefressen und bin danach mit der Schwester des anderen durchgebrannt.«

Ich schnappte bei seinen Worten nach Luft. Sollte dieser kleine Kerl tatsächlich so durchtrieben sein?

Ellil lachte schallend und drehte sich dabei im Kreis. »Mann, bis du einfältig. Sehe ich so aus, als könnte ich jemanden fressen?« Er stellte sich auf seine Hinterbeine.

»Ich bin eine Schande, eine Missgeburt. Seit ich aus

dem Ei gekrochen bin, muss ich mich vor meinen Eltern verstecken. Ich wäre ein guter Leckerbissen für ihre ‚richtigen‘ Schlüpflinge geworden.«

»Das tut mir leid, Ellil.«

»Papperlapapp, nur dadurch bin ich zu dem geworden, der ich heute bin. Wenn ich keine Freunde habe, muss ich auf niemanden Rücksicht nehmen. Ohne Familie bin ich niemandem verpflichtet und ohne Dämonenkräfte muss ich mich auch nicht unnützerweise anstrengen.«

»Dann störst du doch auch niemanden, warum haben sie dich dann in den Krater geworfen?«, fragte Kadir.

»Es gibt ein dummes Gesetz, dass nur Dämonen und Götter in der Duat leben dürfen. Ich bin jetzt 100 Jahre und schaut mich an, immer noch ein beschissener Gecko ohne dämonische Kräfte.«

»Hätten sie dich nicht einfach nur verbannen können?«

»Wohin denn? Aus der Duat kommt nichts raus, außer die Götter.« Ellil zuckte mit den Schultern. »Da bleibt nur die Vernichtung und hier wird nichts verschwendet, selbst wenn es so wenig nahrhaft ist, wie eine unterentwickelte Wüstenechse.«

»Wenn du magst, könnten wir versuchen deine Freunde zu sein.« Ich schaute ihn erwartungsvoll an, aber mit dieser Antwort hatte ich nicht gerechnet.

»Hast du nicht zugehört, Weibchen? Da redet man und redet, und du stellst deine Ohren auf Durchzug, oder was? Ich habe keine Freunde und das ist auch gut so. Einzig diese blöde Lebensschuld bindet mich an dich und den da.« Er deutete mit seinem Hinterbein auf Kadir. »Sobald dieser Mist vorbei ist, suche ich mir ein ruhiges Plätzchen und lebe weiter wie bisher. Auf Mitleid habe ich echt keine Lust. Die könnt ihr euch dahin stecken, wo die Sonne nicht scheint.« Der kleine Kerl änderte seine Farbe. Die orangenen Punkte auf seinem dunklen Körper strahlten nun in einem wütenden Gelb.

»Aber Ellil...«, begann Kadir. Doch die Echse ließ ihn nicht aussprechen.

»Nichts Ellil, ihr könnt euch über jemand anderes lustig machen. Pah, dass ich nicht lache. Die idiotischen Menschen, die ins Totenreich spazieren, wollen meine Freunde sein. Das Märchen könnt ihr eurer Großmutter erzählen. Ich bin zu alt dafür.« Ohne ein weiteres Wort kroch er wieder in mein Haar. Ich spürte, wie sein kleiner Körper auf meiner Haut vibrierte. Was hatte ihn so erzürnt? Seine Reaktion verstand ich nicht. Ich hob meine Hand, um ihn erneut aus meinem Haar zu zerren. Aber Kadir hielt mich zurück. »Lass ihn einfach. Er braucht Zeit, um zu verstehen, dass er für uns keine Missgeburt ist. Ich weiß, wie er sich fühlt. Ich kann es auch noch immer nicht glauben, dass du an meiner Seite bist. Es ist merkwürdig, ernst genommen zu werden. Manchmal schaue ich mich um, wenn du mit mir sprichst, um mich zu vergewissern, dass du deine Worte nicht an eine andere Person richtest.« Er strich über meine Hand und verschränkte dann die Finger mit meinen. »Vielleicht hat er auch Angst, er könnte aus diesem Traum erwachen, sobald er die Hoffnung auf Glück zulässt.«

Ich wusste darauf nichts zu sagen. Und nach einem kurzen Schweigen ging Kadir weiter, ließ aber meine

Hand nicht los.

Wie viele Stunden waren wir nun schon unterwegs? Ich wusste es nicht. Die Zeit rann einfach so dahin? Waren wir schon zu spät? Dann würden wir in diesem Bereich der Duat gefangen bleiben, bis wir starben. Erst dann könnten wir unsere Reise als Geister fortsetzen. Eine schreckliche Vorstellung

Ellil blieb in meinem Haar und sagte kein Wort. Ich hätte fast vergessen können, dass er überhaupt da war. Doch mein freudiger Ausruf, als wir das nächste Tor erreichten, brachte ihn dazu, sich auf meinen Kopf zu setzen. Er schien dort einen Stepptanz aufzuführen.

»Was hast du denn?«

»Hier solltet ihr aufpassen. Das Tor ist tückisch. Seht ihr die Steinwand? Zieht einen der losen Steine heraus, dann werden die Verteidigungszauber abgeschaltet und ihr müsst nur noch das Ankh an die Tür pressen, um hindurchzuspazieren.«

»Du kommst tatsächlich hervor, um uns zu helfen?«

»Ja, denkt ihr, ich sitze einfach so rum und darauf warte, dass ihr abgeschlachtet werdet? Dann hätte ich die Lebensschuld bei einem Geist. Das ist furchtbar, denn dann beißt sich die Schlange in den eigenen Schwanz. Wie soll man einem Toten das Leben retten. Ich müsste bis zum Ende der Ewigkeit in deinen verfilzten Haaren sitzen und meine Füße aus den Knoten befreien.«

Gerade wollte ich anfangen, den Kerl zu mögen. Aber er schaffte es, mit einem Nebensatz jegliches positive Gefühl zu zerstören. »Entschuldige, dass ich keine Zeit hatte, mein Haar zu kämmen, während ich um dein Leben gekämpft habe.«

Ellil kletterte auf meinen Oberarm und neigte huldvoll seinen Kopf. »Es sei dir verziehen.«

Ich verdrehte die Augen und sah zu Kadir. »Weißt du etwas von losen Steinen?

Stand dazu etwas im Buch der Toten?«

»Tut mir leid. Ich weiß nur, dass man hier das Ankh«, er zog seinen Anhänger aus der Tunika, »gegen die Tür pressen muss. Von Gefahren und Fallen weiß ich nichts.«

»Mach jetzt endlich und quatsch nicht. Deine Stunde ist bestimmt schon fast vorbei.«

Ich ignorierte Ellil und schaute Kadir weiter fragend an.

»Er kennt sich am besten hier unten aus. Ich weiß zwar nicht, ob wir ihm vertrauen können, aber ich möchte es versuchen. Schließlich hat er nichts davon, wenn du umgebracht wirst.«

»Also gut, aber wenn du uns angelogen hast, dann reiße ich dir jedes Bein einzeln aus und du musst zukünftig wie ein Wurm über den Boden kriechen.«

Ellil schluckte schwer und seine Augen zuckten nervös. »Das habe ich verstanden.«

Hatten sich diese Worte des Geckos nur für mich wie eine Frage angehört? Augen zu und durch. Wenn die Welt schon über uns zusammenbrechen wollte,

dann mit allem, was sie zu bieten hatte. Ich ging zu der Mauer und griff mir den erstbesten Stein, der schon ziemlich weit herausstand. Beherzt zog ich ihn heraus und warf ihn hinter mich.

Kapitel 12

Kadir

Meine Schulter pochte, aber es war erträglich. Ich hatte schon schlimmere Verletzungen klaglos weggesteckt. Nur leider war ich durch die Schlinge in meiner Bewegungsfreiheit ganz schön eingeschränkt. Normalerweise hätte ich den Stein aus der Mauer gezogen. Schließlich war es meine Idee gewesen, dem Gecko zu vertrauen. Ich konnte seine seelische Qual so gut nachvollziehen. Er trug seine Narben genauso wie ich. Nur waren seine weniger offensichtlich. Er hatte so viel Angst davor, erneut verletzt zu werden, dass er durch seine Grobheit jeden von sich stieß. Er wollte niemanden mögen, um später den Verlust als weitere Narbe durch die Ewigkeit zu schleppen.

Samira kletterte über den Schutthaufen, der sich vor der Mauer auftürmte. Ich sah das Blut, das durch den provisorischen Verband an ihrem Bein sickerte. Auch sie war angeschlagen, ließ es sich aber nicht anmerken. Samira war so viel stärker als jeder dieser muskulösen Schönlinge, die ich von der Priesterschule kannte. Ein Schmunzeln kroch mir ins Gesicht, während ich mir vorstellte, wie sie diese Weichlinge ausgelacht hätte. Samira brauchte keine glänzenden Schwerter oder schneeweiße Tuniken, um Stärke zu demonstrieren. Ich konnte mir diese unbändige Frau auch nicht mit modisch in Schweineschmalz getränktem Haar vorstellen, das dann kunstvoll an den

Kopf geklebt wurde. Mit ihrer wilden Mähne strahlte sie wie das Leben selbst.

Sie griff nach einem der Steine und zog ihn mit einem Ruck heraus.

Sofort begann Ellil zu schreien: »Bringt euch in Sicherheit! Ihr seid in Lebensgefahr.« Die Stimme der kleinen Echse überschlug sich fast. Was sollte das jetzt?

Bevor ich auch nur einen Schritt machen konnte, schoss eine riesige Ranke aus der Mauer. Sie peitschte gegen meinen Oberkörper und ich wurde nach hinten geschleudert. Uff! Der Aufprall nahm mir für einen Moment die Orientierung. Ich schüttelte den Kopf und schaute mich um. Keine Sekunde zu früh. Erneut schoss ein knorriger Ast auf mich zu. Ich rollte mich zur Seite. Die fingerlangen Dornen krachten neben mir auf den Boden. Sie flogen als Geschosse umher. Mehrfach wurde ich getroffen, doch ich stoppte nicht, brachte mich aus ihrer Reichweite.

Erst jetzt konnte ich einen genaueren Blick auf den Angreifer werfen. Kein noch so kleines Blättchen zeugte davon, dass Leben in diesem knorrigen Holz steckte.

Nichts außer Dornen und trocknem Holz. Trotzdem schien die Pflanze uns als ihre Opfer auserkoren zu haben. Aber warum?

Ich strich über meine Schulter und zischte. Mehrere Dornen steckten in meinem Fleisch. Der Stoff meine Tunika war zerrissen und Blut durchtränkte ihn an einigen Stellen. Ich entfernte eine blutverschmierte Spitze und warf sie zur Seite. Fast war ich froh über den Schmerz in meiner Schulter. Er überlagerte jegliche Pein. Ich spürte die Dornen in meinem Fleisch kaum. Ich schaute mich noch einmal nach einem Ausweg um, fand aber keinen. Nein, sogar der Rucksack, den wir dringend brauchten, wurde gerade von der Ranke in unzählige Verzweigungen eingesponnen. Mist! Warum hatte ich ihn fallen lassen?

Ein Schrei ließ mich herumfahren. Die Pflanze schlang sich um Samiras Knöchel, riss sie in die Luft. Das Holz schlug hart auf ihr Handgelenk. Das Schwert fiel mit lautem Klirren zu Boden.

»Ach, komm schon. Lass los!« Sie ruderte mit den Armen in der Luft, bäumte sich auf und versuchte, die Fessel zu lösen. Unmöglich. Die Ranke schüttelte sie mit Leichtigkeit immer wieder nach unten. Trotzdem gab sie nicht auf. Probierte es immer wieder. Ich konnte mir kaum vorstellen, wie sehr der Biss der Hyäne unter der knorrigen Schlinge schmerzen musste.

Verbissen presste sie die Lippen aufeinander. Ich ahnte, wie sie nach einem Ausweg suchte.

Ich wich den Trieben und Ablegern aus. Ein Sprung nach links. Ein Schritt zurück. Unermüdlich versuchten sie, auch mich in ihre Gewalt zu bringen. Es war fast wie ein Tanz. Ich sprang, verbog mich und tauchte unter den Angriffen hinweg. Dabei presste ich meinen verletzten Arm fest an den Oberkörper. Ich keuchte. Schweiß stand auf meiner Stirn. Zu allem Übel lag die Hitze noch immer schwer wie Blei auf mir. Der Ballast machte das Atmen schwer und der Schweiß, der mir unerbittlich in die Augen tropfte, verdeckte die Sicht. Alles keine gute Ausgangslage, um hier unbeschadet wieder herauszukommen.

Plötzlich riss der Boden an unzähligen Stellen auf. Es krachte und ächzte rund um uns herum. Ich musste mich mit einem beherzten Sprung in Sicherheit bringen, um nicht selbst von einer dieser Spalten verschluckt zu werden. Hinter einem kleinen Steinhaufen auf den Boden gekauert, sah ich, wie grüne Kugeln aus den entstandenen Löchern ploppten. Sie wuchsen in rasender Geschwindigkeit zur Größe einer Wasserzisterne an. Als wären sie lebendige Wesen, zitterten sie und Wellen liefen unter der Oberfläche entlang. Nach und nach bekamen die grünen Gebilde Fugen, die immer weiter aufklafften. Mehrfaches Reißen. Die Kugeln fächerten auf. Sie wurden zu unzähligen Blüten, deren Form Trompetenblumen sehr ähnelten. Nur waren diese hier blutrot und viel größer. Solche Pflanzen hatte ich noch nie gesehen.

»Lass mich los! Nein!« Ellil schrie und zappelte wie verrückt. Ein schmaler Zweig hatte sich um seinen Bauch geschlossen und beförderte ihn fast gemächlich durch die Luft. Die Schlinge lag so fest an, dass sie tief in Ellils zartes Fleisch einschnitt. Er kreischte. Wie konnte er überhaupt noch genügend Luft in seine Lungen bekommen, um diese panischen Schreie auszustoßen?

In diesem Moment öffnete die nächstgelegene Blüte eine Art Deckel. Eine lange rote Liane wandte sich heraus. Es wirkte, als käme die Zunge einer Schlange aus ihrem gefährlichen Maul.

»Sie wird mich fressen. Holt mich hier raus.« Ellil war außer sich. Das Gelb seiner Punkte wechselte so rasend schnell die Intensität. Es wirkte, als würde er flackern. Mit seinen Füßen stemmte er sich gegen seine Fessel, konnte aber nichts ausrichten.

Ich stand auf, wollte Samira, aber auch Ellil zu Hilfe eilen. Aber es gab kein Durchkommen. Dornenbewehrte Hiebe rissen an meiner Kleidung, durchstießen meine Haut. Wie sollte ich ihnen beistehen, wenn ich selbst vollauf damit beschäftigt war, nicht selbst zum Opfer zu werden. Noch immer folgte ein Angriff auf den nächsten. Die Pflanze gab mir keine Chance durchzukommen.

Panisch suchte mein Blick die Umgebung ab. Es musste doch etwas geben, dass uns helfen konnte. Mein Blick fiel auf das Schwert, das Samira fallen gelassen hatte. Ich fasste neuen Mut. Vielleicht konnte ich Ellil doch noch helfen. Die rote Zunge betastete ihn gerade. Der kleine Kerl versuchte, nach ihr zu beißen.

Ein tiefer Atemzug, und ich sprang in einer Flugrolle über eine peitschende Ranke hinweg. Der Schmerz bei der Landung raubte mir fast die Besinnung. Meine Schulter ächzte. Ich musste weiter. Schmerz tötete nicht. Ich biss mir so fest auf die Unterlippe, dass ich Blut schmeckte, rappelte mich auf und rannte weiter. Ohne anzuhalten, griff ich nach dem Schwert. Ein Sprung. Ein Schlag. Die Schlinge, die Samira Stück für Stück zu einer weiteren Blüte transportierte, war durchtrennt. Sie fiel. Weitere Triebe schossen auf sie zu. Auch diese hackte ich entzwei. Ich war wie von Sinnen. Meine Aktionen waren unbeholfen und wenig elegant, aber das Ergebnis zählte. Samira war frei. Ich warf ihr das Schwert zu und brachte schnellstmöglich einen Sicherheitsabstand zwischen mich und die mordende Pflanze.

»Öffne die Tür, Kadir. Ich werde diesen kleinen

Verräter holen, damit ich ihn eigenhändig zerquetschen kann.« Sie hinkte ein wenig, während sie sich durch das Geäst kämpfte. Das Schwert nutzte sie wie eine Axt. Beide Hände um den Griff gelegt; ohne Zögern, mit roher Gewalt.

Ich zog mein Amulett aus der Tunika und rannte auf das Tor zu. Auch hier warteten die Schlingen. Sie schlängelten sich über das Metall und wandten sich um die Gitterstäbe.

Ich musste nicht lange überlegen. Der Zauberspruch aus dem Buch der Toten, um die dritte Tür zu öffnen, war mir in Mark und Bein übergegangen. Mit dem Amulett in der Hand sprach ich die Worte. Gleißendes Licht brach durch das Schloss. Die Ranken stoben auseinander und krochen fast panisch in den Geröllhaufen zurück. Sie gaben das Tor frei. Ich legte das Ankh direkt an das Schloss. Ein Mechanismus im Inneren begann zu rattern, dann schwang das Tor quietschend auf.

Allerdings konnte ich noch nicht hindurchgehen. Die Gefahr war zu groß, dass das Tor hinter mir ins Schloss fallen würde und Samira in der Welt gefangen blieb. Das konnte ich nicht riskieren. Mir blieb keine Wahl, als mich den erneut herankriechenden Ästen zu erwehren so gut ich es vermochte.

Samira kämpfte sich derweil verbissen weiter voran. Unzählige Schlingen toten Holzes hingen an ihrem Körper. Wie ein Panzer bedeckten sie die abgeschlagenen Zweige. Blut sickerte aus so vielen Wunden, dass ich sie kaum noch zählen konnte. Sie schienen zum Glück oberflächlich zu sein und sie im Kampf wenig zu behindern. Sie kam Ellil immer näher, aber ob sie es schaffen würde, ihn rechtzeitig zu erreichen? Er war schon fast im Blütenkelch verschwunden. Nur sein Schwanz hielt ihn noch mit Mühe und Not außerhalb der Todeszone. Er hatte sein kleines Anhängsel um eine Ranke gewickelt. Diese bockte, wie ein wildes Pferd, aber Ellil ließ nicht los. Er war stur. Das musste man ihm lassen.

Doch die Haut an seinem Schwanz bekam erste Risse. Ich erinnerte mich daran, dass Echsen ihren Schwanz bei Gefahr abwerfen konnten. Es gab eine Stelle, die von Natur aus weniger fest mit dem Rest des Körpers verbunden war. Würde der Schwanz abreißen, hätte Ellil keine Chance mehr. Er würde von der Blüte verschlungen werden. Konnte Samira ihm dann noch helfen? Wie lange würde es dauern, bis dieser kleine Happen verdaut war?

Sie hatte ihn schon fast erreicht, streckte ihre Hand nach ihm aus, als Ellil mit einem festen Ruck der Blütenzunge im Inneren des Kelchs verschwand. Sein Hinterteil zuckte derweil noch an einem Zweig.

Alles ging so schnell, dass ihm nicht einmal Zeit zum Schreien blieb. Der Deckel klappte lautlos zu. Die Blüte vertrocknete in Windeseile. Die Maserung von Holz wurde sichtbar, als das schillernde Rot einem dunklen Braun wich. In weniger als fünf Sekunden verwandelten sich filigrane Blütenblätter in einen Holzklotz.

Der Schwanz landete in einer weiteren Blüte, die sich daraufhin ebenso schnell verwandelte. Samira erreichte endlich ihr Ziel. Für das Öffnen der Blüte fehlte jetzt die Zeit, deshalb kappte sie sie von ihrem Stängel. Die Pflanze bäumte sich auf, als habe sie Schmerzen. Die Ranken schlugen wie Peitschen unkontrolliert durch die Luft, verfehlten Samira nur um wenige Zentimeter. Mit ihrer Trophäe im Schlepptau eilte sie zu mir. Keuchend schlug sie sich durch die Angreifer. Selbst gelegentliche Treffer brachten sie nicht aus der Ruhe. In ihren Zügen sah ich nur absolute Entschlossenheit. In diesem Moment hoffte ich für Ellil, dass die Blüte ihn bereits erledigt hatte. Ich wollte mir nicht vorstellen, was Samira mit ihm anstellen würde, sollte sie ihn in die Finger bekommen.

»Komm Kadir, schlimmer als hier, kann es dort drüben kaum werden.« Wütend und völlig entkräftet stapfte sie durch das Tor, das hinter uns mit einem lauten Krachen ins Schloss fiel.

Kapitel 13

Samira

Dieser widerliche kleine Wurm. Ich würde ihn nur aus diesem Ding befreien, um ihn dann selbst in tausend Stücke reißen zu können. Ich kochte vor Wut. Meine Hände ballten sich so fest um den Griff meines Schwertes, dass meine Fingerknöchel weiß hervortraten. Ohne mich weiter umzusehen, fand ich einen Stein und schmetterte das holzige Blütenteil mit aller Kraft darauf. Auch wenn das Ding nicht mal einen Riss bekam, bereitete es mir unbändige Freunde, wenn ich mir vorstellte, dass Ellils Kopf bei dieser Aktion von innen gegen die Wand seines Gefängnisses knallte. Auch wenn das Ding schwer war, wuchtete ich es noch einmal hoch über meinen Kopf, um es erneut auf den Stein krachen zu lassen. Es knackte und ein feiner Riss zeigte sich in der Oberfläche.

Ich lachte diabolisch auf und rammte mein Schwert in die schmale Öffnung. Klare Flüssigkeit rann heraus, aber damit wollte ich mich jetzt nicht beschäftigen. Ich hatte einen Lurch zu lynchen. Ein Quieken aus dem Inneren zeigte mir, ich war nicht mehr weit von meinem Ziel entfernt. Ich stemmte meinen Fuß gegen den Stein, um mein Schwert als Hebel noch effizienter einsetzten zu können. Angestrengt versuchte ich, den Spalt aufzuwuchten. Noch wehrte sich das Blumendings, aber es konnte mir und meiner Klinge nicht ewig widerstehen. Und dann bekäme ich meine Rache. Wie von Sinnen bearbeitete ich das Gefängnis oder aus Ellils Sicht wohl eher seinen sicheren Unterschlupf.

Plötzlich legte sich eine Hand auf meine Schulter. Ich war so erschrocken, dass ich vom Schwert abrutschte. Die Knospe wurde im hohen Bogen davon katapultiert. Erst als das Geschoss im dicht bewachsenen Unterholz verschwand, sah ich den Dschungel, der uns hier umgab. Doch die Umgebung hätte mir nicht gleichgültiger sein können. Noch immer beherrschten die Gedanken an Vergeltung für diesen Verrat meinen Verstand.

Viel zu barsch, herrschte ich Kadir daher an: »Was? Siehst du nicht, dass ich zu tun habe?«

Er schwieg, schaute mich einfach nur ruhig an. Was tat ich hier eigentlich?

Sollte mir dieser verfluchte Ellil nicht vollkommen egal sein? Er war es auf keinen Fall wert, dass ich Kadir dafür schlecht behandelte.

»Es tut mir leid. Ich bin einfach nur furchtbar wütend auf diesen vermaledeiten Gecko, aber das ist kein Grund, dich anzufauchen, wie eine wildgewordene Straßenkatze.«

Ich sah den Schalk in Kadirs Augen aufblitzen. »Manchmal bist du wirklich wie eine Katze.« Er machte eine Pause und legte den Kopf schief. »Ich mag Katzen.«

Jetzt musste ich lachen. »Kadir, du bist sensationell! Manchmal will ich wütend sein. Aber dann ein Blick in deine Augen und puff ... die Wut ist verraucht.«

Kadir wackelte mit den Augenbrauen. »Ich bin Kadir, der Wut-weg-Zauberer!«

Nun lachten wir beide, bis mir Ellil wieder einfiel. »Wir müssen ihn trotzdem da rausholen.« Auch wenn er für mich gestorben war, sollte er doch nicht elendig in diesem Kokon verenden.

Wir machten uns auf die Suche nach ihm.

Vor uns erstreckte sich ein gewaltiger Dschungel. Farne wuchsen mannshoch und verdeckten die Stämme der moosbewachsenen gewaltigen Bäume. Efeuranken kletterten bis zum Blätterdach hinauf. Selbst wenn es hier eine Sonne gegeben hätte, hätte kein Sonnenstrahl einen Weg durch das dichte Blätterdach gefunden. Es war düster und das Rascheln, das von alles Seiten zu kommen schien, machte den Weg durch das Dickicht nicht einladender. Auch wenn das Singen der Vögel wunderschön zu uns herüberklang und der Fluss fröhlich an uns vorbei plätscherte, wusste ich doch, dass wir uns in der Duat befanden. Alles hier war dazu angelegt uns in die Irre und in den Tod zu führen. Sich in Sicherheit wiegen, hieß sterben.

Ich nutzte mein Schwert, um uns einen Weg durch die Vegetation zu bahnen. Kräftig schlug ich nach rechts und links auf und stutzte damit die Farne und Lianen auf eine ungefährliche Größe zurecht.

Dabei scheuchte ich einen ganzen Schwarm anmutiger Schmetterlinge auf. Ihre filigranen hellblauen Flügel bewegten sich graziös auf und ab, während sie ihre pelzigen Körper erst in Spiralen erhoben und dann tiefer in den Dschungel hineintrugen.

Wenige Schritte später, entdeckte ich eine grüne Baumschlange direkt vor mir an einem Ast. Fast hätte ich sie von einer der vielen Lianen nicht unterscheiden können, aber die Schlange züngelte neugierig in meine

Richtung und verriet sich dadurch. Ich ließ das Schwert sinken und gab Kadir ein Zeichen, dass er kurz warten solle. Ich hob einen langen Stock vom Boden auf und transportierte die Schlange damit aus unserem Weg. An einem anderen Ast schlängelte sie sich zufrieden zusammen und schien uns die Störung nicht übel zu nehmen.

Ein paar Meter weiter, sprangen dicke braune Kröten über unseren Weg. Sie quakten laut und eine ganze Meute kleinere Ausfertigungen folgten ihnen. Es war fast zu idyllisch hier. Viel zu schnell konnte man vergessen, wo man sich befand.

Ich schaute mich um. Kadir lief hinter mir und blickte sich aufmerksam um. Sein Arm lag wieder sicher in der Schlinge und der Rucksack hing an seiner gesunden Schulter. Wären da nicht die blutigen Löcher in seiner Tunika gewesen, nichts hätte darauf hingewiesen, dass der vorherige Kampf überhaupt stattgefunden hatte.

»Da drüben.« Kadir wies auf eine Stelle rechts von mir. Ich kniff die Augen zusammen, um im Zwielicht um mich herum etwas erkennen zu können. Und tatsächlich, in einer Astgabel steckte die Blüte. Sie wackelte, aber der Baum gab sie nicht frei. Ich hörte das gedämpfte Fluchen von Ellil aus ihrem Inneren.

Ohne zu zögern, bahnte ich mir einen Weg und schlug das hölzerne Ding mit wenig Vorsicht aus seiner Zwangslage. Es fiel weich auf den moosbedeckten Boden. Ich klemmte es mir unter den Arm und bahnte mir einen Weg zum Fluss zurück. Es wäre ja noch schöner, wenn wir uns auch noch verirren würden, nur weil wir diesen

Verräter befreiten.

Direkt am Fluss erreichten wir eine kleine Lichtung. Ideal, um endlich zu rasten und den Gecko an den Hinterbeinen in den Dschungel zu schleudern. Auch wenn meine Wut inzwischen fast verraucht war, die Enttäuschung blieb. Ich hatte mein Leben riskiert, um Ellil vor den Spinnen zu retten, und er hatte es mir vergolten, indem er mich in eine solche Falle lockte. Was hatte er sich davon versprochen? Wollte er mich doch tot sehen? Die Fragen schwirrten durch meinen Kopf und die Antworten befanden sich in dieser harten Hülle.

Ich suchte und fand einen faustgroßen Stein. Damit setzte ich mich auf den Boden und zog Ellils Gefängnis zwischen meine Beine. Das Küchenmesser kratzte über einen der vielen Risse. Endlich fand es einen Halt und ich trieb es mit Hilfe des Steins in den Kokon. Ellil kreischte im Inneren erschrocken auf. Diabolisch grinsend, zog ich das Messer heraus und setzte am Rand des Risses erneut an. So vergrößerte ich den Spalt Stück für Stück, bis die Blüte in zwei Hälften zerbrach. Der Gecko kugelte heraus und blieb regungslos auf dem Rücken liegen.

Kadir kniete sich neben ihm nieder. Er stupste ihn vorsichtig an, da schnellte der Gecko in die Höhe und schaute sich panisch um. Als sein Blick auf mich fiel, wirkte er einige Sekunden wie versteinert, bis seine Zunge wieder nervös über sein Auge wischte.

»Alles in Ordnung?«, fragte Kadir.

»Du fragst, ob alles in Ordnung ist ... in Ordnung?« Die Echse wurde immer lauter und begann wütend im Kreis zu springen. »Nichts ist in Ordnung! Ich habe keinen

Schwanz mehr. Sieh mich doch an! Ich bin verstümmelt.«
»Aber du bist am Leben.« Kadir setzte sich mit
hochgezogenen Augenbrauen hin. Jetzt wurde Ellil erst
richtig wütend. Sein Körper leuchtete in einem
strahlenden Gelb auf. »Ja, ich bin am Leben, aber ich stehe
jetzt in einer dreifachen Lebensschuld bei der da. Das
kann ich nie wieder ausbaden.« Er stellte sich auf seine
Hinterbeine und es wirkte, als würde er wütend
aufstampfen. »Jetzt bin ich an einen Menschen gefesselt.
Das ist so furchtbar peinlich. Nicht genug, dass ich eine
Missgeburt bin. Nein, ich muss auch noch ein Sklave des
Schicksals werden.«

Jetzt reichte es mir. Ich packte ihn und schüttelte
seinen kleinen Körper, bis er endlich Ruhe gab. »Du bist
ein egoistischer kleiner Scheißkerl. Ich habe nie in meinem
Leben einen mieseren Verräter kennengelernt und jetzt
willst du dich als Opfer aufspielen.« Während meine Wut
fast überkochte, riss Ellil die Augen auf und hauchte fast
ehrfürchtig: »Ein schöneres Kompliment hat mir noch
niemand gemacht.«

Mir verschlug es die Sprache. Ich schaute zu Ellil in
meiner Hand, als wäre er verrückt geworden. Kadir kam
zu mir herüber und öffnete vorsichtig meine Finger. Bis
der Gecko frei war und auf seine Handfläche wechseln
konnte.

»Warum hast du das getan, Ellil? Warum hast du uns
in eine solche Gefahr gebracht, obwohl Samira dir kurz
zuvor noch das Leben gerettet hat?«

»Was ist denn das für eine dumme Frage? Es ist doch
wohl offensichtlich, dass ich meine Lebensschuld

loswerden wollte. Ich habe doch gerufen, ihr sollt euch in Sicherheit bringen. Wer konnte denn ahnen, dass ihr so langsam seid?«

Kadir verzog fragend das Gesicht und Ellil verdrehte die Augen.

»Mit meiner Warnung wollte ich euch das Leben retten. Damit wäre meine Schuld getilgt gewesen.« Er ließ sich theatralisch nach hinten fallen und bedeckte die Augen mit seinem Vorderbein. »Stattdessen habt ihr mir nun dreimal das Leben gerettet. Einmal die Spinnen, das Ertrinken in diesem widerlichen Blütensaft und das Verrecken in dem übriggebliebenen Holzkasten. Wie soll ich denn das jemals wieder gutmachen?« Er streckte die Beine gen Himmel. »Oh, ihr Götter, ich gebe auf. Dann ist es eben meine Bestimmung der Hilfsdämon eines Menschen zu sein. Ich, Ellil, akzeptiere dieses entwürdigende Schicksal.«

»Wer sagt, dass ich dich überhaupt noch haben will? Mit dir an meiner Seite muss ich doch bei jedem Schritt um mein Leben bangen. Du bist raus, Ellil! Ich habe keine Verwendung für dich!« Meine Stimme bebte vor unterdrücktem Zorn.

»Aber ich bin doch ein Dämon. Ich muss doch so sein, alle sind so.« Seine Stimme drückte pures Entsetzen aus. Damit hatte er wohl nicht gerechnet.

»Willst du wirklich so sein? So barbarisch wie die, die dich der Spinne zum Fraß vorwerfen wollten?« Kadir schaute Ellil traurig an.

»Ich gehöre zu ihnen. Ich bin ein Dämon und wir sind nun mal so. Sie mussten mich auslöschen. Es ist unser

Gesetz.« Der Gecko senkte den Kopf. »Vielleicht muss ich mich nur noch mehr anstrengen böse zu sein, dann werde ich mich bestimmt verwandeln können und endlich dazugehören.«

»Willst du dich denn nicht so mögen, wie du bist? Ich bin unter Menschen aufgewachsen, die gemein und brutal waren. Ständig habe ich mich gefragt, warum ich nicht zu ihnen gehören kann, warum sie mich nicht mögen. Aber weißt du was?«, Kadir stupste Ellil an. »Erst als mich Samira da rausgeholt hat, habe ich gelernt, dass das Leben Besseres für mich bereithält. Ich habe mit ihr jemanden gefunden, der mich versteht und an mich glaubt. Ich bin mir ganz sicher, du musst dich nicht mit den Idioten abgeben, die dich nicht zu schätzen wissen und glauben, du seist weniger Wert als sie selbst.«

»Du hast gut reden. Du bist nicht in der Unterwelt aufgewachsen und wurdest jeden Tag deines Lebens gequält. Deine Eltern haben dich bestimmt nicht verstoßen, weil du nicht ihren Erwartungen entsprachst, und sicher hat niemand versucht, dich wegen Unzulänglichkeiten umzubringen.« Ellil verschränkte seine kleinen Ärmchen vor der Brust. Er schnaubte und starrte zur Seite.

Kadir schwieg lange. Ich mischte mich nicht ein, obwohl ich wusste, dass der Gecko gerade einen wunden Punkt angesprochen hatte. Eigentlich waren sich die beiden gar nicht so unähnlich, hatten sie doch fast das Gleiche in ihrem Leben durchmachen müssen.

Irgendwann begann Kadir mit gesenktem Kopf zu sprechen. »Ich weiß nicht, warum meine Eltern mich

134

verstoßen haben, da hast du Recht, aber sie haben es getan. Ich war zu klein, um mich daran zu erinnern. Ich weiß nur, dass sie nie da waren. Der Hohepriester hat mir oft gesagt, sie konnten einen solchen Ballast wie mich nicht ertragen und haben mich deshalb auf den Stufen des Tempels zurückgelassen.« Kadir räusperte sich und stand auf. Trotz der Schmerzen in seiner Schulter zog er sich seine Tunika über den Kopf. Die Narben auf seiner Brust und dem muskelgestählten Bauch waren deutlich zu erkennen. Doch erst, als Kadir sich umdrehte und Ellil seinen Rücken zuwandte, sog dieser scharf die Luft ein. »Ich wurde von Anfang an misshandelt und beschimpft. Erst jetzt ist mir klar geworden, dass sie so versucht haben, mich zu töten, ohne sich wirklich des Mordes schuldig zu machen.« Er machte eine kurze Pause und streifte sein Hemd wieder über.

»Meinst du wirklich, wir sind so verschieden? Wenn ich die Hoffnung auf ein gutes Leben gefunden habe, kannst du das nicht auch? Ich, für meinen Fall, möchte niemals so werden wie meine Peiniger.«

Ich griff nach Kadirs Hand und drückte sie leicht. Er schenkte mir ein zittriges Lächeln. Ich konnte sehen, wie sehr es ihn aufwühlte über sein schreckliches Leben zu reden. Aber es machte mich unendlich stolz, dass ich ihm mit meinem Angebot so viel Hoffnung geschenkt hatte. Er war wahrhaftig dazu bereit, das Leben neu zu beginnen und Angst, Schmerz und Erniedrigung daraus zu verbannen. Er war so viel stärker als jeder seiner Folterknechte.

Ellil holte mich aus meinen Gedanken. Er kletterte auf

135

Kadirs Schulter. »Meinst du, ich kann ohne dämonische Kräfte und jetzt auch ohne meinen Schwanz jemanden finden, der mich mag?«

»Wenn du aufhörst, nur an dich zu denken, kann das schon möglich sein.« Ich war noch immer nicht davon überzeugt, dass Kadirs Worte einen Widerhall in Ellils Herzen gefunden hatten. Trotzdem sprach ich weiter: »Es ist deine Entscheidung. Aber glaube nicht, dass ich dir nur eine Sekunde vertrauen werde. Es steht zu viel auf dem Spiel, um von dir in eine erneute Falle geführt zu werden.«

Ellil ließ den Kopf hängen. »Ich verstehe...«

Kapitel 14

Kadir

Ich ahnte ja nicht, wie schwer es mir fallen würde, mit Ellil über mein bisheriges Leben zu reden. Dabei war ich mir doch sicher gewesen, dass meine Erinnerungen mir nichts mehr anhaben konnten. Ich hatte die Schläge und Schmerzen doch hinter mir gelassen, sie lagen auf der schmalen Pritsche im Tempel, dort wo einst meine Welt gewesen war. Doch Ellils Anschuldigungen hatten mich getroffen. Er hatte kein Recht, anderen die Schuld für sein Verhalten zu geben. Natürlich wurde auch ihm übel mitgespielt, aber jeder hatte eine Wahl, egal ob Mensch oder Dämon. Auch Ellil hatte einen freien Willen und nach dem, was ich bisher beurteilen konnte, auch eine gute Portion Verstand. Es musste ihm doch klar sein, dass er niemals so sein konnte, wie die anderen Dämonen. Verdammt, sie wollten ihn vernichten! Warum sollte er sich ihnen anpassen, sich selbst aufgeben, um zu einer Gruppe zu gehören, die ihn nie akzeptieren würde so wie er war? Selbst ich hatte sehr schnell gelernt, dass ich nie zu einem wirklichen Priester werden würde, dass die Tiere für mich immer die bessere Gesellschaft sein würden. Die einzige Person, die mich je wahrgenommen hatte, war eine gefürchtete Dschinda.

Jemand der, genau wie ich selbst, von der Gesellschaft ausgeschlossen wurde. Jemand, vor dem ich Angst haben sollte.

137

Jemand, den ich über alle Maßen zu schätzen gelernt hatte. Jemand, den ich vielleicht sogar in mein Herz lassen konnte.

Bei diesem Gedanken seufzte ich leise. Eine Hand legte sich auf meinen Rücken. Durch die hohe Luftfeuchtigkeit war mein Hemd nass. Es lag kühl auf meiner Haut. Die Hitze der Berührung drang durch die Feuchtigkeit und ließ Schauer über meinen Rücken laufen. Ich schloss die Augen, um das Gefühl noch mehr in mich aufzunehmen, es genießen zu können. Samira setzte sich neben mich. »Ist alles in Ordnung mit dir?«

Ich nickte, war ich doch zu keinem Wort fähig. Die Erinnerung an meine Vergangenheit hatte einen dicken Kloß in meinen Hals getrieben, den die zarte Berührung nur langsam auflöste.

»Du hättest dich vor diesem Wicht nicht erklären müssen. Er hat einen Fehler gemacht und nun muss er mit den Konsequenzen klarkommen. Es ist traurig, dass er bisher ein schlechtes Leben hatte, aber wir tragen keine Schuld daran, am Allerwenigsten du.« Sie küsste mich sanft auf die Wange und stand auf. Lauter sagte sie: »Wir sollten etwas essen und dann weitergehen.«

Samira gab mir einen kleinen Brocken Käse und eine Scheibe Brot. Sie selbst schnappte sich ein Stück Trockenfleisch.

Von Ellil war nichts mehr zu sehen. War er vor mir geflüchtet? Vor dem Monster in Menschengestalt, das nur mit Kleidung zu ertragen war? Verwundert fiel mir auf, ich hätte doch tatsächlich mehr von ihm erwartet. Nachdenklich kaute ich auf dem trockenen Brotkanten herum.

Plötzlich raschelte es hinter mir im Gebüsch. Meine Sinne waren sofort geschärft. Mein Herz begann schneller zu schlagen und pumpte Blitze aus Energie durch meine Blutbahn. Ich griff nach dem Dolch, der neben dem Brot lag. Meine Hand zitterte, als sich meine Finger viel zu fest um den Griff legten.

Auch Samira war sofort hellwach. Sie hielt ihr Schwert mit beiden Händen vor sich, bereit uns zu verteidigen. Ihr Atem ging schnell. Sie war wohl ebenso angespannt wie ich. Konzentriert starrten wir auf die sich bewegenden Farnwedel. Etwas näherte sich. Ich stand auf und stellte mich neben Samira. Das Messer zitterte in meiner Hand. Gönnte uns denn die Unterwelt keine Pause? Wir stolperten von einer tödlichen Falle in die Nächste. Eine Liane direkt vor mir im Gebüsch schwang jetzt hin und her. Meine Muskeln waren zum Zerreißen gespannt.

Etwas brach durchs Unterholz. Ich erkannte nicht sofort, was es war, und verengte die Augen, um besser sehen zu können. Die Lichtverhältnisse waren wirklich schlecht.

Im nächsten Moment riss ich die Augen auf und ließ das Messer sinken. Es gab nur einen Gecko mit abgerissenem Schwanz, den ich in der Duat kennengelernt hatte. Und genau dieser zog nun schwer an einem Blatt, das ungefähr doppelt so groß war wie er selbst. Darauf lagen mir unbekannte Früchte und merkwürdige schwarze Nüsse.

Ellil ließ das Blatt schwer schnaufend los und drehte sich zu uns um, erstarrte aber, als er uns angriffsbereit nebeneinanderstehen sah. »Was habt ihr denn vor? Ist hier irgendwo eine Gefahr?« Er sah sich vorsichtig um.

Ich ließ mein Messer sinken und stieß den Atem aus. Die Anspannung verließ meine Glieder und ließ mich fast schwindelig zurück. Auch Samira schien sich zu beruhigen. Sie setzte sich wieder. »Du hättest vielleicht mal auf dich aufmerksam machen können. Ein einfaches ‚Hallo, ich komme' hätte mir einige graue Haare erspart.«

»Wer soll denn sonst kommen? Ich glaube fast, du bist etwas überängstlich. Vielleicht solltest du dich mal entspannen. Die viele Aufregung kann zu Magenproblemen führen.« Der kleine Kerl schüttelte den Kopf und packte sein Blatt wieder am Stiel.

»Was hast du denn da?« Ich trat einen Schritt näher an ihn heran.

»Ihr habt gesagt, dass ihr Hunger habt, da habe ich etwas Essbares besorgt.«

Ich hob eine der schwarzen Nüsse an. »Und du bist dir sicher, man kann die essen?«

»Warum denn nicht? Alle Dämonen lieben diese Kohlennüsse.«

»Vielleicht, weil wir Menschen und keine Dämonen sind?«

Ellil kratzte sich am Kopf. »Das ist ein gutes Argument, aber vielleicht probiert ihr Mal eine. Die wird euch ja nicht sofort töten, oder?«

Er sah meinen skeptischen Gesichtsausdruck und warf seine Ärmchen in die Luft. Ellil seufzte schwer. »Darf ich euch dann wenigstens ein besonders schönes Plätzchen am Flussufer zeigen? Dort habe ich oft übernachtet. Die wenigsten Dämonen mögen diesen Teil der Duat. Es ist einfach zu friedlich hier.«

Ich nahm die Nüsse und steckte sie in die Tasche. Die Früchte ließ ich unauffällig im Gebüsch verschwinden. Ich traute diesem Kerl nur so weit Samira ihn werfen konnte. Trotzdem machte die Enttäuschung auf seinem Gesicht mich weich. Ich warf einen fragenden Blick zu Samira. Sie verdrehte die Augen. »Also schön! Dann zeig uns mal diesen geheimen, besonderen Ort.« Sie packte unsere Sachen in Windeseile zusammen. Ellils Gesicht hellte sich sofort auf und er wuselte an Samira vorbei. Sie fing ihn ab, setzte ihn auf ihren Arm. »Sollte das eine weitere Falle sein, wirst du es nicht überleben. Hast du verstanden?« Sie hatte leise gesprochen und doch verfehlten die Worte ihre Wirkung nicht. Der Gecko schluckte trocken. Er wies mit seinem zierlichen Beinchen nach vorn. »Mach dir mal nicht in die Hose. Ich verspreche, dass ich euch nie wieder in eine Falle führe. Ich habe meine Lebensschuld akzeptiert, verstanden? Und jetzt bewegt euch. Es wird euch gefallen.«

Der Weg war kurz. Wir schlugen uns quer durchs Gebüsch. Den Fluss hörte ich die ganze Zeit in der Nähe plätschern. Das gab mir zumindest die Sicherheit, dass uns Ellil nicht von unserem Ziel wegführte. Wir blieben auf dem richtigen Kurs zum nächsten Tor.

»Da ist es.« Der Gecko kletterte auf Samiras Kopf.

Ich schob mich durch einen Vorhang aus Lianen und hielt die Luft an. Dieser Ort wirkte wie aus einem Märchen entsprungen, einfach überirdisch schön. Schmale Bäume waren ineinandergewachsen. Ihre Zweige bogen sich ähnlich denen von Haselnusssträuchern und verwoben sich dabei zu einem dichten Netz. Sie bildeten eine Art natürlich gewachsene Kuppel. Die hellgrünen Blätter ähnelten denen von Ahorn, nur waren sie mindestens doppelt so groß. Sie bildeten einen Kontrast zu dem dunkelbraunen Holz der Stämme und Äste. Es wirkte, als hielte die Natur ihre schützenden Hände über uns. Dieser Gedanke war selbstverständlich völlig abwegig, wenn man bedachte, wo wir uns gerade befanden. Ich drehte mich im Kreis. Mein Blick fiel auf unzählige Blütenknospen, die in Stauden über uns hingen.

Ich konnte mir bereits vorstellen, wie spektakulär der Anblick wäre, wenn sich die walnussgroßen Blütenstände öffnen würden.

Als wir die Mitte das gewachsenen Zeltes betraten, stoben unzählige winzige Lichtpunkte vom Boden auf. Sie schwirrten an der Decke entlang und beleuchteten flackernd die düstere Umgebung. Wie Lichterketten funkelten sie über uns. Der Fluss machte hier eine Biegung und rahmte die kleine Halbinsel ein. Das Plätschern der Wellen machte diesen Ort noch mystischer.

»Und? Was sagt ihr?« Ellil zappelte aufgeregt.

»Es ist wirklich schön hier.« Samira drehte sich im Kreis. Ihre Augen leuchteten und ich glaubte, sie nie schöner gesehen zu haben. Ich trat an sie heran, traute mich dann aber doch nicht, ihre Hand zu nehmen. Ich wollte den Zauber des Augenblicks nicht zerstören. Das Leuchten ihrer grünen Augen war für mich pure Magie.

»Und du bist dir sicher, uns will hier nichts töten oder

142

verletzen?« Der Gecko hielt augenblicklich still und starrte mich an. »Ich habe es versprochen, klar? Ich habe einen Fehler gemacht, aber das heißt nicht, dass ich so dumm bin und nicht nur euch, sondern auch mich selbst in Gefahr bringe.«

Samira war wohl weniger misstrauisch als ich, denn sie zog bereits ihre Schuhe aus und hängte ihre Beine ins Wasser.

»Gute Idee. Behalte aber das Ufer im Auge. Die Krokodile hier werden riesig. Du wärst für sie nur ein kleiner Snack. Nicht mehr als ein Hirsebällchen für den Pharao.« Ellil rollte sich auf Samiras Knie zusammen. Es dauerte etwas, bis er eine angemessene Position gefunden hatte. Sein Schwanz fehlte ihm, um den Kopf darauf abzulegen. Irgendwann verschränkte er einfach seine Vorderbeine und legte den Kopf darauf ab. Perfekt schien diese Pose nicht zu sein. Der Gecko schaute missmutig auf das Wasser, das sich um Samiras Beine plätscherte und dann in einem kleinen Strudel wieder zusammenlief.

Ich setzte mich neben sie. Das Wasser war kühl und nahm die Schmerzen in den Füßen mit sich. Ich lehnte mich auf meine Ellenbogen zurück und genoss die Ruhe, wusste ich doch, dass wir bald weitergehen mussten. Die Duat war kein Ort zum Entspannen. Überall konnten Dämonen uns in einen Hinterhalt locken oder die Umgebung unseren Tod fordern. Wirklich weit waren wir noch nicht gekommen. Wie viel Zeit inzwischen auf der Erde vergangen war? Hatte die merkwürdige ältere Dame ihre Verfolgung inzwischen aufgegeben? Bestimmt erwartete sie nicht, dass wir jemals wieder auftauchen

würden. Ich fragte mich mittlerweile selbst, was mich dazu getrieben hatte, hier herunterzugehen, aber dann lenkte ich meinen Blick auf Samira und mein Herz wusste warum. Ich hatte bei diesem Abenteuer so viel gewonnen. Ich hatte mich selbst gefunden und war mir sicher, dass ich mich nie wieder verstecken wollte. Ich war nicht mehr unsichtbar, dazu hatte ich zu viel vom Leben geschmeckt. Und jedes Mal, wenn ich dem Tod entkam, merkte ich, wie wichtig mir das Leben war. Wer hätte das gedacht?

Samira legte ihre Hand auf meine. Ich schloss die Augen, als ich ihre Wärme auf der Haut spürte. Mein Herz vollführte einen Sprung, um dann schneller weiter zu schlagen. Diese unschuldige Berührung gab mir so viel Glück. Wie war das nur möglich? Da saß ich hier in der Unterwelt und war glücklich wie nie zuvor in meinem Leben.

144

Kapitel 15

Samira

Ich genoss unsere verschlungenen Finger. Seine Hände hatte Schwielen, die von harter Arbeit zeugten, aber für mich waren sie in so kurzer Zeit der Inbegriff von Vertrauen geworden. Ein ungläubiges Lachen entwich meiner Kehle. Er war ein Mensch und ich vertraute ihm. Und tatsächlich, es erdete mich, bei Kadir zu sein. Seine Ruhe gab mir die Zuversicht, auf dem richtigen Weg zu sein. Natürlich würde dieser Weg unweigerlich zu meinem Ende führen, aber ich würde seinen Lebensweg ebnen. Ich konnte ihn mit nur drei kleinen Wünschen glücklich machen und dabei auch noch mein Volk retten. Es war mehr, als ich mir je erträumt hatte.

Ein Schmetterling flog über mich hinweg. Seine weißen Flügel trugen den pelzigen Körper filigran durch die Luft. Fast als würde er einer einstudierten Choreografie folgen, wiegte sich das kleine Insekt elegant hin und her, hoch und runter. Ein Weiterer gesellte sich dazu. Sie schwirrten in Kreisen umher. Es schien, als freuten sie sich, einander wiederzusehen. Und dann war die ganze Luft mit diesen Schmetterlingen erfüllt. Es waren so viele, dass ihre zarten Flügel ein stetiges Surren erzeugten. Sie landeten an den Knospen und sahen bald selbst aus, wie geöffnete Blütenstände. Die Glühkäferchen schwirrten um sie herum.

Einer der Schmetterlinge landete auf Kadirs Kopf.

145

Seine Fühler zuckten und er schaute sich mit seinen großen schwarzen Augen um. Ellil huschte von meinem Kopf über unsere verschlungenen Hände zu Kadir.

»Runter von mir!«, herrschte er den Gecko an.

»Jetzt warte doch einen Moment. Ich bin ja gleich wieder verschwunden.«

Er schlich Stück für Stück näher an den Falter heran. Dann schoss plötzlich seine lange Zunge aus dem Maul. Bevor der Schmetterling auch nur realisieren konnte, was da gerade geschehen war, kaute Ellil schon zufrieden auf ihm herum, wobei die Flügel aus seinem Maul heraushingen.

Ich musste wohl vor Schreck das Gesicht verzogen haben.

»Guck doch nicht so. Die Dinger schmecken super. Ich sag ja auch nichts, wenn ihr euch einen Klumpen verdorbene Milch in den Mund schiebt und dann von dem leckeren Käse schwärmt.« Angeekelt verzog er das Gesicht und spuckte dann die Flügel des Schmetterlings aus. Sie blieben in Kadirs Haaren hängen.

»So, jetzt bin ich schon wieder weg, du Meckerbock!« Ellil huschte über den gleichen Weg zurück zu mir. Ich kicherte leise, als Kadir mit hochgezogenen

Augenbrauen Meckerbock wiederholte und mit den Fingern durch seine Locken kämmte. »Ich finde das überhaupt nicht komisch«, sagte er, aber ich sah das Schmunzeln auf seinen Lippen, bevor er den Kopf abwandte.

Kadir zeigte über sich. »Schau doch.«

Was ich dort sah, verschlug mir die Sprache. Alle

Blüten hatten sich geöffnet. Riesig und weiß prangten sie über uns. Die Schmetterlinge waren nur bei genauem Hinsehen noch als solche zu erkennen. Sie tunkten ihre Rüssel tief in den Nektar und flatterten dabei aufgeregt mit den Flügeln.

Ein süß würziger Duft zog zu mir herüber und ich atmete tief ein. Das war himmlisch. Hatte ich jemals etwas so Einzigartiges gerochen? Kadir stand auf. Er ging zu einer der Blüten, hob sie an seine Nase und atmete tief ein. Ein genüssliches Lächeln stahl sich auf sein Gesicht.

Auch ich erhob mich, wollte unbedingt mehr von diesem Duft.

»Ähm, das solltet ihr vielleicht nicht tun?« Ellil Stimme nahm ich nur ganz vage wahr. Warum sollte ich es hier nicht genießen. Er hatte uns ja schließlich zu diesem außergewöhnlichen Ort geführt. Ich griff nach einer der Blüten und inhalierte den betörenden Duft. Dabei fiel mir nicht auf, dass die Schmetterlinge um mich herum leblos zu Boden trudelten. Ich schloss die Augen und genoss diesen unbezahlbaren Moment.

Mit jedem Atemzug wurde mein Herz leichter. Ich schlug die Lider auf. Alles um mich herum erstrahlte in einem bunten Licht, das sich um mich legte wie eine wärmende Decke. Ich lachte ausgelassen und saugte noch einmal den Duft ein. Dann begann ich zu tanzen. Ich drehte mich im Kreis, hüpfte von einem Bein auf das andere. Die bunten Lichter folgten meinen Bewegungen und mein ausgelassenes Lachen stieg in roten Fäden in die Dunkelheit empor.

Plötzlich war Kadir bei mir. Er packte mich an der

Taille und hob mich hoch. Ich schrie vor Glück, als er mich herumwirbelte. Sein tiefes Lachen streichelte über meine Haut und aus den aufgestellten Härchen meiner Arme schienen winzige Jasminblüten zu wachsen.

»Ich verwandle mich in einen Jasminstrauch.« Der Anblick machte mich glücklich. Jasmin war so wunderschön. Genauso hatte ich schon immer sein wollen. Kadir legte einen Arm unter meine Kniekehle, während der andere an meinem Rücken ruhte. Ich legte meinen Arm um seinen Nacken.

»Es regnet Schmetterlinge«, rief Kadir lachend. Er warf mich in die Luft und fing mich wieder auf. Ich spürte, wie Ellil von meinem Kopf geschleudert wurde, aber es war mir egal. Es war doch alles gut.

Wieder schmiss Kadir mich in die Luft. Doch diesmal fing er mich nicht auf. Ich landete mit einem lauten Klatschen im Fluss. Das Wasser umfing mich kühl. Ich wollte es umarmen, streckte die Arme weit aus, aber wie ein ungestümes Kind entkam es immer wieder.

Als die Luft knapp wurde, schob ich den Kopf durch die Wasseroberfläche und atmete gierig den seligmachenden Geruch ein. Ich wollte mehr davon. Das Glück sollte nicht aufhören, wie flüssiges Gold durch meine Adern zu rinnen. Inzwischen füllte es jede Faser meines Körpers aus und versprach im nächsten Augenblick aus mir heraus zu bersten. Ich jauchzte ausgelassen und tanzte im Wasser.

Mein Blick fiel auf Kadir. Er stand bis zur Hüfte im Fluss und grinste mich verträumt an. Um seine Silhouette hatte sich ein helles Leuchten gelegt. Er strahlte wie ein

Stern. War es auch bei ihm das Glück, das aus seinen Poren floss. Konnte ich das Leuchten abwaschen? Das würde ich gleich sehen. Mit Schwung begann ich ihn anzuspritzen. Dabei kreischte ich wie ein kleines Kind am Badetag. Kadir tat es mir gleich. Das Wasser wurde hoch aufgewirbelt. Ich hüpfte durchs Wasser wie ein Floh, um ein Loch in Kadirs Deckung zu finden. Dabei stieß ich an etwas Hartes. Hatte es wehgetan? Ich wusste es nicht und es war mir auch egal, genau wie der kurze Schrei, der abrupt verstummte und dann in ein Prusten überging.

Ich stürzte mich weiter auf Kadir. Mit einem Satz sprang ich ihn an, schlang meine Beine um seine Hüften und brachte ihn zu Fall. Gemeinsam fielen wir um und das Wasser verschluckte uns erneut. Sobald mein Kopf die Wasseroberfläche erneut durchbrach, atmete ich tief ein, aber der wunderschöne Duft war kaum noch wahrnehmbar. Was war passiert? Ich wollte mehr davon. Ich brauchte mehr davon.

Auch Kadir sah sich irritiert um. Unser Blick fiel auf die kleine Halbinsel. Ellil stand inmitten der Blütenstände. Sie lagen auf dem Boden, allesamt und er schleifte eine nach der anderen in den Fluss. Sie trieben davon.

Warum tat er das? Er hatte doch versprochen uns nicht wieder zu hintergehen.

»Was tust du da?« Kadir stürmte aus dem Wasser, aber Ellil dachte überhaupt nicht daran, aufzuhören. Eine Blüte nach der anderen landete im Wasser.

Kadir schnappte sich die letzte Blüte, an deren Stängel sich Ellil festklammerte.

»Ich rette dir das Leben, du Idiot. Lass los!«

»Du kannst die Blüten nicht einfach entfernen. Ich will diesen Duft.« Kadir schüttelte die Blüte und Ellil hatte alle Mühe, sich weiterhin daran festzuklammern.

»Ihr habt mich aus der Barke geworfen! Wie kann man nur so unvorsichtig sein?« Die fremde Stimme ließ Kadir irritiert aufschauen. Auch ich drehte mich langsam um. Hinter mir stand ein alter Mann. Sein grauer Kinnbart war zu einem ordentlichen Zopf geflochten und der Kopf spiegelglatt rasiert. Tiefe Falten zogen sich durch sein Gesicht. Es wirkte, als habe jemand die Haut des Alten, wie kaputtes Papyrus zusammengeknüllt.

Er trug einen schneeweißen knielangen Rock, der allerdings mehr auf dem Wasser schwamm, als dass er seine Oberschenkel bedeckte. Der Oberkörper des Mannes wurde nur durch einen schweren Perlenkragen bedeckt, der bis zu seiner Brust herabreichte. An seiner Hüfte hing ein aufwändig verzierter Schwertgurt. Die Edelsteine darauf funkelten unter der Wasseroberfläche.

Erst bei genauerer Betrachtung bemerkte ich seine leicht durchscheinende Silhouette. Vor uns stand ein Geist, aber nicht irgendein Geist. Dies war Pharao Aremun. Mein Mund klappte auf und ich starrte den früheren Herrscher Ägyptens schockiert an.

Kadir ließ die Blüte mit Ellil fallen und kniete nieder, den Kopf vor sich abgelegt. Der kleine Gecko plumpste unsanft auf den Boden, beförderte allerdings sofort die letzte Blüte in den Fluss. Er grinste zufrieden, aber als sein Blick mich fand, wurden seine Augen riesig. Ohne zu zögern, rannte er auf mich zu.

»Achtung!«, brüllte er. »Zieh dein Schwert.«

Sollte ich den Pharao angreifen? Warum war Ellil so aufgeregt? Schneller als mir lieb war, sperrte die Antwort auf diese Fragen ihr Maul auf. Ich sprang zur Seite und konnte nur mit Glück dem schnappenden Kiefer entkommen. Ein Krokodil hatte sich an uns herangeschlichen. Aber es wäre ja zu einfach gewesen, wenn es sich um ein normales Krokodil gehandelt hätte. Nein, dieses hier mussten ja mindestens sechs Meter lang sein. In seinem gewaltigen Maul hatte ich beinahe aufrechtstehend Platz. Es machte sich nicht mehr die Mühe leise anzugreifen. Der dornenbewerte Schwanz peitschte regelrecht durchs Wasser. Ich spürte, dass die riesige Echse bereit war, alles für diese Mahlzeit in Kauf zu nehmen.

Ich zog mein Schwert und strich mir ein letztes Mal das Wasser aus den Augen. Die Euphorie, die noch vor wenigen Augenblicken in mir gewütet hatte, war verflogen. Zurück blieben quälende Kopfschmerzen, die ich für den Moment allerdings nicht beachten durfte, wenn ich noch etwas länger leben wollte.

Aus dem Augenwinkel nahm ich wahr, wie Ellil auf mich zuhielt. Ohne zu zögern, sprang er in den Fluss, aber sein Körper traf nicht auf dem Wasser auf. Er landete auf einem weiteren Krokodil, das sich mir von hinten genähert hatte. Ich preschte herum. Mit Erleichterung erkannte ich, dass der Pharao das Krokodil angriff, welches sich nun in meinem Rücken befand. Ich konnte mich ganz diesem hier widmen.

Trotzdem überrumpelte mich dessen Blitzangriff. Die Echse schoss nach vorn. Sie warf mich rücklings ins

151

Wasser. Ich strampelte. Versuchte, wieder auf die Füße zu kommen. Ein Schlag der gewaltigen Pranke traf mich an den Rippen. Der Schmerz durchzuckte mich. Aber der Schwung half mir, im aufgewühlten Fluss Fuß zu fassen. Ich schaute kurz an mir herab. Erleichtert atmete ich auf. Die Ledertunika hatte Schlimmeres verhindert. Sicherlich würde meine linke Seite morgen grün und blau sein, aber es war keine offene Wunde zu beklagen.

Wieder stürzte das Krokodil auf mich zu. Ich schlug mit dem Schwert zu. Es prallte ab, ohne auch nur die kleinste Verletzung zu verursachen. Schon riss das Vieh wieder das Maul auf. Ich schlug ein weiteres Mal zu, aber erneut konnte ich die panzerartige Haut nicht durchdringen. Ich hatte keine Chance. Zum Nachdenken blieb keine Zeit. Flucht? Nein, im Wasser war ich viel zu langsam.

Da erschien Ellil auf dem Kopf des Krokodils. Er rammte ihm seinen Arm ins Nasenloch. Der Kiefer des Tiers klappte nur wenige Zentimeter vor mir zu. Es begann den Kopf zu schütteln, um den Quälgeist loszuwerden. Ich sah, dass Ellil Mühe hatte, sich noch länger in dieser Zwangslage halten zu können. Auch das Krokodil schien das zu spüren und intensivierte seine Anstrengungen. Mit aller Kraft warf es den Kopf nach oben. Ellil wurde in die Luft geschleudert. Er schrie gellend auf. Die Monsterechse riss ihr Maul auf und verschlang den Gecko mit einem Happs. Das Klappen der riesigen Kiefer zerriss etwas in mir. Wut ließ meine Welt unter einem roten Schleier verschwinden. Wie konnte dieses Vieh Ellil verspeisen, bevor ich ihm die Leviten wegen dieser Drogenblüten gelesen hatte?

Mit animalischem Kampfgeschrei stürzte ich mich auf den Rücken der Bestie. Sie rollte sich in den Fluten und versuchte mich am Grund des Flusses abzustreifen. Ich hielt mich fest, klebte fast an ihr. Ließ mich nur Stück für Stück immer weiter zu ihrem Bauch rutschen. Wenn mich nicht alles täuschte, sollte mein Schwert keine Probleme haben die weiche Unterseite aufzuschlitzen. Ich hatte nur diese eine Chance. Wenn ich jetzt meinen Schwertarm löste, konnte die Gewalt der Bestie mich davon schleudern. Die ganze Anstrengung wäre umsonst gewesen. Trotzdem musste ich die Chance auf diesen Sieg nutzen. Das Ding hatte Ellil getötet und dafür würde es sterben.

Ich löste eine Hand. Sofort wurde ich abgeworfen. Doch bevor das Wasser mich fortspülen konnte, rammte ich der Echse das Schwert in den Bauch. Sie bäumte sich auf. Ich hing weiter am Schwertgriff. Klammerte mich mit aller Kraft daran fest und während ich immer tiefer rutschte, schlitzte ich das Krokodil bis zum Schwanz auf. Seine Eingeweide drängten durch den Schnitt. Sie pressten auch das Schwert mit mir aus der Wunde. Prustend kam ich an die Wasseroberfläche. Der gewaltige Körper vor mir zuckte unkontrolliert, bevor er sich auf den Rücken drehte und leblos auf den Wellen schaukelte.

Ein Blick zum Pharao zeigte mir, dass er die zweite Bestie auch erlegt hatte. Die Anspannung fiel von mir ab. Ich beugte mich vornüber und die Hände auf den Knien ab. Gierig sog ich Luft in meine Lungen und beschwor mein rasendes Herz, sich wieder zu beruhigen.

»Ist alles in Ordnung bei dir?« Kadirs stand am Ufer. Sein Gesicht war kalkweiß. Bevor ich antworten konnte, machte der Pharao allerdings schon seinem Unmut Luft. »Nichts ist in Ordnung. Ihr habt mich aus der Barke geworfen. Habt ihr eine Ahnung, was das für Auswirkungen auf die Welt haben kann? Ich muss die Duat rechtzeitig durchqueren, sonst wird die Sonne für die Menschheit nie mehr aufgehen. Ich muss ihre Sonne werden.«

»Das war nur ein kleiner Wackler an der Barke und der hat dich über Bord gehen lassen? Wie wolltest du dann gegen die Dämonen der Unterwelt ankämpfen? Sie warnen dich auch nicht vor und rufen: Achtung, ich wackle jetzt mal ein bisschen am Boot.« Ich stemmte die Fäuste in die Hüften. »Du bist hier in der Duat. Hier sollte man immer achtsam sein, besonders wenn man eine ach so wichtige Mission hat.«

»Wie wagst du es, mit mir zu reden, Unwürdige? Ich bin ein Gott!« Der Alte riss wütend die Augen auf.

»Ein wahrlich schlechter Gott, wenn deine Untertanen in die Unterwelt gehen müssen, um sich vor deiner Willkür zu schützen. Es gibt andere, gerechtere Götter. In dir war nie auch nur ein Fünkchen ihres göttlichen Wesens.« Ich stapfte aus dem Wasser und rammte wütend das Schwert in die Uferböschung.

»Wie kannst du es wagen? Ich habe immer gut für meine Untertanen gesorgt.« Der Pharao folgte mir auf dem Fuß. Aus seiner Miene sprach nun flammender Zorn.

»Für alle Untertanen oder nur für die, die du sehen wolltest?« Ich starrte ihn eindringlich an und wusste, dass meine Augen in diesem Moment wie grüne Leuchtfeuer strahlten.

»Eine Dschinda!« Der Pharao keuchte und machte einen Schritt zurück.

»Wenigstens kennst du den richtigen Namen meines Volkes.« Ich ließ mich auf den Boden fallen und umschlag meine Knie. »Das macht den Versuch unserer Auslöschung fast ein wenig respektvoll, oh weiser Pharao.« Der Sarkasmus in meiner Stimme war nicht zu überhören.

»Hast du mich deshalb aus dem Boot geworfen? Wolltest du dich rächen?«

Ich lachte trocken auf. »Nein, das war nur ein Versehen. Ich brauche keine Rache. Ich brauche Frieden und Freiheit für mein Volk.«

Kadir trat an meine Seite. »Wir sind auf dem Weg zum Totengericht. Wenn ich richtig informiert bin, führt Euch euer Weg zum gleichen Ort. Ihr könnt uns begleiten oder Euch allein durch die Duat schlagen. Das Boot ist auf jeden Fall weg und alles Zetern bringt nun auch nichts mehr.«

»Mhpf«, schnaubten der Pharao und ich im Chor.

»Wollt ihr mich ewig hier drin lassen?« Mein Kopf ruckte nach oben. Das war Ellil. Er lebte. Ich sprang auf die Füße, stieß den Pharao zur Seite und rannte auf das leblos im Wasser treibende Krokodil zu. »Wo bist du? Magen? Darm?«

»Mach dem Vieh einfach das Maul auf.«

»Kadir, mein Schwert!« Ich streckte die Hand aus und fing die Waffe gekonnt am Griff. »Vorsichtig, ich schneide!«

»Ich werd's überleben. In der Nuss war es um einiges enger und du hast trotzdem ein Schwert hineingerammt.«

Vorsichtig schnitt ich die weiche Haut hinter dem Kinn in einem Halbkreis auf. Dann steckte ich meine Hand hindurch. »Setz dich auf meine Handfläche. Ich ziehe dich raus.« Kaum hatte ich die Worte ausgesprochen, fühlte ich schon die zarten Beine auf meiner Haut. Ich schloss vorsichtig meine Finger um Ellil und zog ihn heraus.

»Du alter Teufelsbraten, wie hast du das jetzt wieder geschafft?«

Ellil krabbelte sofort auf meine Schulter. »Dieses Ding hatte schrecklichen Zahnstein. Da konnte ich mich festklammern.«

Ich stapfte wieder ans Ufer. »Runter mit dir Ellil. Ich habe noch etwas zu erledigen.«

Der Gecko setzte sich neben Kadir ins Gras.

Eine bessere Möglichkeit auf ein gutes Abendessen bekamen wir nicht. Mit geübten Schnitten trennte ich ein Hinterbein des Monsters ab. Dabei behielt ich meine Umgebung im Auge. Auf weitere Überraschungen hatte ich keine Lust.

Kapitel 16

Kadir

Das Blut des Krokodils zog in langen Schlieren durch das Wasser. Ich schüttelte den Kopf. Der Angreifer sollte wohl zu unserem Abendessen werden. Eine gute Idee, denn unsere Vorräte würden nicht ewig reichen und keiner von uns wusste, wie lang der Weg durch die Duat noch werden würde.

Der Pharao saß stolz neben mir am Ufer und beobachtete Samira. Ich las die Fragen in seinem Blick, auf die sein Geist keine Antworten finden konnte. Dabei konnte ich ihm nicht behilflich sein. Zu der Erkenntnis, dass die Dschinda keine bösartigen Monster waren, musste er ganz allein finden. Ich war mir allerdings sicher, dass Samira ihn davon überzeugen konnte. Dazu musste nur ihre Wut erst einmal verrauchen.

»Wie lange können wir noch in dieser Welt verweilen, bis die irdische Stunde vorbei ist?«, fragte ich ihn. Er war ein Geist und damit im Besitz eines Zeitmessers, der uns das Leben retten konnte. Das machte den Pharao zu einem gewinnbringenden Begleiter.

Er holte einen kleinen Gegenstand aus seiner Tasche. Es war ein flaches Holz, etwas kürzer als meine Hand. Ungefähr zwei Finger breit, war es rot eingefärbt.

»Wenn die Fläche vollkommen rot ist, müssen wir hier draußen sein. Da ich mich bereits eine ganze Weile in diesem Teil der Duat befinde, würde ich sagen, dass wir noch ungefähr sechs Stunden haben, bis wir das nächste Tor passieren müssen.«

Ich dankte ihm schweigend und merkte, wie eine Last von meinen Schultern fiel.

Endlich war die Zeit nicht mehr unser schlimmster Gegner.

Inzwischen hatte Samira die Keule aus dem Wasser gezogen. Sie grinste mich kurz an und zwinkerte mir verschwörerisch zu. Was hatte sie vor? Neben dem Pharao ließ sie ihre Beute ins Gras fallen. Dann wurde ihr Gesichtsausdruck grimmig und sie packte Ellil, der bis dato ausgestreckt vor sich hingedöst hatte.

»Hey, was soll das?«, begehrte er erschrocken auf.

»Du!«, Samiras Stimme war kaum mehr als ein Knurren. »Sag mir einen einzigen Grund, warum ich dir nicht jedes Bein einzeln ausreißen soll, um anschließend deinen Rumpf für die nachfolgenden Krokodile hier liegen zu lassen?«

Ellil schluckte laut. »Weil du mich magst, vielleicht?«

»Wie kommst du auf diese Idee? Du bist ein Betrüger, Ellil, und hast uns schon wieder in eine Falle geführt.«

»Aber du hast mich gerettet. Was macht es dann für einen Sinn, mich dann doch zu töten?«

Samira bleckte ihre Zähne, während sie leise antwortete: »Unter Umständen habe ich dich einfach nur gerettet, damit ich es selbst tun kann? Vielleicht habe ich einfach nur riesige Lust auf deine Schmerzensschreie, auf die Angst in deinen Augen? Kann es möglich sein, dass ich dich betteln hören möchte, Ellil?«

Der Gecko riss die Augen auf. Sein Unterkiefer

zitterte. »Lass es dir doch bitte erklären. Ich habe euch wirklich nichts zu Leide tun wollen.«

»Das kenne ich schon. Lass dir etwas Besseres einfallen.« Sie nahm sein Hinterbein zwischen Daumen und Zeigefinger und zog daran.

Panisch begann Ellil zu schreien. »Nein, nein! Lass das. Mein schönes Bein.«

»Dann rede. Gib mir eine Erklärung für diesen Mist!« Sie ließ seinen Fuß los und er zog seine Gliedmaßen eng an seinen Körper.

»Diese verdammten Blüten öffnen sich nur ganz selten. Ich konnte nicht wissen, dass es heute so weit sein würde. Habe ich nicht versucht, euch daran zu hindern an ihnen zu riechen? Ich habe sie alle abgerissen und in den Fluss geworfen und mit den Krokodilen hatte ich nichts zu tun. Ich schwöre es bei allem, was mir heilig ist.«

Samira hob ihn ganz nah an ihr Gesicht. Ellil kniff die Augen so fest zusammen, auf seinem gesamten Gesicht bildeten sich Falten.

»Danke, du verrückter kleiner Dämon. Du hast bei unserer Rettung Großes geleistet.« Bei ihren Worten blinzelte der Gecko ungläubig.

Samira grinste und hauchte ihm einen Kuss auf die Nase. »Und war ich dämonisch gut?«

»Perfekt«, hauchte Ellil noch ganz außer Atem. »So langsam beginne ich wirklich, Respekt vor dir zu bekommen.«

»Na dann, mein kleiner Untertan, wie geht's weiter?«

»Du lässt mich los, bevor meine Haut noch Schaden nimmt, und dann fragst du den da«, er zeigte auf mich,

»der hat bestimmt schon einen Plan.«

Ich war noch ganz außer Atem von dem Schauspiel. Hätte Samira mir nicht zuvor zugezwinkert, ich hätte ihr jedes Wort geglaubt. Ein Wunder, dass Ellil seine Körperflüssigkeiten noch unter Kontrolle behalten hatte. Diese Lektion würde er sich sicherlich merken.

»Dann lass mal hören, Kadir.«

Ich öffnete den Mund, wurde aber sofort von Aremun, dem Pharao, unterbrochen.

»Da ich euer König bin, sollte ich die Gruppe anführen und sagen, was wir tun sollten. Es kommt überhaupt nicht in Frage, dass ich mir von einer Dschinda und einem Bübchen Befehle geben lasse.« Er verschränkte die Arme vor der Brust und starrte Samira überheblich an.

»Hier geht es in keiner Weise darum, dass jemand die Gruppe anführt. Aber jeder hat seine Stärken, und die zu erkennen und zu nutzen macht hier den Unterschied zwischen Leben und Tod. Das hätte dir jemand mal während deiner Regierungszeit erklären sollen.«

Samira stemmte die Fäuste in die Hüften. Als der Pharao Luft holte, um dagegen aufzubegehren, unterbrach sie ihn sofort. »Kadir ist ein Priester des Osiris. Und soweit ich das beurteilen kann, ist er ein wandelndes Totenbuch. Er kennt jede Beschwörung und jedes Gebet auswendig und das macht seinen Rat für mich unverzichtbar. Welche deiner Fähigkeiten sollte mich dazu veranlassen, dir zu folgen?«

Aremun klappte seinen Mund zu. Mit neuem Interesse sah er zu mir. Meine Lippen zuckten. Ich hätte so gerne breit gegrinst, aber dies war der Pharao, dem ich Respekt schuldig war. Ich konnte mich in meinem Stolz doch nicht über ihn erheben. Aremun nickte dann. Ich sah in seinem Gesicht, dass er eine Entscheidung getroffen hatte. »Mein ganzes Leben habe ich auf meine Berater gehört und ihnen die Entscheidungsgewalt in ihrem Zuständigkeitsbereich übertragen. Vielleicht könnte ich dich als meinen Berater in der Unterwelt ansehen. Wenn es stimmt, was

die Dschinda sagt, kannst du eine wertvolle Hilfe sein.«

Ich platzte fast vor Stolz. Wie schade, dass diese ganzen Idioten aus dem Tempel das nicht hören konnten. Der Pharao hatte mich gerade zu seinem Berater ernannt. Jetzt konnte ich nicht mehr verhindern, dass meine Mundwinkel fast bis zu meinen Ohren nach oben gezogen wurden. Ich neigte den Kopf, doch Samiras Stimme ließ ihn sofort wieder hochfahren.

»Die Dschinda hat einen Namen und würde es vorziehen, wenn er auch benutzt werden würde. Das gilt auch für tote Pharaonen. Schreib es dir hinter die Ohren. Ich heiße Samira. Ein Name, den mir meine Eltern gegeben haben. Eltern, die von deinen Soldaten abgeschlachtet wurden, als ich noch ein Kind war. Dieser Name und meine kleine Schwester, der ich anstelle ihrer Eltern das Laufen und Sprechen beibringen musste, sind das Einzige, was mir von ihnen geblieben sind.«

Samira wandte sich ab, aber ich hatte die Tränen in ihren Augenwinkeln gesehen.

»Wir gehen zum Tor und rasten dort, solange es möglich ist, wer weiß schon, welche Gefahren in der nächsten Welt auf uns lauern«, sagte ich leise. Ich schulterte unsere Tasche und Samira hängte sich mit Hilfe von zwei dicken Lianen das Krokodilbein über die Schulter. Sie sagte kein Wort mehr und auch Aremun schwieg. Ich hatte keine Ahnung, ob ihre Vorwürfe bei ihm angekommen waren, oder ob er nur sauer über ihren fehlenden Respekt war. Trotzdem sprach ich ihn nicht darauf an. Dieser Kampf war nicht meiner.

Wir liefen am Ufer des Flusses entlang. Immer wieder sah ich die gelben Augen weiterer Krokodile aus den ruhigen Fluten aufragen. Doch sie machten keine Anstalten sich uns zu nähern. Ob unsere Beute sie abschreckte?

Egal, was es war, ich dankte den Göttern dafür, dass sie uns in Ruhe ziehen ließen. Wenn wir weiterhin von einem Kampf in den anderen hetzen mussten, würden wir unser Ziel sicher niemals erreichen.

Ich strich vorsichtig über meine verletzte Schulter. Das Gelenk war heiß und dick geschwollen, aber der stechende Schmerz war fast vollständig abgeklungen. Zumindest solange ich den Arm an meinem Körper trug. Ich würde sicherlich auch nicht versuchen, den Arm aus der Schlinge zu nehmen, wenn nicht mein Leben davon abhinge. Mein Blick wanderte zu Samira. ...Oder das ihre. Sie humpelte nur noch leicht. Ich sah die Verkrustung an ihrer Wade durch den Riss in ihrer Hose. Die Haut war nicht gerötet oder übermäßig geschwollen. Ohne erkennbare Entzündung würde die Verletzung schnell heilen und ihr vielleicht morgen schon kaum noch Probleme bereiten.

Ich wusste nicht, wie lange wir gelaufen waren, aber wie aus dem Nichts tauchte ein Tor vor uns auf. Es schien nirgends hinzuführen. Ich konnte den Fluss sehen, der dahinter weiter seine Bahn durch den Dschungel zog. Ein riesiger Farn, der hinter dem Zugang wuchs, ließ seine Blätter darüber hinweghängen. Ganz so, als hätte dieses Portal keinen Sinn, als stünde es nur zur Zierde in dieser Welt.

Ich wusste aber, dass dem nicht so war. Spürte ich doch die Macht dieser Pforte und hörte, wie die eingelassenen Hieroglyphen von der schönen Tödlichkeit der Unterwelt sprachen.

»Wir sollten Abstand zu diesem Tor halten, solange wir Pause machen. Der Gong wird uns an die Weiterreise erinnern. So lange sollten wir uns ausruhen.«

»Weißt du, was uns dahinter erwartet?« Samira ließ ihre Last fallen und stellte sich neben mich.

»Ich habe zwar keine Ahnung, aber jedes Tor birgt seine Tücken. Die Schrift wird mir verraten, was zu tun ist und welche Beschwörung ich sprechen muss.«

»Dann werde ich das Essen zubereiten und anschließend schlafen. Vielleicht kann sich ja auch der hochgelobte Herrscher dazu herablassen, Feuerholz zu sammeln.« Samira wartete seine Antwort nicht ab und verschwand hoch erhobenen Hauptes im Grün der Vegetation.

»Dieses Mädchen ist respektlos und gemein. Wieso bestrafen mich die Götter auf meiner wichtigsten Reise mit einem solchen Derwisch?« Der Pharao hatte die Fäuste in die Hüften gestemmt und starrte Samira nach.

»Ihr habt ihr alles genommen.« Meine Worte waren leise, aber ich hätte sie nicht zurückhalten können, selbst

wenn ich es gewollt hätte. »Sie ist hier, weil Eure Soldaten nicht nachlassen, auch den letzten Dschinda zu finden und zu meucheln.

Dabei wünscht sie sich doch nur ein Leben für ihre Schwester, wie auch jeder Mensch es hat.«

Er drehte sich ruckartig zu mir um. »Aber meine Berater haben mir gesagt, dass die Dschinda hinterhältige Wüstengeister sind, die die Menschen in Versuchung führen. Sie streben nach dem Thron Ägyptens und nach der Herrschaft über die ganze Welt.«

Ich sah den alten Mann mit skeptisch hochgezogenen Augenbrauen an. »Weil sie ja so allmächtig sind, schicken sie eine junge Frau in die Duat, damit sie die Götter anflehen kann? Sieht Samira so aus, als könne sie die Weltherrschaft an sich reißen?« Ich senkte den Blick. »Ich bin mit ihr vor einem wütenden Mob geflüchtet. Sie wollten uns beide töten und in diesem Moment konnte ich am eigenen Leib erfahren, mit wie viel Angst die Dschinda jeden Tag leben müssen, wie brennend der Hass auf sie ist, weil niemand die Vorurteile gegen sie aus der Welt geräumt hat.«

Mit diesen Worten wandte auch ich mich vom Pharao ab. Ich holte Moos und große Blätter. Daraus baute ich drei Lager. Wenn wir auch nur kurz schlafen konnten, sollte es doch bequem sein.

Aus den Augenwinkeln sah ich auch Aremun in die Dunkelheit des Dschungels eintauchen und fragte mich, ob er wieder zurückkommen würde. Er war es sicherlich nicht gewöhnt, dass jemand so mit ihm sprach.

Samira brachte einen Arm voll trocknes Holz und

stapelte es zu einer soliden Feuerstelle auf. Dabei sah sie immer wieder zu mir herüber. Was hatte dieses Mädchen nur an sich, dass diese kurzen Augenaufschläge mein Herz zum Tanzen brachten?

Sie schlug mit unserem Messer auf einen Stein und brachte ein paar Funken dazu, in eine Handvoll trockenes Moos zu fallen. Erste zarte Rauchfäden stiegen auf. Vorsichtig blies sie auf die winzigen Glutfetzen und tatsächlich zeigten sich nur wenige Augenblicke später die ersten Flammen. Schnell platzierte sie den Zunder unter dem Holzstapel und wedelte mit einem breiten Stück Baumrinde Luft auf die Flammen, die sich bald gierig durch die ersten Zweige fraßen.

»Holde Königin der Flammen, möge Euer Haar immer vor Eurer Kunst verschont bleiben.« Ellil sah Samira mit spitzbübischem Grinsen an. Ihr kleines Schauspiel von vorhin hatte wohl keinen bleibenden Eindruck bei ihm hinterlassen. Er war frech wie eh und je.

»Werter Ellil, möge uns die große Echse die Bäuche genügend füllen, damit wir nicht auf die Kleine zurückgreifen müssen.« Bei Samiras Antwort brach ich in schallendes Gelächter aus. Ellil steckte ihr die lange Zunge heraus und kletterte schmollend unter ihr Haar.

»Langsam frage ich mich, ob Ellil in dir den Meister der Schlagfertigkeit gefunden hat.«

»Tja, wenn ich ihm schon nicht die Beine ausreißen darf, muss es mir doch wenigstens vergönnt sein, ihn zu ärgern.« Samira grinste breit, als es aus ihren Locken schnaubte.

Wir entfernten gemeinsam die Schuppen vom Fleisch,

spießten es auf einen dicken Ast und hängten es über das Feuer. Es dauerte nicht lange bis der Duft von gebratenem Fleisch die Umgebung erfüllte und mir das Wasser im Mund zusammenlief.

Kapitel 17

Samira

Natürlich war mir aufgefallen, dass der Pharao nicht mehr da war. Auch wenn wir seinen Zeitmesser dringend brauchten, ich konnte meine Wut auf diesen ignoranten Barbaren nicht in Zaum halten. Die Ausrede, seine Berater hatten ihn über die Dschinda angelogen, konnte ich nicht gelten lassen. Er hätte sich doch ein eigenes Bild machen können. Es war falsch, Verantwortung zu wollen und diese dann nicht tragen zu können. Außerdem war es feige für einen Herrscher sich hinter seinem Stab zu verstecken.

Warum sah er das nicht? Seine sogenannten Berater hätten nichts tun können, wenn er es ihnen verboten hätte. Meine Eltern würden noch leben, wenn er die Belange seines Volkes im Auge behalten hätte. Auch die Dschinda gehörten zu seinem Volk. Es gab Zeiten, in denen wir den Pharao ebenso verehrt hatten, wie die Menschen es taten, Opfer in die Tempel brachten und mit Freude unsere Abgaben zahlten. Aber diesen Respekt hatte er so unwiederbringlich zerstört, dass es mir schwerfiel, in diesem alten Mann eine Person und nicht nur den Tyrannen zu sehen. Natürlich nahm ich seine Unsicherheit wahr, die er weiterhin hinter der hochnäsigen Fassade zu verbergen suchte, aber entschuldigte Unwissenheit einen Völkermord?

Es knackte im Unterholz und der durchscheinende

Körper des Pharaos erschien im Schein der Flammen. Er hatte so viel Feuerholz gesammelt, dass er über den Stapel auf seinen Armen nicht mehr hinwegschauen konnte. Vorsichtig spähte er an der Seite vorbei und atmete erleichtert auf. »Ich dachte schon, ich hätte mich verlaufen.«

Er ließ das Holz neben mir auf den Boden fallen. Sein Blick irrte verloren hin und her.

»Ich habe nachgedacht und möchte gern wissen, was passiert ist. Wenn es dir nicht zu viel ausmacht, würde ich gern erfahren, was dir und deinem Volk widerfahren ist. Ich musste unwissend sterben, aber ich möchte nicht ebenso unwissend wieder auferstehen.«

Ein Kloß bildete sich in meinem Hals und ich schluckte schwer.

»Wie lange habe ich mich danach gesehnt, diese Worte aus dem Mund eines Pharaos zu hören. Ihm von der schlimmsten Zeit in meinem Leben berichten zu können. Hättet ihr nur ein einziges Mal zu Lebzeiten danach gefragt, es hätte so vieles ändern können.« Meine Stimme brach. Ich setzte mich neben Kadir, der seine Hand auf meine legte und mich ermutigend anlächelte. Auch Aremun setzte sich nieder. Das Flackern der Flammen trennte uns voneinander.

Ich erzählte von meiner unbeschwerten Kindheit, vom Leben in unserem Dorf und den Dschinda, die dort Hand in Hand zusammenarbeiteten, sich unterstützten und die Erfolge ihrer Arbeit feierten. Die schwarzen Tentakel der Vergangenheit griffen nach mir, als ich davon erzählte, wie ich nicht mehr zur Schule gehen durfte, aber meine beste Freundin so schrecklich vermisste, dass ich mich doch dorthin schlich, nur um mit Steinen und Unrat beworfen zu werden. Meine beste Freundin hatte mich ein Monster geschimpft und mir ins Gesicht gespuckt, bevor sie laut um Hilfe geschrien hatte. An diesem Tag war mein kleines Herz zum ersten Mal zerrissen worden. Ich hatte es nicht verstanden und auch meine Eltern konnten es mir nicht erklären. Ich erinnerte mich noch genau daran, wie ich in unserem Badezuber gesessen hatte. Die Wunden brannten, als meine Mutter mir das Blut und den Schmutz vom Körper wusch. Sie schimpfte die ganze Zeit leise vor sich hin, doch ihre Augen zeigten hinter der Wut auch eine ungeheure Angst. Am nächsten Abend kamen die Soldaten und haben alles zerstört, jeden getötet, den sie erwischten. Wir waren Bauern, Händler und Handwerker. Keiner von uns wusste, wie man kämpft. Sie hatten leichtes Spiel. Nur meine Schwester und ich waren drei Tage später völlig entkräftet in einem kleinen Dschindadorf in den Bergen angekommen und hatten dort ein neues Zuhause gefunden. Doch auch dort war es nicht mehr sicher. Die Späher kamen immer näher. Deshalb blieb mir keine andere Wahl, als die Götter zu finden, um meinem Volk eine Möglichkeit auf Leben einzuräumen und vielleicht sogar meiner Schwester ihren größten Traum zu erfüllen. Sie wollte so gern in eine Schule gehen, studieren und eine Gelehrte werden.

Erst jetzt, als ich meinen Bericht beendet hatte, spürte ich die Nässe auf meinem Gesicht und das Brennen meiner Kehle. So lange hatte ich diese Erinnerungen in den hintersten Teil meines Herzens verbannt, hatte den

169

Schmerz nicht an mich herankommen lassen, dass sie mich jetzt überwältigten. Die Gefühle schlugen erbarmungslos zu und rissen die alten Wunden wieder auf. Roh und blutend wütete das Leid in meinem Körper. Ich schlang die Arme um meinen Leib, damit er nicht auseinanderbrechen konnte. Kadir drückte mich ganz vorsichtig an sich, strich mir tröstend über den Rücken, bis ich wieder ruhiger atmen konnte. Ich war nicht allein. Er war bei mir. Es war mir klar, dass ich das begangene Unrecht nicht rückgängig machen konnte, aber mit seiner Hilfe würde es einen neuen Weg geben. Mit seiner Hilfe würden sie leben.

Ich schaute über die Flammen.

Den Blick auf seine im Schoß verschränkten Hände gerichtet, schwieg der Pharao. Sein Rücken war gebeugt. Ich konnte sein Gesicht nicht sehen. Waren meine Worte bei ihm angekommen oder hatte ich mich umsonst der Folter meiner Erinnerungen ausgesetzt?

»Danke«, sagte er dann ganz leise. »Danke, dass du es mir erzählt hast. Ich hatte ja keine Ahnung.« Jetzt hob er den Blick. In seiner Miene sah ich Scham, Reue und Anteilnahme. »Es tut mir so leid.«

»Das macht es nicht ungeschehen und wird auch in Zukunft nichts an der Situation der Dschinda ändern. Ihr seid tot. Euer Sohn wird als neuer Pharao berufen werden. Wird er die Dschinda anhören? Wird er etwas ändern?« Kadir drückte mich noch fester an sich. Er ahnte wohl bereits die Antwort und wollte mich davor schützen.

Aremun schüttelte traurig den Kopf. »Ihr würdet nicht einmal zu ihm vorgelassen werden. So wie ich als Pharao

170

dem Volk nur wie ein Schmuckstück präsentiert wurde, wird es auch meinem Sohn ergehen. Anders als ich wird er die Aufmerksamkeit der Massen lieben, sich in ihrer Anbetung sonnen. Das ist seine Vorstellung davon, Pharao zu sein.« Er wischte sich fahrig über die Wange. »Selbst wenn ihr mit ihm sprechen könntet, er wäre nicht daran interessiert, jemanden zu schonen, schon gar kein hilfloses Volk, das ihm nichts zu bieten hat. Er verabscheut Schwäche. Macht anzuhäufen ist ihm so wichtig wie die Luft zum Atmen. Was denkt ihr, wie er da mit einem Dschinn verfahren würde?« Der Pharao seufzte. »Ich habe aus ihm werden lassen, was auch ich während meiner Zeit auf dem Thron war – ein blinder Narr.« Er schlug sich die Hände vors Gesicht.

»Deine Einsicht ehrt dich, aber jetzt solltest auch du erkennen, dass mir nur noch die Götter helfen können. Hilf mir, ihre Gunst zu erringen. Du bist einer von ihnen. Dir werden sie Gehör schenken.«

Er lächelte mich traurig an. »Ich werde alles tun, was in meiner Macht steht, um den Dschinda zu ihrem Recht auf ein freies Leben zu verhelfen, doch kann ich dir nicht sagen, wie groß diese Macht noch sein kann.«

»Dann sollten wir uns jetzt stärken und etwas schlafen, damit wir kräftig genug sind, um den Weg zu den Göttern zu überleben«, sagte ich und schnitt eine dicke Scheibe Fleisch ab. Der Bratensaft tropfte zischend in die Flammen und ich spürte, wie sich in mir neuer Mut regte. Ich hatte einen Verbündeten mehr für meine Mission gewonnen – hoffentlich einen mächtigen Verbündeten.

Kadir und ich verschlangen eine große Portion. Das

Krokodil schmeckte erstaunlich gut. Der Pharao lehnte seinen Anteil dankend ab. Als Geist gab es für ihn weder Durst noch Hunger. Aber Ellil griff ordentlich zu. Sein Bauch war kugelrund, als er sich neben dem Feuer zusammenrollte und sofort einschlief. Die Reste schnitt ich in schmale Streifen und wickelte sie in ein Tuch. Sie würden sicherlich noch ein bis zwei Tage genießbar bleiben und unsere Vorräte aufstocken.

Kadir legte noch einige Zweige ins Feuer. Sie knisterten und knackten, als die Flammenzungen auf sie übersprangen. Ich legte mich auf die Schlafstatt, die Kadir für uns gebaut hatte. Sie war weicher als so manches Lager, das ich in den letzten Wochen genutzt hatte. Auf einer solchen Mission konnte ich mir Luxus nicht leisten. Umso mehr genoss ich diese kleine Bequemlichkeit und sah zu, wie sich auch Aremun zur Ruhe bettete. Schliefen Geister? Auf jeden Fall rollte er sich zur Seite und schloss die Augen.

Kadir wählte das Lager neben meinem für sich.

»Kann es wirklich sein, dass der Pharao nichts von der Ungerechtigkeit ahnte, die in seinem Reich herrscht?«, fragte ich Kadir.

»Er ist ein Herrscher in einem Palast. Selbst wenn der Pharao sich den Leuten zeigt, werden die Wachen genau darauf achten, dass sich unter ihnen keine Querulanten befinden.« Er rückte ganz nah an mich heran. »So wie ich im Tempel eingesperrt war und mein ganzes Wissen durch das Aufschnappen von Gesprächen und dem Lesen der Bücher habe, ist es ihm auch ergangen. Ihn unterdrückte der Pomp seiner Umgebung und seine Stellung, mich der

Stock.«

Die Flammen des Lagerfeuers warfen tanzende Schatten auf sein Gesicht. Ein freudloses Lächeln schlich über seine Lippen.

»Nur warst du stark genug, nach Wegen aus dem Hamsterrad zu suchen. Ohne dich säße ich weiterhin im Tempel fest. Solange bis sie mich totgeschlagen hätten. Vielleicht hätten sie mich auch der Frau ausgeliefert. Sie schien ja ganz versessen darauf zu sein, meinem Leben ein Ende zu setzen.«

»Du bist stark Kadir. Ich bin mir sicher, du hättest selbst einen Ausweg gefunden, irgendwann.« Ich sah in seine dunklen Augen und entdeckte in ihren Tiefen die Geborgenheit, die ich so dringend brauchte.

»Warum habt ihr Dschinda euch nie gewünscht, vor den Menschen sicher zu sein?«

»Und schon wieder erzähle ich dir ein Geheimnis über die Dschinda und hoffe es bei dir in Sicherheit.«

Kadir nickte. »Natürlich sind deine Geheimnisse bei mir sicher. Ich würde niemals etwas tun, was dich in Gefahr bringt.«

Wenn er nur gewusst hätte. Schon bald würde er genau das tun, auch wenn es niemals seine Absicht war.

»Wir Dschinda können nur die Wünsche von Menschen erfüllen. Seit der Verfolgung gab es aber keinen Menschen mehr, der bereit gewesen wäre uns zu helfen, niemanden, der sich Sicherheit für die Dschinda wünschte.«

»Und wenn ich es mir jetzt wünschen würde?«

»... dann übersteigt es meine Macht, diesen Wunsch zu

erfüllen. Er wäre so vielschichtig, dass es viele mächtige Dschinda benötigen würde, um ihn zu erfüllen.

Das Denken aller Menschen müsste manipuliert werden. Kannst du dir vorstellen, wie viel Macht das erfordern würde? Ich glaube sogar, dass dafür nicht mehr genügend Meister übrig wären. Wir sind zu wenige, um Großes zu bewirken.«

»Durch diesen Völkermord hat man euch jede Chance genommen? Ihr könnt euch nicht aus eigener Kraft schützen.«

Ich nickte traurig. »Deshalb bin ich ja hier. Wir brauchen Hilfe.« Kadir blieb eine ganze Weile still, hielt nur meine Hand in seiner.

»Du bist wunderschön, wenn du zauberst.« Ich runzelte fragend die Stirn.

»Es war unbeschreiblich, wie du den Wunsch des Händlers erfüllt hast.«

»Ich habe seinen Wunsch nicht erfüllt. Wie kommst du darauf?«

»Deine Augen haben geleuchtet, als wären sie zwei grüne Sonnen.«

»Ach so. Das tun sie immer, wenn ein Mensch einen Wunsch in meiner Gegenwart ausspricht. Ihr Strahlen sagt nichts über die Erfüllung der Wünsche aus. Ich entscheide selbst, welche Bitten ich erhören will und welche nicht. Einen so banalen Wunsch würde ich nie in Betracht ziehen.«

»Das klingt logisch. Stell dir mal vor, ein Ehepaar streitet sich und er wünscht sie dahin, wo der Pfeffer wächst, während ein Dschinda in Hörweite ist.«

174

Ich kicherte. »Ja, wenn wir unsere Kräfte nicht kontrollieren könnten, müsste er seine Frau lange suchen.«

Kadir wurde ernst.

»Ich würde dich sogar am Ende der Welt suchen«, sagte er leise. Sein Blick war plötzlich so intensiv, dass er mich fast verbrannte.

»Ist das so?«

»Ja, denn für was habe ich Augen, wenn sie deine Schönheit nicht mehr sehen?« Kadir lächelte mich vorsichtig an.

»Für was habe ich Hände, wenn sie dich nicht berühren können?« Er strich langsam meinen Arm nach oben, bis seine Hand an meiner Wange lag.

»Und für was habe ich einen Mund, wenn ich dich nie mehr küssen darf?« Er beugte sich zu mir vor. Sein Mund berührte meine Lippen ganz sanft. Seine Hand fuhr in mein Haar. Ohne sich von mir zu lösen, rutschte er näher an mich heran. Sein Kuss wurde fester. Seine Zähne knabberten an meiner Unterlippe und als sich mein Mund für ein leises Stöhnen öffnete, drang seine Zunge zwischen meine Lippen. Fragend berührte er meine Zungenspitze. Diese süße Berührung sandte tausend Blitze in meinen Unterleib. Mir wurde heiß und mein Herz schlug in einem rasenden Tempo weiter. Mein Atem kam stoßweise und vermischte sich mit seiner Leidenschaft. Seine Hände strichen über jede Stelle freie Haut, die sie erreichen konnten. Leidenschaft floss wie Lava durch meine Venen. Ich wollte mehr von seinen Berührungen, mehr von ihm. Besitzergreifend legte ich ein Bein über

seinen Oberschenkel und drängte mich an ihn. Wollte ihm ganz nah sein. Seine Finger zitterten, als er sie unter meine Ledertunika schob und sich Zentimeter für Zentimeter über meinen Rücken tastete.

Ein kleiner Funke, ganz hinten in meinem Bewusstsein, mahnte mich zur Sittsamkeit. Schließlich kannte ich Kadir erst wenige Tage und wir lagen für jeden sichtbar auf dem Boden des Totenreichs. Aber ich schob diesen Gedanken beiseite. Was für einen Grund sollte es für mich geben nicht im Hier und Jetzt zu leben? Nicht zu nehmen, was sich mir gerade bot? Ich wollte diese Berührungen. Sie gaben mir so viel. Ich war mir sicher, dass ich mich immer an Kadir erinnern würde. Er war Wärme und Wahrheit in einer Welt aus Kälte und Lüge. Ich wollte so viel wie möglich mit ihm erleben, meine Erinnerungen mit Kadir füllen, bis kein Platz für Angst mehr frei war.

Zwischen zwei Küssen hauchte er leise: »ahbak.« Das waren die Worte, die Liebende zueinander sagten. Mein Herz stand einen Moment still. Kleine Sprünge bildeten sich auf seiner spröden Oberfläche. Sosehr diese Worte mich erfüllten und mir Freudentränen in die Augen treiben wollten, durfte ich das nicht zulassen. Er sollte glücklich werden ... ohne mich.

Es kostete meine ganze Willenskraft mich von ihm zu lösen. Seine Augen sahen mich an, als sei ich eine zerbrechliche Kostbarkeit. Er biss sich auf seine Unterlippe und lächelte selig. Dann zog er mich an sich und bettete meinen Kopf an seiner Brust. »Du hast Recht, meine Liebste. Wir sollten uns ausruhen. Die nächsten

Gefahren warten auf uns.«

Ich presste die Lippen zusammen, wollte auf keinen Fall meine aufsteigenden Tränen entkommen lassen.

»Wie kann man im Reich der Toten zum glücklichsten Menschen der Welt werden? Das ist so verrückt und doch bin ich es – jetzt, in diesem Moment.« Er küsste meinen Scheitel.

Und auch wenn das aufkeimende Pflänzchen zwischen mir und Kadir keine Chance auf eine Zukunft hatte, dankte ich den Göttern, dass sie mir zeigten, wie sich die Liebe anfühlte.

Kapitel 18

Kadir

Sie lag in meinen Armen. Ihre Haare kitzelten meine Haut und ihr Atem strich gleichmäßig über meine Brust. Sie war perfekt. Und ein narbenübersätes Nichts wie ich durfte sie halten. Sie hatte mir erlaubt, sie zu küssen und in mir waren tausend Sterne explodiert. Diese unglaubliche Frau war der erste Mensch in meinem Leben, der mir Liebe schenkte. Schon allein das war für mich ein Wunder.

Mit ihren schlanken Fingern heilte sie die Wunden, die die Misshandlungen der Priester in mich geschlagen hatten, einfach nur, indem sie mich berührte. Meine Samira war mein persönliches Zauberelixier. Sie schaffte es, dass ich mich nicht mehr als Versager wahrnahm, sondern als Mann.

Ein Mann, der sie dazu brachte, unbekümmert zu lachen oder rau zu stöhnen. Ich biss mir auf die Unterlippe und Stolz füllte meine Brust. Schon beim Gedanken an die kleinen Laute, die sie bei meinen Berührungen ausgestoßen hatte, wurde mir heiß. Sie hatte meinen Kuss genossen, ihn mit einer Leidenschaft erwidert, die mich entwaffnete. Ich konnte nicht genug von ihr bekommen und egal, was diese Mission bringen würde. Samira war meine Frau. Dass sie eine Dschinda war, war für mich absolut nebensächlich. Mit ihr konnte ich mir überall ein Zuhause vorstellen, unter Dschinda oder Menschen war mir gleichgültig. Ich würde ihr selbst aus dem trockensten Wüstensand ein Schloss errichten, denn weniger hatte sie nicht verdient. Sie war eine Königin der Willensstärke, und so sollte sie auch von einem Mann behandelt werden, wie eine Königin. Ich würde alles tun, um dieser Mann für sie zu werden, denn ich wusste genau, dass es mich töten würde, wenn sie einem anderen erlauben würde, sie so zu berühren, wie ich es soeben getan hatte. Diese wundervolle Dschinda war mein Heilmittel, meine Medizin, mein Opium.

Ich vergrub meine Nase in ihrem Haar, atmete tief ein und schloss die Augen. Ihr Duft ließ mich zufrieden seufzen.

Der Gong weckte mich. Hektisch schaute ich mich um. Das Tor stand offen. Samira war schon auf den Beinen. Ellil hastete auf ihre Schulter. Ich hatte mich gerade aufgerappelt und mir die Tasche umgehängt, da wurden wir auch schon von einem Sog erfasst. Er riss uns von den Füßen. Ohne Halt wirbelten wir durch die Luft. Ich stieß gegen Samira, prallte von ihr ab und krachte mit der Schulter gegen den Torbogen. Der Schmerz schoss durch meinen Körper und ließ mich qualvoll aufstöhnen. Warum musste nur immer wieder diese vermaledeite Schulter in Mitleidenschaft gezogen werden? Ich biss die Zähne zusammen und machte mich so klein wie möglich, um mich vor weiteren Aufschlägen zu schützen. Mehr blieb mir nicht übrig. Den Kräften, die hier auf mich einwirkten, hatten ich nichts entgegenzusetzen. Ich war ihnen auf Gedeih und Verderb ausgeliefert.

Helligkeit blendete mich durch zusammengepresste Augenlider und dann war der Sog von einer auf die andere Sekunde verschwunden. Ich ruderte wild mit dem unverletzten Arm durch die Luft, als die Schwerkraft an mir zog und ich unaufhaltsam in die Tiefe stürzte. Umso überraschter war ich, als ich watteweich aufgefangen wurde. Kühlende Kissen umgaben mich und ich wagte es, meine Lider einen Spalt breit zu öffnen. Vor Schreck klappte mir der Unterkiefer herunter. War das hier tatsächlich noch die Unterwelt?

Über mir erstreckte sich strahlend blauer Himmel. Kleine Schäfchenwolken trieben im sanften Wind über mich hinweg. Ich tastete meinen Untergrund ab. Auch hier fühlte sich alles flauschig an.

Ich hievte mich in eine sitzende Position. Es war mühsam, denn ich war tief in den Untergrund eingesunken. Um mich herum türmte sich weiße Watte auf. Ich zupfte ein Stück davon ab und die Watte zerfiel in meinen Händen zu Wasser. Dort wo ich den Fetzen herausgezogen hatte, verfärbte sich das Weiß in ein immer dunkler werdendes Grau.

»Was ist das?«, fragte ich verwirrt.

Samira robbte sich neben mich. Ihre Ellenbogen sanken in den kissenbergengleichen Untergrund ein. Es bereitete ihr sichtlich Mühe voranzukommen. Ellil saß auf ihrer Schulter. Als er an mir vorbeischaute, und die grau werdenden Flocken erspähte, schnappte er erschrocken nach Luft. »Was hast du getan?«

»... nur ein Stück abgerupft, um zu schauen, was das ist.«

Ellil schlug sich das Vorderbein vor die Stirn. »Du dummer Mensch hast die Wolke kaputt gemacht. Jetzt wird sie sich in Blitz, Donner und Wasser verwandeln. Wir müssen hier weg.«

»Verbreite doch keine Panik. Wir springen einfach zur Nächsten.« Samira rollte mit den Augen.

»Wenn es so einfach wäre, ihr Menschen habt doch keine Ahnung. Wir sind hier in der Duat und nicht auf einem Spaziergang. Hat eine Wolke mit ihrem Unwetter begonnen, steckt sie die anderen gleich darauf auch an. Das Unwetter wird sich wie ein Lauffeuer ausbreiten.« Ellil flitzte auf Samiras Kopf. »Wegen deiner blöden Zupferei werden wir abstürzen und auf den Klippen ohne Wiederkehr zerschellen. Das hast du echt gut gemacht, du Duat-Genie.«

Meine Augen wurden riesengroß. Das war eine Wolke? Ich betrachtete den Flausch unter mir mit neuem Interesse. Er war nun schon zur Hälfte dunkelgrau verfärbt und ein Grollen erklang aus seinem Inneren. Knisternde Energie ließ mir die Haare an den Armen zu Berge stehen. Um mich herum knisterte die Luft.

»Wollt ihr da noch Wurzeln schlagen? Bewegt euch! Nur die nächste Tür kann uns retten. Ich hab keine Lust, hier zu verrecken.« Ellil hüpfte mit seinem Oberkörper nervös auf und ab. Er ruderte wild mit seinen Vorderbeinen in der Luft. Die Panik ließ seinen winzigen Körper vibrieren.

Als der erste Blitz durch die Wolkendecke zuckte, rannten wir los. Oder besser gesagt, wir kämpften uns voran. Es war, als würden wir durchs hüfthohe Wasser rennen. Schon nach wenigen Augenblicken waren wir außer Atem. Schweiß tropfte von meiner Stirn. Er rann mir in die Augen. Es brannte und bald sah ich nur noch verschwommen.

Das Grau verfolgte uns, holte schnell auf. Inzwischen krachte der Donner ohrenbetäubend laut unter unseren Füßen und schüttelte uns durch. Mehr als einmal verlor ich das Gleichgewicht und fiel auf die Knie.

Zu allem Überfluss wurde der Untergrund immer durchscheinender. An einigen Stellen rutschte der Fuß einfach hindurch und hing unter der Wolke im Nichts. Das waren Momente, in denen mir der Atem stockte. Ich schob mich auf Knien vorwärts. Ein Blick zur Seite zeigte mir, dass es Samira auch nicht besser erging. Sie keuchte und ihre Augen waren schreckgeweitet. Doch ihre zusammengebissenen Zähne zeigten ihr Kämpferherz. Sie würde nicht aufgeben, solange es auch nur einen Funken Hoffnung gab.

Der Pharao war an ihrer Seite. Als Geist sank er natürlich nicht in den Wolken ein. Er schwebte fast über sie hinweg. Mehr als einmal reichte er uns eine helfende Hand, befreite uns aus ausweglos erscheinenden Situationen.

»Da vorn ist ein Abgrund. Ihr müsst auf die nächste Schwade springen.«

Bei den Worten des Alten machte sich noch mehr Angst in mir breit. Wie sollte es auf diesem schwammigen

Untergrund möglich sein zu springen? Man konnte sich nicht abstoßen, nirgends Halt finden. Samira sprach meine Gedanken aus: »Wie hast du dir das denn vorgestellt mit dem Springen?«

»Keine Ahnung. Springen eben. Ich kann euch leider keine große Hilfe sein. Ich schaffe es kaum noch, mich zu materialisieren. Die Gefahr wäre zu groß, dass ihr durch mich hindurchgreift, wenn ich euch fangen will. Es tut mir leid.« Er zuckte mit einer Schulter und sprang selbst fast grazil über den kleinen Spalt. Normalerweise wäre der halbe Meter auch für mich kein Hindernis gewesen, aber mit Füßen, die im dichten Nebel gefangen waren ...

Da kam mir eine Idee. Ich konnte Samira auf die andere Seite bringen. Sie musste weiterkommen. Sie musste die Dschinda retten.

»Komm zu mir, tritt auf meine Hände und spring von ihnen ab.« Ich holte meinen verletzten Arm aus der Schlinge, verschränkte meine Hände und ging leicht in die Hocke.

»Bist du irre? Und wie kommst du dann rüber?« Sie kam zu mir herüber und stemmte die Fäuste in die Hüften. »Außerdem würde ich deinen Arm erneut auskugeln, wenn er mein Gewicht tragen müsste.«

»Hast du eine bessere Idee?«, fragte ich.

»Wenn du eine solche Todessehnsucht hast, können wir das schon nutzen.« Samira schob mich zum Rand der Wolke. Was hatte sie jetzt vor?

»Mach dich steif wie ein Brett.« Mit diesen Worten gab sie mir einen harten Stoß und ich fiel nach vorn. Ich schrie kurz auf und versuchte mit beiden Händen an der anderen

Seite Halt zu finden. Meine Füße waren noch auf der anderen Seite an Ort und Stelle, tief in der dunklen Wolke gefangen.

»Halt dich fest. Lass auf keinen Fall los.« Ich kämpfte noch mit dem Dunst, der mir in Mund und Nase drang, als ich einen harten Stoß im Rücken spürte. Ein Gewicht presste mich nach unten. Meine Füße rutschen ab. Ich hing nur mit dem Oberkörper an der Wolke, die mein Ziel gewesen war. Es gab nichts, an dem ich mich festkrallen konnte. Immer weiter rutschte ich ab, versenkte meine Hände in dem Weiß. Bei dem Versuch, Halt zu finden, riss erneut einen Fetzen nach dem anderen aus der Wolke. Inzwischen war ich triefnass. Es machte keinen Sinn, mich weiter gegen das Unabwendbare zu wehren. Ich würde in die Tiefe stürzen. Ohne Erbarmen wurde ich nach unten gezogen. Die kläglichen Versuche, mein unwichtiges Leben zu retten, verbrauchten nur Kraft.

Ich hatte die Hoffnung bereits aufgegeben, als jemand mein Handgelenk umfasste. Ich klammerte mich meinerseits an meinem Retter fest. Samira lag bäuchlings über mir und grinste schief. »Hochziehen kann ich dich nicht, aber ich kann dich halten, bis du an mir hinaufgeklettert bist.«

Das ließ ich mir nicht zweimal sagen. Auch wenn es mich fast umbrachte, griff ich mit beiden Händen zu und hangelte mich an ihrer Ledertunika nach oben, wobei ich meine Füße immer wieder in die weiche Wolkenwand stemmte, um mein Gewicht zu reduzieren. Der Pharao half mir, so gut er konnte, aber immer wieder flimmerte seine Silhouette und seine Hand verlor ihre Stofflichkeit.

Sein Griff rutschte in diesen kurzen Momenten einfach durch mich hindurch. Trotzdem war seine Unterstützung sehr hilfreich. Selbst Ellil schlang immer wieder seine Zunge um mein Handgelenk und zog. Natürlich konnte der kleine Kerl nicht wirklich etwas ausrichten, aber, dass er es versuchte, zeigte, er war in seinem Inneren kein gewissenloser Dämon.

Ich schaffte es ächzend über den Rand. Oben angekommen, erkannte ich mit Schrecken, dass sich auch diese Himmelsinsel bereits grau verfärbte.

»Wir müssen weiter.« Ich stöhnte, als ich mich auf die Füße stemmte.

»Es ist aber nicht mehr weit. Dort hinten ist schon das Tor.« Der Pharao zog seinen Zeitstrahl aus der Tasche. Als er sich zu uns umwandte, zeigte sein Gesicht pure Angst.

»Die Zeit ist gleich abgelaufen.« In diesem Augenblick ertönte schon der Gong.

Ich packte Samira am Arm und hievte sie auf die Füße.

»Das schaffen wir!«

Das Tor war schon zu sehen und mit etwas Glück würden uns auch keine Wächter erwarten.

Wir kamen gut voran. Diese Watte war dichter als die der anderen Wolke. Bei jedem Schritt stießen wir uns mit aller Kraft ab, um dem Einsinken zu entkommen. Wir kämpften uns wie durch Dünen aus feinem Wüstensand voran. Meine Oberschenkel brannten und die Anstrengung ließ mich am ganzen Körper zittern, aber ich würde nicht in diesem Himmel des Totenreichs sterben. Und auch Samira würde es schaffen und wenn ich sie durch dieses Tor werfen musste. Samira würde leben.

Ich kramte in meinen Erinnerungen, ob ein Zauber Tor vier verschlossen hielt. Brauchten wir eine Beschwörung, um hindurch zu gelangen? Die vielen Geschichten aus dem Buch der Toten ratterten durch meinen Kopf. Endlich stolperte ich über die richtige Textstelle. Ich zog das Ankh aus meinem Hemd und hob es hoch über meinen Kopf.

»Bei Ammit der Verschlingerin, bring mich zu deinem Gott. Möge Osiris meinen Willen testen. Ich bin stark. Meine Seele wird überleben und ich werde nicht klagen. Schick mich hinein, inmitten der Feuerseen. Lass mich gemeinsam mit Osiris die verwirrten Seelen bändigen, damit sie ihren Weg in den Frieden finden.«

Eine Erschütterung ging durch die Welt. Selbst die Luft um mich herum vibrierte. Hohe Wellen zogen sich durch die aufgewühlten Wolken. Sie wurden geschüttelt wie nasse Laken. Ihre Blitze schossen wild durch die Luft. Ich musste mich mehr als einmal zur Seite rollen, um nicht getroffen zu werden. Hatte ich etwas falsch gemacht? Warum war die Duat durch meine Worte so in Aufruhr gebracht worden?

Zu meiner Erleichterung sah ich allerdings, wie sich das Tor öffnete. Flammen schossen daraus hervor. Sie züngelten am Torbogen entlang und leckten über die Torflügel.

Da sollten wir rein? Würden wir nicht verbrennen? Eine Entscheidung, zwischen am Boden zerschmettert zu werden oder im Feuer zu schmoren. Panik durchflutete mich. Ich schaute zu Samira herüber. »Was sollen wir

tun?«

Sie schnaufte. Ein Blitz schlug direkt neben ihr ein und Funken stoben wild umher.

»Vielleicht wollen die Götter unseren Glauben testen. Hast du nicht in deiner Beschwörung gerufen ›möge Osiris meinen Willen testen‹? Ich würde sagen, Augen zu und durch. Uns bleibt keine andere Wahl.«

Ich nickte ihr zu, nahm ihre Hand und setzte auf meinen Glauben. Die Götter würden wissen, was zu tun war. Mit letzter Kraft stürzten Samira und ich gemeinsam in die sengende Hitze, die so viel mehr Sicherheit versprach als die Wolkendecke hinter uns. Sofort schlug das Tor zu. Das Dröhnen hallte in meinen Ohren, während ich zusammengerollt auf dem Boden lag. Ich wartete auf die Schmerzen, auf die Hitze des Feuers, das sich durch meine Kleidung fressen würde, aber nichts dergleichen geschah. Ich hörte ihr Prasseln im Hintergrund, roch den Rauch und die Schwefelgase. Um mich herum war es zwar heiß wie in einem Backofen, aber nicht so, dass es mich ernsthaft verletzen konnte. Vorsichtig setzte ich mich auf und sah mich um. Es war dunkel hier. Selbst die Flammen, die an der Höhlenwand flackerten, brannten in einem so dunklen Rot, dass sie kaum Licht verbreiteten. Hinter mir hörte ich ein Zischen und drehte mich ruckartig um. Der Fluss zog dort in einer Rinne im felsigen Untergrund entlang. Immer wieder rollten glühende Steine in sein Wasser und versanken zischend auf seinem Grund. Dampf stieg auf und setzte sich in feinen Tröpfchen auf meiner Haut ab. Innerhalb kürzester Zeit war ich noch nasser als zuvor. Auch Samira

188

perlte das Wasser aus den Haaren und Ellil fing die Tropfen mit seiner langen Zunge auf.

»Wir sind bei den Feuerseen. Hier wartet eine wichtige Prüfung auf mich.« Aremun starrte in den Tunnel, der unseren weiteren Weg aufzeigte.

Ich rappelte mich auf und ging zu ihm hinüber. »Ihr seid nicht allein. Wir sind an Eurer Seite. Vielleicht ist das nicht viel, aber es ist mehr, als jeder andere Pharao zuvor hatte.«

»Du solltest Kadir glauben. Eine bessere Hilfe als ihn kannst du nicht bekommen.« Samira war nun auch bei uns.

»Worauf wartet ihr noch? Die Zeit läuft.« Zuversichtlich ging sie voran und wich den Lavarinnsalen auf dem Weg zielsicher aus.

Bevor sie von der Finsternis vollständig verschluckt werden konnte, folgten wir ihr eilig. Wir sollten beieinanderbleiben, um gemeinsam den drohenden Gefahren trotzen zu können. Denn es war keine Frage, ob wir auf Hindernisse treffen würden, sondern eher wann.

Kapitel 19

Samira

Innerlich zitterte ich vor Furcht, äußerlich vor Erschöpfung. Natürlich war es mir bewusst gewesen, dass die Reise durch die Duat kein Spaziergang werden würde, aber jetzt hatte ich nicht nur Angst davor mein Leben zu verlieren, sondern auch das von Kadir. Nutzte ich ihn für meine Zwecke aus? Wenn wir den Weg durch die Unterwelt nicht schafften, könnte er auch seine Wünsche nicht mehr äußern. Seine ganzen Mühen, die Schmerzen und die Panik wären vollkommen umsonst gewesen. Meine Gewissheit festigte sich immer mehr. Ich hatte nicht länger eine Mission. Schon längst war es nicht mehr genug, mein Volk zu retten, obwohl es eigentlich meine einzige Priorität sein sollte. Inzwischen war es mir genauso wichtig, Kadir ein Leben zu schenken. Und auch wenn ich davon träumte, meines an seiner Seite verbringen zu können, wusste ich doch, dass er mit mir niemals das Leben eines geschätzten Bürgers würde führen können. Er wäre weiterhin ein Geächteter, der Verrückte, der bei den Dschinda lebte. Wir konnten nicht zusammen sein, auch wenn mein Herz sich bei diesem Gedanken krampfhaft zusammenzog. Ich wäre niemals gut genug für ihn. Ich sah ihn an. Er grinste mich erleichtert an. Sein Brustkorb hob und senkte sich schnell von den Anstrengungen in den Wolken. Ein Kloß bildete sich in meinem Hals. Ich wusste, was mein Herz mir sagen wollte, was es in mir so laut schrie, dass es mich erschütterte, aber ich durfte nicht zuhören. Ich musste die Gewissheit verschließen, wie einen Schatz. Es würde die Zeit kommen, um das Gefängnis wieder zu öffnen. Eine Zeit, in der ich die Erinnerungen an diese wunderschönen Gefühle brauchen würde, um die Ewigkeit zu überstehen.

Ich schüttelte den Gedanken ab und wandte mich schnell von Kadir ab. Was brachte es, darüber zu grübeln. Ich musste ihn einfach nur sicher durch die Duat bringen. Wir waren bereits tief in die Totenwelt vorgedrungen. Von hier aus gab es kein Zurück mehr. Ich musste mein ganzes Augenmerk darauf richten vorwärtszugehen und die Risiken so früh wie möglich zu erkennen, um die Gefahren bekämpfen zu können.

Aremun eilte an mir vorbei. Das ganze Grübeln hatte meine Schritte langsam werden lassen. Kadir und ich folgten ihm durch die Finsternis dieser Welt. Der unebene Schotterweg, der unter unseren Füßen knirschte, strahlte eine enorme Hitze aus. Wir konnten nicht stehenbleiben. Die Sohlen unserer Schuhe hätten innerhalb weniger Augenblicke Feuer gefangen. Meine Füße schmerzten. Sicherlich waren sie bereits mit Brandblasen übersät. Wie gerne hätte ich sie im kühlen Flusswasser gekühlt. Es plätscherte unschuldig neben uns her. Dieses Geräusch lud dazu ein, in die Fluten zu springen. Nur das unterschwellige Brodeln zeigte an, dass die Temperatur des Wassers kurz vor dem Siedepunkt stand. Ein Sprung in dieses trügerische Nass käme einem Todesurteil gleich. Dichte Nebelschwaden stiegen aus den Wellen auf. Ein weiteres Zeichen der unbeschreiblichen Hitze. Wasser verdampfte. Der Dunst erschwerte uns zusätzlich zur Dunkelheit die Sicht. Außerdem verströmte er einen unangenehmen Geruch nach Moder und Sumpf. Auch die Süße von verwesendem Fleisch mischte sich darunter, was mir einen Schauer nach dem anderen über meinen erhitzten Leib fahren ließ.

Woher diese Hitze kam, war kaum zu übersehen. Adern aus rotglühender Lava flossen über die Höhlenwände und verzweigten sich unzählige Male. Es wirkte wie das Adergeflecht eines Riesen. Als würden wir uns in einem Lebewesen befinden, verschluckt und in der Gefahr, jederzeit verdaut zu werden. Dies war ein Ort, der alle meine Sinne auf Flucht ausrichtete. Ich wollte hier raus, und zwar schnell.

Meine Hand lag angespannt auf dem Schwertknauf, bereit die Waffe blitzschnell ziehen zu können. Ich schaute mich aufmerksam um. Unwillkürlich sah ich auch zu Kadir. Auch er wirkte nervös. Seine Augen ruckten unruhig hin und her. Aber alles blieb ruhig. Nur der Hall unserer Schritte begleitete unseren Weg.

Der Pharao schritt mutig voran, sein Rücken gerade und das Haupt stolz erhoben. Nichts an ihm wirkte alt. Er war kein gebrochener Greis, eher ein mutiger Krieger, der seinem Schicksal mutig entgegentrat. Ihm machte der feurige Boden nichts aus. Seine Füße berührten den Untergrund nicht. Als Geist glitt er einfach darüber hinweg. Fast beneidete ich ihn um diese Fähigkeit.

Gern hätte ich ihn gefragt, welche Aufgabe ihn hier erwartete, aber ich befürchtete, selbst das leiseste Wort aus meinem Mund könnte eine Macht wecken, die uns mit

Freude vernichten würde. Auch wenn ich keine Gefahr sah, hieß das nicht, dass sie nicht irgendwo in den Schatten lauerte.

Ich fuhr erschrocken zusammen, als Ellil sich zu Wort meldete. »Pass ja auf, dass du auf den Füßen bleibst. Ich habe keine Lust, mir die Zehen zu verbrennen. Normalerweise mache ich hier einen großen Bogen herum. Kein Dämon wagt sich freiwillig in diese Welt. Was muss ich nur ertragen, um dir die Freude meiner Gesellschaft gewähren zu können?« Er hatte nicht laut gesprochen, trotzdem schnitt seine Stimme durch die Stille um uns herum.

Ich war so sehr auf meine Umgebung fokussiert, dass ich ihn beinahe vergessen hatte. Die Echse huschte unruhig von einer Schulter auf die andere. Es machte ihm sichtlich Sorgen, sich hier aufzuhalten. Was konnte schlimmer sein als die Spinnen oder Wolken, die sich unter unseren Füßen auflösten?

»Was macht dir solche Sorgen, Ellil?«

»Was für eine schlaue Frage, Mensch. Wir sind in der Duat. Da lautet die bessere Frage: Was macht mir keine Sorgen. So, und jetzt achte auf den Weg und halt den Schnabel, ja?«

Ich seufzte. Es machte keinen Sinn, den Gecko weiter zu befragen. Ich würde sicherlich selbst bald herausfinden, was es Unheimliches in dieser Höhle gab. Bisher hatten wir keine Gefahr ausgelassen, deshalb war ich mir sicher, auch in dieser nichts auszulassen.

Nach einer Weile öffnete sich der Tunnel zu einer gewaltigen Höhle. Zumindest nahm ich an, dass es sich um eine Höhle handeln musste, obwohl ich die gegenüberliegende Seite nicht erkennen konnte. Unter dem Gewölbe aus Felsen und Stein erstreckte sich ein See, dessen schwarzes Wasser das wenige Licht der Umgebung reflektierte. Nur dort wo der brodelnde Fluss in den See mündete, kräuselte sich die Wasseroberfläche. Die Wellen liefen behäbig, fast so, als wäre dieses Wasser eine zähflüssige Masse. Tiefschwarz wie Onyx lag sie vor uns.

Am Ufer war ein kleines Ruderboot vertäut. Nur ein hölzerner Pflock im Kies hielt es an Ort und Stelle, während die Wellen es hin- und herbewegten. Sein Rumpf kratzte über den flachen Untergrund. Der Pharao schritt zielsicher darauf zu.

»Es ist zwar keine Sonnenbarke, aber es wird mich zum Ziel bringen.« Mit diesen Worten hievte er das Transportmittel ins tiefere Wasser.

»Und wo soll dieses Ziel sein?« Ich packte mit an.

»Siehst du die Insel?«

Ich kniff die Augen zusammen und konnte einen Schatten am Horizont ausmachen. »Da willst du hin?«

»Das ist die Insel der Seelenvögel, die Insel des Ba. Ich muss dorthin und den verirrten Seelen gemeinsam mit Osiris den Weg zurück zu ihren Körpern weisen, damit sie in die Gefilde einkehren und dort auf ewig weiterleben können.«

»Das habe ich nie verstanden. Wie sollen die Seelenvögel, die Ba, sich mit den Körpern verbinden, wenn die Mumien in ihren Gräbern liegen?«

Kadirs Augen leuchteten auf. »Es ist geheimnisvoll, nicht wahr? Und wir werden die ersten Menschen sein, die

195

dieses Ritual zu Gesicht bekommen und dann auch noch an der Seite eines Pharaos.«

Ich seufzte gespielt. »Das hat man davon, wenn man mit einem Priester reist.«

»Als wenn es so erstrebenswert wäre, Osiris zu treffen. Der versteht keinen Spaß und ich glaube, er mag Dämonen nicht sonderlich.« Ellil hatte den Kopf aus meinen Haaren herausgestreckt, sodass ich ihn gerade noch im Augenwinkel erkennen konnte.

»Das ist ja eine riesige Überraschung, ein Gott, der keine Dämonen mag.« Der Sarkasmus in Kadirs Stimme war kaum zu überhören. Sogar Aremun verzog wegen dieser Aussage amüsiert das Gesicht.

»Macht euch nur über mich lustig. Ihr werdet diesen grünen Gesellen ja bald kennenlernen und wir sprechen uns dann wieder.« Ein ›hoffentlich‹ flüsterte er so leise, dass nur ich es hören konnte.

Ich entfernte mich ein Stück vom Boot. »Ellil?«

»Was willst du noch?« Er machte sich nicht die Mühe, sein Versteck noch einmal zu verlassen.

»Was denkst du? Müssen wir uns auch in Acht nehmen? Sieht Osiris in uns Menschen die Seelen, die es zu beschützen gilt oder wird er uns mit Dämonen gleichsetzen, denen er ja nicht so wohlwollend gegenübertritt?«

»Woher soll ich das wissen? Ihr seid die ersten Menschen, die ich in der Duat sehe. Das müsstet ihr schon allein herausfinden. Selbst schuld, wenn ihr euch in die Unterwelt wagt. Sag mir einfach Bescheid, bevor er Ammit auf dich hetzt, damit ich rechtzeitig abspringen

196

kann, bevor sie auch mich verschlingt.«

Ich biss mir auf die Unterlippe und atmete noch einmal durch. Uns blieb nichts anderes übrig, als uns dieser Gefahr auszusetzen. Schließlich mussten wir in der vorgegebenen Zeit das nächste Tor erreichen und ich konnte mich des Gefühls nicht erwehren, dass wir an Osiris vorbeimussten, um es zu durchqueren.

»Kommst du?« Kadir hatte das Tau um sein gesundes Handgelenk geschlungen. Das Boot lag bewegungslos im Wasser. Aremun stand am Bug, sein Blick fest auf die Insel gerichtet. Normalerweise hätte ihn die Barke zielsicher zu diesem Island geführt. Leider musste er in dieser außergewöhnlichen Situation mit einer Nussschale vorliebnehmen und hoffen, dass sie ihn sicher zum Ziel bringen würde.

Ich kletterte an Bord, bemühte mich allerdings, das Wasser nicht zu berühren. Schwarz wie Teer traute ich dieser Brühe alles zu. Bei meinem Glück würden in dem Moment, in dem ich die Nässe auch nur streifte, Tentakel herausschnellen und versuchen, mich zu ersäufen.

Ich setzte mich an die Ruder. Für Aremun wäre es zu anstrengend, sich für die gesamte Überfahrt stofflich zu halten, und Kadir sollte seinen Arm nicht so sehr belasten. Also blieb nur ich übrig, um uns überzusetzen. Der Weg war weit. Ich konnte mir schon jetzt den Muskelkater vorstellen, der mich am Ende dieser Welt quälen würde. Gleichwohl griff ich beherzt zu und legte mich in die Riemen. Kein Lüftchen und keine Welle unterstützten mich bei der harten Arbeit. Doch nicht nur die Anstrengung des Ruderns laugte mich langsam aus, auch die feuchte Hitze dieser Welt machte mir zu schaffen. Ich wusste nicht, ob es der Wasserdampf oder mein Schweiß war, der mir an den Schläfen hinabrann.

Irgendwann wurde der Schmerz in meinen Oberarmen zu einem dumpfen Pochen. Das eintönige Heben, Eintauchen, Ziehen lullte mich ein. Mehr als einmal fielen mir fast die Augen zu und mir rutschten die Ruder beinahe aus den Händen. Kadir saß mir gegenüber. Sein Kopf war vornübergebeugt und er atmete ruhig und gleichmäßig. Er war eingeschlafen.

Ich schaute über meine Schulter. Aremun fixierte noch immer die Insel. In den letzten Stunden war sie sehr viel nähergekommen und ich erkannte bereits ein hohes Felsplateau und einen breiten Küstenstreifen. Aus den Tiefen des Wassers strömten unzählige Geister auf die Insel, fast so, als würden sie von ihr magisch angezogen.

Kadir grunzte und ich wandte meinen Blick von der Insel ab. Mit einem unguten Gefühl sah ich, wie sein Arm vom Knie rutschte und die Finger ins Wasser tauchten. Mein Herz blieb einen Moment stehen. Der Schreck ließ mich bewegungslos verharren, meinen Blick konzentriert auf die Stelle geheftet, an der Kadirs Finger die Wasseroberfläche in Bewegung versetzten. Ich wartete, hielt angespannt die Luft an. Nichts geschah. Ich wollte schon erleichtert aufatmen, als ein Kreischen die Felswände erzittern ließ. Schrill und unnatürlich kratzte es an meinen Gehirnwindungen. Das Wasser brodelte. Eine Seeschlange, größer als alles, was ich bisher gesehen hatte, streckte ihren Kopf aus den Fluten. Ihre Augen glühten gelb, die Aufmerksamkeit starr auf uns gerichtet.

»Eindringlinge im Reich der Toten. Nichts Lebendes darf in diesen Gefilden sein.« Die dröhnende Stimme warf Wellen über das Wasser. Felsbrocken wurden von der Decke abgerissen und stürzten herab. Sie krachten in die Fluten und warfen unser kleines Boot hin und her. Wir krallten uns an den Planken fest. Immer wieder war unser kleines Transportmittel kurz davor zu kentern. Wir wurden gegen die Seiten geschleudert. Dann war es wieder ruhig. Sanft schaukelte das Boot auf den letzten Wellen.

Ich schaute zu Kadir, wollte sichergehen, dass es ihm gut ging. Sein Blick war starr auf etwas vor uns gerichtet. Die Müdigkeit war aus seiner Miene verschwunden.

»Apophis.« Ehrfurcht schwang in Kadirs Stimme.

»Ja, ich bin der Gott, der die Duat beschützt. Die Regeln müssen eingehalten werden. Nichts Lebendes darf in diesem Reich existieren. Ihr müsst sterben, um euch hier aufhalten zu dürfen.« Er katapultierte seinen langen schwarzen Körper auf uns zu. »Es wird mir eine Freude sein, die Regeln umzusetzen.«

Ich stand auf, das Schwert mit beiden Händen umklammert, bereit mich gegen diesen übermächtigen Gegner zur Wehr zu setzen. »Leg dich auf den Boden«, schrie ich Kadir an, der meinem Befehl sofort Folge leistete.

Keine Sekunde zu früh, denn Apophis ließ sich direkt neben uns ins Wasser fallen. Ich erwischte seine Seite, konnte aber keinen Schaden anrichten. Der Aufprall meiner Klinge auf seinen Leib machte ein Geräusch, als würde Metall auf Metall treffen. Funken stoben auf und der Schwertgriff vibrierte in meiner Hand. Ich musste mit beiden Händen zupacken, damit es mir nicht aus der Hand gerissen wurde.

Das Boot wurde von der entstandenen Welle fast umgeworfen. Ich warf mich auf die Seite, verlagerte so mein Körpergewicht, um die kleine Schaluppe vor dem Kentern zu bewahren. Der Pharao klammerte sich am Bug fest. Er hielt sein Ankh in der Hand und murmelte mit geschlossenen Augen Worte vor sich hin, die ich nicht verstand. Meinte er wirklich, Worte konnten uns aus dieser misslichen Lage befreien? Sollte er mir nicht besser mit seiner Waffe zur Seite stehen?

Erneut tauchte Apophis auf. Er hob das Boot mit seinem Schlangenkörper aus dem Wasser. Die schwarzen Schuppen glänzten und erst jetzt erkannte ich die kleinen Widerhaken, die an der Spitze jeder Einzelnen prangten.

Eine gewaltige Welle ging durch den Körper des Gottes und wir wurden hoch in die Luft geschleudert. Ich hielt mich panisch an den Planken fest, um nicht abzurutschen und in den See zu stürzen.

»Samira, bitte tu doch was.« Kadirs Stimme war panisch. Mit weit aufgerissenen Augen sah er mich flehend an. »Wir brauchen Seth. Nur er kann Apophis besiegen.« Seine Worte verhallten in einem Schrei, als das Boot, mit uns an Bord nach unten stürzte. Wir prallten hart auf die Wasseroberfläche. Der Bootsrumpf ächzte, aber er hielt. Ein Ruder hatte sich gelöst. Es trieb einige Meter entfernt im Wasser. Ich stellte mich breitbeinig hin und begann das Paddel vornübergebeugt ins Wasser zu stoßen, um die Schaluppe voranzutreiben. Wir mussten die Insel erreichen. Vielleicht gab es dort ein Versteck, um so diesem übermächtigen Gott zu entkommen. Ich gab alles, sandte jedes noch so kleine Fünkchen Kraft in meine Arme. Ich stöhnte bei jedem Zug und biss die Zähne so fest zusammen, dass ich befürchtete sie jeden Moment bersten zu hören.

Trotzdem tauchte der Schlangengott nur wenige Meter vor uns aus dem Wasser auf.

»Ich werde es mir leicht machen. Es ziemt sich nicht für einen Gott, mit seiner Beute zu spielen.«

»Wir sind keine Beute. Lass uns vorbei, Apophis. Ich werde mich von dir nicht aufhalten lassen. Es ist meine Bestimmung zum Totengericht zu gelangen.«

Apophis lachte schallend. »Es ist deine Bestimmung zu sterben und in die Gefilde der Binsen einzugehen oder für immer verdammt zu sein. Ich bin dir gern behilflich, dieser Bestimmung zu folgen.«

Sein Kopf schnellte auf uns zu. Ich machte einen Satz neben den Pharao, der noch immer mit geschlossenen Augen in sein Gebet versunken schien. Dieser Kerl war wirklich keine große Hilfe. Ich verdrehte genervt die Augen und gab seiner durchscheinenden Silhouette einen Stoß. Er kippte rücklings ins Boot. Doch das schien ihn nicht zu kümmern und ich hatte auch keine Zeit mich länger mit seiner Untätigkeit zu beschäftigen. Bereit, bis zum letzten Atemzug zu kämpfen, wartete ich auf den Angriff, der jetzt unweigerlich folgen würde. Aber der Schlangengott bewegte sich nicht. Mein Blick fiel auf seine Augen. Sie hatten sich in wirbelnde Abgründe verwandelt. Der Anblick zog an meinem Geist. Ich runzelte die Stirn. Warum stand ich hier? Freude überflutete mich.

Unbändige Freude machte mein Herz leicht. Warum hatte ich mir solche Sorgen gemacht? Das Leben war schön. Diese Augen luden mich ein, mit ihnen zu feiern. Ich liebte sie so sehr und ich war mir sicher, dass sie auch mich liebten. Ich wollte bei ihnen sein, mit ihnen verschmelzen.

Das Schwert fiel mir aus der Hand. Ich hörte das Klirren des Metalls, aber es kümmerte mich nicht. Einzig und allein die tiefen Strudel waren wichtig. Ein Lächeln huschte über mein Gesicht, als ich mich fragte, ob ich in den Strudelaugen ertrinken könnte. Es wäre sicher lustig darin umhergewirbelt zu werden. Gab es einen Weg ihnen nahezukommen, sie zu berühren? Nichts anderes war mehr erstrebenswert. Deshalb war ich hierhergekommen. Dessen war ich mir sicher. Ich hatte mein Ziel gefunden. Ja, ich war da, wo ich hingehörte. Ausgelassen klatschte ich in die Hände. Ich fühlte Freudentränen über meine Wange laufen. Sie blieben in meinem zittrigen Lächeln hängen. Pures Glück durchfloss mich. Weit breitete ich meine Arme aus, um den riesigen Kopf mit den Seelenaugen zu umarmen. Ich wollte ihm die Liebe zurückgeben, die er mir gerade schenkte.

Mein zauberhafter Schlangenfreund öffnete sein riesiges Maul. Ich sah die unglaublichen Zähne, lang und spitz wie monströse Nadeln und weiß, wie die pure Unschuld. Der dunkle Schlund bildete einen reizenden Kontrast dazu. Es sah hübsch aus. Ich legte den Kopf schief, um die Pupillen nicht aus dem Blick zu verlieren. Fast hatte er mich erreicht. Nur noch ein kleines Stück.

Etwas schnellte an mir vorbei. Ein dumpfer Aufprall, ein Kreischen ... Nein! Die Augen, sie waren weg.

Schwindel erfasste mich. Ich schwankte, sank auf ein Knie. Als ich wieder aufsah, war die schöne Szenerie verschwunden. Ich erblickte Apophis, der sich zuckend vor Schmerzen wand. Ein Speer ragte aus seiner Seite und grünes Blut sickerte aus der Wunde. Wie hatte ich dieses Monster nur jemals als schön und liebenswert gesehen haben. Seine Augen ..., er musste mich mit seinen Augen gebannt haben. Fast hätte ich mich willenlos von ihm verspeisen lassen.

Langsam sank der furchterregende Gott auf den Grund des Sees. Ich hob mein Schwert auf und drehte mich um. Dabei fiel mein Blick auf einen Fremden, der am Heck des Bootes stand. Auch er machte nicht gerade einen vertrauenserweckenden Eindruck. Auf einem ebenholzfarbenen muskulösen Körper schaute ein Schakalkopf auf mich herab. Der Fremde war viel größer als ein normaler Mann. Ich kannte auch nur wenige Sterbliche, die solche Muskelberge an ihrem Körper hatten.

»Mein Gott, Seth. Ich habe Euch beschworen, wie es das Totenbuch in meiner Grabkammer vorsah. Ihr habt uns vor Apophis, dem Dämon der Duat gerettet. Wir...«

»Ach, halt doch die Klappe«, unterbrach der Gott den Pharao. »Was soll das hier sein?« Er brachte unser Boot zum Schaukeln und verschränkte dabei die Arme vor der Brust. Dass seine Armmuskeln dabei nicht platzten, war wahrscheinlich nur Glück. »Wo ist die göttliche Barke?«

»Leider wurde ich durch einen Unfall aus meinem göttlichen Fortbewegungsmittel geschleudert. Aber meine Freunde hier helfen mir dabei, die Duat auf eigene Faust zu durchqueren.«

»Die da«, er zeigte auf mich, »hilft dir? Für mich sah es so aus, als gefiele ihr die Vorstellung sehr von der Schlange verschlungen zu werden.«

»Aber großer Seth, ihr wisst doch genau, dass Apophis die Macht besitzt jeden in seinen Bann zu ziehen. Niemand kann sich seinem Blick entziehen. Daher bist du doch so wichtig. Du bist der einzige Gott, der ihm widerstehen kann, der ihn in seine Schranken weisen kann, bis die Sonne am nächsten Abend wieder in der Duat versinkt und die Reise des Re durch die Duat erneut deiner Unterstützung bedarf. Deshalb beten wir dich an.« Kadir kniete zu seinen Füßen und hielt beim Sprechen den Kopf gesenkt.

»Da hast du gut aufgepasst, junger Priester. Erhebe dich.«

Kadir kam ungelenk auf die Beine, da sein Arm noch immer in der Schlinge lag. Der Schakalgott verengte die Augen zu Schlitzen. Er schaute den Pharao an und dann Kadir. »Soll das ein Scherz sein? Du setzt ihn einer solchen Gefahr aus, wo er doch das Schicksal Ägyptens ist?« Er packte den Pharao am Arm. »Ich bringe dich zu der Insel und hoffe für dich, dass ihr das Totenreich unbeschadet durchqueren könnt.« Aremun hatte die Stirn in Falten gelegt. Sicherlich lagen ihm unzählige Fragen auf der Zunge, aber Seth ließ ihn abrupt los. Er hob seine Arme und ein Ruck ging durch das kleine Schiff. Wir wurden zu Boden geschleudert und ich hatte Mühe, mich an den Seitenwänden festzukrallen, als wir durch die Luft flogen. Es fühlte sich an, als habe Seth uns geworfen. Wie ein

204

flacher Stein pitchten wir einige Male auf der Wasseroberfläche auf, bevor wir über schartiges Land schlitterten und das Boot an einem Felsen zerschellte. Wir wurden über die Bootswand geschleudert. Ich überschlug mich einige Male und blieb dann stöhnend auf einem harten Untergrund liegen. Ich versuchte, mich aufzurappeln, fiel aber sofort wieder in den groben Kies. Gab es einen Ort an meinem Körper, der nicht schmerzte? Ich wollte mich nicht bewegen. Nie mehr.

Kapitel 20

Kadir

Ich schaffte es, bei dem Aufprall im Boot zu bleiben. Trotzdem wurde ich hart auf die Planken geschleudert. Mein Kopf prallte gegen das mittlere Sitzbrett. Ich spürte, wie Blut aus der Platzwunde sickerte und über mein Gesicht rann. Seth hatte wirklich ganze Arbeit geleistete. Hätte es ihm wirklich so viel Mühe bereitet, uns sanft auf der Insel abzusetzen? Selbst wenn er ein Gott war, sollte er doch einem verstorbenen Pharao mit Respekt begegnen.

Ich hörte Samira stöhnen. Sie musste einige Meter entfernt liegen. War sie verletzt? Ich rappelte mich auf. Mein Kopf dröhnte, als würde eine ganze Horde Menschen darin Steine zertrümmern. Ich presste mir die Handballen an die Schläfe. Es bewirkte nur, dass meine verletzte Schulter sich beschwerte, weil sie nicht mehr die Unterstützung der Schlinge hatte. Schnell schob ich den Arm wieder in seine Ruheposition. Meine Fingerspitzen waren voller Blut, aber darum konnte ich mich jetzt nicht kümmern. Ich musste zu Samira und mich davon überzeugen, dass es ihr gutging.

»Kadir?« Der Klang ihrer Stimme ließ mir einen Stein vom Herzen fallen.

»Ich bin hier.« Mühsam schob ich mich auf die Füße. »Bin schon auf dem Weg zu dir.«

»Gut, dass du zu mir kommst. Ich kann mich keinen

Fingerbreit bewegen.«

Angst durchflutete meinen Körper. War sie so schwer verletzt? Ich schleppte mich voran. Sie lag auf einem kleinen Felsplateau. Ihr Gesicht war von mir abgewendet. Plötzlich krabbelte Ellil aus ihren Haaren. Der schwanzlose Gecko setzte sich auf ihr Dekolleté und legte seine Vorderbeine rechts und links an ihr Kinn. »Stell dich jetzt mal nicht so an, Prinzessin. Ich bin auf dir gesessen und bin noch ganz munter.« Er klopfte ihr ins Gesicht. »Heb deinen Hintern hoch. Wir müssen uns verstecken. Hier sitzen wir für alle Kreaturen, die uns an die Wäsche wollen, auf dem Präsentierteller und selbst du müsstest inzwischen bemerkt haben, ihr seid in der Duat nicht erwünscht.«

Ich erreichte Samira. Ihre Hand war eiskalt, als ich sie in meine nahm.

»Soll ich dir beim Aufstehen behilflich sein?«

Sie wandte mir den Kopf zu und nickte wortlos. Vorsichtig schob ich meinen Arm unter ihren Rücken und half ihr, sich aufzusetzen und dann sah ich ihre Tränen. Sie rannen still über ihr Gesicht.

»Was ist los? Hast du dich verletzt? Wo tut es weh?«

»Meine Entscheidung tut mir weh, Kadir.«

Ich runzelte die Stirn. »Was meinst du damit?« Aus dem Augenwinkel sah ich, dass Ellil sich an den Kopf tippte.

»Ich habe dich in Gefahr gebracht. Dein Arm ist verletzt und eine Platzwunde auf deiner Stirn blutet, weil ich egoistisch bin und nur an meine eigenen Ziele gedacht habe. Du hättest schon so oft sterben können und jedes

208

einzelne Mal wäre ich daran schuld gewesen.«

Ich legte meine Hand an ihre Wange. »Du vergisst, dass du mir die Wahl gelassen hast. Wir haben ein Geschäft abgeschlossen. Ich begleite dich in die Unterwelt und du erfüllst mir anschließend drei Wünsche. Du bist an gar nichts schuld.«

»Natürlich! Die drei Wünsche. Doch sind sie es wert, dass du in jeder Stunde dein Leben riskierst?« Sie schniefte.

»Nicht nur die drei Wünsche sind es wert! Und jetzt sollten wir auf Ellil hören. Bisher hatte er immer Recht mit seinen Warnungen, deshalb möchte ich Osiris nur ungern jetzt schon unter die Augen treten. Diese Erfahrung würde ich mir gern bis zum Totengericht aufheben.« Vorsichtig wischte ich ihr die Tränen von den Wangen. Dann beugte ich mich vor und küsste ihre Stirn.

Als ich mich von ihr löste, versuchte sie zu lächeln. Ich hielt ihr meine Hand entgegen. Sie griff zu und ich zog sie auf die Füße. Ellil schlüpfte sofort wieder unter ihr Haar. Er musste wirklich eine Heidenangst vor Osiris haben, was mir irgendwie auch ein mulmiges Gefühl gab, wenn ich an unser Zusammentreffen dachte.

Der Pharao kam zu uns herüber. »Ich muss Osiris helfen die Seelen der Toten auf den richtigen Weg zu geleiten. Das ist meine Aufgabe zu dieser Stunde.«

Mit diesen Worten ging er am Ufer entlang. Erst jetzt sah ich, wie nah die Ströme der Verstorbenen an unserer Landungsstelle waren. Wir sollten uns wirklich irgendwo verborgen halten, aber meine Neugier war so groß, dass ich es mir nicht nehmen lassen konnte, dieses Schauspiel zu beobachten. Ich brauchte einen erhöhten Aussichtspunkt. Am besten wäre ein Felsvorsprung. Allerdings war ich mir etwas unsicher, ob ich mit dem unbrauchbaren Arm gut klettern konnte.

Kaum waren wir hinter den ersten Felsen verschwunden, wurde mir die Entscheidung genommen. Vor uns erstreckte sich eine massive Wand. Diese konnten wir unmöglich erklimmen. Aber zwischen den Steinen hatten wir einen direkten Blick auf einen Altar hinter dem Osiris stand. Seine grün schimmernde Haut machte diesen Gott unverkennbar. Anders als auf den Abbildungen trug er einen ungefärbten Wollumhang, der vorn offenstand und einen Blick auf seinen gestählten, aber von der Marter gezeichneten Körper offenbarte. In seiner Hand hielt er einen Hirtenstab. Diesen konnte er blitzschnell ausfahren und jeden ausscherenden Geist, wie ein bockiges Lamm, zur Strecke bringen. Der Pharao trat in mein Sichtfeld.

»Du bist spät, mein Freund. Die Seelen brauchen deine Hilfe.«

»Nichts konnte mich aufhalten, meine Pflicht zu tun.« Aremun hielt einen sich windenden Geist an den Händen. Augenblicklich wurde dieser still und schaute sein Gegenüber gebannt an.

»Gehe mit den anderen, guter Mann. Nur so kann die Feder der Maat dich in die Gefilde der Binsen entlassen. Vertraue dem Gericht.« Damit schob er den Geist in die Reihe der Massen zurück. Als wäre nichts gewesen, setzte der durchscheinende Mann seinen Weg fort. Osiris berührte die Vorbeiziehenden einem nach den anderen an der Brust. Die Stelle begann zu strahlen, als hätte er einen

Stern in die Geister gelegt.

»Er öffnet den Platz der Seele, damit sich der Seelenvogel dort einnistet und gemeinsam mit dem Geist den Körper wieder in Besitz nehmen kann. Es ist unglaublich, dass ich die Magie von Osiris mit eigenen Augen zu sehen bekomme.« Ich hauchte die Worte atemlos. Mein Stauen glich sicherlich dem eines Kindes, das zum ersten Mal einen Gaukler zu Gesicht bekommt. Samira schmunzelte.

Ich war allerdings vollkommen von der Szene gefangen, die sich vor mir abspielte. Jeder Berührte wurde von Aremun vor ein riesiges Tor geleitet, das aus dem Wasser des Sees zu bestehen schien. Schwarze zähflüssige Wellen durchliefen die Türblätter. Immer wieder flogen Vögel aus den Fluten hervor. Im Sturzflug drangen sie in das Leuchten ihres Geistes ein. Diese stießen dabei ein heiseres Stöhnen aus und beugten sich gequält nach vorn. Nur einen Augenblick später verwandelten sie sich in grell leuchtende Blitze und wurden als zuckende Lichter nach oben katapultiert. Sie verschwanden im Dunst der Höhlendecke.

»Nun gehen sie zu ihren Körpern, verbinden sich mit ihnen und vollständig, als Körper, Geist und Seele erscheinen sie dann vor dem Totengericht, der letzten Hürde vor der Ewigkeit. Sie haben es schon fast geschafft.« Mein Herz wurde weich, als ich daran dachte, dass diese Geister von ihren Familien erwartet wurden. Aber dann erinnerte ich mich daran, dass niemand nach meinem Tod auf mich warten würde. Für mich gäbe es keine liebevolle Begrüßung in der Ewigkeit. Ohne das

211

Wissen um meine Familie war ich selbst in den Gefilden zur Einsamkeit verdammt. Genau deshalb hatte ich diesem Abenteuer zugestimmt. Samiras Wünsche würden mir nicht nur das Wissen, um meine Herkunft schenken, sondern mir auch Menschen zeigen, zu denen ich gehörte, im Leben wie im Tod. Ich sah zu ihr. Sie war meine Zukunft in jeglicher Hinsicht und ich dankte den Göttern, dass sie mich gewählt hatte.

Mein Blick schweifte über die Reihen der Ankommenden. Mir fiel ein sehr beleibter Mann auf, der sich immer weiter zurückfallen ließ. Immer wieder schob er Geister, die hinter ihm liefen vor sich. Anstatt sich Osiris und Aremun zu nähern, führte sein Weg immer weiter zum Strand zurück.

Nach kurzer Zeit zog sein Gebaren auch die Aufmerksamkeit von Osiris auf sich. Fast beiläufig erhob er seinen Stab. Er klopfte ihn zweimal auf den felsigen Untergrund. Dunkle Rauchschwaden zogen durch die Höhle auf den Gott zu. Sie umkreisten seinen Stab. Osiris lächelte gütig. Als sich drei schwarze Schakale zu seinen Füßen manifestierten, streichelte er ihnen liebevoll die wabernden Köpfe. Die Augen dieser Bestien schienen aus Feuer zu bestehen. Ihr rotglühender Blick ruckte über die Massen der Geister. Sie erspähten den Mann und ein tiefes Grollen entwich ihren Kehlen, das die schwarzen Felsen in Vibration versetzte.

Ellil stieß ein ängstliches Pfeifen aus und der Haarschopf von Samira vibrierte.

»Ellil, was ist los?« Ich sprach die Worte so leise wie möglich direkt in Samiras wilde Haarpracht.

212

»Keine Ahnung, ob die drei Wächter auch echte Menschen verspeisen, aber unterentwickelte Gecko-Dämonen mögen sie recht gern. Es ist nicht das erste Mal, dass ich mich vor ihnen verstecken muss. Wir sollten hier weg, und zwar ganz schnell.«

»Bis jetzt haben sie es auf ein anderes Opfer abgesehen.«

»Dieser arme Tropf war in seinem Leben sicherlich nicht sehr nett. Die Angst vor Ammit, der Verschlingerin, kann so manchem Geist ein volles Höschen bescheren.«

In diesem Moment rannte der Geist los. Wie bei einem echten Menschen schaukelte sein Bauch bei jedem Schritt. Ich fragte mich, wo er denn hinwollte. Auf dieser Insel gab es kein Entkommen. Nur der Weg durch das Tor würde ihn mit seinem Seelenvogel verbinden. Nur mit ihm konnte er seinen Körper wiederfinden und in das Leben nach dem Tod einziehen.

Jeder Mensch sollte vollständig in Körper und Geist vor das Totengericht treten, um dort begutachtet zu werden. Für diesen hier kam das wohl nicht mehr in Frage. Wenn die Schakale seinen Geist verschlangen, würde sein Ba zugrunde gehen. Für ihn gab es dann keine Möglichkeit mehr, in die Ewigkeit einzutreten. Fast tat er mir leid. Warum wollte er es nicht einmal versuchen, sein Herz aufwiegen zu lassen? Was konnte er denn nur Schlimmes verbrochen haben? Fragen konnte ich den Mann nicht mehr, denn in diesem Moment erreichten ihn die Schakale. Als schwarze Schlieren rannte der erste Verfolger durch ihn hindurch. Sein Mund war zu einem lautlosen Schrei aufgerissen. Sein Blick huschte panisch

213

umher. Als der zweite Schakal ihn durchdrang, begann er sich aufzulösen. Seine Gestalt wurde stetig durchscheinender, bis ich ihn nicht mehr sehen konnte. Hinter dem Tor erklang der schmerzerfüllte Schrei eines Falken. Ein Seelenvogel war mit der Auslöschung dieser Seele zum Tode verurteilt worden.

Die Schakale trotteten wie brave Hunde zu Osiris und legten sich zu seinen Füßen nieder, als wäre nie etwas gewesen.

Samira

Ich wollte hier heraus, und zwar schnell. Ich hatte keine Lust, die Bekanntschaft dieser Schakale zu machen. »Kadir, ich will nicht hierbleiben, bis unser Pharao die Aufgabe dieser Stunde erledigt hat. Was ist, wenn wir Aufmerksamkeit erregen? Wie sollen wir uns retten?«

»Wir müssen durch dieses Wassertor. Hast du eine Idee?«

»Wir sollten uns auf jeden Fall so nah wie möglich heranschleichen. Wenn der Gong erschallt, öffnet sich das Tor für Aremun. Siehst du? Der Fluss der Duat fließt auch durch dieses Tor.«

»Meinst du nicht, dass die Schakale uns zerreißen oder Osiris irgendeinen wilden Zauber spinnt, der uns vernichtet? Wir sind Eindringlinge in seinem Reich.« Meine Hände wurden ganz feucht, wenn ich darüber nachdachte, welche Risiken wir schon wieder eingehen mussten, um das Tor zu passieren. Konnte nicht einmal etwas einfach sein?

Kadir und ich schlüpften aus der Felsspalte und schauten uns um.

»Ich glaube, es gibt nur die Möglichkeit, oben drüber zu gehen.« Ich legte den Kopf in den Nacken und schaute hinauf zu den glatten Felswänden, die kaum einen Halt bieten würden. »Wenn ich mich nicht getäuscht habe, führen die Felsen sogar am Tor vorbei. Wir müssten nur ungesehen hinter Osiris wieder herunterkommen und wir könnten mit Aremun hindurchschlüpfen.«

»Bist du verrückt? Wie willst du denn mit deinem Arm

über diese Felsen klettern?«

»Keine Ahnung, aber mir fällt nichts Besseres ein.«

Ellil zog an meinem Haar.

»Was soll das?«

»Wenn du meckerst, wie eine alte Ziege, verrate ich euch nicht, dass diese Insel das Zuhause von Apophis ist.«

»Es wird dich verwundern, aber das wissen wir bereits. Er wurde uns schon vorgestellt.«

Ellil riss kräftiger an der Strähne. »Au, hör auf damit!«

»Dann hör zu! Ich will nicht noch ein Stück von diesem mickrigen Dämonenkörper verlieren, weil ihr zu blöd wart, den richtigen Weg einzuschlagen.«

Ich rollte die Augen. Dieser Kerl machte mich wahnsinnig. »Dann sprich schnell, bevor die Lust übermächtig wird und ich dir etwas von deinem Echsenleib abtrenne.«

Ellil verschränkte wütend die Vorderbeine vor der Brust. »Wenn du so böse Sachen zu mir sagst, sollte ich mir fast überlegen, ob ich noch mit dir rede. Aber ich will auch hier raus, deshalb hast du Glück. Apophis schlängelt sich durch Tunnel. Die komplette Insel ist von unzähligen Löchern durchzogen. Ihr müsst nur einen Eingang finden und dann den richtigen Ausgang nicht verpassen.«

»Du willst, dass wir durch die Wohnung dieses Monsters spazieren?«

»Entweder Apophis oder Osiris mit seinen Schakalen. Such es dir aus.«

Kadir hielt mir seine Hand entgegen. »Wir sollten es versuchen. Es ist unmöglich, ungesehen über den Felsen zu gelangen. Bist du dabei?«

Ich nickte und legte meine Finger in seine Hand. Also würden wir uns in die Tunnel begeben, die ein Monster beherbergte, das mich vor wenigen Minuten noch mit Freude verspeist hätte.

Wir liefen am Strand entlang, versuchten uns aber weitestgehend, im Schutz der Felsen zu halten. Von Apophis war keine Spur zu sehen. Sicherlich lag er in eben jener Höhle, die wir durchqueren wollten, und leckte seine Wunden.

Und tatsächlich, ein langer Graben zeigte an, dass sich ein riesiger Schlangenkörper erst vor Kurzem hier über den Strand geschoben hatte. Die Spur führte uns direkt zu einem Tunnel. Ich schluckte schwer. Wir würden also einer menschenfressenden Schlange in die Finsternis folgen. Ich wollte nicht da rein, aber was blieb uns für eine Wahl?

Kadir drückte meine Hand. Er gab mir das Quäntchen Mut, das mir gefehlt hatte. Gemeinsam drangen wir in die dichte Dunkelheit ein. Ich tastete mich an der Tunnelwand entlang. Der harte Schlangenkörper musste schon oft diesen Weg genommen haben. Seine Schuppen hatten den harten Stein spiegelglatt geschliffen.

Ich lauschte auf jedes Geräusch. Nichts, außer meinen Schritten und dem Rascheln von Kadirs Kleidung. Was mich allerdings doch beunruhigte, war der Geruch, der mit jedem Schritt ins Innere intensiver wurde. Es war nicht unangenehm. Im Gegenteil. Der Duft ließ mir das Wasser im Mund zusammenlaufen. Es roch nach gebratenem Speck. Wie lange hatte ich auf diesen Genuss verzichten müssen? Nachdem meine Eltern gestorben

waren, konnte ich mir einen solchen Luxus nicht mehr leisten. Unser Dorf war bitterarm und nur an besonderen Feiertagen schlachteten wir ein Lamm, von dessen Fleisch wir allerdings auch noch den Göttern ein Opfer brachten.

Ich folgte dem Geruch zu einer Abzweigung, die in eine gemütliche unterirdische Behausung führte. Ein Sofa mit dicken Polstern stand vor einem riesigen Kamin, in dem ein wärmendes Feuer prasselte. Gegenüber ragten einige Regale auf. Gebundene Bücher und Schriftrollen türmten sich dort auf. An einem wuchtigen Holztisch saß ein hochgewachsener Mann. Vor ihm kniete eine zierliche blonde Frau und legte ihm einen Verband um die Taille. »Jede Nacht dasselbe. Immer wieder kommst du verletzt zu mir nach Hause zurück, aber so schlimm wie heute hat Seth dich noch nie erwischt.«

»Der Pharao ist auf seiner Reise durch die Duat. Das ist ein besonderer Tag, meine Liebste.« Er strich ihr zärtlich über die Wange.

»Papperlapapp, es sind schon viele Herrscher durch dein Reich gezogen, aber du warst noch nie so zugerichtet. Ich sollte mich bei Osiris über dieses Vorgehen beschweren. Schließlich hast du es ohnehin schwer genug.«

»Mein kleiner Sonnenschein, reg dich nicht so auf. Ich bin ja noch am Leben und auch diese Wunde wird heilen.« Er zog sie auf seinen Schoß. Sie schmiegte sich an ihn und schloss die Augen.

»Was mich mehr beunruhigt ist, dass der Pharao Menschen bei sich hatte.«

Der Kopf der Frau ruckte erschrocken nach oben. Ihre

Augen waren schreckgeweitet. »Menschen? In der Duat?«

»Ja, sie waren gewillt sich selbst von mir nicht aufhalten zu lassen. Ich sah die Angst in ihren Augen, aber ebenso die wilde Entschlossenheit. Es ist meine Aufgabe, so etwas zu verhindern, aber ich konnte die Menschen nicht ausschalten, bevor Seth mich erwischt hat.«

»Du wolltest sie auslöschen, obwohl du nicht mal wusstest, wie sie in die Unterwelt gelangt sind, und was sie hier zu suchen haben? Apophis, Liebster, ich bin auch ein Mensch. Willst du mich jetzt vernichten, nur weil ich der Liebe zu dir gefolgt bin?«

»Was sprichst du denn da, Ashia? Du bist meine Sonne. Ich würde jeden töten, der es wagt, dich auch nur zu bedrohen.«

Sie küsste ihn zärtlich auf die Lippen.

Erst jetzt bemerkte ich ihren gerundeten Bauch.

Ich schaute zu Kadir. Der Schock stand ihm ins Gesicht geschrieben. Diese Frau erwartete ein Kind von Apophis. Dieser todbringende Schlangengott liebte eine zierliche Menschenfrau und versteckte sie in der Duat.

»Du solltest etwas essen und dich dann etwas ausruhen.« Ashia stellte eine ganze Schüssel voll Speck vor ihm auf den Tisch. Anschließend stellte sie noch eine Pfanne voll mit Spiegeleiern dazu.

»Du bist wunderbar. Wie konnte ich nur so lange ohne dich leben?«

»Das weiß ich auch nicht. Aber jetzt bin ich ja bei dir.« Sie wuschelte ihm liebevoll durch die Haare und lächelte wie die glücklichste Frau der ganzen Welt.

Kadir schaute mich mit hochgezogenen Augenbrauen

an. Ich verstand die Frage in seinem Blick. Konnte diese Frau uns helfen? Sie hatte uns bereits vor Apophis in Schutz genommen, deshalb war auch ich mir sicher, dass sie eine Chance war, unbeschadet diese Stunde hinter uns zu lassen.

Apophis legte sich auf das Sofa. Ashia breitete eine Wolldecke über ihm aus. Es dauerte nicht lange und er schnarchte so laut, das Geräusch dröhnte an den Höhlenwänden.

»Dein Papa scheint im Schlaf ein hungriger Wolf zu werden, mein Kleines.« Sie kicherte und streichelte ihren Bauch.

Jetzt oder nie. Ich setzte alles auf eine Karte. »Ashia?«

Der Blick der jungen Frau ruckte panisch zu uns herüber. Sie hatte die Gabel, mit der Apophis gerade noch seine Mahlzeit vertilgt hatte, wie eine Waffe erhoben.

»Bitte schrei nicht, ja? Ich komme jetzt raus und würde sehr gern mit dir reden.« Mit diesen Worten machte ich einen Schritt aus der Finsternis.

»Oh, meine Götter, du bist einer der Menschen, von denen Apophis berichtet hat. Warum seid ihr hier? Das ist gefährlich. Wenn er erwacht, kann ich für nichts garantieren.«

»Ja, wir haben ihn in seiner furchterregenden Gestalt erlebt. Auf ein weiteres Mal kann ich gut und gerne verzichten.«

»Aber warum kommt ihr dann direkt in seine Wohnhöhle?«

Inzwischen war auch Kadir hervorgekommen. »Wir suchen nach einem Weg zum Tor, der nicht durch Osiris versperrt ist.«

Ashia kicherte. »Ich seid lustig. Ihr müsst doch nur warten, bis der erste Gong erklingt, dann zieht sich Osiris wieder zu den anderen Göttern zurück. Der Weg ist dann frei. Das Tor öffnet sich sogar ganz von allein für den Pharao. Er muss doch die nächste Welt durchqueren.«

»Und Osiris nimmt auch die Schakale mit?« Ashia nickte.

»Aber was ist dann mit den Geistern?«

»Erst morgen, zur selben Stunde, werden sie von meinem Liebsten auf die Insel getrieben, um sich mit ihrem Ba zu vereinen. Sie müssen einfach etwas länger warten.«

Jetzt kroch Ellil aus meinen Haaren. »Du bist mir ein schöner Priester. Machst dir vor Angst fast die Hose voll, schleppst uns in die Höhle einer Monsterschlange, nur weil du nicht in der Lage bist richtig zu lesen.«

Ashia machte große Augen, als sie Ellil auf meiner Schulter erblickte. »Dass es so einen wie dich überhaupt noch gibt? Ich dachte, sie sind alle vernichtet worden.«

»Hey Blümchen, was meinst du mit »einen wie dich«? Ich weiß selbst, dass ich nicht der Norm entspreche, und finde es nicht gerade witzig, damit aufgezogen zu werden.«

»Als ob du es nicht wüsstest, Herr der Lüfte.«

Bevor Ellil noch einmal nachhaken konnte, grunzte Apophis auf seinem Lager.

»Komm her, Ashia, ich brauche deinen warmen Körper neben mir und mein Kind unter meinen Händen.«

Sie grinste breit. Schnell ging sie zu ihm hinüber und machte uns eine Geste, dass wir verschwinden sollten.

Das ließen wir uns nicht zweimal sagen. Ich hatte keine Lust darauf zu erfahren, was passieren würde, wenn Apophis doch noch erwachten und in seinem Wohnzimmer vorfinden würde. Außerdem war ich gespannt darauf zu erfahren, ob es für uns auch mal einen leichten Übergang von einer Welt in die andere geben würde. Ashia hatte gesagt, einfach auf den ersten Gong warten und dann gemütlich mit Aremun zum Tor marschieren und warten, dass es sich öffnete.

Wir schlichen durch die Gänge zurück und nahmen wieder unseren Beobachtungsposten hinter den Felsen ein.

Wie lange konnte so eine Stunde dauern. Immer wieder fielen mir die Augen zu. Fast wäre ich eingeschlafen. Aber der Gong erklang und sofort war ich wieder hellwach.

Ich lugte durch die Felsspalte. Osiris verneigte sich vor Aremun, verwandelte sich gemeinsam mit seinen Haustieren in einen weißen Nebel, der in den dunklen Schatten der Höhle verschwand. Die Geister verstreuten sich und Aremun schaute sich suchend um.

Wir traten aus unserem Versteck und gingen auf die wabernde Wasserwand zu. Ganz langsam öffnete sich das Tor.

Die Geräusche der Vögel wurden lauter. Ich hörte das Flattern von unzähligen Flügeln, untermalt vom Kreischen der Raubvögel und dem Zwitschern der singenden Vertreter. Hinter diesem Tor warteten die Seelenvögel unzähliger Verstorbener und ich fragte mich, ob sie uns freundlich gesinnt sein würden. Ich hatte wirklich keine Lust mehr auf erneute Katastrophen. Kadir und ich waren so ramponiert, noch schlimmer konnte es kaum werden.

Etwas kitzelte an meinem Bein. Irritiert schaute ich nach unten, erwartete eine Fliege oder einen Käfer, an mir hinaufkrabbeln zu sehen. Aber dort schlang sich eine zarte Pflanze gerade um meinen Knöchel. Sie war direkt aus dem Tor auf mich zugekrochen. Auch an Kadirs Bein rankte sich etwas hinauf. Er schnitt die Liane gerade mit seinem Messer ab, als auch schon zwei neue Stränge nicht mehr vorsichtig auf ihn zu schossen. Sie wickelten sich um seinen Bauch und zogen ihn mit einem Ruck in die nächste Ebene. Er schrie laut auf und die Vögel antworteten ihm aufgeregt.

Bevor ich reagieren konnte, wurde auch ich von den Füßen gerissen. Mein Körper schleifte über den Boden. Steine zerschürften meine Hände, als ich versuchte irgendwo Halt zu finden. Doch nichts konnte die Pflanze stoppen. Immer weitere Schlingen wickelten sich um meinen Körper. Bald steckte ich vollständig gefesselt in einer Art riesigen Hecke. Neben mir erkannte ich einige Nisthöhlen im Felsen, dort wo die Ranke den Selenvögeln einen Weg freigab. Hier herrschte ein reges Treiben. Dabei nahmen die Vögel kaum Notiz von uns. Wir steckten einfach gut eingewickelt in der Hecke, deren Blätter fast liebevoll über meine Haut strichen. Die Pflanze quetschte meinen Leib zu keiner Zeit. Es wirkte eher so, als wolle sie mich in einen Kokon einspinnen. Kadir hing direkt neben mir. Um ihn herum wuchsen kleine rosa Blüten, die einen lieblichen Duft absonderten.

223

Kolibris schwirrten herbei, um sich an dem Nektar zu laben. Ihr Flügelschlag erzeugte das gleiche Surren, wie von geschäftigen Bienen. Es war so friedlich hier. Säße ich nicht in diesem Strauch, wäre dies ein Ort zu Wohlfühlen und entspannen. Alles in mir wurde durch die Idylle in Alarmbereitschaft versetzt. Was würde dieser Duft mit uns anstellen? Wirkten diese Blüten denen ähnlich, die wir an der kleinen Flussbiegung erleben mussten? Würden sie uns auch in einen Drogenrausch versetzen? Nicht mit mir! Einmal hatte mir gereicht.

Ich streckte die Finger und bekam mein Messer zu fassen. Es war gar nicht so schwierig, damit die Ranken von mir abzuschneiden. Die Triebe waren grün und saftig.

Kaum hatte ich mich befreit, stürzte ich auch schon in die Tiefe. Unter mir war nichts, außer blauer Himmel und Wolken. Ich konnte keinen Boden sehen. Natürlich! Diese Ebene gehörte den Vögeln. Sie brauchten keinen Boden, wenn sie den Felsen hinter den Ranken nutzen konnten. So ein Mist. Ich verfluchte mich dafür den Messereinsatz nicht besser überdacht zu haben, als ein Griff an meinem Oberschenkel den Sturz bremste. Viel schneller als zuvor, wurde ich umschlungen, auch pressten sich die Stängel erheblich fester um mich. Einerseits war ich froh, vor dem endlosen Fall bewahrt zu werden, andererseits hatte ich jetzt Mühe zu atmen.

»Kadir? Was sollen wir tun?« Ich zappelte wie ein Fisch auf dem Trockenen. Dabei sah ich ein weiteres Tor. Strahlend Gelb verhöhnte es mich. Ich müsste nur die Hand ausstrecken und könnte es erreichen, aber wie sollte das in dieser Fesselung möglich sein?

»Ich hab keine Ahnung. Ich weiß ja nicht einmal, was diese Schlingpflanzen mit uns vorhaben. Weit und breit sind weder fleischfressende Blüten noch sonst irgendetwas zu sehen, was sich über unsere Gefangennahme freuen würde.«

»Das Ding will einfach nur verhindern, dass wir dort drüben an das Tor gelangen.

Es erfüllt nur seine Aufgabe.«

Ellil kletterte aus meinen Haaren. »Ich könnte ja mal versuchen, das Tor zu öffnen, dann könnt ihr Euch hindurchschwingen?«

Kadir lachte auf. »Du bist ein Dämon. Du kannst die Tore der Duat nicht öffnen.

Das kann nur der Pharao oder jemand, der die heiligen Gebete kennt.«

Ellil streckte ihm die gespaltene Zunge heraus. »Es war ja nur ein Angebot, aber wenn du nicht willst, dann musst du eben schauen, wie du die anderen hier herausbringst.« Der Gecko rollte sich auf meinem Kopf zusammen. Ihn schienen die Ranken nicht mal zu bemerken.

In diesem Moment stürzte der Pharao an uns vorbei. Er hielt sein Schwert in den Händen und ruderte damit wild in der Luft. Ich schloss die Augen, denn ich sah mich schon mit schweren Schnittwunden in einer Rankenhülle verbluten. Doch die Pflanze packte sich seinen Arm und in Sekundenschnelle war er erneut ein Gefangener.

»Verdammt! Auf meiner Barke wäre ich einfach an den Ranken vorbeigesegelt.

Sie hätten mich ignoriert wie diesen kleinen Teufel da

drüben.«

»Gab es denn keine Beschwörung für diesen Teil der Duat?«

Der Pharao überlegte angestrengt. Die Erkenntnis ließ seine Augen groß werden. Da erklang auch schon der erste Schlag der Glocke. Nach dem Sechsten wären wir für immer hier gefangen.

»Aremun, spuck es aus.« Kadir zappelte ungeduldig.

»Vielleicht sollten wir zuvor versuchen, einen Halt an den Felsen zu finden.«

»Wenn du meinst, aber wir müssen uns beeilen.« Ich drückte und quetschte meine Arme durch die Schlingen hindurch. Ein Blick auf Kadir zeigte mir, dass er die Zähne fest aufeinandergebissen hatte. Der Schmerz in seinem Arm musste bei dieser Anstrengung höllisch sein. Aber auch er schaffte es, seine Finger in einen Felsvorsprung zu quetschen. Wie oft hatte die Glocke schon geschlagen. Ich hatte vergessen mitzuzählen. Egal. Es musste einfach schnell gehen.

»Jetzt, Aremun.«

Der Pharao erhob die Stimme. »Es brenne sich mein Licht durch deine Ranken. Vorbei mit dir du Dunkelgewächs, das den glühenden Himmelsball fürchtet, durch ihn stirbt. Denn mein Licht ist die Sonne.« Der Pharao glühte so strahlend auf, dass mich die Helligkeit durch die geschlossenen Augenlider blendete.

»Haltet Euch fest!« Seine Stimme übertönte das aufgeregte Kreischen der Vögel kaum, nahmen wir ihnen doch ihren Lebensraum. Aber ich war mir sicher, die Duat würde schon bald eine neue Kletterpflanze für sie

226

wachsen lassen.

Doch diese hier starb. Ich hörte, wie die Blätter knisterten. Ich öffnete meine Augen und sah sie welk und braun in sich zusammenfallen. Ich konnte dabei zusehen, wie die Pflanze in Sekundenbruchteilen vertrocknete. Erleichterung machte sich in mir breit, als ein weiterer Schlag erklang. Ich riss mich los, stieß mich von der Felswand ab und landete neben Kadir auf einem so schmalen Vorsprung, dass unsere Füße kaum Halt fanden. Wir klammerten uns an der Tür fest, die hier nicht größer war, als eine normale Eingangstür eines Wohnhauses im besseren Teil der Stadt. Sie war auch nicht so opulent verziert. Nein, einfach eine gelb gestrichene Holztür.

Kadir zog sein Amulett aus dem Hemd und presste es an den Rahmen. Er hatte die Augen geschlossen und murmelte unverständliche Worte vor sich hin. Ich sah, dass seine Finger zitterten. Ob vor Schmerzen oder Angst konnte ich nicht erkennen. Ein weiterer Schlag, und die Pforte öffnete sich. Wir fielen mitsamt dem Türblatt in die nächste Ebene.

Kapitel 21

Samira

Ich rappelte mich auf. Freude überflutete mein Herz. Wir hatten einen weiteren Abschnitt erfolgreich gemeistert. Nur noch zwei Tore mussten wir durchschreiten und würden dann das Totengericht erreichen. Wie könnten mir die Götter nach diesen Anstrengungen noch meinen Wunsch verweigern? Sie waren gerecht und einen Blick ins Innere meines Herzens werfen würden, könnten sie meine Aufrichtigkeit erkennen.

Ich sah zu Kadir hinüber, der sich gerade welke Blätter aus den Haaren pflückte. Eine kleine Stimme in meinem Herzen flüsterte mir zu, dass es vielleicht sogar eine Möglichkeit für uns geben könnte. Ich würde die Götter um mein Leben bitten, um mein Leben an der Seite dieses stillen aufrichtigen Mannes. Vielleicht wären sie in der Lage einen Weg zu finden, dass ich Kadir seine Wünsche erfüllen konnte, aber dabei nicht mein Leben opfern musste. Ich wollte so gern wissen, was eine Zukunft mit Kadir für mich bereithalten konnte.

»Ich schätze, wir müssen da hinauf.« Ich folgte Aremuns Blick.

Vor uns ragte ein Berg in den Himmel. Er war steil und zerklüftet, aber einen Pfad wand sich an ihm hinauf. An einer Seite stürzte ein Wasserfall laut rauschend in die Tiefe. Wäre die Barke dort hinaufgefahren? Das hätte ich gern gesehen.

»Wir sollten uns ausruhen, bevor wir weitergehen. Ich bin ziemlich fertig. Wer weiß schon, was uns hier wieder fressen, fesseln oder erschlagen will.« Kadir setzte sich auf den Boden und lehnte sich an einen Felsen. Er schloss die Augen.

»Der sieht aus, als würde er gleich dahinscheiden. Ich habe noch nie solche Augenringe gesehen.«

»Du hast ja auch noch nicht sehr viele lebendige Menschen gesehen.«

Ellil verdrehte seine Gecko-Augen. »Das war jetzt wieder eine deiner intelligenten Aussagen, nicht wahr, Schätzchen? Hallo? Ich bin hier umzingelt von Geistern.... Tote Menschen haben meistens Augenringe, aber hast du die Krater von Kadir gesehen?«

»Ellil...«

Kadir unterbrach mich, bevor ich eine wahre Schimpftirade auf den Minidämon abfeuern konnte. »Er hat ja Recht! Ich brauche wirklich dringend eine Pause, sonst schaffe ich den restlichen Weg nicht mehr.«

Ich setzte mich neben ihn und Ellil huschte über meinen Arm zu ihm hinüber. Er klopfte ihm auf die Wange. »Wenn du deinen hübschen Menschenarsch dann nochmal aufraffen kannst, lass dir gesagt sein, dass es hier wenig gibt, was du fürchten müsstest. Solange ihr Apophis nicht noch einmal auf den Plan ruft, solltet ihr einigermaßen sicher sein.« Er schlängelte sich auf meinen Schoß. »So, was gibt es jetzt zu essen?«

Ich zog das letzte bisschen Käse und ein Stück Brot aus der Tasche. Ein paar Fetzen von dem Krokodilfleisch waren auch noch übrig. Es würde eine karge Mahlzeit werden, aber mit etwas Glück könnten wir in wenigen Stunden die Duat bereits hinter uns zurücklassen.

»Kadir?«

»Mhh.«

»Was erwartet uns in dieser Stunde?«

Statt Kadir antwortete Aremun. »Es ist die Stunde der Vergangenheit. In der Halle der Erinnerungen müssen wir uns unserem größten Seelenleid stellen. Manch einer zerbricht daran, andere gehen gestärkt daraus hervor.«

Ich reichte Ellil gedankenverloren ein Stück Käse. Der kleine Dämon rutschte angewidert ein Stück zurück. Ach ja, für ihn war das verdorbene Milch. Ich schmunzelte über seinen Gesichtsausdruck und reichte ihm zur Versöhnung meine Portion Fleisch. Mit gierigem Schmatzen verschlang er sie. »Ich bin so froh, dass du nicht in der Gestalt eines Drachens oder Krokodils bei uns aufgetaucht bist. Wir hätten dich niemals satt bekommen.«

»Ich wäre nicht an eurer Seite mit solch einem prächtigen Körper.« Der Gecko schluckte den letzten Bissen. »Sicherlich hätte ich euch dann schon längst verspeist.«

»Vielen Dank, auch.«

»Warum? Ich sage doch bloß, dass ihr wirklich leckere Häppchen seid.« Kadir schnaubte.

»Was denkt ihr, welche Erinnerung auf euch warten wird?« Aremun hatte sich zu uns gesetzt. Er schaute neugierig von mir zu Kadir.

Meine Stimme war leise. Sie zitterte ein wenig, als ich

an die schlimmste Nacht meines Lebens dachte. »Ich werde meine Eltern sehen. Da bin ich mir ganz sicher.«

»Was soll daran so schrecklich sein? Ist es denn nicht besonders schön, sich an sie zu erinnern?«

Ich schüttelte den Kopf. »Ich werde meine Eltern nicht lebendig vor mir sehen.«

Aremuns Miene zeigte Verständnis. Er ging nicht weiter darauf ein und wandte sich Kadir zu. »Was ist mit dir, Junge?«

»Da mein ganzes Leben bisher nur aus Bestrafung und Hass bestanden hat, weiß ich nicht, was genau mir vor Augen geführt werden soll. Es gibt keine spezielle Begebenheit, die schlimmer wäre als eine andere.«

»Was ist mit dir, Pharao?«

»Ich hatte ein sehr schönes Leben. Ich war stark, ein Anführer. Als Pharao war ich hart zu meinen Feinden, aber diplomatisch zu den Anführern anderer Völker. Es gab nur zwei Dinge, die mich ins Wanken gebracht haben, mich den Mann, aber niemals den Herrscher. Eine Begebenheit war der Tag, an dem meine geliebte Ehefrau Nasgari starb. Um ihre Liebe hatte ich gekämpft, noch bevor ich zum Herrscher dieser Nation wurde. Sie war die Tochter eines hohen Beamten, der regelmäßig zu uns zu Besuch kam. Sie war so wunderschön, dass sie sich jeden Mann hätte wählen können, aber in einer warmen Frühlingsnacht gestand sie mir ihre Liebe. Noch nie hatte ich mich so glücklich gefühlt. Nach ihrem Tod suchte ich lange wieder nach diesem Gefühl, aber es war mit Nasgari in die Gefilde gezogen. Vielleicht wartet es dort auf mich.«

Aremun lächelte traurig.

»Du sprachst von zwei Momenten.«

»Ja, und es fällt mir unendlich schwer, darüber zu reden.« Er fuhr sich fahrig über die Stirn. »Ich habe meinen Sohn immer geliebt, ist er doch das, was mir von Nasgari geblieben war. Meine neue Frau akzeptierte ihn von Anfang an wie ihr eigenes Kind. Das machte es mir um so vieles leichter, sie auf dem Platz von Nasgari zu akzeptieren. Der zweite Augenblick in meinem Leben, der mich bis ins Mark erschüttert hat, war mein Tod. Mein eigener Sohn trieb mir einen Dolch ins Herz. Es war eine Klinge, die ich ihm wenige Tage zuvor geschenkt hatte. Seine Stiefmutter lächelte ihn fröhlich an, während ich auf den Fliesen verblutete. Beide hatten mich hintergangen.« Der Pharao malte mit einem Finger Spiralen in den Sand. »Ich weiß nicht, mit welcher davon ich konfrontiert werde. Es ist auch egal. Beide werden meine Seele in Aufruhr versetzen, weil ich keine Möglichkeit habe, es rückgängig zu machen.«

»Auch deine falschen Entscheidungen kannst du nicht rückgängig machen. Wir müssen alle mit unserem Leid leben und versuchen das Beste daraus zu machen.« Ich räusperte mich. »Oder auch, dass du nichts entschieden hast und es dir egal war.«

Wir schwiegen eine Weile, bis mir auffiel, dass auch Ellil nichts sagte. Dachte er auch darüber nach, welche Erinnerungen für ihn die schrecklichsten in seinem Leben gewesen waren? »Spuck es aus, Ellil. Manchmal ist es besser, wenn man etwas ausspricht, damit es seinen Schrecken verliert.«

Der Gecko drehte sich von uns weg. Leise begann er

zu reden. »Ich habe keine Ahnung, warum ich euch davon erzähle. Es ist egal; Vergangenheit. Manchmal lache ich darüber, dass es eine Zeit gab, zu der diese Erinnerung mich verletzen konnte. Was macht es denn schon aus, dass meine Mutter mich an meine Geschwister verfüttern wollte? Was ist schon so schlimm daran, dass mein Vater mich am Schwanz hielt und meine Geschwister gierig nach mir schnappten? Ich bin schließlich aus dieser Situation rausgekommen. Mein Schwanz zuckte noch, während ich schon um die nächste Ecke verschwand. Mehr als dieses Anhängsel haben sie von mir nicht bekommen und ich hoffe, wenigstens einer von ihnen ist an meinem Schwänzchen erstickt.« Er räusperte sich und zog dann geräuschvoll die Nase hoch.

Ich hielt ihm meine Hand hin. Darum ließ Ellil sich nicht zweimal bitten. Er rannte schnell nach oben und versteckte sich in meinen Haaren. Uns allen stand eine harte Zeit in dieser Stunde bevor.

»Wir sollten etwas schlafen.«

»Macht nur. Ich bin der Geist in dieser Runde und halte die Augen auf, damit sich keine Gefahr anschleichen kann.«

»Behalt bitte auch deine Uhr im Auge. Mein Herz muss sich erst einmal von den ganzen Anstrengungen erholen, bevor es sich einer neuen Gefahr zuwenden kann.«

Aremun holte die Sanduhr aus der Tasche. »Hier rinnt der Sand ganz langsam hindurch. Wir haben etwas Zeit.«

Der alte Pharao entfernte sich einige Meter von uns. Er setzte sich hinter einen hohen Stein. Ich ahnte, dass auch er mit seinen Gedanken allein sein wollte. Er hatte viel zu verdauen und ich sah immer mehr, wie sehr er mit sich und seiner Regentschaft haderte. Aus dem überheblichen Herrscher war ein nachdenklicher Mann geworden.

Kadir lehnte sich an einen Stein und breitete den Arm aus, damit ich mich an ihn schmiegen konnte. »Er hätte sich nur einmal unter sein Volk mischen müssen. Er wäre ein wundervoller König geworden.«

Ich überlegte kurz. Hatte Kadir Recht? Konnte es sein, dass Aremun in bestem Wissen gehandelt hatte, weil er nichts über die Dschindas wusste und er niemanden um sich hatte, der ihn darüber unterrichtete? Ich musste Kadir zustimmen. Es war genau wie bei den Menschen. Es gab niemanden, der ihnen erklärte, dass die Dschinda nicht gefährlich waren. Dass es uns widerstrebte Wünsche zu erfüllen, da sie nicht die Befreiung unserer Macht, sondern das Ende unseres Lebens bedeuteten.

Kadir küsste meinen Scheitel.

»Igitt, jetzt fängt das schon wieder an. Das ist so widerlich. Du hättest fast meinen wunderschönen Arsch geküsst, Kadir.« Ellil flitzte auf zwei Beinen aus meinen Haaren. Dabei verfing sich sein Fuß an einer wirren Strähne. Er stolperte. Ich konnte ihn gerade noch auffangen, bevor er auf dem felsigen Boden aufschlug.

Er sprang von meiner Hand und ging ohne ein Wort des Dankes, mit erhobenem Haupt zu Aremun hinüber.

»Jetzt habe ich den kleinen Kerl schon wieder vertrieben.«

»Er wird es überleben Kadir. Ellil hat keinen Besitzanspruch auf mich, benutzt mich aber trotzdem, als

235

wäre ich sein Kamel.«

Kadir lachte. »Da muss er aber wirklich sehr schlechte Augen haben. Wie ein Kamel siehst du nun wirklich nicht aus.«

»Aber sicherlich gleiche ich inzwischen einem wandelnden Vogelnest.« Ich versuchte, die Finger durch die Haarsträhnen zu ziehen, aber bereits nach wenigen Zentimetern blieben sie hängen.

»Für mich bist du wunderschön. Du bist die reine Wildheit und Stärke. Nichts anderes sehe ich in dir.« Kadir atmete tief durch. »Du bist wie das Meer, das niemals aufgibt sich in die Felsen der Küste zu graben, bis selbst der härteste Stein einmal aufgeben muss. Du bist wie der Wind, der sanft streicheln, aber auch unerbittlich vernichten kann, und du bist wie der Sand der Wüste. Er ist so fein, dass er wie ein weiches Kissen trägt und hart zu jenen, die ihn unterschätzen. Ich bewundere deine Schönheit Samira. Sowohl die Schönheit deines Körpers als auch die deiner Seele.«

Ich hatte bei seinen Worten die Augen geschlossen, um die aufsteigenden Tränen zurückhalten zu können. Dieser Mann war so viel mehr, als es gut für mich war. Wie konnte ich ihn nur verlassen und würde mein gebrochenes Herz auf der Waagschale einen Platz finden? Würde meine Trauer es schwer machen, schwerer als die Feder der Maat? So viele Fragen, die erst mein Tod beantworten würde, und ich hatte Angst vor den Antworten.

Er legte seine Stirn auf meinen Scheitel und atmete tief ein. »Bei deinem Duft muss ich immer an Freiheit denken.

236

Du hast mich befreit und dafür werde ich dir ewig dankbar sein.«

»Ich habe wenige Dinge in meinem Leben so gern getan. Du hast es mehr als jeder andere verdient, ein erfülltes Leben zu führen. Dein Herz ist so rein wie die kleine Quelle in der Wüste, an der ich zum ersten Mal einen Blick in deiner Seele erhaschen durfte. Es sprudelt über vor Liebe und Gutmütigkeit.« Meine Hand strich über seine Tunika. »Du bist ein unglaublich besonderer Mensch, Kadir.«

»Wenn du das so sagst, dann wird mein Herz weich. Ich möchte diese Worte jeden Tag aus deinem Mund hören. Sie machen mich süchtig. So viele Jahre habe ich nur gehört, was alles schlecht und verderbt an mir ist. Es scheint noch immer wie ein Wunder, dass du etwas Gutes in mir erkannt hast.«

Ich hob den Kopf. Mein Blick fand seine Augen. Sie schauten mich an, als wäre ich seine ganze Welt und genau das wollte ich auch für ihn sein. Meine Hand legte sich wie von selbst an seine Wange. Die rauen Stoppeln seines Bartes kitzelten meine Handflächen. Mein Daumen strich über seinen Wangenknochen. Er schloss die Augen und seufzte kaum hörbar.

»Hier, in der Duat, bist du mein Kadir.« Meine Lippen legten sich auf seinen Mund. Ich fühlte, wie er erschrocken den Atem ausstieß. Er versteifte sich. Ich wollte mich schon von ihm lösen, als er mich mit seinem Arm umschlang und mich noch näher an sich heranzog. Sein Kuss wurde fordernder. Fast verzweifelt presste er mich an sich. Ich stöhnte und klammerte mich an seine

Tunika. Seine Zunge strich über meine Lippen und forderten Einlass in meinen Mund. Auch ich wollte ihn schmecken, mehr von ihm haben. Mein Kadir. Alles in mir schrie nach ihm. Ich wollte seine Berührungen, seine Küsse und ihm das Alles im gleichen Maße vergelten.

Unsere Zungen streichelten sich. Es war eine so große Zärtlichkeit in jeder seiner Berührungen, dass ich immer mehr davon wollte. Ich nahm meine Umgebung nicht mehr wahr. Es gab nur noch ihn und mich in einer Welt, die ausschließlich aus Gefühlen zu bestehen schien. Meine Hand wanderte unter seine Tunika. Ich wollte seine Haut an meiner spüren. Von meinem Vorstoß angesteckt, schob auch er seine Finger langsam über die nackte Haut an meinem Rücken. Seine Lippen lösten sich von mir und er schaute mich an, während seine Finger über meine Wirbelsäule nach oben wanderten. Er atmete stoßweise und auch ich konnte meinen Körper kaum noch kontrollieren. Sein hungriger Blick machte mich willenlos. Er schien mir bis in die Seele zu schauen, alles, was mich ausmachte zu erkennen. Seine Hand wanderte über meine Rippen. Wie von selbst bog ich mich seinen Berührungen entgegen, stöhnte seinen Namen und warf den Kopf in den Nacken. Mehr! Ich wollte mehr von meinem Kadir. Als er seine Hand auf eine meiner Brüste legte, schluchzte ich fast vor Verlangen auf. Sein Daumen rieb über die aufgerichtete Spitze und Blitze zuckten durch meinen Körper. Ihre Hitze sammelte sich in meinem Unterleib. Ich rutschte unruhig hin und her.

»Bitte, Kadir«, flehte ich, wusste aber nicht, um was ich bettelte.

238

Mein Körper zitterte, als er seine Hand zurückzog und mich an seiner Brust bettete. Er küsste meinen Scheitel. »Hier ist nicht der richtige Ort, meine Liebste. Ich möchte dich nicht zwischen dunklen Felsen zu der Meinen machen. Ich will dich genießen, jede Regung deines Körpers wahrnehmen. Das ist nicht möglich, wenn ich immer Angst haben muss, dass eine Gefahr im Hinterhalt auf unsere Unachtsamkeit lauert.«

Ich war nicht in der Lage zu antworten, fragte mich nur, wie er es geschafft hatte so vernünftig zu bleiben. Hätte ich nicht die Ader an seinem Hals gefährlich pulsieren gesehen, ich würde mich fragen, ob nur ich so empfunden hatte. Auch die angestrengt zusammengebissenen Zähne zeigten, was es ihn für eine Überwindung kostete, unsere Leidenschaft zu unterbrechen.

»Schlaf, Al-Wahid, meine Einzige. Ich werde auf dich achtgeben.«

Kapitel 22

Kadir

Mein Körper stand in Flammen und meine Seele war in Aufruhr. Ihr Körper war mein Heiligtum. Wie gern würde ich ihn anbeten. War das Liebe? Nein, nicht das Ziehen in meinen Lenden, sondern die Wärme, die mich überflutet hatte, als ich sah, wie sie auf meine Berührungen reagierte. Es gab keine Scheu, kein Verstecken. Sie hatte sich mir aus dem tiefsten Inneren ihres Herzens geschenkt.

Die kleinen Seufzer hatten mich gestreichelt, aber als sie meinen Namen flüsterte, war eine Welle der Zuneigung über mir zusammengeschlagen. Diese Kriegerin war so viel mehr als nur Leidenschaft. Natürlich, meine Samira war wunderschön, aber das allein hätte mein Herz nicht öffnen können. Ich bewunderte ihre Stärke, den unbeugsamen Willen für die die sie liebte alles zu geben, sich selbst aufzuopfern. Ihre Freude am Leben war ansteckend. Obwohl auch sie schon so viel Schreckliches ertragen musste, konnte sie herzlich lachen und jedem noch so furchtbaren Moment etwas Gutes abgewinnen.

Es war unglaublich. Dieses Wesen wollte mich. Sie schenkte sich mir. Und das größte Wunder für mich war es, dass sie mich mit ihren grünen Augen ansah, als sei ich ihr Held. Konnte es sein, dass sie in mir dasselbe sah, was auch ich in ihr erkennen konnte. Ich wünschte mir so sehr,

241

gut genug für sie zu sein. Ich wollte sie glücklich machen, so wie sie es bei mir tat.

Noch einmal roch ich an ihrem Haar. Wie würde es sein, wenn sie jeden Morgen neben mir aufwachte? Wenn ich abends mit dem Duft von frisch geschnittenem Gras und Freiheit in der Nase einschlafen, und am Morgen damit erwachen könnte.

»Meine Frau«, flüsterte ich ihr zu.

Sie atmete ruhig und antwortete nicht. Vielleicht war es ja besser, dass sie schon eingeschlafen war und mich nicht nach meinen aufwühlenden Gedanken fragte.

»Durch dich habe ich gelernt, was Liebe bedeutet. Ich liebe dich bis ans Ende meiner Tage und noch darüber hinaus.« Mit diesem Schwur schloss ich die Augen und schlief ein.

»Wacht auf, schnell!« Ellil hüpfte aufgeregt auf mir herum.

»Was ist denn los?« Ich gähnte herzhaft.

»Dämonen sind hier. Sie lauern hinter den Felsen. Wir müssen in den Tempel und die Türen schließen, bevor sie sich auf uns stürzen können.«

Der kleine Gecko hatte noch nicht zu Ende gesprochen, da hörte ich auch schon ein heiseres Knurren in einiger Entfernung. Überall um uns herum waren Geräusche. Kratzen, Scharren und animalisches Schnauben. Samira hatte es anscheinend auch gehört und war schon auf den Beinen. Sie stopfte alles in unseren Rucksack und reichte ihn mir. Ellil huschte wieder in ihr Haar. Auch in seinen Augen sah ich die Angst vor seinen früheren Peinigern.

Es gab nur einen Pfad hinauf zum Tempel. Ich hoffte inständig, dass sie uns nicht den Weg abschnitten. Wir waren alle nicht mehr so taufrisch, wie am Anfang unserer Reise und ich ahnte, dass wir uns einer Übermacht Dämonen nicht sehr lange würden erwehren können.

Unsere Schritte hallten laut an den Wänden wider. Wir rannten im Gleichschritt. Neben dem Pfad ragten die Felsen hoch und gefährlich auf. An mancher Stelle konnte ich im Dunst der Höhle die scharfkantigen Spitzen kaum erkennen. Schwarzer Teer klebte an den Steinen. Als hätten sie Poren, drückte sich die flüssige Schlacke aus winzigen Löchern und Rissen. Während ich noch darüber nachdachte, ob diese Ausscheidungen gefährlich waren, stolperte Samira über einen Stein. Sie stützte sich mit einer Hand an der Wegbegrenzung ab, um nicht zu fallen. Ein Fehler. Ihre Finger klebten an dem schwarzen Zeug fest. So sehr sie sich auch mühte, ihre Hand wieder freizubekommen. Sie schaffte es nur, schwarze dicke Fäden zu ziehen, die sie unerbittlich immer wieder zurück an den Felsen zogen.

Ich stoppte meinen Lauf, rief aber Aremun zu, dass er vorausgehen solle. Schließlich war sein Entkommen wichtig für die Menschheit. Er musste am Morgen als Re wieder auferstehen, um die Welt zu beleuchten. Was würde werden, wenn kein neuer Tag anbrechen würde. Ein schrecklicher Gedanke, aber Samiras und mein

Überleben war nur für die Dschinda wichtig, für niemanden sonst. Der Pharao zögerte nur einen Moment, dann wandte er sich ab. Er würde es zum Tempel schaffen, was ich für uns nicht mit Sicherheit sagen konnte.

Über unseren Köpfen, auch auf den winzigsten Felsvorsprüngen, hörte ich die Dämonen umherschleichen. Noch griffen sie nicht an. Sicherlich schätzten sie unsere Stärke ein. Ihnen war nicht klar, ob wir ihnen gefährlich werden konnten. Das verschaffte uns einen Augenblick mehr Zeit. Zeit, die vielleicht über Leben und Tod entscheiden konnte.

»Versuch, das Zeug von mir abzuschneiden.« Ich sah die Panik in Samiras Augen. Schon wieder steckten wir in einer verzwickten Situation.

Ohne zu zögern, zog ich ihr Schwert aus der Scheide. Sie zerrte, so fest die konnte an den klebrigen Fesseln, die sich dehnten. Dann schlug ich mit aller Kraft zu. Zu meiner Überraschung schnitt die Klinge sauber hindurch. Der merkwürdige Teer haftete nicht an dem Metall. Auch Samira hatte wohl nicht damit gerechnet, denn sie fiel vorwärts, als die Kraft, gegen die sie sich gestemmt hatte, nachgab. Der Aufprall schleuderte Ellil aus ihren Haaren. Er schrie und die Dämonen fielen in seinen Schrei ein. Klatschend schlug er mit dem Rücken an der gegenüberliegenden Wand auf. Erschrocken schaute er sich um. Seine komplette Rückseite klebte fest. Ich hatte keine Ahnung, wie wir ihn befreien konnten. Es war ausgeschlossen an seinem zerbrechlichen Körper zu zerren, wie es Samira an ihrer Hand getan hatte.

Da fing er auch schon an wild mit allem zu zappeln, das nicht von der schwarzen Masse umschlossen war. »Macht mich frei, verdammt. Könnt ihr denn nicht aufpassen? Ihr seid schuld, wenn ich hier verrecke! Unternehmt doch endlich was!«

»Halt still, Ellil. Du machst es nur noch schlimmer.«

»Wie sollte diese Situation noch schlimmer werden können? Ich bin umzingelt von mordlustigen Artgenossen und kann weder fliehen noch mich verteidigen.« Er zog wieder an der Masse, aber er steckte fest, wie eine Fliege an einer Geckozunge.

Wir hörten ein Kratzen und Scharren. Unsere Verfolger näherten sich. Würden wir sie abhängen können? Ich bezweifelte es.

»Halt still, damit ich dich nicht in Streifen schneide. Ich versuche, dich abzutrennen.« Samira schob das Schwert ganz vorsichtig zwischen Wand und Ellil.

»Jetzt wird es von Vorteil sein, dass es keinen Schwanz mehr gibt, den ich versehentlich abtrennen kann.«

Ellil schluckte. Er schloss seine Augen und bemühte sich, nicht zu sehr zu zittern. Eine falsche Bewegung und Samira würde ihm die Haut vom Rücken schälen. Ich wollte gar nicht darüber nachdenken. Sicherlich war Ellil selten sympathisch. Er schimpfte und konnte mich offensichtlich nicht ausstehen, aber trotzdem war er unser Gefährte. Er brauchte uns, auch wenn er das niemals zugeben würde. Der kleine Dämon genoss die Gesellschaft. Viel zu lange hatte er sich allein durch die Duat schlagen müssen und ich zollte ihm Respekt, dass er in dieser Umgebung so lange überlebt hatte.

Der erste Dämon griff an. Es war ein hageres kojotengleiches Monster, dessen Fell in Fetzen an ihm hing. Sein geschundener Körper, von Schleim überzogen, zuckte vor Gier. Die Lefzen waren so weit nach oben gezogen, dass sie nicht nur die scharfen Zähne entblößten, sondern auch das graue Zahnfleisch. Das Knurren des Monsters ließ mir die Haare zu Berge stehen. Ich wusste, die anderen Dämonen sahen genau zu. Sie waren gespannt darauf zu sehen, was als Nächstes passieren würde. Ich durfte keine Schwäche zeigen, sonst würden die Horden gemeinsam über uns herfallen.

Ein Blick zu Samira zeigte mir, dass ich auf mich allein gestellt sein würde. Sie schnitt noch immer Ellil von dieser Wand ab. Inzwischen hatte sie bereits seine Arme und den oberen Rücken befreit. Ellil hing vornüber, um bloß nicht noch einmal mit dem Zeug zu verschmelzen.

Ich packte meinen Dolch, der ja eigentlich nur ein Küchenmesser war und fixierte den Angreifer. Er stieß nervöse Schreie aus, die mich an das Lachen einer Hyäne erinnerten.

Aus heiterem Himmel sprang er auf mich zu. Das Vieh hatte sein Ziel, meine Kehle, genau anvisiert. Ich machte einen Schritt zur Seite. Das hundeähnliche Ding sprang an mir vorbei. Seine Augen waren jetzt auf Samira gerichtet. Sie hatte Ellil fast befreit, kniete zu seinen Füßen und versuchte, seine Beine zu lösen. In einer fließenden Bewegung zog sie das Schwert aus dem schwarzen Zeug und richtete die Spitze nach hinten. Als der Kojote sich bis zum Heft an der Klinge aufspießte, verzog sie keine Miene. Sie erhob sich nur kurz, um das sterbende Untier von seinen Qualen zu erlösen. Der Wildhund stieß ein langanhaltendes Fiepen aus, als sie die Klinge aus ihm herauszog und dann erneut, diesmal in seinem Herz versenkte.

Die übrigen Dämonen standen still. Der Tod ihres Kameraden hatte sie Vorsicht walten lassen. Aber wie lange würde uns ihre Angst noch Zeit verschaffen. Ich befürchtete, nicht lange genug, um uns im Tempel in Sicherheit zu bringen.

Meine Aufmerksamkeit wurde zurück auf Ellil gelenkt. Mit einem Klatschen purzelte er auf den Boden. Seine komplette Rückseite war schwarz. Teer klebte daran, aber er war frei. Um alles andere konnten wir uns später kümmern. Der Gecko schien das allerdings ganz anders zu sehen. Ohne sich um die Gefahr zu scheren, fing er an, über seine Situation zu schimpfen. Ich sah in den Augen der Dämonen, dass sie nach einem Weg suchten uns gefahrlos zur Strecke zu bringen und natürlich erkannten sie in Ellil unsere Schwachstelle.

»Halt die Klappe und klettere auf meine Schulter.« Samira hielt ihm den Arm hin, ohne ihn dabei anzusehen. Sie war gespannt, wie ein Bogen, der sein Ziel anvisierte. Bereit uns bis zum letzten Atemzug zu verteidigen.

Ich ging rückwärts auf Samira zu. Meinen Dolch hielt ich so fest umklammert, dass der Holzgriff knarzte. Aber auch wenn ich es versucht hätte, ich hätte meine Hand nicht lockern können.

Ich hatte Samira fast erreicht, da trat ich auf einen Kiesel und strauchelte. Nur ganz leicht, aber das genügte als Startschuss für die Dämonen. Alle gleichzeitig setzten sich in Bewegung. Sie stießen hungrige Laute aus und die Wirbel in ihren Augen zirkulierten in wahnwitziger Geschwindigkeit.

»Lauf!« Samira packte meine Tunika und zog mich vorwärts. Angst schnürte mir die Kehle zu, als ich sah, wie viele Angreifer sich uns näherten. Wie ein Schwarm Hornissen strömten sie auf uns zu und ihre Angriffslaute vermischten sich zu einem monotonen Brummen.

Ein Keiler sprang mich von der Seite an. Er quiekte siegessicher und versuchte, mit seinen Stoßzähnen meine Halsschlagader zu zerfetzen. Ich stemmte mich mit aller Kraft gegen seinen Kopf. Die Bänder und Sehnen in meinem lädierten Arm protestierten und schickten Schockwellen durch meinen Körper. An Schreien war nicht zu denken. Ich biss die Zähne zusammen, um den Schmerz aushalten zu können. Kalter Schweiß stand auf meiner Stirn. Das Messer hielt ich noch immer fest umklammert, konnte es aber nicht einsetzen. Ich brauchte alle Kraft, um den riesigen Kopf auf Abstand zu halten. Verdammter Mist! Wie lange konnte ich das noch aushalten.

Plötzlich quiekte das Schwein ohrenbetäubend auf. Eine Klinge trat durch das Fleisch an seiner Kehle aus und kratzte über den Steinboden neben meinem Kopf, nur um direkt wieder auf dem gleichen Weg zu verschwinden. Das Tier brach auf mir zusammen und zuckte unkontrolliert im Todeskampf. Blut strömte heiß und übelriechend über mein Gesicht, aber das durfte mich nicht ablenken. Wo dieser Keiler hergekommen war, trachteten noch Unzählige nach meinem Leben.

248

Mit aller Kraft rollte ich die Leiche von mir und quälte mich keuchend auf die Füße. Noch bevor ich loslaufen konnte, verbiss sich ein geifernder Fennek in meinem verletzten Arm. Ohne nachzudenken, stieß ich den Dolch in den kleinen Körper und rannte dabei unbeirrt weiter. Mein Körper hatte die Führung übernommen. Es gab kein Denken mehr, nur noch reinen Instinkt. Ich stach immer wieder in den roten Pelz, der stumpf an dem schleimigen Inneren klebte. Kein Ton kam über die Lefzen des Wüstenfuchses. Ich erkannte sein Sterben an den Wirbeln in seinen Augen. Sie versiegten. Zurück blieben leere Höhlen. Das Tier hatte sich so fest in meinem Arm verbissen, dass ich seinen Kiefer aufhebeln musste, um es loszuwerden.

»Wir schaffen es nicht!« Samira kämpfte wenige Meter vor mir mit gleich vier Dämonen gleichzeitig. Sie schwang das Schwert von einer Seite auf die andere, um sie auf Abstand zu halten. Aber sie blutete aus mehreren Bisswunden. Der Geruch ließ die Dämonen jede Vorsicht fallenlassen. Ich sah, wie sie die Nasenflügel blähten und ihnen dabei der Geifer in Strömen aus den Mäulern lief. Drei Wölfe und ein Tiger umkreisten Samira hungrig. Sie waren alle überzogen von dem grünen Schleim, der jedes Duat-Monster umgab.

Ihre Muskeln zitterten vor Anstrengung und zum ersten Mal, seit ich Samira kennengelernt hatte, sah ich echte Angst in ihren Zügen. Das durfte nicht wahr sein.

»Es gibt kein Aufgeben, Samira. Solange noch ein Tropfen Blut in unseren Körpern fließt, kämpfen wir für die Dschinda.« Mit einem Kampfschrei stürzte ich mich auf einen der Wölfe und rammte ihm meinen Dolch in die Kehle. »Für Kija!«, hörte ich Samira rufen. Ich sah nicht, wie sie sich auf ihre restlichen Gegner stürzte, aber ich hörte, wie die Klinge durch die Luft summte und immer wieder schmatzend ihr Ziel fand.

Ich ging mit dem Wolf zu Boden. Er zuckte noch zweimal und blieb dann regungslos. Mit einem breiten Grinsen schob ich mich auf die Knie. Als ich das Knurren hinter mir hörte, das unzweifelhaft nicht nur aus einer Kehle kam, war sofort alle Euphorie vergessen. Ganz langsam drehte ich mich um. Zwei weiter Wölfe hatten es sich augenscheinlich zum Ziel gesetzt, ihren toten Gefährten zu rächen. Ihr Nackenhaar war aufgerichtet. Die Köpfe hielten sie zum Sprung gesenkt. Ich sah zu dem blutverschmierten Dolch, den ich vor mir ausstreckte. Wie sollte ich mit dieser Waffe gegen zwei Angreifer gleichzeitig bestehen?

»Verschwindet, dahin wo ihr hergekommen seid, oder verglüht im Licht des Re!« Aremun kam mit ausgebreiteten Armen auf uns und die Dämonen zu gerannt. Was tat er denn da? Er sollte sich besser nicht in Gefahr bringen. Wenn er in der Duat getötet werden würde, gäbe es nie wieder einen Sonnenaufgang. Alle Pflanzen würden sterben, anschließend gingen die Tiere zugrunde. Alles Leben würde ausgelöscht werden. Unsere Welt wäre wieder kalt und einsam, wie zu der Zeit, bevor Ptah das Leben in die Welt gebracht hatte.

»Verschwinde Pharao! Bring dich in Sicherheit!« Ich brüllte die Worte, bevor ich darüber nachdenken konnte. Aber sie blieben mir im Hals stecken, als er zu leuchten begann. Aus dem zarten Glühen wurde innerhalb weniger Augenblicke ein so blendendes Strahlen, dass ich mich abwenden musste.

Die Wölfe vor mir zogen die Schwänze ein und winselten.

Das Licht wurde immer heller. Aremun erstrahlte als Re, die Sonne. Ob es das schon jemals in der Duat gegeben hatte? Ich kniff die Augenlider zusammen und hielt den Arm vors Gesicht, denn auch mit geschlossenen Augen, war das Licht so hell, dass es schmerzte.

Ich hörte die Dämonen flüchten. Ihre Krallen kratzten panisch über den Felsen.

»Bleib gefälligst hier, du feiger Wurm.« Samira hatte nicht mich damit gemeint.

Das merkte ich, als Ellil zu fluchen begann.

»Lass mich los, du dummer Wüstenteufel. Das Licht wird mich töten. Ich bin ein Dämon. Nicht umsonst leben wir in der Duat, wo die Sonne uns nicht erreichen kann.«

»Du mickriges Ding bist kein Dämon und jetzt zurück mit dir in die Haare. Du stehst in meiner Schuld und wirst gefälligst tun, was ich dir sage.«

Ich konnte mir gut vorstellen, wie Samira ihn gepackt hielt und er sich wand, wie eine wütende Ringelnatter. Sehen konnte ich ja nichts, ohne Gefahr zu laufen, zu erblinden.

»Komm Kadir. Einen Fuß vor den anderen und dann hoffen wir, dass der Teer uns ein weiteres Mal erspart bleibt.« Das ließ ich mir nicht zweimal sagen, steckte mein Messer in den Gürtel und tastete nach ihrer Hand.

Gemeinsam und mit einem immer noch fluchenden

Ellil, tasteten wir uns unseren Weg nach oben. Der Eingang des Tempels stand offen. Aremun folgte uns atemlos auf dem Fuße. Er stemmte sich gegen das Tor und verschloss den Eingang. Außen hörten wir erneut das Geheul der Dämonen, die sich zum nächsten Angriff formierten. Gemeinsam mit Samira hob ich den schweren Balken auf und verriegelte damit das Tor. Keine Minute zu früh. Die ersten Körper warfen sich gegen das Metall. Aber ich war mir sicher, dass sie dieses Bollwerk nicht bezwingen konnten. Fürs Erste waren wir vor den Dämonen in Sicherheit. Aremun sank an der Wand neben dem Tor zu Boden. Seine Silhouette war so durchscheinend, dass ich ihn kaum noch erkennen konnte, aber er grinste breit. »Ich konnte euch nicht einfach opfern. Was wäre ich für ein Mensch, wenn ich meine Freunde sterben lassen würde.«

Ich gluckste leise. »Es ist schön, endlich Aremun, den Menschen kennenzulernen.«

Ich schaute mich im Tempel um. Hier sollten wir uns also den nächsten Gefahren stellen. Warteten hier auch mordende Monster in den Schatten, die schon jetzt ihre Augen auf uns gerichtet hatten?

Kapitel 23

Samira

Ellil verhielt sich wie ein verrückt gewordener Schlickwurm.

»Lass mich los, du irrer Zaubertroll. Ich habe keine Lust, von diesem Sonnenheini gegrillt zu werden.« Der Gecko presste noch immer seine Vorderpfoten auf die Augen. Als Gecko hatte er keine Augenlider. Seine Pupillen waren Aremuns Strahlen schutzlos ausgeliefert. Aber er hätte sich nur unter meinen Haaren verborgen halten müssen. Sie hätten das Licht bestimmt besser abgeschirmt als seine dünnen Beinchen.

Er besaß sogar die Frechheit, mir in den Daumen zu beißen. »Schau dich doch endlich um. Es ist wieder finster. Aremun hat das Licht abgeschaltet.« Ich schüttelte meine Hand, um ihn von mir wegzubekommen.

Kadir kam zu mir herüber und packte Ellil am Kopf. »Mach den Mund auf oder ich werde dir wehtun müssen. Zwing mich bitte nicht dazu.«

Ellil nahm eine Pfote vom Auge. Sein Blick rollte einmal durch den ganzen Tempel. »Dasch schied nich scher einladend ausch!«

»Was?«

Ellil klammerte sich mit den Beinen an Samiras Hand fest und hörte endlich damit auf an ihrem Daumen zu nagen.

»Schaut euch mal um. Das sieht nicht gerade einladend

253

hier aus.«

»Uns bleibt keine andere Wahl. Um durch das nächste Tor zu gelangen, ist der Blick in den Spiegel des Schmerzes unabdingbar.« Kadir begutachtete gerade die Bisswunde, die der Fennek ihm geschlagen hatte. Ich sah deutlich die Zahnabdrücke, aus denen Blut sickerte. Eigentlich kein schlechtes Zeichen. Blut reinigte die Wunde und verhinderte Wundbrand. Wer wusste schon, was diese Dämonen für Dreck in ihren Mäulern hatten.

Ich machte einen Schritt nach vorn und sofort setzte ein Flüstern ein. Ich konnte nicht ausmachen, aus welcher Ecke des Saals es kam, denn die nur grob behauenen Mauern warfen das Echo hundertfach auf uns zurück. Es war düster und neblig hier drinnen. Nicht einmal die Decke dieses Gemäuers konnte ich durch all die weißen Schlieren erkennen.

Wir befanden uns in einem Saal, der einem Theater glich. Mehrere Reihen in den Stein gehauene Sitzbänke, gaben den Zuschauern den Blick auf eine Theaterbühne frei. Auf der Mitte der Plattform stand ein riesiger goldener Rahmen. Ich schaute genauer hin. Es war tatsächlich nur der Rahmen. Ich konnte durch seine Mitte hindurchsehen und erkannte das Tor zur nächsten Welt direkt dahinter.

Ohne länger darüber nachzudenken, ging ich über die zwischen den Sitzbänken in den Stein gehauenen Stufen nach unten.

Mit jedem Schritt wurde das Flüstern lauter und bald konnte ich einzelne Stimmen heraushören. Was sie sagten, ließ mich schaudern.

»Was ist deine Angst?«

»Verfolgt sie dich?«

»Ja, sie kriegt dich, tötet dich, quält dich!«

Und zwischendrin immer wieder schauriges Lachen.

Aber ich ließ mich nicht unterkriegen. Nur wenige Schritte trennten mich von dem nächsten Tor und ich würde mich bestimmt nicht durch ein paar Stimmen aufhalten lassen, wenn es eine ganze Schar Dämonen nicht geschafft hatte.

»Bleib stehen, Samira. So einfach ist es nicht.« Ich hörte, wie Kadir hinter mir hereilte, aber ich dachte überhaupt nicht daran, meinen Lauf zu bremsen. So musste auch Kadir nicht in diesen dummen Spiegel schauen. Er hatte genug gelitten. Da musste er sich nicht auch noch mit den Bildern der Vergangenheit quälen lassen.

Als ich auf Höhe des Spiegels ankam, veränderte sich seine Mitte. Zähflüssige Wassertropfen sammelten sich am unteren Rand und tropften nach oben. Immer schneller schwangen sich die ungewöhnlichen Tropfen in die Luft. Was mit einem Nieseln begann, verwandelte sich in einen Starkregen. Das Wasser rauschte bald, wie ein Wasserfall und bildete einen dichten Vorhang.

Mir war es egal, wusste ich doch schon, was der Spiegel mir zeigen würde. Und darauf hatte ich keine Lust. Wer wollte sich schon freiwillig den Tod seiner Eltern noch einmal anschauen? Ich sicher nicht.

Ich ging um den Spiegel herum. Das Tor dahinter war nur angelehnt. Ich grinste.

Endlich mal etwas, dass leicht war.

»Komm Kadir, die Tür ist schon auf. Wir müssen uns den Schmerz nicht antun.« Kaum hatte ich die Worte ausgesprochen, kam Leben in die Türblätter. Scharfe Spitzen stellten sich auf und durchbohrte Gesichter erschienen auf der Metalloberfläche. »Nur wer wahrlich leidet und sich windet in seiner Herzensqual, wird aus diesem Raum geleitet und durchschreitet das Portal.«

Ich machte einen Schritt zurück und die Spitze folgten meinen Bewegungen. Die Stimmen lachten und feixten um mich herum. »Wir brauchen deine Angst, wollen deine Qual.«

Kadir hatte mich eingeholt. Er legte seine Hand auf meine Schulter und die Wärme seiner Berührung holte mich in die Gegenwart zurück.

»Ich will das nicht, Kadir.« Ich drehte mich um und versuchte, stolz das Kinn zu recken, aber ich wusste bereits, dass er hinter meine Fassade schauen konnte. Er erkannte die Angst in mir, diesen Augenblick noch einmal durchleben zu müssen, und schloss mich sanft in seine Arme. »Gemeinsam sind wir stark. Wir schaffen das.« Er schob mich ein Stück von sich und sah mir in die Augen. »Mach dir lieber Sorgen um die Zeit. Ich weiß ja nicht, welchen Augenblick meines Lebens der Spiegel für mich bereithält. Vielleicht habe ich schon graue Strähnen, bis mich die Bilder in Ruhe lassen.« Er lächelte mich schief an und strich sanft über meine Wange. »Komm schon. Ich bin bei dir.«

Ich nickte müde und ließ mich von ihm zu dem Spiegel ziehen.

Das Bild begann zu flackern. Es zeigten sich erste

Schemen auf der Oberfläche, die nach und nach an Schärfe gewannen. Nur am Rande nahm ich wahr, wie Aremun sich auf einer der Steinbänke niederließ und uns beobachtete.

Ich war verwirrt, als ich eine rotglühende Höhle vor mir sah. Zwei Dämonen mit riesigen Krokodilschädeln ringelten sich um einen Hügel aus Sand und Blättern. Die beiden rieben ihre Köpfe zärtlich aneinander.

Irritiert sah ich zu Kadir. Aber er deutete auf meinen Scheitel. Dort saß Ellil. Ich konnte ihn nicht sehen, aber ich spürte das Zittern, das seinen winzigen Körper immer wieder durchlief. Aber natürlich. Wir sahen hier seinen schrecklichsten Augenblick.

Inzwischen krochen immer mehr Minidämonen aus dem Haufen. Auch sie hatten riesige Köpfe und es schien, als wären sie sogar größer, als Ellil es jetzt und ausgewachsen war. Mit niedlichen Glückslauten krabbelten sie zu ihren Eltern, die sich liebevoll an sie kuschelten. Einige waren bereits so frech, dass sie über die Eltern tollten oder in ihre dicke schuppige Haut bissen. Erkannte ich etwa so etwas wie stolz im Blick des männlichen Dämons?

Das Zittern von Ellil wurde stärker. Er klammerte sich regelrecht an meinen Haaren fest. Ich ahnte, was jetzt kommen würde und auch Kadir, denn er legte seine Hand an meine Schläfe und zog mich zu sich heran. Ellil klammerte sich sofort an seinem Daumen fest.

Der Spiegel zeigte nun, wie sich der Haufen ein weiteres Mal bewegte. Es dauerte lange, bis sich das winzige Wesen hervorgearbeitet hatte. Seine Augen leuchteten, als sein Blick auf seine Eltern fiel. Sofort krabbelte auch er auf seine Mutter zu. Seine Laute waren leiser und hörten sich fast an, wie das Zirpen einer Grille. Ellil war zuckersüß in diesem Moment.

Sein Vater packte ihn am Schwanz und hob ihn vor sein Gesicht. Noch immer war Ellil ohne Argwohn und umarmte die Klauen, die ihn hielten. Er rieb seinen winzigen Kopf an seinem Vater und mir schnürte es die Kehle zu, wenn ich daran dachte, was Ellil uns über seine Geburt berichtet hatte.

»Was soll das sein?« Der Vater hob den kleinen Gecko der Mutter entgegen und Ellil versuchte sofort auch sie zu erreichen, aber der Vater hielt ihn fest.

Die Mutter zuckte nur unbeteiligt mit den Schultern, während sie eines der anderen Kinder mit der Nase sanft anstupste. »Sowas kommt vor. Hat sich wohl nicht richtig entwickelt.«

»Meinst du, ich blamiere mich mit diesem Krüppel vor meinen Freunden. Das Ding muss weg!«

Ich sah, wie der kleine Ellil große Augen machte. Er sah seinen Vater an, als würde er die Welt nicht mehr verstehen. Vorsichtig blickte er zu seiner Mutter und machte einen letzten Versuch, sie mit seinem süßen Zirpen zu erweichen. Sie schaute Ellil eindringlich an und zerstörte mit den nächsten Worten seine ganze Welt. »Die Kinder haben Hunger. Er wäre doch ein willkommener Snack für zwischendurch.«

Ein verschlagenes Grinsen legte sich auf die Züge des Vaters, als er Ellil immer weiter nach unten ließ, ohne seinen Schwanz aus seinem Griff zu lassen. Das Zirpen von Ellil wurde zu einem panischen Pfeifen. Die Geschwister versammelten sich unter ihm. Sie sprangen in die Luft und versuchten nach ihm zu schnappen. So klein diese Monster waren, ihre Zähne waren schon scharf genug, um Ellil zu zerreißen. Alle lachten, als er sich wand.

Die Kiefer seiner Brüder und Schwestern kamen immer näher. Mit einem letzten Blick auf seine Mutter riss sein Schwanz ab. Er verschwand in einem schmalen Felsspalt und war so außer Gefahr, gefressen zu werden.

Die letzten Bilder, die uns der Spiegel zeigte, brachen mir fast das Herz. Ellil, der immer wieder in den kleinen Felsspalt schlüpfte, um seine Familie zu beobachten. Ich sah die Tränen, die aus seinen Augen liefen, und hörte das herzzerreißende Zirpen, wenn er seine Eltern sah, die so liebevoll mit ihren anderen Kindern umgingen.

Noch bevor ich etwas zu Ellil sagen konnte, flackerte das Bild. Es verschwamm und formte sich neu. Diesmal war es wirklich mein Schmerz, der mich in den Abgrund ziehen wollte. Ich erlebte die Nacht in unserem alten Wasserfass aufs Neue. Aber die Empfindungen waren so viel stärker. Sie trafen mich mit der Wucht eines Schmiedehammers. Was ich als Kind nicht richtig einordnen konnte, war heute umso präsenter. Der abgeschlagene Kopf meines Vaters und der Ausdruck in seinen toten Augen brannten sich erneut in mein Herz. Von Trauer überwältigt, sank ich auf den Boden, war aber nicht in der Lage, den Blick abzuwenden. Auch wenn ich wusste, dass der letzte Augenblick im Leben meiner Mutter mich quälen würde bis zum Ende meiner Tage, wollte ich sie doch noch einmal lächeln sehen. Ich wollte noch einmal hören, dass sie mich liebte, um mir meiner Aufgabe noch bewusster zu werden. Ich befand mich in der Duat, weil sie an meine Kraft geglaubt hatte. Mein Versprechen, alles zu tun, um das Volk der Dschinda zu retten, war mir heute wichtiger als damals. Denn erst jetzt erkannte ich, was die Verfolgung unserem Volk angetan hatte. Sie nahm uns die Möglichkeit auf Bildung und Entwicklung. Wir lebten in ständiger Angst und fast täglich erreichten uns Nachrichten von Dschindas, die erwischt und zu Tode geprügelt wurden.

Ich sah im Spiegel, wie die Augen meiner Mutter brachen und ihre Hand von meiner Wange rutschte. Ich fühlte ihre warmen Finger auf meinem Gesicht, wollte sie festhalten. Langsam ging ich in die Knie und schluchzte laut auf. Mein Körper bebte. »Mama. Ich hab dich lieb«, flüsterte ich erstickt. Genau wie das Kind im Spiegel schämte ich mich meiner Tränen nicht. Ich weinte sie für eine unglaublich starke Frau, die es geschafft hatte, mir mit ihren letzten Worten so viel Mut mit auf den Weg zu geben.

Liebevoll strich ich über meine Tasche, denn ich wusste, dass ich nicht mehr weit davon entfernt war, meinen Eltern etwas zurückzugeben.

Das Wasser fing erneut an zu toben, als Kadir mich zu den Steinstufen führte. Ich setzte mich darauf nieder und legte meinen Kopf an seine Schulter. Aremun stand auf und ging mit Stolz erhobenem Haupt auf den Spiegel zu. Ich sah bereits jetzt, wie seine Unterlippe bebte, bevor sich überhaupt ein Bild im Spiegel materialisierte. Aremun legte eine Hand auf sein Herz. Er hob den Blick und im

Wasser zeigten sich erneut Bilder.

Eine Frau lag in einem Bett. Ihr Blick zuckte wild umher, konnte keinen Fokus finden. Ihre Wangen und Augen waren tief eingefallen. Sie musste einstmals wunderschön gewesen sein, aber der Verfall hatte sie so stark gezeichnet, dass sie mehr Ähnlichkeit mit einem Skelett, als mit einem lebenden Menschen hatte. Ihr Bett war so aufgestellt worden, dass sie durch ein großes Fenster auf den Nil sehen konnte. Die Sonne ging langsam hinter dem breiten Strom unter, als sich im Spiegel ein jüngerer Aremun neben das Bett der Frau kniete und ihre Hand in seine nahm.

»Nasgari, meine Schöne. Wie geht es dir heute?«

Die Frau leckte sich über die Lippe. Ihre Zunge war schwarz, was bei mir alle Alarmglocken gleichzeitig schrillen ließ. Diese Frau war mit Zarnik vergiftet worden, das bei den Griechen auch Arsenik genannt wurde. Sie drehte den Kopf in die Richtung, aus der die Worte gekommen waren, aber sie schien blind zu sein. Unverständliche Laute kamen über ihre Lippen. Der junge Aremun schluchzte hemmungslos. Sein Kopf lag an ihrer Schulter. Im Hintergrund konnte man ein Kind weinen hören. Es lag in den Armen einer Frau, die im Schatten stand. Ich konnte ihr Gesicht nicht erkennen.

Der Pharao vor dem Spiegel ließ die Schultern sinken, als der Spiegel wieder zu flackern begann. Er wollte sich abwenden, aber eine wütende Stimme hielt ihn zurück. Der Wasserspiegel zeigte das Gesicht eines wütenden jungen Mannes. Er trug den Kopf rasiert. Nur ein dicker schwarzer Zopf reichte ihm bis zu den Hüften. Gold

261

funkelte an seinem Hals und an seinen Armen. Er hätte hübsch sein können, wenn der Hass ihn nicht so verunstaltet hätte.

»Stirb, du altersschwaches Schwein!«, schrie er. Dann machte er einen Schritt auf Aremun zu und rammte ihm einen langen goldenen Dolch in die Brust. Dabei kam er ihm so nah, dass der Pharao sich haltsuchend an ihn klammerte.

»Warum, mein Sohn?« Er hauchte diese Worte und ging langsam in die Knie.

»Weil er an der Reihe ist. Du bist alt und weich, Aremun. Du langweilst mich nur noch.« Ich erkannte die Frau, die gesprochen hatte. Sie war es, die Kadir und mich gemeinsam mit dem Priester verfolgt hatte. Was hatte die Frau des Pharaos für ein Interesse an Kadir? Warum wollte sie ihn töten? Auf diese Fragen würde ich hier und jetzt wohl keine Antworten mehr bekommen. Deshalb konzentrierte ich mich wieder auf die brutale Szene, die der Spiegel in allen Einzelheiten wiedergab.

Thehe, der junge Prinz, zerrte den Dolch aus dem Brustkorb seines Vaters und wischte das Blut an dessen Tunika ab, bevor er ihn von sich stieß. Aremun landete hart auf dem Boden. Er presste seine Hände auf die Wunde, aber auch das konnte nicht verhindern, dass das Blut aus ihm herausströmte.

»Das hast du gut gemacht. Nach dieser Tat wird niemand mehr an deinem Mut und deiner Entschlossenheit zweifeln. Du wirst ein wundervoller Pharao werden.« Aremuns Frau küsste ihrem Stiefsohn auf die Wange. Ohne einen Blick zurück, überließen sie

Aremun dem sicheren Tod.

»War es das endlich? Wurde ich genug gequält?« Aremun schrie die Worte heraus. Sie hallten laut an den Wänden und vermischten sich mit den Stimmen, die noch immer unsere Angst forderten und sich an den Tränen ergötzten.

Kadir stand auf. Ohne zu zögern, stellte er sich vor den Spiegel. Das Bild flackerte, aber es erschien nichts als weißer Nebel. Irritiert drehte er sich um. »Ich dachte schon, dass ihr euch jetzt mein ganzes Leben anschauen müsst, aber ich glaube, ihr habt Glück.«

Plötzlich erklang aus dem Nebel das Schreien eines Kindes. Es war so laut und markerschütternd, dass ich die Luft anhielt. Kadirs Blick zuckte zurück zu dem Nebel. Er krümmte sich zusammen, als habe er furchtbare Schmerzen. Das Schreien des Kindes wurde zum Kreischen. Wir hörten alle eine Peitsche knallen. Eine Stimme keifte: »Aus dir mache ich ein zahmes Haustier.« Die Peitsche knallte erneut und das Kreischen ging in ein Gurgeln über. »Und wehe du stirbst, missratenes Balg. Ich werde mir nicht den Zorn der Götter wegen Abschaum, wie dir zuziehen.« Ein weiterer Knall, und der Spiegel wurde von einer Sekunde zur anderen wieder durchscheinend. Nichts erinnerte mehr an den sehenden Wasservorhang. Nichts, außer Kadir, der die Arme um sich gelegt hatte und vor- und zurückwippte.

»Ich kann mich nicht erinnern.« Er schaute mich an und seine Augen flehten mich um Hilfe an. »Warum kann ich den Schmerz, die Angst und die Verzweiflung spüren, aber nicht wissen, wann das passiert ist?« Kadirs Augen schwammen in Tränen. So aufgelöst hatte ich ihn noch nie gesehen.

Ich nahm sein Gesicht in meine Hände. »Ich habe das Grauen auch gespürt, das dir widerfahren ist, aber Kadir, du bist hier. Du bist bei mir, stark und frei. Du hast überlebt, was ein anderes Kind in die Dunkelheit getrieben hätte. Du bist gut und liebenswert.« Ich wischte mit meinen Daumen die Tränen von seinen Wangen. »Nur durch unseren Schmerz sind wir die Menschen geworden, die wir heute sind.« Ich küsste ihn sanft auf die bebenden Lippen. »Unser Schmerz hat uns zusammengeführt und darüber bin ich unendlich froh.«

Kadir zog mich in seine Arme und hielt mich einfach fest. Seine Hand wanderte in meinen Nacken. Als ich spürte, dass er Ellil heimlich über den Rücken streichelte, um auch ihm Trost zu spenden, wurde mein Herz schwerelos. Es schien durch eine unbekannte Macht in seine Richtung gezogen zu werden. Liebe, alles überwältigende Liebe spülte über mich hinweg, drang in jede meiner Poren. Doch wo sich jede andere Frau gefreut hätte, verursachte mir die Gewissheit, Kadir mit jeder Faser meines Körpers zu lieben einen dicken Kloß im Hals. Die Gewissheit, dass ich ihn verlieren würde, hing wie das Beil eines Henkers über mir. Was hatte mich nur dazu veranlasst vor Osiris zu schwören? Ich wusste es heute nicht mehr. Denn der Schwur Kadir auf jeden Fall drei Wünsche zu erfüllen, wenn er mir half, die Duat zu durchqueren, würde mich einsam und zerfetzt in den Gefilden der Binsen zurücklassen. Vielleicht konnte ich eines Tages dort einen Blick auf ihn und seine Familie

erhaschen. Ich könnte noch einmal sein Lachen sehen, aber er würde es nicht mir schenken, sondern der Schönheit, die ihr Leben mit ihm geteilt hatte und nicht nur wenige gefährliche Tage mit ihm durch die Unterwelt gestreift war.

Nur der Gedanke daran, dass ich dann nur noch eine blasse Erinnerung für ihn sein könnte, zerriss mich innerlich in Stücke. Warum hatte ich geschworen? Warum nur?

Jetzt war es Kadir, der mich hielt und meinen, unter Schluchzern bebenden Körper sanft wiegte. Er fragte nicht nach, war einfach da, gab mir Trost und Halt, wenn der Boden sich unter meinen Füßen aufzulösen schien.

Irgendwann legte sich eine Hand auf meine Schulter. Ich spürte kein Gewicht, aber eine wärmende Energie, die davon ausging. Ich hob den Kopf und schniefte geräuschvoll. Aremun stand neben uns. Er lächelte traurig zu mir herunter. »Die Tür steht nun offen. Wir können in die Stunde vordringen, die die Letzte ist, bevor die Götter uns in Empfang nehmen.«

»Die Halle der schönsten Erinnerungen?«

»Ja, Samira, genau diese wartet auf uns und ich glaube, wir können sie sehr gut gebrauchen.«

266

Kapitel 24

Kadir

Gemeinsam traten wir durch das Tor.

Ein heller Garten begrüßte uns. Vögel zwitscherten in hohen Laubbäumen. Schmetterlinge flatterten um uns herum. Sie tanzten regelrecht in der Luft. Licht drang durch die Blätterkronen. Es schien fast so, als würde hier eine Sonne ihre hellen Strahlen zu uns herabschicken. Der Himmel strahlte in einem so hellen Blau, als habe ein Künstler ihn in seinem schönsten Gemälde eingefangen und auch die schneeweißen Wolken wirkten unecht, weil sie so perfekt am Firmament verteilt waren. Ein Reh flitzte an uns vorbei. Hätte ich meine Hand ausgestreckt, wären meine Finger durch sein festes Fell geglitten. Es schien keine Scheu zu haben. Ganz in unserer Nähe blieb das Tier stehen. Es schnaubte, dann folgte eine ganze Herde.

Es roch nach Wald und Sonnenschein. Ein Duft, der mich an Samira erinnerte. Wie von selbst hoben sich meine Mundwinkel, als ich das Staunen auf ihrem Gesicht sah. Sicherlich hatte sie noch nie eine solche Umgebung gesehen. Sie war bisher nur in der Wüste und an den Ufern des Nil unterwegs gewesen. Auch ich kannte eine solche Landschaft nur aus den illustrierten Büchern unseres Tempels. Ich schüttelte mich, als mir gewahr wurde, dass ich selbst in Gedanken diesen Fleck verdorbener Erde immer noch als »unseren Tempel« bezeichnete. Schnell schob ich diese schlechten Gedanken zur Seite und konzentrierte mich wieder auf die Welt dieser Stunde. Ich hörte das Plätschern des Flusses Re ganz in der Nähe. Wir hatten ihn wiedergefunden. Das gab mir ein wenig Sicherheit.

»Sollen wir den Fluss suchen und dann an ihm entlanglaufen? Vielleicht führt er uns direkt zu dem Ort, an dem unsere schönsten Gedanken auf uns warten.« Samira lächelte mich traurig an.

»Genau, schöne Gedanken stehen auch auf meinem Einkaufszettel. Ich brauche sie dringend, auch wenn ich nicht weiß, wo man in meinem Leben ansetzen könnte. Wirklich schön ist es erst geworden, als du mich im Tempel geweckt hast.« Ich küsste Samira auf die Nasenspitze, dann liefen wir schweigend in Richtung Fluss.

Aremun war ganz in sich selbst versunken. Tiefe Schatten verdunkelten sein Gesicht. Der Verrat seiner zweiten Frau und seines Sohnes hatten ihn erneut bis ins Mark erschüttert.

Es war nicht schwer, den Fluss zu finden. Bei genauerem Hinhören konnte ich sein Rauschen ganz in der Nähe vernehmen. Auch das durchdringende Singen der Vögel verbarg das Geräusch nicht.

Am Fluss angekommen, bat ich Samira um die Zustimmung, Aremun Trost zu spenden. Sie verstand sofort, warum es mir wichtig war, ihn zu unterstützen. Er wurde von seiner Familie hintergangen, während ich mir von Herzen Eltern wünschte. Wir waren zwei Seiten einer Medaille. Sie drückte meine Hand leicht, bevor sie sich von mir löste. Während ich mich zum Pharao zurückfallen ließ, sah ich, wie sie Ellil aus ihren Haaren fischte und mit dem kleinen Dämon sprach. Natürlich, auch Ellil hatte Schreckliches erneut durchleben müssen. So waren wir alle nicht ohne tiefe Wunden durch unser bisheriges Leben gekommen.

»Möchtet Ihr reden?«

Aremun schüttelte traurig den Kopf.

»Ich weiß nicht, wie vielen Menschen Ihr in Zukunft noch begegnen werdet. Es ist eine anstrengende Aufgabe, sich jede Nacht durch die Duat kämpfen zu müssen, um am Tag den Himmel zu erhellen. Eine enorme Verantwortung lastet nun auf Euren Schultern und Ihr seid allein mit Euren Gedanken und Sorgen.« Ich machte eine kurze Pause und achtete genau auf den Geist an meiner Seite. »Natürlich werden die Götter an Eurer Seite sein, aber ob sie Eure menschlichen Sorgen verstehen?«

Endlich seufzte Aremun schwer. Er sah mich an und ich erkannte genau, wann er die Entscheidung fällte, mir zu vertrauen. Sein Blick wurde weich und seine angespannte Haltung wurde etwas lockerer.

»Mein ganzes Leben habe ich immer versucht, eine Bindung zu meinem Sohn aufzubauen, aber es ist mir nie gelungen. Dabei war er doch alles, was mir von meiner geliebten Nasgari geblieben war. Aber ich konnte in ihm nichts von ihr erkennen. Sie war eine so gebildete Frau. Nasgari liebte es, zu lesen, und immer, wenn Händler aus fernen Ländern in der Nähe waren, lud sie sie in den Palast ein, um alles über deren Heimat zu erfahren.« Er ließ den Blick über das malerische Grün schweifen. »Sie hätte es hier geliebt. Unser großer Traum war es immer zu reisen, wenn unser Kind alt genug sein würde, um die Geschicke des Landes in unserer Abwesenheit zu lenken.« Ein kleines Lächeln huschte über seine Lippen.

»Oft saßen wir im Garten und erdachten uns Geschichten über die ungewöhnlichsten Lebewesen, die in fremden Landen leben könnten. Unterdessen schlief unser Sohn in ihren Armen. Sie hat Thehe so sehr geliebt. Ich habe sie immer damit aufgezogen, dass sie ihn eines Tages inhalieren würde.«

Jetzt musste ich lachen. Auch wenn ich selbst eine solche Liebe nie erfahren hatte, konnte ich mir doch vorstellen, wie schön diese Zeit für den Pharao gewesen sein musste. Ich sah zu Samira und konnte mir vorstellen, dass auch sie eine unglaubliche Mutter werden würde. Wie eine Löwin würde sie unsere Kleinen beschützen. Dachte ich tatsächlich schon an gemeinsame Kinder? Vor wenigen Tagen hatte ich noch Angst vor ihr, weil ich mich vor der Dschinda in ihr fürchtete und jetzt dachte ich bereits daran, eine Familie mit ihr zu gründen. Wie schnell sich die Dinge wandeln konnten.

»Vielleicht hat Euer Sohn dann einige Charaktereigenschaften von Euch geerbt.«

»Wenn, dann nur die, die ich an mir selbst nicht schätzen könnte.« Aremun presste die Lippen zu einer schmalen Linie zusammen. »Er ist unehrlich, machthungrig und kennt keine Loyalität. Außerdem will er nichts dazulernen. Menschen regiert er durch Angst und Schrecken. Seine Dienstboten sind reihenweise geflüchtet und jedes Gespräch, das ich mit ihm darüber führte, verlief im Sand. Es war ihm schlichtweg egal.« Er seufzte. »Selbst ich war ihm egal.«

Ich legte eine Hand auf seine Schulter und spürte, dass er sich extra für diese Berührung materialisierte. »Ihr habt ihn geliebt bis zu Eurem letzten Atemzug. Euer Herz ist rein und ohne viele der Verfehlungen, die Väter an ihren Söhnen begehen können. Ich wünschte, ich hätte einen Vater wie Euch gehabt. Jemanden, der sich so sehr bemüht, mir die Schönheiten der Welt zu zeigen. Jemanden, der für mich da ist. Jemanden, der mich so sehr liebt.«

Nun legte der Pharao seinerseits seine Hand an meinen Oberarm. Er schluckte schwer und sah mir tief in die Augen. Seine folgenden Worte waren so viel mehr, als ich je erwartet hätte: »Ich wünschte, du wärst mein Sohn. Du hast das Herz am rechten Fleck, mein Junge. Dein Mut und deine Weisheit ehren dich und auch wenn du kein großer Kämpfer bist, opferst du alles, um an der Seite deiner Freunde zu sein. Ich verneige mich vor dir und hoffe inständig, dass du nach dieser Reise mit Glück überschüttet wirst.« Er zog mich in eine innige Umarmung. Sobald ich die Augen schloss, konnte ich mir vorstellen, dass es tatsächlich mein Vater war, der mich hier umarmte. Mein Wunsch an Samira würde mich endlich wissen lassen, wer er war.

»Danke«, murmelte ich ergriffen, nachdem wir uns voneinander gelöst hatten.

»Nichts zu danken, Junge. Aber jetzt sollten wir uns beeilen, bevor uns dein Mädchen abhandenkommt.« Er klopfte mir noch einmal freundschaftlich auf die Schulter, dann eilten wir Samira hinterher.

Ich dachte bei jedem Schritt über unser Gespräch nach. Fragen schwirrten durch meinen Kopf. Würde mein Vater mir auch freundschaftlich auf die Schulter klopfen, oder würde er angewidert zurückzucken, wenn er sah, wie gezeichnet sein Sohn war. Vielleicht hatte der Priester ja Recht und sie wollten mich nie haben und würden mir auch jetzt noch die Tür vor der Nase zuschlagen. Schließlich hatten sie mich zum Tempel gebracht, um nicht weiter mit meiner Existenz belastet zu werden. Hatten sie gewusst, wie mein Leben hinter den Tempelmauern aussehen würde?

Ich hing meinen Gedanken nach und hielt Abstand zu Samira, die augenscheinlich in ein intensives Gespräch mit Ellil verwickelt war. Ich konnte mir vorstellen, dass sie ihm genauso Mut zusprach, wie es Aremun bei mir getan hatte. Wir waren schon eine seltsame Truppe, die hier gemeinsam durch die Unterwelt marschierte und allen Gefahren trotzte, die sie aufzubieten hatte. Vielleicht war aber auch unsere Unterschiedlichkeit unsere größte Stärke.

Wir folgten lange dem Fluss. Die Kiesel am Ufer knirschten unter unseren Füßen.

Kleine Frösche flüchteten vor uns in das dichte Schilfgras. Es war so idyllisch.

Ich kannte Bilder von Ländern hinter dem großen Meer. Ein Gemälde im Tempel zeigte einen klaren Gebirgsbach. Kleine und große Steine bildeten ein Flussbett, welches das Wasser in der Strömung lustig plätschern ließ. Silberne Fische in allen Größen tummelten sich darin. Es schien, als müsse man nur hineingreifen und einen herausholen. Genauso zeigte sich der Fluss Re in dieser Welt.

Ich vergaß natürlich nicht, dass die Schönheit unserer Umgebung trügerisch war. Sie wollte in Sicherheit wiegen, um uns in nur einem Moment der Unachtsamkeit zu verschlingen. Aber ich ließ es mir nicht nehmen, diese Welt, trotz aller Achtsamkeit zu genießen.

Wir gelangten ohne Zwischenfälle zu einer hübschen Lichtung. Die Bäume bildeten eine Kuppel über uns, die das Licht nur an einer Stelle in der Mitte auf das saftige Grün der Wiese warf. Glühwürmchen tanzten um den Lichtstrahl. Sie wirbelten umeinander, bildeten Spiralen und wechselten so schnell die Richtungen, dass es mir nicht möglich war, ein einzelnes mit den Augen zu verfolgen.

Samira betrat die Lichtung als Erste. Sofort erklangen auch hier unzählige Stimmen, die sich in das Rauschen der Blätter im Wind mischten und sanft, wie ein Streicheln, an unsere Ohren drang.

»Dein Glück.«

»Deine Freude.«

»Wir brauchen es, damit es das Licht in dieser Stunde erstrahlen lässt.«

Wie aus dem nichts begannen die Bäume sich zu bewegen. Sie verschränkten ihre Äste miteinander und bildeten so einen von Blättern eingefassten Rahmen. Im Inneren erschienen erneut Wassertropfen, aber diesmal fielen sie nach unten, so wie es sein sollte. Aus den einzelnen Tropfen entstand erneut ein Wasserspiegel. Ich sah, dass Ellil vor Angst zitterte. Er saß auf Samiras Hand und presste sich ängstlich an sie.

Samira stellte sich trotzdem, ohne zu zögern, vor den Spiegel. Das Bild begann zu flackern und aus verschwommenen Farben, bildete sich erneut eine dunkle Umgebung. Wir sahen Ellil, der an Samira hinaufkletterte und sich in ihren Haaren verkroch, nachdem die Spinnen besiegt worden waren.

Dann hörten wir etwas, dass Ellil niemals gesagt hatte.

Sie hat mich gerettet. Dieses wunderschöne Mädchen hat mir das Leben gerettet und das ihre dafür aufs Spiel gesetzt. Noch nie hat jemand für mich gekämpft. Ob sie mich auch gernhaben kann? Aber nein, ich bin eine Missgeburt. Niemand hat mich gern. Da sollte ich mir nichts vormachen. Ich bin so ein Narr, dass ich dieses verdammte Herz nicht abschalten kann.

Ellil atmete tief ein. Sie riecht so gut. Ich möchte für immer in diesen weichen Locken leben. Ich hoffe so sehr, dass ich hier ein Zuhause haben könnte.

Wir sahen, wie Ellil eine Träne wegwischte und sich selbst eine Ohrfeige gab. Dummer Narr, sie werden dich auch nur verletzen und dann heulst du wieder, wie ein Baby. Hast du denn nichts gelernt? Befreie dich von ihnen und versteck dich. Das ist dein Leben.

Das letzte Bild, das wir sahen, war das Gesicht von Samira und die Stimme von Ellils Gedanken. Wie gern würde ich mich an sie schmiegen. Sie hat so ehrliche Augen. Ich wünschte mir, dass sie mich mit Liebe anschauen.

Das Bild verblasste und Samira leuchtete in ihrem strahlenden Blau auf, das bewies, dass sie eine Dschinda war. Noch bevor der Zauber verblasste, drückte sie Ellil einen sanften Kuss auf seinen winzigen Kopf und flüsterte ihn leise zu: »Ich hab dich auch lieb, Ellil. Auch wenn ich manchmal mit dir schimpfe, passiert das nicht in böser Absicht, sondern nur aus Sorge. In einer Familie macht man das so. Dafür muss ich dir keinen Wunsch erfüllen. Das hast du dir allein verdient.«

Ellil riss seine Augen auf. Und noch bevor er überlegen konnte, griffen seine Vorderbeinchen Samiras Kinn und zogen sie zu sich heran. Er schmiegte seinen Kopf an ihre noch immer überirdisch scheinende Haut und rieb sich an ihr, so wie er es als Baby bei seinem Vater getan hatte.

Der Spiegel flackerte erneut. Diesmal zeigte er Samira. Sie war noch klein. Ihre wilden Locken waren zu einem dicken Zopf geflochten. Ihre Züge zeigten Ungeduld. Sie hüpfte in einem gemütlichen Zimmer auf und ab. Ihr Vater beobachtete sie lächelnd dabei.

»So beruhige dich doch, mein Schatz. Du darfst sie ja gleich sehen.«

»Ich bin eine große Schwester, ich bin eine große Schwester ...«, sang Samira in einem fort.

Die Tür öffnete sich und eine ältere Frau kam heraus. Ihr Gesicht strahlte nichts als Güte und Wärme aus, als sie sich vor Samira hinkniete. »Du darfst jetzt hineingehen, aber du darfst nicht, wie ein kleiner Wüstensturm sein, sondern wie die Sonne, die ganz langsam ihren Weg über Nut, den Himmel, beschreitet.«

Samira nickte aufgeregt. Sie lächelte breit und entblößte eine große Zahnlücke.

Fragend schaute sie zu ihrem Vater. »Geh nur. Ich

komme nach.«

Auf leisen Sohlen schlich Samira in das Zimmer. Ihre Mutter saß in einem Berg von Kissen und strahlte sie glücklich an. In ihren Armen lag ein Bündel. »Komm her, meine Große. Darf ich dir Kija vorstellen?« Samira kletterte auf das Bett und setzte sich neben ihre Mutter. Diese legte ihr das Baby in die Arme. Ich sah große blaue Augen, die Samira direkt anschauten und dann hörten wir auch ihre Gedanken.

Du bist also Kija. Ich habe mir so lange eine Schwester gewünscht. Ich verspreche, dass ich immer für dich da sein werde. Ich werde die beste große Schwester sein, die du dir vorstellen kannst.

Samira strich über die Wange von Kija und als sie ihre Hand wegnehmen wollte, griff eine kleine Hand zu. Sie hielt ihren Zeigefinger fest umschlossen.

Ich liebe dich, Kija.

Das Bild verblasste und Samira drehte sich zu mir um. Überwältigende Freude zeichnete sich in ihren Zügen ab. »An diesen Moment habe ich mich kaum noch erinnert Kadir. Aber es stimmt. Dieser Augenblick hat so viel geändert und zum Guten gewendet.« Samira lächelte Ellil an. »Jetzt gehört Kija auch zu deiner Familie, kleiner Dämon. Wenn du willst.«

Ellil schien so überwältigt zu sein, dass ihm die Worte fehlten. Er nickte nur und schaute Samira an, als wäre sie ein wahr gewordenes Wunder.

Aremun ging zu dem Spiegel. Er schlang die Arme um seinen Oberkörper, als müsse er sich vor dem schützen, was er jetzt gleich zu sehen bekommen würde.

Das Bild wurde sofort klar und auch hier saß eine Frau in einem Bett und hielt ein Kind im Arm. Nasgari war verschwitzt und ihre Wangen glühten von den Anstrengungen der Geburt, aber ihre Augen leuchteten vor unbezähmbarer Freude.

Aremun saß hinter ihr und hielt sie fest im Arm. Immer wieder küsste er ihre Schläfe. Sie ist so stark, meine Nasgari. Sie hat mir eine Familie geschenkt.

Aremun schaute auf den kleinen Jungen herunter, der in den Armen seiner Mutter wild strampelte. Ein Beinchen befreite sich aus der Decke und zeigte ein dunkelrotes Muttermal. Ein gezackter Blitz schien in den Knöchel einzuschlagen und verzweigte sich dort wie eine Wurzel. Schwarzes Haar und dunkle Augen, ein echter ägyptischer Prinz. Ich werde ihm alles beibringen, was ich weiß und mit etwas Glück, hat er alle Charaktereigenschaften seiner Mutter geerbt. Sie ist das Gute in dieser Welt und genau das wünsche ich mir für dich, mein Kind. Mögest du immer ein gütiges Herz und offene Augen haben.

»Ich liebe euch beide so sehr, dass mein Herz in meiner Brust zu bersten droht.«

»Aber nicht doch, mein Liebster. Wenn dein Herz stirbt, nimmst du auch das meine mit, also reiß dich zusammen und lass deine Liebe stetig fließen. Ich werde sie gern für dich verwahren.« Sie nahm seine Hand und drückte ihm einen Kuss auf das Handgelenk.

Wie kann man nur so sehr lieben?

Das Bild verblasste und der Pharao drehte sich tränenüberströmt zu uns um. »Ich habe sie so sehr geliebt, meine Nasgari. Als sie ging, hat sie einen großen Teil meines Herzens mit sich genommen und meinen Verstand gleich mit dazu. Sonst hätte ich niemals diese falsche Schlange zur Frau genommen.«

Kadir legte seinen Arm um Aremun. »Nur ein guter Mensch kann innig lieben. Was wären wir Menschen, wenn wir nie das Risiko in Kauf nehmen würden, verletzt zu werden.«

»Es ist fast unheimlich, wie weise du bist, Kadir.«

»Nicht weise, Pharao. Nur ein Mensch, der sich sein ganzes Leben nach Liebe gesehnt hat und deshalb ihren Wert zu schätzen weiß.« Ich richtete meinen Blick auf Samira und sie senkte die Augenlider.

»Was war das für ein Mal, das Euer Kind an seinem Bein trug?«

»Wahrscheinlich ein Geburtsmal. Für mich stand der Blitz immer für Stärke und Erkenntnis. Mit dem Tod von Nasgari, verschwand auch das Mal. Es hat sich verwachsen, sagten mir die Ärzte. Ich bin fest davon überzeugt, dass meine Liebste es als Erinnerung mit sich genommen hat.«

Ich runzelte die Stirn. Die Gedanken kreisten in meinem Kopf. Lautes Krachen ließ mich aufschrecken. Ich hatte keine Zeit, meinen Gedanken weiterzuspinnen. Apophis schoss aus den Baumreihen. Seine Schlangengestalt hatte sich einmal um die komplette Lichtung gewickelt. Seine scharfen Schuppen waren aufgestellt und machten eine Flucht unmöglich. Er zischte aufgebracht. »Ich werde dafür sorgen, dass ihr das Totengericht niemals erreicht. Ihr seid Menschen und habt in der Duat nichts verloren. Ihr müsst sterben, um

278

euren Weg fortsetzen zu können.«

Mein Herz raste. Hier waren wir ihm ausgeliefert. Welchen Ausweg gab es? Seine gelben Augen fixierten Samira.

»Lass sie in Ruhe, du Monster.« Apophis nahm mich gar nicht wahr. Sein Blick galt nur Samira. Er wusste, dass unsere kleine Gruppe ohne unsere Kämpferin fast wehrlos war, und er hatte es schon einmal geschafft sie in seinen Bann zu ziehen. Wirbel ließen seine Iris zu einem Kaleidoskop aus Farben werden.

Tatsächlich ließ Samira ihr Schwert fallen und schritt mit einem seligen Lächeln auf die schwarze Schlange zu. Ich rannte zu dem Schwert und schlug damit auf den Leib von Apophis ein, aber die Klinge hinterließ keinen Schaden. Die metallenen Schuppen schützten den Gott wie eine Rüstung.

»Lass sie in Ruhe, Apophis!« Aremun stellte sich zwischen Samira und den Kopf der Schlange.

»Geh mir aus dem Weg, du Wicht. Du solltest dich vor mir verstecken. Weiß du denn nicht, dass deine Vernichtung den Tod aller Menschen nach sich zieht. Willst du dieses Risiko auf dich nehmen, alter Mann?« Apophis riss mit seinem Schwanz einen jungen Baum aus und schlug damit nach Aremun. Der konnte sich nur mit einem beherzten Sprung zur Seite in Sicherheit bringen. Ich war mir nicht sicher, ob dieser Sprung überhaupt nötig gewesen war, schließlich war Aremun ein Geist und wenn er sich nicht materialisierte, konnte ihn auch nichts verletzen.

Während ich weiter verzweifelt auf die Schlange

einschlug, versuchte eine empfindliche Stelle an ihrem Körper zu finden, schrie Ellil Samira an. Er kletterte durch ihr Gesicht und versuchte, ihre Augenlider herunterzudrücken. Aber er war nicht stark genug. »Wach doch auf. Ich habe mich gerade erst dazu entschieden, dass du meine Familie werden sollst, da kannst du dich doch nicht von einer dummen Schlange fressen lassen.« Doch Samira schritt unaufhaltsam weiter.

»Wie wunderschön diese Augen sind, Ellil. Wollen wir diesen gütigen Gott auch in unsere Familie aufnehmen?«

»Er wird dich gleich in seinen Verdauungstrakt aufnehmen, du dummer Mensch. Wach auf!« Er zog ihr an den Haaren und ich konnte die Angst auf seiner Miene deutlich erkennen.

»Du widerlicher Wurm, lass von Samira ab, sonst werde ich dich lehren, was es bedeutet, Angst zu haben!« Ellil stand auf Samiras Scheitel und richtete sich zu seiner vollen, schwanzlosen Größe auf.

Apophis lachte laut und schallend. »Du willst mir drohen? Was bist du, das Würmchen, das mir Durchfall bescheren wird. Das nehme ich gern in Kauf für diesen leckeren Happen hier.«

Die Schlange öffnete ihr riesiges Maul und Samira war auf dem besten Weg mit einem fröhlichen Lachen direkt dort hineinzulaufen. Die gespaltene Zunge rollte sich wie ein Steg aus, auf dem Samira den Anstieg zu ihrem sicheren Tod mühelos meistern konnte. An den speerdicken Fangzähnen hingen dicke Gifttropfen in trübem Grün.

»Nein!« Ellils Schrei übertönte alles. Rauch stieg aus

seinem winzigen Körper auf und aus seinen Geckoaugen sprühten Funken. Er breitete die Vorderbeine aus und warf den Kopf in den Nacken.

Ich hielt in meinen Bewegungen inne und starrte mit offenem Mund, auf das Wunder, das vor meinen Augen geschah.

Ellil wuchs und mit ihm auch die schwarzen Rauchschwaden, die ihn umgaben. Er fiel neben Samira ins Gras. Sein Schrei wurde zu einem tiefen, unheilverkündenden Brüllen. Inzwischen war der kleine Dämon schon größer als Samira. Ledrige Flügel brachen aus seinem Rücken und auch um diese waberten dicke schwarze Schwaden. Und Ellil wuchs weiter. Er durchbrach die Baumkuppel. Äste und Zweige regneten auf uns herab.

Ich zog mich mit Aremun so weit wie möglich zurück. Auch schaute ich zu dem Drachen auf, der sich immer weiter auf der Lichtung ausbreitete. Er hatte seine Hand auf die Brust gelegt und schien sich zum Atmen zwingen zu müssen. Aus unserer kleinen Nervensäge wurde ein Ungetüm. Seine Flügelspanne reichte inzwischen von einem Rand der Lichtung zum anderen. Krallen, die wie lange Dolche aussahen, wuchsen an den einst so winzigen Beinchen. Aus Ellil wurde ein riesiger schwarzer Drache, dessen Grollen die Bäume erzittern ließ.

Er gab Samira einen leichten Stoß mit dem Flügel und sie wurde mehrere Meter in unsere Richtung geschleudert. Ich kroch auf sie zu und zog sie in meine Arme. Sie rieb sich die Augen. Ihr Blick wurde klarer.

»So ein Mist. Warum schafft dieser dumme Sandwurm

es immer wieder, mich in seinen Bann zu ziehen?«

Ich lachte erleichtert. Samira war wieder Herr, oder besser gesagt, Frau ihrer Sinne. Doch noch war die Gefahr nicht gebannt.

Der Drache Ellil baute sich gerade in seiner vollen Größe vor Apophis auf. »Du wirst dich von meinen Freunden fernhalten, du widerliches Monster. Denn ich verspreche dir eins. Meine Rache wird grauenhaft sein. Auch wenn es mich meine Seele kostet, weiß ich doch, welche sanften Hände dein Herz halten.«

Apophis zuckte bei dieser Drohung zurück. Die Wirbel in seinen Augen verschwanden und er starrte sein Gegenüber perplex an.

»Ich dachte, solche wie du seien ausgerottet. Wie kann es sein, dass du die Regeln überlebt hast?«

In Ellils Augen loderten Flammen. Apophis starrte auf das Inferno. Er schien unfähig zu sein, seinen Blick davon zu lösen.

»Was meinst du damit? Rede!« Ellil machte einen Schritt auf Apophis zu und dieser wich in einer schlängelnden Bewegung zurück.

»Die Regel, dass jeder Dämon getötet werden muss, wenn er sich innerhalb eines Jahrhunderts nicht wandelt, war einzig und allein dazu da, euch Rauchdrachen aus meinem Reich zu verbannen, denn ihr könnt euch erst nach eurem hundertsten Geburtstag in eure Dämonengestalt wandeln und auch nur, wenn ihr große Emotionen in euren Herzen tragt.«

»Warum weiß ich davon nichts?«

Apophis lachte. »Alle Rauchdrachen sind ausgelöscht.

282

Wer hätte denn jemandem erzählen sollen, dass sie als mickrige Geckos in der Unterwelt geboren werden und nicht getötet werden dürfen.«

»Diese Intrige ging von dir aus?«

»Natürlich, denn ihr Rauchdrachen seid eine Schöpfung von Seth. Ohne die Rauchdrachen ist er das einzige Wesen in der Duat, das mich aufhalten kann. Es ist leichter, mit einem Gott fertig zu werden, als einer ganzen Armee überheblicher Fettärsche mit Flügeln gegenüberzustehen.«

Ich sah den Schmerz in Ellils Augen, den Hass auf seinen Zügen.

In diesem Moment hob Apophis seinen Schwanz, bereit uns zu erschlagen. Unbewusst hatten wir uns in eine blöde Situation gebracht, saßen wir doch alle auf einem Haufen. Ein Schlag würde genügen, um uns alle zu töten. Ich warf mich über Samira. Zur Flucht fehlte die Zeit.

Aber auch Ellil war der Angriff nicht verborgen geblieben. Er holte mit einer Pranke aus und schlug Apophis ins Gesicht. Die Schlange wurde in die Baumreihen geschleudert und entwurzelte eine der starken Eichen. Der erhobene Schwanz fiel schlaff neben uns zu Boden. Ich atmete erleichtert ein. Wie lange konnte ich eine solche Angst noch überleben? Das konnte doch nicht gesund sein.

Ellils Klauen hinterließen tiefe Spuren auf Apophis` Antlitz, aus denen schwarzes Blut sickerte. »Weil ich weiß, dass dein Tod deinen Menschen verletzten würde, lasse ich dich am Leben. Geh nach Hause und behindere unsere Reise nie wieder.« Apophis schaute noch immer gebannt in die Flammenaugen.

»Sofort!« Das Brüllen des Drachen ließ Apophis zusammenzucken. Ohne sich noch einmal umzuschauen, schlängelte er sich durch die Baumreihen davon.

Kapitel 25

Samira

Apophis´ Bann war gebrochen und mir tat schon wieder alles weh.

Ich lag am Rand der Lichtung und blinzelte verwirrt auf das Schauspiel vor meinen Augen. Mein kleiner Ellil hatte sich in einen beeindruckenden Drachen verwandelt. Sein massiger Körper musste schwerer sein, als zehn Elefanten und die wunderschönen Flügel hielt er weit ausgebreitet. Die Membranen der schwarzen Schwingen bestanden aus feinstem Leder, das sich im sanften Luftzug aufblähte. Dicke Dornenfortsätze zogen sich über Rücken und Schwanz, ähnlich wie bei den großen Nilkrokodilen. Aber Ellil stand auf langen Beinen und sein Kopf war breiter, wenn auch nicht weniger gefährlich als der der Echsen, die im Nil auf ihre Beute lauerten.

Am bedrohlichsten waren aber die schwarzen Rauchschwaden, die aus seinem Körper waberten. Sie verbreiteten einen intensiven Geruch nach Schwefel und Kohlefeuer.

Ein Lächeln zuckte über meine Lippen. Mein kleiner Gecko hatte sich in die furchterregendste Dämonenfigur gewandelt, die ich bisher in der Duat zu Gesicht bekommen hatte. Kein Wunder, dass der Schlangengott schleunigst das Weite gesucht hatte. Ellil holte tief Luft und sandte ihm mit dem Ausatmen eine Feuerwalze hinterher, die sich eine schwarze Schneise durch den Wald

285

bahnte. Aber Apophis war bereits abgetaucht. Ellil schnaubte noch einmal und drehte sich dann mit einem breiten Grinsen zu uns um.

»Schaut mich an. Das ist unglaublich.« Er tänzelte auf der Stelle, wie ein übermütiges Pony und ließ dabei den Boden beben.

Ich ging zu ihm hinüber und hob die Hand, um über seine Haut zu streichen.

»Darf ich?«

»Aber natürlich. Schließlich bist du ja der Grund, warum es diesen wundervollen Körper zu bestaunen gibt.« Ich lachte. Ellil blieb einfach immer der Alte. Ganz vorsichtig strich ich über seinen schuppigen Körper. Seine Haut fühlte sich kalt an. Die schwarzen Schwaden schlangen sich sofort um meinen Arm. Ich zuckte zurück, merkte dann aber, dass mir diese Berührung nicht unangenehm war. Im Gegenteil, die Schwaden strichen über meine Haut, als wollten sie mich liebevoll begrüßen.

Meine Hände wanderten zu seinen Flügeln und ich war überrascht, wie warm sich die ledrige Haut unter meinen Fingerspitzen anfühlte. Ich spürte das Pulsieren in den feinen Venen, die selbst die kleinen Zacken mit Blut versorgten.

»Bitte befummel aber nicht meine intimsten Teile, auch wenn es mir eine Mordsfreude bereitet, dass die Ausmaße ebenso angewachsen sind, wie der Rest meines Körpers.«

Erschrocken riss ich die Augen auf und verpasste ihm einen Schlag gegen die Flanke. »Ellil, das war unanständig.«

286

Der Drache zuckte mit den Schultern. »...aber wahr.«

»Wie bekommen wir Ellil nun durch das Tor?« Aremun zeigte auf ein hölzernes Tor, das zwischen den ganzen Baumstämmen kaum auffiel.

»Kein Problem. Augenblick!« Ellil begann zu schrumpfen und innerhalb weniger Sekunden wurde aus dem Drachen wieder der Gecko, der sich stolz mit der Zunge übers Auge leckte. Er kletterte an mir hinauf und setzte sich auf meine Schulter.

»Vorwärts, mein liebes Menschlein!«

»Ich bin kein Pferd, Ellil.« Ich verschränkte die Arme vor der Brust.

»Natürlich bist du kein Pferd. Mach die Ohren auf. Ich habe Menschlein gesagt.

Hört sich das in deinen Ohren wie Stute oder Ross an?«

Ich ließ entnervt die Arme sinken. Das war eben Ellil. Egal ob als entwicklungsverzögerter Dämon oder riesiger Rauchdrache, seine Art änderte er nicht. Und eigentlich wollte ich das ja auch gar nicht, denn mein Freund brachte mich zum Lachen. Und war es nicht die Loyalität zu mir, die ihn dazu gebracht hatte sich endlich zu wandeln. So schmutzig sein Mundwerk auch war, sein Herz war rein und ehrlich.

Ich wieherte kurz und Ellil brach in schallendes Gelächter aus.

»Ich muss noch in den Spiegel schauen.« Kadir stand einige Meter hinter uns und knetete seine Finger.

»Dann mach Kadir. Es sind schöne Erinnerungen, die dort auf dich warten. Ich bin mir sicher, sie machen dich glücklich.« Ich ging zurück. Auch ich wollte gern etwas Schönes aus Kadirs Leben sehen, einem Leben, dass mit so viel Leid durchzogen war. Neugierig musterte ich den Wasserfall, während Kadir sich davor positionierte. Wie auch im letzten Spiegel erschien nur weißer Nebel. Kadir schloss die Augen. Er lächelte, als eine liebevolle, aber verzerrte Stimme zu sprechen anhob. »Du bist das schönste Kind, das ich je gesehen habe. Ich liebe dich so sehr, mein Sohn.«

Kadir hob eine Hand an seine Wange, als spüre er dort eine Berührung. Langsam öffnete er seine Augen und sah mich mit tränenverschleiertem Blick an.

»Das war meine Mutter, Samira. Sie hat mich nicht gehasst. Die Frau, die mir das Leben geschenkt hat, liebte mich. Ich habe es gespürt.«

Er zog mich in seine Arme und legte seinen Kopf auf meinen Scheitel.

Ich konnte einen letzten Blick auf den Spiegel erhaschen. Für den Bruchteil einer Sekunde schwebte ein lächelndes Gesicht im Blickfeld des kleinen Kadirs. Ich runzelte die Stirn und blinzelte irritiert. War das nicht Nasgari gewesen? Was hatte sie in Kadirs Erinnerung verloren? Aber als ich die Lider wieder aufschlug, war das Bild verschwunden. Das hatte ich mir bestimmt nur eingebildet. Vielleicht war das Orakel auch kaputt und es hatte erneut eine Erinnerung von Aremun über die von Kadir gelegt.

Egal! Wichtig war doch nur, dass Kadir glücklich war. Er hatte die Liebe seiner Mutter gespürt und genau das hatte er sich gewünscht, seit er denken konnte.

Der Wasserfall versiegte. Das Tor schwang auf und ich schluckte schwer. Hinter diesem Durchgang würden wir die Halle des Totengerichts betreten. Hier kam es auf alles an. Auch wenn ich den Weg durch die Duat bis hierher gemeistert hatte, konnte ich noch immer scheitern. Was wäre, wenn die Götter meine Bitte abschlagen würden, wenn auch ihnen das Leben oder Sterben der Dschinda egal wäre. Ich könnte es nicht ertragen, zu Kija nach Hause zurückzukehren und ihr zu sagen, dass ihre Träume sich nie erfüllen würden. Sie würde verblühen, wie eine Rose in der Wüste, wenn sie ein Leben auf der Flucht führen müsste, immer mit der Angst im Nacken, den nächsten Tag vielleicht nicht zu überleben.

»Hallo?« Eine piepsige Stimme aus dem Baum neben dem Tor erregte meine Aufmerksamkeit. Doch egal wie sehr ich mich anstrengte, ich konnte nichts erkennen. Was hatte denn da gesprochen? Ich ging auf den Baum zu, um besser sehen zu können.

»Samira, lass das. Es könnte wieder eine Falle sein und wir tappen erneut mitten hinein.« Kadir hielt mich fest.

»Ich bin keine Falle. Ich bin Izzy.«

Ich drehte mich zu Kadir um. »Du hast es gehört. Sie ist keine Falle. Sie ist Izzy.« Er verdrehte die Augen und ließ mich los, nur um sofort sein Messer zu ziehen.

Kampfbereit blieb er an meiner Seite. Wann war er zu meinem Beschützer geworden? Ich schmunzelte.

»Wo bist du, Izzy?«, fragte ich, als ich den Baum erreicht hatte. Selbst aus der Nähe konnte ich nicht erkennen, außer Blätter und unreifen Eicheln.

»Ich zeige mich, aber du musst mir versprechen, dass

289

du mir nicht wehtust.« Ich runzelte die Stirn. Warum sollte ich jemandem wehtun?

»Versprochen!«

Eins der Blätter begann zu wackeln und darunter krabbelte ein winziger Gecko hervor. Das Tierchen konnte nur wenige Tage alt sein und hatte bereits eine solche Angst, dass es am ganzen Leib zitterte.

Ich beugte mich zu ihr. »Hallo, Izzy. Es freut mich, deine Bekanntschaft zu machen.«

Ich zupfte an meinen Locken. »Ellil, komm doch mal heraus und begrüße Izzy.«

»Ich war gerade eingeschlafen. Du weißt doch, dass du mich nicht nerven sollst, Mensch!«

Ich sagte nichts. Ahnte ich doch bereits, dass ihm die Augen aus dem Kopf fallen würden, wenn er Izzy zu Gesicht bekam.

Ellil krabbelte über meinen Arm und auf Höhe des Ellenbogens blieb er abrupt stehen. Seine Augen wurden riesengroß und sein Kiefer klappte nach unten. Ganz langsam wanderte sein Blick von Izzy zu mir. »Du siehst sie auch, nicht wahr? Ich bilde mir nicht ein, dass auf diesem Eichenblatt ein Dämonenkind in Geckoform steht?«

»Nein Ellil, du bildest dir Izzy nicht ein. Was meinst du? Möchtet ihr Euch ein wenig unterhalten? So wie es aussieht, ist sie ganz allein und könnte einen Freund gebrauchen.«

Ellil nickte und sauste auf den Ast neben Izzy. »Aber wartet auf mich, ja?«

»Natürlich, wir können doch nicht ohne unseren

imposanten Drachen weitergehen.«

Ellil grinste mich breit an. »Imposant und furchterregend.«

Ich drehte mich zu Kadir um. »Wir sollten Ellil etwas Zeit mit der schrecklichen Gefahr einräumen.«

»Haha, es ist nichts Schlechtes daran, vorsichtig zu sein.«

»Nein Kadir, das ist es nicht.« Ich küsste ihm auf die Wange und ging zu Aremun, um auch ihm von Izzy zu erzählen. Apophis würde Augen machen, wenn bald zwei Rauchdrachen die Duat beschützten.

Wir setzten uns direkt neben die Tür und packten unsere letzten Vorräte aus. Viel war es nicht mehr, aber entweder würden wir hinter dieser Tür ein schnelles Ende finden oder in wenigen Stunden auf dem Weg nach Hause sein. Ich freute mich auf Kija und die anderen Dorfbewohner. Ich hoffte so sehr, dass ich ihnen bald mitteilen konnte, dass die Dschinda nicht länger in Gefahr schwebten. Als Erstes würde ich mit meiner Schwester auf den großen Markt nach Memphis, Ägyptens Hauptstadt, gehen und ihr Schulbücher kaufen. Ich würde sie in einer Schule anmelden und dann ..., würde ich sterben. Mein Blick wanderte zu Kadir, der sich fröhlich mit Aremun unterhielt. Nicht daran denken, ermahnte ich mich in Gedanken, genieß die Zeit, die dir noch bleibt in vollen Zügen und sieh ihn dir an ... würdest du nicht alles für ihn geben?

Ich lächelte traurig. Die Stimme meines Unterbewusstseins hatte so recht. Im Laufe der Reise war Kadirs Glück wichtiger geworden als mein Leben.

Ohne sein Gespräch zu unterbrechen, legte er einen Arm um meine Schulter und zog mich an sich. Es war für ihn selbstverständlich geworden meine Nähe zu suchen. Er vertraute mir seine Gefühle an, die so zerbrechlich gewesen waren und sich jetzt so fest zeigten, dass nichts sie zerstören konnte. Nichts, außer meinem Tod. Aber er würde auch ohne mich Liebe erfahren, die Liebe seiner Eltern. Er würde heilen, denn das Leben hielt für ihn so viel bereit. Vielleicht konnte er Lehrer werden und Kija unterrichten. Das würde mir gefallen. Die zwei Personen, die ich am meisten liebte, vereint zu wissen.

Ich schluckte die Tränen herunter, die sich in meinen Augen sammeln wollten, als ich das Bild von uns dreien wegschieben musste. Es würde für mich kein miteinander geben. Auf mich wartete die Einsamkeit, mit etwas Glück, konnten mich Mama und Papa nach meinem Tod trösten.

»Izzy kommt mit mir.« Ellil hatte sich in voller Geckogröße vor mir aufgebaut und die Arme vor der Brust verschränkt. Glaubte er denn wirklich, ich hätte nur eine Sekunde daran gezweifelt, dass er das Geckokind unter seine Fittiche nehmen würde. Aber ich wollte ihm die Größe geben. Sie sollte sehen, dass er auch um sie kämpfte. Etwas, das sich Ellil immer gewünscht hatte. Deshalb spielte ich das Spiel gerne mit.

»Wie stellst du dir das vor Ellil. Du stehst in einer Lebensschuld bei mir. Meinst du, dass du da genügend Zeit haben wirst, dich um ein Kind zu kümmern?«

Er reckte den Kopf angriffslustig vor. »Du wirst mir diese Zeit ermöglichen, Mensch! Izzy ist wie ich und wird eines Tages ein gewaltiger Schutzdämon werden. Ich werde nicht zulassen, dass sie bis zu diesem Zeitpunkt allein ist und in ständiger Gefahr schwebt, von jemandem gefressen zu werden.«

»Versprichst du, dass sie uns nicht im Weg sein wird?«

»Bist du dumm, Mensch? Sie ist ein mächtiger Dämon. Sie ist eine Bereicherung für jeden, der sie begleiten darf. Es sollte dir eine Ehre sein, zwei von uns an deiner Seite zu wissen.«

Ich zwinkerte ihm verschwörerisch zu. »Dann sei es so. Izzy ist in unserer Familie herzlich willkommen!«

Ein kleines Quietschen ertönte hinter Ellil. Izzy kletterte auf seinen Rücken und drehte sich dort vor Freude zweimal im Kreis.

»Ich habe eine Familie«, rief sie laut aus und ihr kleiner Körper warf Wellen, als würde sie tanzen. Ellil lächelte selig. Seine Lippen formten ein »Danke«, dann kletterte er mit Izzy auf seinem Rücken zu seinem Platz unter meinen Haaren. Von dort aus meinte er: »Wenn das geklärt ist, können wir jetzt weitergehen.«

Ich sah zu dem Tor, das noch immer auf uns wartete. Es war meine einzige Möglichkeit.

Kapitel 26

Kadir

Ich hielt Samiras Hand ganz fest, als wir die Halle des Totengerichts betraten, wusste ich doch, was für sie auf dem Spiel stand. Wenn auf meinen Schultern eine solche Verantwortung lasten würden, bräuchte ich sicherlich auch jeden Halt, den ich kriegen könnte. Auch wenn ich ihr wenig helfen konnte.

Ein Windstoß erfasste uns, sauste um uns herum, als würde er sich allein auf die neuen Besucher konzentrieren. Als ich den nächsten Blick auf Samira warf, stockte mir der Atem. Neben mir stand eine Göttin. Von der zerrissenen Kleidung, die über und über mit Blut, Dreck und Dämonenschleim besudelt gewesen war, sah ich nichts mehr. Stattdessen trug sie ein goldenes Gewand. Es schmiegte sich wie eine Liebkosung um ihre Kurven. Der Wind malte sanfte Wellen aus Licht und Schatten in den fließenden Stoff. Die Zartheit ihrer Halsbeuge war nicht länger bedeckt und die Bräune ihrer Haut zog meinen Blick an, wie das Licht die Motten. Ihr dunkles Haar mit den sonnengeküssten Strähnen war nicht länger verfilzt. Seidig glänzend fiel es über ihren Rücken. Ein Diadem aus Blättern unterstrich ihre überirdische Schönheit. Ich trat einen Schritt an die Frau heran, die mein Herz schon zuvor in ihren Händen gehalten hatte. Meine Hand legte sich ganz von selbst an ihre Wange. Die Wärme ihrer Haut schickte Energiewellen durch meinen Arm. Aber selbst, wenn er bei dieser Berührung in Flammen aufgegangen wäre. Ich hätte sie nicht loslassen können. Ihr Blick fand meinen und ich sah in ihren Augen das, was ich in diesem Moment fühlte: Bewunderung und ... Liebe?

»Jetzt rückt mal ein Stück auseinander. Es sind Kinder auf dieser Frau, verstanden?« Ellil saß auf Samiras Schulter und auch er schien optisch verändert. Selbstbewusst reckte er den Kopf.

»Darf ich Samira denn nicht sagen, dass sie atemberaubend aussieht?«

»Was sprichst du da? Du bist gekleidet wie der Pharao selbst.«

Erst jetzt sah ich an mir herunter. Ich trug einen schneeweißen Schendyt, den Wickelrock der hohen Herren Ägyptens. Meiner war sogar mit goldenen Borten verziert. Um meinen Hals hing ein edler Schmuckkragen aus dunkelblauen Edelsteinen und perlmuttfarben schimmernden Perlen. An meiner Brust hing eine dicke Goldkette, die mein einfaches Ankh als Anhänger trug. Ein Umhang aus feinstem Kamelhaar mit einer Borte aus Leopardenfell lag um meine Schultern und anstatt des einfachen Rucksacks hing nun eine gewebte Tasche an meiner Seite.

»Was ist mit uns passiert?«

Aremun schob uns in die Reihe der Geister, die ebenso wie wir auf die Güte der Götter setzten. Die Wartenden standen seitlich zu einem großen Altar. »Wisst ihr denn nicht, dass das Göttergericht den Reichtum in den Herzen der Eintretenden erkennt? Seht euch die Seelen hier an. Diejenigen, die jetzt in Lumpen gekleidet sind, waren es mit Sicherheit im Leben niemals.«

»Und dieser Raum kann eine solche Magie wirken?« Mein Blick wanderte immer wieder zu Samira, konnte sich nicht an ihr sattsehen. Doch als Ellil mich anknurrte, zwang ich mich, meine Umgebung in Augenschein zu nehmen.

Der Saal war riesig. Die Wände bestanden aus demselben grob behauenen dunklen Stein, wie er auch im Rest der Duat üblich war. Rechts und links eines breiten Ganges hielten dicke Säulen die Emporen, auf denen die zweiundvierzig Götter die ankommenden Toten begutachteten. Ihre Blicke waren konzentriert. Sie schienen das innere Wesen eines jeden Geistes zu erkennen.

Einige Götter erkannte ich sofort. Chnum, dessen Widderhörner seinem Kopf gewaltige Ausmaße bescherte. Etwas weiter hinten sah ich Ihi, dessen Stern strahlend hell leuchtete und den gesamten Saal in ein sanftes Licht tauchte.

Daneben saß jemand, der mich den Kopf einziehen ließ. Hatte tatsächlich ein Gott den Zugang zu Duat bewacht, als wir uns hineingeschlichen hatten. Unglaublich. Schon bei den einfachen Wachen, wäre der Erfolg unserer List unglaublich gewesen, aber wir hatten tatsächlich Nehebkau, den Wächtergott, ausgetrickst. Seine zwei Schlangenköpfe zischelten mit ihren gespaltenen Zungen und er presste die Augen zu Schlitzen zusammen, als er uns erspähte. Würde er uns für unsere Dreistigkeit bestrafen?

Plötzlich erklang ein gellender Schrei von der Stirnseite

der Halle. Ein Geist, nur in einen löchrigen Mantel gehüllt, schaute ungläubig auf die Waagschalen vor sich.

»Ich bin ein mächtiger Provinzfürst«, murmelte er unter Schock. Die Waagschale, auf der sein Herz lag, hatte sich auf den Altar abgesenkt. Ammit schoss aus einem Versteck in der Mauer. Sie stieß den versteinerten Mann mit ihrem kräftigen Krokodilkörper zur Seite und verschlang gierig sein Herz. Nun schrie er, aber die Schreie wurden immer leiser, während der Geist sich in einen weißen Nebel auflöste, dessen Schwaden langsam davongetrieben wurden. Ammit leckte sich genüsslich die Schnauze und trottete zurück in ihre Höhle, die mich in diesem Moment sehr an eine Hundehütte erinnerte.

Osiris nickte ihr zu. Er ließ die Feder der Maat auf der anderen Waagschale liegen. War sie nun viel größer als zuvor? Er winkte den nächsten Geist zu sich. Es handelte sich um ein kleines Mädchen. Sie war vielleicht zehn Jahre alt und zitterte am ganzen Leib.

Am-hehu, der Schattenverschlinger, stand langsam von seinem Richterstuhl auf.

»Sie hat gestohlen. Erkläre dich!«

Die Stimme des Kindes war so dünn, dass ich sie kaum verstehen konnte. »Meine Mutter war sehr krank. Sie brauchte etwas zu essen und Kräuter für heilenden Tee. Ich habe es für sie getan.« Die weiße Leinentunika sagte nichts über die Reinheit der Seele aus.

Der Gott hob die Hand und die Feder schrumpfte ein kleines Stück. Der Gott setzte sich wieder auf seinen Platz. Die Kleine begann zu weinen, aber keiner der Götter nahm Notiz davon. Sie waren Richter über Verfehlungen und kannten weder Mitleid noch Verzeihen. Jeder Fehler musste geahndet werden und wirkte sich auf die Waagschale aus. Davon, dass die Feder der Maat ihre Größe änderte, hatte ich allerdings noch nie etwas gehört.

Drei weitere Götter erhoben sich. »Sie hat die Unwahrheit gesprochen. Erkläre dich.« Es musste sich bei ihnen um die Götter der Lügen handeln. Usech-nemetet, Harachte und dem der nur der Knochenzerbrecher genannt wurde.

Die Kleine sank auf die Knie. Inzwischen schluchzte sie haltlos. »Die Soldaten wollten mich ins Gefängnis werfen, aber wer hätte sich dann um Mutter gekümmert? Ich sagte ihnen, dass ein anderer die Teekräuter gestohlen hat. Natürlich glaubten sie mir nicht. Als ich versuchte wegzulaufen, haben sie mich mit einem Speer getötet. Deshalb bin ich jetzt hier.«

Die drei Götter erhoben die Hände und die Feder schrumpfte erneut.

Osiris ließ den Blick über die Reihen der Richter schweifen. Niemand meldete sich mehr zu Wort.

»Lege dein Herz auf die Waagschale und erwarte dein Urteil.«

Das Kind rappelte sich auf und legte ihr Herz in den freien Teller der Waagschale. Sie senkte sich ein Stück, und das Kind keuchte erschrocken auf. Der Teller taumelte. Mal war er, mal die Feder schwerer. Ich hielt die Luft an. Konnte es sein, dass ein kleines Mädchen, das ihr Leben für ihre Mutter gegeben hatte, keinen Einlass in die Gefilde der Binsen bekommen sollte. Ich konnte mir nicht vorstellen, dass es gerecht wäre, dieses Kind vergehen zu lassen.

Erst, als die Waage ganz stillstand, konnte man erkennen, dass die Waagschale mit der Feder einen Zentimeter tiefer gesunken war als das kleine Kinderherz. Ammit schob sich enttäuscht zurück in ihre Höhle. Osiris hob seine Hand und hinter ihm erstrahlte die ganze Wand. Eine Brücke über einen breiten Fluss wurde sichtbar. Dichtes, grünes Schilfgras wucherte auf der anderen Seite und dahinter erstreckten sich saftige Wiesen. Am Horizont konnte ich hohe Berge erkennen, deren Spitzen gepudert schienen.

Am Ende der Brücke stand ein Mann. Als das Kind ihn erblickte, leuchtete ihre gesamte Silhouette auf. »Papa!«, rief sie und dann gab es kein Halten mehr. Sie rannte durch das Portal und warf sich in die Arme des vor Glück weinenden Mannes.

Mir fiel ein Stein vom Herzen, dass es für das Kind gut ausgegangen war. Doch bevor ich mich richtig freuen konnte, ließ Osiris seinen Arm wieder sinken und das Portal verschwand.

Der nächste Geist trat nach vorn.

Es dauerte lange, bis wir an der Reihe waren.

Als Aremun vor die Waage trat, kam Horus auf ihn zu und überkreuzte die Arme vor seiner Brust als Ehrerbietung von einem Gott an den anderen.

»Pharao, ich entbiete dir meine Grüße. Wir haben

lange auf dein Kommen gewartet und waren schon in Sorge, als deine Barke ohne dich anlegte.«

»Horus, ich danke dir für deine warmen Worte. Es war eine aufregende Reise durch die Duat, bis ich endlich bei Euch angekommen bin. Noch ist es nicht zu spät dem Volk als Re einen neuen Tag zu bringen, damit die Pflanzen gedeihen und das Vieh reiche Weidegründe vorfindet.«

»So soll es sein. Ein göttliches Herz muss nicht gewogen werden. Er wird seinen Dienst an der Menschheit leisten, bis ein anderer Pharao in die Duat Einzug hält und seine Pflichten...« Horus stockte, als sein Blick auf Kadir fiel. Erschrocken riss er die Augen auf. »Du hast ihn mitgebracht? Wie konntest du ihn einem so großen Risiko aussetzen?«

Aremun runzelte irritiert die Stirn. »Ich hab Kadir doch nicht mitgebracht. Wir sind erst in der Duat aufeinandergestoßen. Er war mit Samira und Ellil unterwegs und als ich meine Barke verloren hatte, haben wir entschieden, uns gemeinsam zum Totengericht durchzuschlagen.«

»Du weißt es nicht?« Horus warf einen Blick auf Osiris, der langsam den Kopf schüttelte.

»Was weiß ich nicht?« Aremun schaute nun abwechselnd von Horus zu Osiris.

»Dass er der weiseste Priester des Osiris ist, den Ägypten je gesehen hat. Seine Liebe zu mir und meiner geliebten Isis ist ungebrochen.« Osiris war vorgetreten und legte Horus eine Hand auf die Schulter. Ich sah allerdings genau, dass diese Berührung keinesfalls

301

freundschaftlich war. Die Fingerknöchel von Osiris stachen weiß hervor, so fest packte er zu. Dass es schmerzhaft war, erkannte ich nur an einem leichten Zucken unter dem Auge von Horus.

Ich verstand die Götter einfach nicht, aber das musste ich wohl auch nicht. Von mir wurden Anbetung und Vertrauen erwartet. Deshalb fiel ich auf ein Knie und senkte den Blick. »Mein Gott Osiris, du ehrst mich mit deinem Lob.«

»Erhebe dich und dann erkläre uns, was du in der Duat verloren hast.«

»Das sollte Euch meine Begleiterin Samira erklären. Ihr Herz ist schwer aus Sorge um ihr Volk. Deshalb hat sie mich gebeten, sie in die Duat zu begleiten, um den Weg zu den Göttern zu finden.«

Horus wollte etwas hinzufügen, aber Osiris schnitt ihm das Wort ab.

»Pharao Aremun, begib dich zu deiner Barke. Die Stunde des neuen Tages naht und deine Bestimmung wartet auf dich.«

Aremun verneigte sich und umarmte erst mich und dann Samira. »Ihr habt mir die Augen geöffnet. Es war schön, mit so lieben Menschen die letzte Reise zu bestreiten. Ich wünsche euch alles Glück der Welt. Mögen die Götter immer ihre schützende Hand über euch halten.«

Damit drehte er sich um und schritt auf die goldene Barke zu, die im Wasser des Flusses sanft schaukelte.

»Nun zu euch. Ihr habt euch unerlaubterweise Zugang zu meinem Reich erschlichen, obwohl ihr genau wisst, dass es lebenden Wesen verboten ist, einen Fuß in die Duat zu setzen.«

Nun sank auch Samira auf ein Knie.

»Ich hatte keine andere Wahl, mein Gott Osiris. Mein Volk stirbt und ich habe meiner Mutter im Tod versprochen, dass ich dieser Ungerechtigkeit Einhalt gebieten werde. Sie bat mich, in die Unterwelt zu gehen und die Götter des Totengerichts um Hilfe anzuflehen.«

»Dann war deine Mutter eine Närrin. Es ist ein Gesetz der Duat, dass nur Götter vor das Tribunal treten dürfen, ohne ihr Herz in der Waagschale mit der Feder der Maat wiegen zu lassen. Wie wollt ihr eure Herzen wiegen lassen, wenn sie noch stark in eurer Brust schlagen?«

Samira öffnete ihre Tasche und nahm zwei in Öltuch gewickelte Päckchen heraus.

»Ich habe die Herzen meiner Eltern mitgebracht, um sie in die Waagschale zu legen. Zwei reine Herzen für zwei Seelen, die hier vor Euch stehen.« Sie zeigte bei diesen Worten von sich selbst zu mir.

Ich riss die Augen auf. Hatte sie das die ganze Zeit geplant und auch mich bereits vor der Reise in ihren Schutz eingewoben?

»Was soll dieser Scherz. Ihr könnt nicht einfach hier hereinspazieren und mir irgendwelche Herzen mitbringen.« Die Stimme von Osiris dröhnte durch die ganze Halle. Die Geister, die hinter uns Aufstellung genommen hatten, gingen alle einen Schritt zurück, ihre Augen tellergroß aufgerissen.

Ich straffte meine Schultern und verpasste mir in Gedanken eine schallende Ohrfeige. Denn ich war gerade dabei, einem wütenden Gott zu widersprechen. Bevor mich der Mut verlassen konnte, spuckte ich die Worte aus. »Mein Gott Osiris, ich kenne alle Bücher der Duat, die der Tempel in Abydos zu bieten hatte. Das Totenbuch konnte ich auswendig rezitieren. Nur so konnte ich die Pforten der Duat öffnen und uns einen sicheren Durchgang gewähren. In keinem der Bücher steht geschrieben, dass es das eigene Herz sein muss, das man auf die Waagschale legt. Natürlich werden die Geister, die sich den Weg in die Gefilde erhoffen, nicht an andere Herzen gelangen als jene, die bei ihrer Beisetzung in ihren Brustkörben gelegen haben. Aber wir haben damit kein Problem. Ich bitte darum, dem Gesetz der Duat Folge zu leisten und die Herzen von Samira aufwiegen zu lassen.«

Osiris sah schnaufend zu Isis hinüber, die schief grinsend das Schauspiel beobachtete, das wir ihr boten. »Wo er Recht hat, hat er Recht, mein Liebster.«

»Dann legt das erste Herz auf die Schale.« Osiris` Stimme glich mehr einem wütenden Knurren, aber Samira ließ sich nicht beirren. Sie trat vor und wickelte vorsichtig das erste Herz aus seiner Hülle. Es war vertrocknet wie Leder und nur noch halb so groß, wie ein frisches Herz. Von wem mochte es wohl stammen?

Die Frage erübrigte sich, als die Seele einer Frau auf Samira zu schwebte, die ihre ältere Schwester hätte sein können. Sie lächelte Samira an und auf ihrer Wange zeigte sich ein hübsches Grübchen. »Du hast es geschafft, mein Kind. Das war alles Warten wert.« Dieser Geist konnte sich nicht materialisieren. Bei dem Versuch, Samira zu umarmen, glitt sie einfach durch ihren Leib hindurch.

Samiras Mutter verlor allerdings nicht ihr Lächeln. Sie fuhr die Silhouette von Samiras Gesicht mit den Fingerspitzen nach. »Du bist so wunderschön geworden, meine Samira. Dass du hier bist, zeigt mir, Kija und du seid in Sicherheit und du bist meinem Wunsch gefolgt. Egal, was jetzt kommen mag. Du hast alles gegeben. Sei stolz auf dich.«

Keiner schaute auf die Waagschale, die sich langsam austarierte. Samira und ihre Mutter hatten nur Augen füreinander. Und als Osiris die Brücke in die Gefilde erscheinen ließ, drehten sie sich beide überrascht um.

Am Ende der Brücke standen unzählige Personen, die Samiras Mutter die Hände entgegenstreckten.

»Aber das sind ja alles Menschen aus unserem Dorf.«

Osiris nickte. »Die Dschinda waren schon immer ein ehrenhaftes Volk. Noch nie wurde ein Dschinda abgewiesen.«

»Dann sollte es doch auch für Euch wichtig sein, dass die Dschinda weiterleben. Wir sind ein stolzes Volk und unsere Magie setzen wir nie leichtfertig ein. Bitte unternehmt etwas, um mein Volk zu retten.« Samira legte jedes bisschen Hoffnung und alle Überzeugung in diese Worte. Ich sah es in ihrer Haltung, hörte es in dem Flehen ihrer Stimme und in ihrem bittenden Blick.

»Warum kommst du zu uns? Frag den neuen Pharao. Er wird dir helfen.«

»Den neuen Pharao? Aremuns Sohn?«

»Natürlich Aremuns Sohn, wen denn sonst. Jetzt genug damit! Wiege das zweite Herz, damit ihr beide endlich aus der Duat verschwinden könnt und ich wieder Aufgaben nachgehen kann, die einen Sinn machen.«

Warum sollte Samira Thehe darum bitten, ihr zu helfen? So wie Aremun ihn beschrieben hat, war er ein selbstsüchtiger Mensch. Er hatte ja sogar seinen Vater kaltblütig ermordet. Was sollte ihn dazu bewegen, einem Volk zu helfen, dass ihm keinerlei Vorteile verschaffen konnte?

Samira holte das zweite Herz aus ihrer Tasche. Der fragende Ausdruck auf ihrem Gesicht wurde durch Liebe ersetzt, als der Geist ihres Vaters auf sie zueilte. Auch er versuchte, seine Tochter zu umarmen und scheiterte. Ganz vorsichtig küsste er die Luft über ihrer Stirn. Es lag so viel Liebe in seinem Blick, dass ich mich abwenden musste. Es tat mir weh, zu sehen, was ich in meinem Leben verpasst hatte. Auch wenn ich es Samira von Herzen gönnte, fraß in diesem Moment doch der Neid an mir.

Auch Samiras Vater wurde der Zugang zum Reich der Binsen gewährt. Seine Ehefrau stand tränenüberströmt an der Brücke.

»Danke, meine Große. Ich bin so stolz auf dich.« Mit diesen Worten rannte Samiras Vater über die Brücke und zog die Mutter in eine feste Umarmung. Er wirbelte sie im Kreis und küsste ihre nassen Wangen.

Das Bild erstarb.

»Ihr habt gesagt, was ihr sagen wolltet, und jetzt verschwindet aus meinem Reich.« Osiris machte eine Handbewegung, als würde man eine allzu lästige Straßenkatze verscheuchen.

Samira trat an meine Seite. Sie ergriff meine Hand. »Aber wie sollen wir denn verschwinden?«

»Ihr Menschen seid wirklich einfältig. Ich weiß aus sicherer Quelle, dass ein Rauchdrache in einer Lebensschuld bei dir steht.« Er spähte hinter ihren Rücken.

»Hast du ihn dabei?«

Schon schlüpfe Ellil auf Samiras Schulter und reckte stolz den Kopf. »Ihr sucht nach mir?«

Osiris trat einen Schritt auf uns zu und beugte sich zu dem Gecko herunter. »Es ist ganz schön mutig von dir, Dämon, dich unter uns Götter zu begeben und dann auch noch die gebührende Ehrerbietung fehlen zu lassen.«

Ellil zuckte nur mit den Schultern. »Wer mich abmurkst übernimmt meine Lebensschuld. Ich habe eine lange Reise durch die Duat an der Seite dieses Menschen hinter mich gebracht und versichere Euch mit allem Respekt, diese Lebensschuld wollt ihr nicht.«

Isis´ glockenhelles Lachen unterbrach das Blickduell zwischen Ellil und Osiris.

»Du niedlicher kleiner Kerl bist einfach herzallerliebst, aber du darfst nicht dumm sein.« Sie tippte Ellil liebevoll mit dem Zeigefinger auf den kleinen Kopf. »Schließlich hast du inzwischen nicht nur die Verantwortung für dich selbst zu tragen, nicht wahr?« Die Göttin hob eine Strähne von Samiras Haar an und fand dort die zitternde Izzy. »Ich würde vorschlagen, dass du Samira und Kadir in das Dorf der Dschinda fliegst und dort bleibst, bis dieses zuckersüße Geschöpf sich selbst in einen Rauchdrachen wandeln kann.«

»Isis, das kannst du nicht machen. Er ist zu mächtig, um unter den Menschen zu leben.«

307

»Willst du ihn denn die ganze Zeit in der Duat haben und dir Ärger mit Apophis einhandeln?« Sie stemmte die Fäuste in die schmale Taille und schaute Osiris eindringlich an.

»Daran habe ich noch gar nicht gedacht.«

»Nicht schlimm, dafür hast du ja mich. Und sicherlich ist dir inzwischen auch aufgegangen, wessen Geschöpf diese kleine Echse ist? Meinst du nicht, dass es Seth, sagen wir, ein wenig ärgern würde, wenn du ihm seinen Helfer stiehlst und er weiterhin allein jede Nacht mit deiner Schlange fertig werden muss? Und, ups, die nächste Generation schickst du gleich mit.«

Ein verschlagenes Lächeln trat in Osiris Augen. »Von diesem Standpunkt aus klingt es doch sehr vernünftig, dass der Rauchdrache die Menschen nach Hause bringen muss.« Er zog Isis an sich und raubte ihr einen leidenschaftlichen Kuss, der sie atemlos zurückließ. »In solchen Momenten weiß ich wieder, warum ich dich so sehr liebe.«

»Ich hoffe nicht nur in solchen Momenten, mein Liebster.«

Er zwinkerte ihr zu, während er sich bereits den nächsten Geistern zuwandte.

»Verschwindet aus meinem Reich, bevor ich es mir anders überlege.«

Ellil ließ sich das nicht zweimal sagen. Er verwandelte sich mit viel Getöse in seine Drachenform. Schwarzer Rauch waberte von ihm ausgehend durch die Halle. Er streckte ein Vorderbein aus.

»Trau dich, kleiner Priester. Ich werde dich schon nicht

abwerfen.« Mit einem mulmigen Gefühl im Magen stieg ich auf seinen Rücken.

Kapitel 27

Samira

Ich war schon drauf und dran ebenfalls aufzusteigen, als mir eine Idee in den Kopf sprang. Vielleicht gab es eine Möglichkeit, glücklich zu werden, eine Chance für mich und Kadir.

»Wartet einen Augenblick. Ich komme gleich.« Mit fliegenden Schritten rannte ich zu Osiris zurück und warf mich neben ihm auf den Boden. Ich achtete nicht auf den Geist, der einen erschrockenen Schritt zurückmachte, und wollte auch überhaupt nicht nachsehen, ob Osiris Miene sich vor Zorn verzerrte. Ich wollte nur diesen Versuch wagen. So leise wie möglich flüsterte ich ihm zu: »Ich habe geschworen, Kadir drei Wünsche zu erfüllen. Ihr wisst, was dann mit mir geschieht. Deshalb bitte ich darum, dass ihr mir eine Zukunft mit Kadir schenkt, denn ich liebe ihn ebenso aufrichtig, wie ihr Eure Gemahlin liebt.« Ich hob den Blick und faltete die Hände. »Nehmt den Schwur von mir oder gebt mir eine Möglichkeit wie ich trotzdem ein Leben an der Seite der Liebe führen darf. Ich flehe Euch an.«

Osiris lächelte mich an. Er nahm meine Hände und zog mich auf die Füße. Alles in mir schrie vor Hoffnung. Würde er mich erhören?

Die Augen von Osiris leuchteten golden auf. Seine Stimme war laut und deutlich. Sie hallte durch meinen Geist, aber er bewegte die Lippen nicht dabei. »Trage dein

311

Schicksal Samira. Es ist deine Bestimmung zu sterben, um den Lauf der Zeit wieder in die richtigen Bahnen zu lenken. Ich kann den Schwur nicht von dir nehmen, denn dann würde ich der Welt das Glück stehlen.«

Noch immer lächelnd und die goldenen Augen auf mich gerichtet, legte er seine Hand an meine Wange. Seine Stimme zerstörte erneut meine Hoffnung. »Es ist alles auf dem rechten Weg und jetzt geh heim. Genieß die letzten Tage deines Lebens. Ergötze dich an der Liebe und dem Glück, bevor du sterben wirst.«

Alle Kraft verließ meinen Körper. Warum hatte ich der Hoffnung wieder einen Platz gegeben, mein Schicksal nicht einfach akzeptiert? Nun war erneut eine Welt in mir zerbrochen und mein Herz lag in einem Scherbenhaufen. Ich dachte daran, dass Kadir leben würde, dass er ganz bestimmt Liebe in seinem Leben erfahren würde, denn unter den Dschinda hätte er viele Freunde. Mit den Wünschen konnte er seine Eltern finden und im Schoß seiner Familie glücklich alt werden. Ein Trost. Ich klammerte mich an diesen Strohhalm, der mich davor bewahrte, wie ein Häufchen Elend, in sich zusammenzufallen.

Aber war es mir nicht von Anfang an klar gewesen, dass ich mein Leben für das meiner Freunde und Kijas geben würde. Ich wusste, ich würde sterben, schon bevor ich mich auf diese Reise begeben hatte. Wo war mein Mut, meine Entschlossenheit geblieben? Ich lächelte traurig, als mir klar wurde, dass die Liebe sie überdeckt hatte.

»Nun geh. Sie warten auf dich.« Osiris legte seine grüne Hand auf meine Schulter und schob mich in Richtung von

Ellil, der flugbereit am Ufer des Flusses stand.

Gerade legte die Barke von Aremun ab. Er winkte uns zu, während der Wasserfall das goldene Boot nach ober trieb.

Ich stieg auf Ellils Rücken und klammerte mich an Kadir fest. Erst jetzt bemerkte ich, dass seine Hosenbeine in Fetzen an ihm hingen. Die schönen Kleider waren verschwunden. Alles war wieder wie zuvor. Wir waren dreckig und abgerissen. Kadir hatte sich wohl ganz schön ins Zeug gelegt, als er ohne Unterlass versucht hatte eine verletzliche Stelle an Apophis Haut zu finden. Es sah fast aus, als hätte er sich auf den Schlangenkörper gesetzt und mit den scharfen Schuppen seine Hose in Streifen geschnitten. Ein nacktes und äußerst muskulöses Bein lugte unter den Fetzen hervor. Eine wulstige Narbe durchschnitt die Haut an seinem Knöchel. Fast so, als habe hier jemand mit voller Absicht das Messer angesetzt, um etwas zu entfernen.

Die Barke hatte schon fast den Rand des Wasserfalls erreicht, als ich plötzlich sah, wie sich Aremuns Augen weiteten. Er schlug sich die Hand vor den Mund. Waren das Tränen oder die Gischt, die auf seinen Wangen schimmerten. Er holte tief Luft. Seine Stimme trieb zu uns herüber. »Kadir, mein Junge, ich...«

Zu mehr kam er nicht mehr. Das gleißende Leuchten, das auch schon die Dämonen vertrieben hatte, brach aus ihm hervor. Er streckte die Arme zur Seite und gab einen langgezogenen Ton von sich. Ob vor Glück oder Schmerz konnte ich nicht sagen, den gleich darauf war er verschwunden. Von dem Licht, das gerade noch die Halle geflutet hatte, war nichts mehr zu sehen.

»Weißt du, was er dir sagen wollte?«

Kadir schüttelte den Kopf. »Ich habe keine Ahnung. Aber egal, was es war. Er ist in dieser kurzen Zeit ein echter Freund für mich geworden. Es kann nichts Schlimmes gewesen sein.«

Ich küsste ihn auf die Wange und schluckte den Schmerz um seinen baldigen Verlust herunter, der mir schwer, wie Blei, im Magen lag.

Genieß es, Samira, schrie mein Kopf, du machst die letzten Stunden kaputt, wenn du jetzt schon über das Ende nachdenkst. Mein Kopf hatte ja Recht, aber mein dummes Herz war einfach nicht bereit darauf zu hören.

»Seid ihr bereit?« Vorfreude schwang in Ellils Stimme.

»Keine Ahnung, was auf uns zukommt, aber wir werden uns so gut wie möglich festkrallen, bis du wieder auf festem Boden landest.« Bei meinen Worten lachte Ellil heiser auf. Er schüttelte seinen breiten Schädel und stieß ein Brüllen aus.

Ich warf einen letzten Blick zu den Göttern des Totengerichts. Sie hatten sich alle erhoben und neigten die Häupter in unsere Richtung. Ich kam nicht mehr dazu, sie nach dem Grund dieser Geste zu fragen, denn schon stieß sich Ellil vom Boden ab und pflügte fast senkrecht am Wasserfall nach oben. Kadir und ich hingen, nur an unseren Händen jeweils an einem der lagen Dornenfortsätze an seinem Rücken. Kadir hatte nur eine Hand zur Verfügung, um sich festzuhalten. Wie er es trotzdem schaffte, nicht abzurutschen, war mir ein Rätsel. Unsere Beine schwangen einfach in der Luft und suchten

314

vergeblich nach einem Halt. Gischt machte meine Hände rutschig und ich musste immer wieder nachfassen, um nicht abzurutschen. Es war nicht erstrebenswert, in die Tiefe zu stürzen. Ich hatte ja nicht die ganze Unterwelt durchquert, um dann beim Heimflug auf einem Felsen zerschmettert zu werden.

»Ellil, ich kann mich nicht mehr halten.« Ich schrie, so laut ich konnte, aber das Rauschen der Kaskaden übertönte meine Worte. Ich wollte mir die Ohren zuhalten, konnte es aber nicht. Ich musste da durch.

Izzy saß sicher auf Ellils Kopf. Mit den winzigen Saugnäpfen an ihren Füßen hatte sie kein Problem damit, Halt an den glatten Schuppen zu finden. Ihre Zunge hing seitlich aus ihrem Maul und sie hob den Kopf hoch in den Wind. Sie schien den Flug sichtlich zu genießen.

Erst als Ellil wie ein Pfeil am Wasserfall vorbei, in den Himmel gesaust war, brachte er sich in einen angenehmen Gleitflug. Der Wind blähte die Membranen seiner Flügel und die Luftströmung hielt uns am Himmel.

»Bist du eigentlich wahnsinnig geworden? Kaum bist du kein Winzling mehr, hält der Größenwahn Einzug.« Ich kochte vor Zorn und zitterte, als endlich die Angst von mir abfiel.

»Was hast du denn? Izzy hat es gefallen.«

Die Geckodame drehte sich einmal im Kreis. »Ja, das war so toll. Und wenn ich daran denke, dass ich eines Tages auch so fliegen werde, könnte ich vor Freude hüpfen.«

»Izzy ist ein Gecko. Wir wären fast abgestürzt.«

»Jetzt mach dir mal nicht ins Höschen. Sitzt doch noch

oben drauf. Ich hätte dich schon aufgefangen.«

Kadir seufzte neben mir. Auch ihm stand der Angstschweiß auf der Stirn. »Das bringt nichts. Ellil ist eben Ellil, egal ob als Gecko oder Drache. Wir sollten jetzt versuchen, den Flug zu genießen. Wie oft werden wir noch die Gelegenheit haben, unsere Welt von oben zu sehen?«

Seine Worte bohrten sich wie dicke schwarze Pfeile in mich hinein. Ich würde wohl keine Gelegenheit mehr bekommen, zu fliegen. Dies würde mein einziger Flug bleiben und der Wind trug mich meinem Tod entgegen. Aber ich konnte die Erinnerungen mit in die Ewigkeit nehmen. Ich rutschte etwas zur Seite und spähte an Ellil vorbei. Unter mir breitete sich die Wüste aus. Sie war riesig, majestätisch und brachte jedem unvorsichtigen Reisenden den Tod. Orange und Rot, soweit das Auge reichte. Kleine Windhosen wirbelten den feinen Sand auf, der wie ein Nebel über dem Boden schwebte. Vor uns erstreckte sich ein Bergkamm. Die dunklen Felsen trotzten dem Sand, der täglich versuchte, sie unter sich zu begraben. Die höchsten Kuppen wurden von der aufgehenden Sonne in ein gleißendes goldenes Licht getaucht. Aremun, er hatte es geschafft. Er war die Sonne, unser Sonnengott Re, und anders als in seinem Leben, spendete er jetzt auch den Ausgestoßenen der Gesellschaft Licht und Wärme.

»Was ist das da hinten?« Kadir deutete auf die Berge und jetzt sah auch ich die graue Rauchwolke, die sich in den Himmel schlängelte. Dort hinten brannte etwas.

»Lass uns nachsehen, Ellil. Das Feuer, das zu diesem

Rauch gehört, ist auf keinen Fall natürlicher Ursache. Es ist viel zu weit zu sehen. Die Stämme in den Bergen versuchen sich verborgen zu halten, nie würden sie sich so in Gefahr bringen.« Ellil änderte die Richtung und steuerte genau auf die Schwaden zu. Es dauerte nicht lange und wir waren in dichtem Rauch gefangen. Ein normales Lagerfeuer war das nicht. Es würde niemals so stark qualmen. So konnte auch keine Mahlzeit zubereitet werden.

In mir rumorte es, denn ich ahnte bereits, welcher Anblick mich hinter dem nächsten Plateau erwarten würde. Angespannt spähte ich in die Tiefe und als brennende Hütten und glänzende Bronzerüstungen in Sicht kamen, fühlte ich mich in meine eigene Vergangenheit versetzt. Hier wurde eine Enklave angegriffen. Ich hörte die Angreifer schon von Weitem brüllen: »Vernichtet die Dschinns! Löscht sie alle aus!« Diese Dschindas wehrten sich ebenso wenig, wie es meine Eltern gekonnt hatten. Diese Dschindas waren keine Krieger. Jeder von ihnen versuchte einfach nur verzweifelt zu entkommen. Aber es gab keinen Ausweg. Ihre Siedlung war von schwer bewaffneten Soldaten umzingelt. Doch diesmal würde ich mich nicht verstecken. Ich war nicht mehr das kleine Mädchen, das Schutz in einem Wasserfass suchte. Ich hatte das Kämpfen gelernt und die Duat durchquert. An meiner Seite stand ein furchterregender Rauchdrache, der von den Göttern zum Schutz meines Volkes bestimmt worden war und diese Leute, die panisch versuchten, einen Ausweg zu finden, waren Dschinda.

»Ellil, dein erster Einsatz. Wir werden diesen Soldaten

zeigen, dass sie sich nie wieder mit unserem Volk anlegen sollten.«

»Genauso sehe ich das auch, Samira. Machen wir sie fertig!«

Ich reckte mein Schwert in die Luft und schrie, so laut ich konnte: »Freiheit für die Dschinda!«

Ellil stimmte mit einem ohrenbetäubenden Brüllen ein. Einige Felsbrocken lösten sich von den Kämmen und rollen zu Boden.

Irritiert kamen sowohl die Dschinda als auch die Soldaten zum Stehen. Sie sahen sich um, aber keiner von ihnen kam auf die Idee den Blick zum Himmel zu richten.

Die Soldaten setzten sich zuerst wieder in Bewegung. Ich sah einen bulligen Mann, der gerade eine Gruppe Kinder aus einem Felsspalt zerrte und sie vor sich auf den Boden warf. Eine junge Frau eilte auf die Kinder zu, doch bevor sie sie erreichte, durchbohrte das Schwert eines anderen Feiglings sie von hinten. Erschrocken stoppte sie in ihrer Bewegung und schaute auf die Schwertspitze, die aus ihrem Bauch ragte. Eines der Kinder versuchte, zu ihr zu krabbeln, wurde aber mit einem Tritt zu den anderen zurückgeschleudert.

»Flieg schneller, Ellil!« Der Drache legte die Flügel an und fiel wie ein Stein zu Boden. Der Wind peitschte meine Haare ins Gesicht. Ich legte mich ganz flach auf seinen Körper. Kadir drückte sich eng an mich. Mit einem Ruck stoppte Ellil und ich wurde von seinem Rücken geschleudert. Schnellstmöglich rappelte ich mich auf und ließ den Blick über das Schlachtfeld gleiten. Ellil ließ den Kopf über den Felsenkamm hängen. Ich hörte seine tiefe, heisere Stimme. »Hey Arschloch, dein Tod wartet hier oben auf dich.«

Ich robbte an die Kante und sah, dass der Soldat, der die Kinder in Schach hielt, genau unter uns stand. Ellil schleuderte ihn mit seiner Pranke von den Kleinen weg. Dann öffnete er sein riesiges Maul. Die Feuerwalze rollte über den Kämpfer hinweg. Nicht mal ein Schrei kam über seine Lippen, bevor er zur Unkenntlichkeit verbrannte. Aber die Kinder schrien panisch und warfen sich auf den Boden, die Hände über den Kopf gelegt.

»Kümmer du dich um die Soldaten, die das Dorf umzingeln. Ich schnappe mir die, die ins Dorf eingefallen sind.« Aus meiner Stimme sprach reine Entschlossenheit.

»Es wird mir ein Vergnügen sein.« Ellil schwang sich in die Luft und wich geschickt den Pfeilen aus, die versuchten ihn vom Himmel zu holen.

Kadir kletterte mit mir zu den Kindern. »Bleib bei ihnen und beschütze sie mit deinem Leben. Hast du verstanden?« Diese Worte hätte ich mir sparen können, denn er war bereits auf die Knie gesunken und redete auf die zitternden Kleinen ein.

»Natürlich, an uns kommt niemand vorbei.« Izzy salutierte auf seiner Schulter, während Kadir sein Messer zog.

Mein erster Weg führte zu der Frau. Sie lag nur wenige Schritte von uns entfernt. Ich war zu spät gekommen. Sie war bei der Rettung der Kinder ermordet worden. Wut sammelte sich in mir. Wie ein getriebenes Tier durchpflügte ich das Dorf. Tötete jeden Soldaten, dessen ich habhaft werden konnte. Die Kämpfe waren hart, aber sie rechneten offenbar nicht mit Gegenwehr und so konnte ich die Überraschung zu meinem Vorteil nutzen. Der Rauch verbarg mich gut. Oft bemerkten sie mich erst, wenn es bereits zu spät war. Aber ich kannte kein Mitleid. Die Soldaten hatten auch keines gezeigt. Sie hatten es nicht anders verdient.

Nur noch drei Hütten, die ich zu durchsuchen hatte. Ellil pflügte sich durch die Reihen der Wachen. Sie hatten keine Chance zu flüchten. Seine Flammen waren schneller, als sie laufen konnten.

Umgeben von ihrem Geschrei, hob ich den Teppich vor einem Eingang. Dahinter fand ich einen Soldaten, der gerade versuchte, einer jungen Dschinda das Kleid vom Leib zu reißen. Sie schrie aus Leibeskräften, hatte aber keine Chance gegen seinen muskelbepackten Körper.

Ich hob mein Schwert. »Lass die Finger von ihr.« Meine Stimme war leise, aber scharf wie eine Messerklinge. Der Soldat ließ sich nicht ablenken und ignorierte die deutliche Drohung in meinen Worten. Er holte aus und schlug dem Mädchen ins Gesicht. Ihr Kopf wurde zur Seite geschleudert und sie blieb regungslos liegen.

»So, meine Kleine, jetzt haben wir Zeit, dass ich mich zuerst mit dir beschäftigen kann.« Er grinste lüstern und leckte sich über die wulstigen Lippen. Mit seinem Säbel in der Hand kam er langsam auf mich zu. »Denkst wohl, dass du kämpfen kannst, Vögelchen, ja? Dann komm her und zeig mir, was du kannst.«

Mehr brauchte ich nicht. In einer schnellen Abfolge von Hieben drängte ich ihn an die rückwärtige Seite der

Hütte. Bei meinem Angriff hatte er sein Lächeln verloren. Seine Augen waren riesig. Ich sah die Angst in ihnen und sie wärmte mich. Wie lange hatte ich davon geträumt, es diesen Feiglingen zurückzuzahlen, sie leiden zu lassen. Ich hob mein Schwert zum finalen Schlag, als ich plötzlich selbst eine Klinge an der Kehle spürte. »Das war ein Fehler. Du solltest nie den Rücken zum Eingang wenden.«

»Ja, du dumme Pute, jetzt bist du fällig. Wer braucht schon eine wie dich, wenn wir mit den anderen unseren...«

Er wurde jäh unterbrochen, als etwas die Hütte entzweischnitt. Ich stand wie gelähmt da, während meine Angreifer tot zu Boden fielen. Ihre Köpfe waren mitsamt der Hütte von einem Drachenschwanz halbiert worden wie reife Kokosnüsse.

Ellil schaute von oben zu mir hinein. »Das war fantastisch, nicht wahr? Es ist so cool, ein Drache zu sein.«

Ich schluckte. »Ellil, du hättest auch mich enthaupten können.«

Die Dämonenechse grinste und kleine Rauchwölkchen kamen aus ihrer Nase.

»Nee, du bist doch ein Zwerg gegen die beiden Idioten. Das war genau abgemessen, obwohl ich gestehen muss, dass ich nur den gesehen habe, der dir gefolgt ist.«

»Mach das nie wieder, Dämon, sonst darfst du danach meine Unterhosen waschen.« Mit zittrigen Knien drehte ich mich um und verließ die Hütte.

322

Kapitel 28

Kadir

Ich stand vor den Kindern und der Dolch in meiner Hand zitterte, während sie sich an mir festklammerten. Sie weinten nicht, aber ihre weit aufgerissenen Augen zeigten mehr Angst, als ein Schrei hätte ausdrücken können.

Allein in unserer Umgebung lagen fünf Leichen. Alles einfache Menschen, die mit Sicherheit niemals eine Waffe in der Hand gehalten hatten. Ihre leeren Augen schauten mich vorwurfsvoll an.

Ihre anklagenden Stimmen kreisten durch meinen Kopf. »Warum bist du nicht eher gekommen?«

»Wolltest du die Dschinda nicht beschützen?«

»Warum mussten wir sterben?«

Hatte ich sie im Stich gelassen, weil wir zu lang für die Durchquerung der Duat gebraucht hatten? Wenn Ellil doch nur ein wenig schneller geflogen wäre, wir hätten so viele Leben retten können, die nun sinnlos ausgelöscht worden waren. Aber machte es überhaupt Sinn, sich deswegen zu quälen? Auch indem ich mich marterte, konnte ich dieses Gemetzel nicht rückgängig machen.

Ich schaute in das rundliche Gesicht eines kleinen Mädchens, das seine Wange an meinen Oberschenkel drückte. Ihre Welt hatte sich heute auch verändert. Die Brutalität dieser Zeit war über ihr zusammengebrochen. Hatte sich auch Samira so gefühlt, als sie allein die Verantwortung für ein Baby übernehmen musste, weil es

323

niemanden mehr gab, der ihr hätte helfen können?

Ich schaute zu ihr hinüber. Ohne dieses schreckliche Ereignis wäre aus der geliebten Tochter wohl niemals diese entschlossene Kämpferin geworden und unsere Wege hätten sich wahrscheinlich nie gekreuzt. Sollte ich dem Schicksal dankbar sein oder es verfluchen? Meine Gedanken stritten miteinander, während meine Augen den Kampf verfolgten.

Samira kämpfte wie eine Amazone. Ihr Schwert wirbelte in einem tödlichen Tanz durch die Luft. Niemand hatte eine Chance gegen ihre Schnelligkeit. Ich war fasziniert von ihren geschmeidigen Bewegungen, die so leicht aussahen. Sie war eine Kriegsgöttin, hart und unerbittlich mit den Feinden ihres Volkes. Wie hatte sich eine solch unglaubliche Frau in mich, einen geschlagenen Bücherwurm, verlieben können? Ich konnte es noch immer nicht glauben. Sie war so viel mehr als ich.

Samira verschwand in einer Hütte. Ich fixierte den Eingang, aber nichts passierte.

Was war da drin los? Warum kam sie nicht heraus?

Ein Soldat näherte sich zielstrebig dem Eingang. Seine Rüstung wirkte rostbraun, so sehr war sie mit dem Blut der Dschinda überzogen. Mit diesem Kerl war nicht zu spaßen. Er zog sein Schwert. Ein fieses Grinsen lag auf seinen Lippen, als er eintrat. Alles in mir war in Aufruhr. Ich wollte Samira helfen, aber ich konnte die Kinder nicht im Stich lassen. Sie brauchten mich auch.

»Izzy, schnell, hol Ellil. Samira braucht seine Hilfe. Du hast es doch auch gesehen.«

»Das schaffe ich.« Izzy huschte davon. Ihre kleinen

324

Beinchen flogen über den blutgetränkten Sand. Hoffentlich konnte Ellil rechtzeitig eingreifen. Es dauerte alles viel zu lange.

Aber dann sah ich endlich den Drachen durch die Reihen brechen. Er trampelte mehrere Häuser einfach nieder. Ich wollte schon erleichtert aufatmen, als ich sah, dass er mit seinem Schwanz ausholte und die messerscharfen Zacken durch die Hütte schneiden ließ. Der obere Teil des Hauses wurde komplett abgerissen. Mein Herz setzte einen Schlag aus. Ich würde Ellil erwürgen, wenn er Samira etwas angetan hatte.

Als sich der Staub etwas gelegt hatte, sah ich zu meiner großen Erleichterung eine schimpfende Samira mitten in dem zerstörten Raum stehen. Von den Angreifern war von meiner Position aus nichts zu erkennen.

»So, fertig! Alle Soldaten sind tot oder abgehauen. Sollten noch Dschindas hier sein, die sich geistesgegenwärtig verstecken konnten, dann bitte ich sie, herauszukommen.« Ellils Stimme schallte durch die Ruinen, denn mehr war von der Siedlung nicht übriggeblieben.

Nach und nach schälten sich Menschen aus Felsspalten und Erdlöchern. Ich ermutigte die Kinder, mir und Ellil zu folgen. Auch wenn der Drache wie ein riesiges Ungeheuer aus ihren Albträumen auf sie wirken musste, gingen sie doch ohne zu zögern zu ihm. Sie hatten gesehen, wie er ihnen zu Hilfe gekommen war. Das reichte, damit sie sich in seiner Nähe sicher fühlten.

Ein alter Mann stellte sich vor Ellil und verneigte sich tief. »Wir danken dir für deinen Schutz.«

»Ganz richtig, dass du dich vor Ellil verneigst. Ich bin prachtvoll, nicht wahr? Doch für unser Eingreifen musst du schon der kleinen Dschinda da drüben danken. Sie hat mich aus der Duat befreit, damit ich der Wächter der Dschinda werden kann.«

Samira zog ein zitterndes Mädchen aus den Trümmern des Hauses und lehnte sie an den Rest einer Wand. Dann drehte sie sich zu Ellil um und streckte ihre Hand nach ihm aus. »Komm, mein Freund. Du warst unglaublich. Ich danke dir. Jetzt darfst du dich ausruhen.«

Ellil verstand. Er verwandelte sich in den Gecko und flitzte ihren Arm hinauf. Auf seinem Rücken saß Izzy und ließ schon wieder glücklich die Zunge am Mundwinkel heraushängen.

»Ich bin Samira, eine Dschinda, wie ihr. Ich habe die Duat durchquert und die Götter des Totengerichts haben mir Ellil den Rauchdrachen zum Schutz unseres Volkes mitgegeben. Er darf uns als Wächter dienen, bis Izzy, seine Begleiterin, sich ebenfalls in ihre dämonische Gestalt gewandelt hat. Bis zu diesem Zeitpunkt können wir unser Volk ohne Angst wieder aufbauen.«

»Und was ist danach?«, fragte einer der Anwesenden.

Ein anderer trat nach vorn. »Sie werden uns wieder jagen.«

»Die Götter sagten, dass ich den Sohn des verstorbenen Pharao Aremun um Hilfe bitten soll, und das werde ich tun. Aber vorher bitte ich euch, in meinem Dorf Schutz zu suchen. Dorthin war ich mit Ellil unterwegs.«

»Aber zuerst werden wir unsere Toten bestatten. Das

ist unsere Pflicht.«

Ich schaute mich um und fragte mich, wo sie in dieser felsigen Einöde ihre Toten bestatten wollten. Meine Bedenken wurden durch die nächsten Worte bestätigt. »Wir werden dazu einige Wochen benötigen, denn wir müssen jedem Einzelnen ein Grab in die Felsen schlagen und ihn dort zur Ruhe betten.«

Ich wollte bereits etwas antworten, aber Ellil kam mir zuvor. »Ich habe heute gesehen, wie zwei tapfere Dschinda in die Gefilde der Binsen eingezogen sind, obwohl ihr Lebenslicht schon vor vielen Jahren verloschen ist. Samira hat die Herzen ihrer Eltern zum Totengericht getragen.« Ich sah, wie sich Ehrfurcht in den Gesichtern der Überlebenden abzeichnete. Sie starrten Samira an, als wäre ihnen ein Geist erschienen.

Ellil räusperte sich und gewann so ihre Aufmerksamkeit zurück. »Ich verspreche Euch, dass ich die Herzen eurer Lieben in die Duat bringe und jedem der eine reine Seele hatte, den Weg in die Ewigkeit verschaffe. Vertraut mir. Denn ich bin der Beschützer der Dschinda, nicht nur durch meine Lebensschuld, sondern auch durch meinen freien Willen.«

»Eure Worte sind ja ganz schön, aber was sollen wir dann mit den Körpern tun?« Ein alter Mann schob sich an den vom Kampf gezeichneten Dschindas vorbei. »Wir können sie schlecht hier liegen lassen und der Witterung anheimgeben. Das wäre nicht recht.«

Dieser Mann imponierte mir. Er behielt einen klaren Kopf, in einem Moment, in dem so viele an ihrer Angst und ihrem Schmerz zerbrachen. Ich legte ihm mein

327

Messer in die Hand. »Nehmt die Herzen eurer Toten und verwahrt sie gut. Ihre Körper bringt in eine große Höhle. Sie sollen beieinander sein, im Leben wie im Tod.«

Ellil hatte sich auf Samiras Schulter auf zwei Beine aufgerichtet. »Und ich werde mich darum kümmern, dass die Körper dort sicher sind.« Der Gecko schien anscheinend in seiner Rolle als heldenhafter Beschützer voll aufzugehen. Ich fragte nicht, was er vorhatte. Mir wurde bewusst, dass ich diesem Ellil, der stolz auf Samira thronte vorbehaltlos vertraute.

Wir machten uns an die Arbeit. Die Körper von Frauen, Männern und auch Kindern wurden in die Höhle gebracht, die den Dschinda zur Wasserversorgung gedient hatte. Jedem legte man einen persönlichen Gegenstand in die Hände, bevor man ihnen in aller Vorsicht die Herzen entfernte. Während des Rituals schwiegen die Dschinda. Immer wieder streichelten sie sanft über die Gesichter ihrer Freunde und Verwandten und küssten ihre Wangen. Diese Menschen waren so stark in ihrem Leid.

Die Sonne war längst untergegangen, als sie ihren Abschied beendeten und die Höhle verließen. Ellil verwandelte sich in den Rauchdrachen. Er ging ganz nah an den Eingang heran, neigte sein gewaltiges Haupt und stieß dann einen Feuersturm direkt in die Ruhestätte aus.

Die Dschindas hinter mir keuchten erschrocken. Eine Frau sank in die Knie und hielt sich die Hand vor den Mund. »Nein. Er vernichtet sie ja.« Sie sorgten sich um die unsterblichen Hüllen der Verstorbenen und auch ich hoffte, dass Ellil wusste, was er da tat.

Es dauerte lange. Der ganze Berg glühte in einem

gespenstischen Rot hinter der Silhouette des dunklen Nachthimmels. Die Menschen ließen sich wehklagend auf dem Boden nieder und hielten sich verzweifelt an den Händen. Inzwischen hatte auch ich nicht die leiseste Hoffnung, dass da drinnen überhaupt etwas übrig geblieben sein konnte.

Erst, als die Sterne der Himmelsgöttin Nut ihr nächtliches Kleid gezaubert hatten, versiegten die Flammen und Ellil drehte sich zu uns um. Aus seinen Nüstern stiegen kleine Rauchwölkchen auf. Er atmete angestrengt. »So, meine geniale Arbeit ist beendet. Wartet eine halbe Stunde, dann könnt ihr hineingehen. Ich brauche jetzt dringend eine Pause.« Niemand hatte Zeit ihn zu fragen, was er getan hatte. Denn in Windeseile verwandelte er sich in den Gecko und huschte unter Samiras Haare. Nur sein langsam nachwachsender Schwanz schaute darunter hervor.

»In dieser halben Stunde solltet ihr alles für die Reise zusammenpacken. Der Weg ist lang und anstrengend, aber in meinem Dorf werdet ihr mit offenen Armen aufgenommen. Dort könnt ihr euch dann ausruhen und Frieden finden.« Sie legte ihre Hand auf den Rücken des alten Mannes und lächelte ihm aufmunternd zu. »In zwei Tagen könnt ihr euch ein neues Leben aufbauen. Reist in der Nacht und rastet am Tag. So werdet ihr sicher ankommen.« Samira ging von einem zum anderen und ergriff ihre Hände, um ihnen Mut zu machen. Diese Leute hatten in so kurzer Zeit ihren Lebensmittelpunkt verloren und mussten erneut in der Fremde mit nichts von vorn beginnen. Viele von ihnen waren verletzt oder konnten sich nicht von den Geistern lösen, die der Überfall ihnen in den Kopf gepflanzt hatte. Trotzdem gab Samira alles, um ihnen Zuversicht zu schenken. Sie erzählte ihnen kleine Geschichten von den Bewohnern ihres Dorfes, während sie gemeinsam mit ihnen nach Vorräten und Kleidung suchte.

Als alles zusammengepackt war, versammelten sich die Menschen vor dem Eingang der Höhle. Niemand wagte es, den ersten Schritt zu tun. Ich sah die Angst in ihren Augen. Wollten sie wirklich sehen, mit welcher Gewalt das Feuer an den Überresten ihrer Liebsten gewütet hatte.

»Ich gehe vor und rufe Euch herein, wenn es noch etwas zu sehen gibt. Ihr müsst euch nicht dem Schmerz stellen.« Der Alte gab mir seine Zustimmung. Auch in seinen Augen sah ich die Unsicherheit. Hoffentlich hatte Ellil das Richtige getan. Mit erhobener Fackel trat ich ein.

Meine Augen gewöhnten sich langsam an das flackernde Licht der Flammen, doch dann riss ich sie fassungslos auf. Mit diesem Anblick hatte ich niemals gerechnet. Ungläubig drehte ich mich im Kreis. Es war so atemberaubend. Diese Höhle zeigte das große Herz von Ellil. Die Einfühlsamkeit, die er sein ganzes Leben lang verstecken musste, um in der Duat zu überleben. Nur jemand wie er, der wusste, was es hieß, zu leiden und zu vermissen, hatte den Verstorbenen dieses Dorfes einen solchen Schrein schenken können.

Ich streckte meinen Kopf aus dem Eingang. »Kommt herein. Traut euch. Es ist wunderschön.«

Nach und nach betraten die Angehörigen die Höhle und ihre erstaunten Aufschreie zeigten mir, dass auch sie

Zeugnis an diesem Wunder nahmen.

Ellil hatte jeden einzelnen Körper in seinen eigenen Sarkophag aus Glas gebettet. Jeder gefallene Dschinda war in ein funkelndes Juwel eingefasst worden. Das Feuer der Fackeln spiegelte sich in den Facetten und reflektierte Lichtpunkte in allen Regenbogenfarben an die Höhlenwände. Feiner Rauch waberte um unsere Füße. Er stieg aus dem See auf, der sicherlich bei Ellils Experiment gekocht haben musste.

Ein alter Mann streichelte das Glas über dem Gesicht eines Jungen. Seine Züge waren deutlich zu erkennen. Sie waren so friedlich, als schliefe das Kind.

»Was habt ihr denn gedacht, dass ich sie zu Asche zerfallen lasse? Sehe ich so aus, als wäre ich so unsensibel?«

Der Mann warf sich neben dem Kind auf die Knie. »Aber nein, sicherlich hat niemand von uns Euch eine solche Abscheulichkeit zugetraut. Aber ein solches Wunder...« Tränen sammelten sich in seinen Augen.

Ellil lugte unter Samiras Strähnen hervor. Er gähnte herzhaft, dann fixierte er den Alten mit seinem unbeweglichen Blick. »Du bist ein schlechter Lügner, aber das ist nicht weiter schlimm. Kadir kann es noch viel weniger. Wichtig ist, ihr könnt immer wieder herkommen und die Körper besuchen. Sie werden sich nicht verändern und noch in einhundert Jahren sicher und geborgen sein.«

Zu Izzy meinte er: »Das war doch mal eine Leistung, nicht wahr meine Kleine. Wenn du erst zu deiner Dämonenform gefunden hast, werden wir unschlagbar sein.« Das Geckomädchen rieb ihren Kopf an seiner Seite und ich sah wie der ach so harte Ellil einen kleinen Moment die Augen schloss und diese Berührung genoss. Mich konnte er nicht mehr mit dem harten Kerl täuschen. Dieser Gecko war weich wie Wachs in der Sonne. Ich schmunzelte und trat aus der Höhle. Die Angehörigen sollten noch etwas Zeit haben, ohne dass fremde Menschen unter ihnen waren.

Samira nahm mich von hinten in die Arme. Ich würde ihren Duft überall erkennen, frisches Gras und Sonne. Ich schloss die Augen und legte meine Hand auf ihre an meinem Bauch verschränkten Finger.

Kapitel 29

Samira

Wir flogen voraus. Die Leute aus meinem Dorf mussten sich auf die Flüchtlinge vorbereiten. Wir würden ihnen helfen, Zelte zu bauen und diese einzurichten. Meine innere Anspannung wuchs immer weiter, je näher wir Kija und den Menschen kamen, die mir nach dem Tod meiner Eltern ein Zuhause geschenkt hatten. Es gab Momente, während dieser unglaublichen Reise, in denen ich daran gezweifelt hatte meine kleine Schwester jemals wiederzusehen und nun würde ich sie wieder in die Arme schließen können. Ich konnte ihr Lachen bereits jetzt in meinem Kopf hören, konnte mir vorstellen, wie sie mich mit eintausend Fragen löchern würde. Besonders der Anblick von Ellil und Izzy würden ihr die Augen aus dem Kopf fallen lassen.

Meine neugierige kleine Kija, wie ich sie vermisste.

Von weitem konnte ich bereits den hellen Schein des Lagerfeuers sehen. Ein Zeichen dafür, dass sich meine Freunde in der Abgelegenheit der Berge sicher fühlten. Was für ein Trugschluss. Ihre Enklave war weder besser noch schlechter versteckt als die andere. Vielleicht lauerten auch hier schon die Mörder von Thehe hinter den Felsen, um meine Freunde auszulöschen.

»Ellil, setz uns etwas außerhalb ab. Ich möchte nicht, dass sie sich vor dem riesigen Drachen fürchten, der auf ihr Dorf zuhält.«

Ellil lachte heiser. »Daran werde ich mich in hundert Jahren noch nicht gewöhnt haben, dass jemand vor mir Angst haben könnte.«

»Ja, mein Freund, was ein dicker Hintern und ein paar Flügel so ausrichten können.« Kadir lachte bei meinen Worten laut auf.

»Vergiss nicht, du sitzt auf meinem Rücken, Mensch. Und ich fliege so weit oben, dass du lange Zeit hast, über deine Späße nachzudenken, bevor du auf dem Boden zerplatzt, wie eine reife Melone.«

Ich liebte inzwischen diesen Schlagabtausch mit Ellil. Ich lehnte mich so weit wie möglich nach vorn und flüsterte ihm ins Ohr. »Du würdest mich niemals abwerfen. Dafür kuschelst du dich viel zu gern an mich. Aber keine Angst. Ich verrate dich nicht.«

Ellil zwinkerte mir mit seinem riesigen Echsenauge zu und schnurrte dann fast, als ich begann ihm die Schuppen zu kraulen. Wieder beschlich mich Wehmut, wenn ich daran dachte, dass ich nicht nur Kadir bald verlassen würde, sondern auch Kija und Ellil. Ich hatte sie alle tief in mein Herz geschlossen und konnte mir kaum vorstellen, die Ewigkeit ohne sie verbringen zu müssen. Würde Ellil dann bei Kija Trost suchen? Sich in ihren Haaren ein Nest bauen? Ich wünschte es mir so sehr. Denn auch Kija hatte keine Familie mehr, sobald ich mein Versprechen einlöste. Mit Mühe öffnete ich den Schraubstock, der sich um mein Herz zusammenziehen wollte. Noch war nicht die Zeit zum Abschiednehmen gekommen. Ich wollte die wenige Zeit, die mir noch blieb, mit vollen Zügen genießen. Ich wollte lieben, lachen und fröhlich sein.

Ellil landete über dem Dorf auf einer Bergkette. Von der Nacht verborgen, war noch niemand auf ihn aufmerksam geworden. Zumindest hörte ich keine panischen Hilferufe. »Wir gehen voraus. Ich rufe nach dir, wenn ich meine Freunde vorgewarnt habe. So erntest du nur Bewunderung und niemand erleidet einen Herzanfall bei deinem Anblick.«

»Jetzt hör schon auf mit diesen Komplimenten. Sehe ich denn wirklich so furchterregend aus?«

Kadir klopfte Ellil auf den breiten Schwanz. »Noch viel schlimmer, kleiner Gecko!«

»Aber ich könnte mich doch auch wieder klein machen und mit euch mitgehen.« Ich grinste breit und stemmte die Hände in die Hüften. »Jetzt will ich dir einen Auftritt verschaffen, der eines Gottes würdig wäre und du fragst mich, ob du als Gecko mit ins Dorf gehen darfst?«

»Oh, natürlich.« Ellil reckte den Kopf nach oben und die Brust heraus. »Dann geht mal vor. Ich erwarte dein Zeichen.«

Mit zitternden Knien kletterte ich die letzten Meter nach unten, bis wir am Rand des Dorfes ankamen. Ich hörte die sanfte Melodie der Bogenharfe, die von Klatschen und Singen begleitet wurde. Diese Musik war zuhause. Töne die mein Leben lang zu mir gehört hatten. Ich merkte erst, dass ich weinte, als Kadir mir eine Träne von der Wange wischte. »Sollen sie ihre siegreiche Heldin in Tränen aufgelöst wiedersehen?«

»Ach, lass mich doch.« Schnell wischte ich mit dem

Ärmel über mein Gesicht.

»Noch war ich nur zum Teil siegreich. Ich glaube nämlich überhaupt nicht daran, dass Thehe auch nur einen Finger für die Dschinda krumm machen wird. Du hast gesehen, dass er die königlichen Truppen schon wieder auf uns hetzt, als wären wir das Übel der Welt. Warum sollte ausgerechnet ich ihn umstimmen können?«

»Weil die Götter es gesagt haben. Was für einen Grund hätte Osiris, dich zu belügen?«

Ja, welchen? Ich sprach die Worte nicht laut aus, denn ich war den Göttern dankbar. Sie hatten den Dschinda Ellil geschenkt und er würde sie vor jedem Übel beschützen. Etwas Besseres hätte ich nicht von meinem Abenteuer mitbringen können. Ellil war die Zukunft meines Volkes.

»Komm schon. Es trennen dich nur noch ein paar Schritte von Kija. Willst du wirklich hier Wurzeln schlagen?«

Kija, natürlich. Meine Füße setzten sich ganz von allein in Bewegung und Vorfreude hob meine Mundwinkel. Jona, der Dorfälteste, sah mich als erster. Er stoppte in seiner Bewegung und stand langsam auf. Seine Augen waren weit aufgerissen. Er hatte wohl nicht mehr mit meiner Rückkehr gerechnet. Mit einem schiefen Ton erstarb die Harfe. Alle Blicke hefteten sich auf mich.

»Samira!« Ein Schrei aus der Nähe von meiner Hütte ließ mich aufschauen. Ich sah meine Schwester auf mich zustürmen. Ihre Arme hatte sie weit ausgebreitet.

Ich ging in die Knie und erwartete ihre Umarmung. Kija stoppte ihren Lauf nicht und sprang in meine Arme.

Wir kippten zusammen nach hinten um. Ich lachte und drückte ihren Körper ganz fest an mich. Immer wieder küsste ich ihre Wange, ihre Stirn und den Scheitel. Meine Kleine. Ich war wieder bei ihr.

»Ich habe ihnen gesagt, dass du wieder nach Hause kommst. Ich habe es gewusst. Du würdest mich nicht allein lassen.« Mit jedem Wort schlang sie ihre Arme fester um mich.

»Ich habe es dir versprochen, Kija.«

»Und du hältst immer deine Versprechen. Genau das habe ich ihnen gesagt, wenn sie darüber gesprochen haben, die Siedlung aufzugeben und weiter in die Wüste zu ziehen.«

Ich schob mich mit ihr in eine sitzende Position. »Es tut so gut, dass du an mich geglaubt hast.«

»Da du endlich zurück bist, können wir dann wohl endlich aufbrechen. Die Siedlung ist nicht länger sicher. Unser Zögern hat uns in Gefahr gebracht.« Der alte Jona war neben mich getreten. Er reichte mir seine Hand, um mir aufzuhelfen. Ich tat so, als würde ich seine Hilfe annehmen, um ihn nicht vor den Kopf zu stoßen. Kam aber auf die Beine, ohne ihm eine Last zu sein.

»Ihr braucht nicht gehen. Euer Dorf ist sicher.«

»Du warst nicht da, also kannst du es nicht wissen. So viele Siedlungen unweit von hier wurden dem Erdboden gleichgemacht. Thehe ist schlimmer, als sein Vater es je gewesen war. Die Vernichtung der Dschinda scheint ganz oben auf seiner Liste zu stehen. Er macht keine Gefangenen. Gnade ist für ihn ein Fremdwort. Wir müssen fliehen oder er wird auch uns töten.«

»Jona, denkst du wirklich, dass ich mich durch die Duat kämpfe, und ohne ein Zeichen der Götter zurückkehre, dass sie an uns Dschinda glauben?«

»Du willst mir allen Ernstes weismachen, du hast die Unterwelt durchquert und bist lebendig wieder hier angekommen bist?«

Kadir trat an meine Seite. »Sie will euch das keines Falls weismachen. Es ist eine Tatsache. Diese Dschinda hat ihrem Volk alle Ehre gemacht und jede Gefahr für sich selbst in Kauf genommen, um euch ein Leben in Freiheit zu ermöglichen.«

»Du hast einen Menschen mit in unser Dorf gebracht?« Wut zeichnete Jonas Stimme und er ballt die Hände zu Fäusten. Ich ließ mich von dieser Reaktion nicht aus der Ruhe bringen. Jona war schon immer ein Zweifler gewesen. Meine Kampfübungen hatte er stets mit einem Kopfschütteln quittiert. »Ich habe nicht irgendeinen Menschen mitgebracht. Im Übrigen einen Menschen, der mich durch die Duat begleitet hat und immer an mich und meine Ziele glaubte. Nein. Ich habe auch den versprochenen Schutz mitgebracht.«

Ich schwang die Arme durch die Luft und rief: »Ellil, du darfst jetzt herunterkommen.«

Ich verdrehte die Augen, als er ein ohrenbetäubendes Brüllen ausstieß, bevor ich das Flattern seinen Membranen im Wind vernahm. Jona machte ängstlich zwei Schritte zurück. Ich grinste. Unser Dorfältester hatte mehr Angst als ein neunjähriges Mädchen. Kija trat einfach neugierig an meine Seite, hielt meine Hand aber fest umschlossen.

Ellil landete direkt vor mir. Er senkte den Kopf und schnupperte an meiner Schwester. »Und, wie fandest du meinen Auftritt, kleine Version von Samira?«

Kija lachte und beugte sich zu Ellil. »Ich glaube, dass du viel furchterregender bist als die Soldaten, die uns in Stücke hacken wollen. Und wenn Samira dich mag, dann werde ich es auch tun, ob du willst oder nicht.« Sie drückte ihm einen Kuss auf die schuppige Nase.

Ellil schnaubte enttäuscht und lenkte den Blick seiner gelben Augen missmutig auf Samira. »Die ist genau wie du, hat vor nichts Angst.«

»Was ist das für ein Monster, das du da angeschleppt hast?«

»Ellil ist ein Rauchdrache, ein mächtiger Dämon der Duat. Er wurde uns, dem Volk der Dschinda, für einhundert Jahre von Osiris persönlich geschenkt. Wir sollten dieses Geschenk mit Ehrfurcht entgegennehmen und auf die Götter vertrauen.«

Ich hatte das Gefühl, dass Jona im nächsten Moment in Ohnmacht fallen würde.

Sein Gesicht war aschfahl. Atmete er überhaupt noch?

Kadir kam ihm zu Hilfe. Er legte seinen Arm um den alten Mann und zog ihn zurück zum Lagerfeuer. Dort drückte er ihn zurück auf den Baumstamm und klopfte beruhigend auf seine Schulter. »Schlimmer als sein Aussehen ist sein vorlautes Mundwerk. Es wird nicht lange dauern und ihr werdet auch das ein oder andere Mal genervt die Augen verdrehen.«

»Ein Drache in meinem Dorf und ein Mensch an meiner Seite. Ich muss in einem Albtraum feststecken.«

Jona hatte mehr zu sich selbst gesprochen, aber Kadir ließ es sich nicht nehmen ihm zu antworten. »Du verwechselst da etwas, guter Mann. Der Albtraum lauert draußen. Es sind die Soldaten Thehes. Wir haben ihre Brutalität gesehen. In einem Dorf, zwei Tagesreisen von hier entfernt, haben sie gewütet, bevor wir ihnen Einhalt gebieten konnten.«

Am Lagerfeuer wurde es ganz still. Jeder Dschinda schaute zu Kadir. »So viele Dschinda mussten ihr Leben lassen. Als wir eintrafen, war der Kampf bereits in vollem Gange. Aber die Überlebenden sind auf dem Weg zu euch. Sie vertrauen auf den Schutz von Ellil. Sie vertrauen auf Osiris.«

Kadir schaute von einem zum anderen und wieder einmal war ich überwältigt von seiner Präsenz. Die Mitglieder meines Volkes hingen an seinen Lippen. Die Tatsache, dass er ein Mensch war, schien von einem Moment zum nächsten völlig egal zu sein. Wie sehr ich diesen Mann bewunderte; wie sehr ich ihn liebte.

»Du schaust diesen Kadir an, als wäre er ein süßes Gebäck. Ist er dein Liebster?« Ich schlug mir die Hand vor den Mund, um nicht schallend loszulachen. Bei der gespannten Ruhe um mich herum hätten sich sonst alle Blicke auf mich gerichtet.

Kija legte den Kopf schief und schaute mich verschmitzt an. »Und? Raus damit!«

Ellil schob seinen riesigen Kopf zwischen uns. »Ja, raus damit. Erzähl ihr über das Rumgeküsse in der Duat.«

»Ellil!« Ich schob ihn energisch zur Seite. »Mach das du wieder klein wirst und halt die Klappe.« Der Drache lachte

340

heiser und verwandelte sich in den Gecko. Flink krabbelte er meinen Arm hinauf und schlüpfte unter meine Haare.

»Wahnsinn!« Kija hatte den Zauber verfolgt und dabei wohl einen Blick auf Izzy erhascht. »Ist der andere Gecko auch magisch?«

»Noch nicht. Izzy ist noch klein. Erst in einhundert Jahren wird sie sich in ihre Dämonengestalt verwandeln können und so lange passt Ellil auf sie auf.«

»Einhundert Jahre? Dann werde ich nicht mehr sehen, wie wundervoll die kleine Izzy nach ihrer Verwandlung aussehen wird. Aber das ist nicht schlimm, weil sie sich dann bestimmt noch an mich erinnern kann. Ich werde nämlich versuchen, ihre beste Freundin zu werden.«

Kija legte eine Hand an meine Schulter. Ganz langsam kam Izzy heraus. »Nun mach schon, kleines Echslein. Wenn sie dich zu fest knuddelt, simulierst du einfach deinen Tod. Der Schreck wird ausreichen, dass sie das nie wieder versucht.«

Ich kicherte. Ellil nahm seine Vaterpflichten wirklich ernst; auf seine ganz eigene Ellil-Weise.

Izzy krabbelte auf Kijas Hand und rollte sich dort ängstlich zusammen. Kija begann sie mit einem Finger vorsichtig zu streicheln. Es dauerte nicht lange und Izzy rieb ihren Kopf an dem Finger und hatte selig die Augen geschlossen.

»So schnell hat man die Kinder aus dem Haus. Jetzt hat sie ihre eigenen Locken, zum Hineinkuscheln.«

Ich neigte mich ganz nah an Kijas Ohr. »So wie Izzy es genießt, in deiner Nähe zu sein, genieße ich die Nähe von Kadir. Er ist etwas ganz Besonderes.«

Kija schaute auf. Es brannten tausend Fragen in ihrem Blick, aber ich legte nur meinen Finger an die Lippen. Jetzt war nicht der richtige Zeitpunkt, um darüber zu sprechen. Wir mussten die Siedlung auf die Ankunft der Flüchtlinge vorbereiten und Ellil hatte versprochen, die Herzen in die Duat zu bringen. Jetzt wäre ein guter Zeitpunkt dazu, denn die Truppen von Thehe mussten sich erst sammeln und die Verluste ausgleichen. Das konnte einige Tage in Anspruch nehmen. Tage, in denen ich einen Weg finden musste, den Sohn des Pharao um Hilfe zu bitten, obwohl er gerade konsequent alle Dschinda abschlachten wollte. Der Einzige, der sich in die Hauptstadt wagen konnte, war Kadir. Aber auch ihm drohte Gefahr. Der Priester und die Stiefmutter des neuen Pharaos hatten versucht, ihn zu töten, und wir wussten noch immer nicht, warum er in ihr Fadenkreuz gelangt war. Was sollte so wichtig an einem Sklaven sein, dass sie selbst die Beisetzung des Pharaos vernachlässigten, um seiner habhaft zu werden. Fragen über Fragen, auf die ich hier keine Antwort finden würde. Ich nahm Kija an die Hand und setzte mich mit ihr ans Feuer zu den anderen. Kadir war gerade dabei über unsere Abenteuer in der Duat zu erzählen. Die Dschinda hingen an seinen Lippen. So eine Geschichte hatten sie sicherlich noch nie gehört.

Kapitel 30

Kadir

Ich konnte selbst kaum glauben, dass wir diese abenteuerliche Reise tatsächlich überlebt hatten. In den Blicken der Dschinda erkannte ich inzwischen Ehrfurcht und Respekt, wenn sie Samira anschauten. Sogar einige Tränen wurden vergossen, als ich ihnen erzählte, wie Samira die Herzen ihrer Eltern gewogen hatte, um ihnen einen Platz in den heiligen Gefilden zu ermöglichen.

Die Zeit war verflogen. Alle Dschinda hatten meinen Ausführungen atemlos staunend gelauscht. Immer wieder sah ich den Respekt in ihren Augen, wenn sie Samira anschauten. Bestimmt hatten auch sie das junge Mädchen, das unbedingt kämpfen wollte, für eine Verrückte gehalten und erkannten erst jetzt wie viel sie ihr zu verdanken hatten. Der Mond hatte bereits seinen höchsten Stand erreicht, als ich meine Erzählung mit unserer Ankunft im Dorf beendete.

Samira stand auf und gähnte herzhaft. »Wir sollten uns noch ein paar Stunden ausruhen, bevor Aremun, unsere Sonne, uns aus den Betten holt. Es wartet Arbeit auf uns. Die Flüchtlinge werden am nächsten Morgen im Dorf eintreffen und ich wünsche mir, dass sie sich willkommen fühlen.«

»Ich gebe Samira Recht. Es hätte auch unser Dorf treffen können und wir würden uns wünschen, dass in der Ferne ein neues Zuhause auf uns wartet. Ein solches

Zuhause werden wir ihnen schaffen.«

Jona stand auf und kam zu uns herüber. Er verneigte sich tief. »Samira, du hast so viel Gefahr auf dich genommen, um die Dschinda zu befreien. Ich danke dir im Namen aller.«

Samira half ihm, sich wieder aufzurichten. »Ich habe es meinen Eltern versprochen und konnte auch selbst das Leid der Dschinda keine Minute länger ertragen. Ihr seid doch meine Familie.« Sie drückte sanft die Hände des alten Mannes und ich sah ehrliche Zuneigung in seinem Blick, als er zu ihr aufsah.

»Es ist lange her, dass ein Dschinda einem Menschen sein Vertrauen geschenkt hat, aber du, mein lieber Junge, hast viel mehr als das verdient. Du hast dein Leben für uns riskiert. Deshalb bist du einer von uns, ein Mensch vom Volke der Dschinda.« Mir wurde bei seinen Worten warm ums Herz. »Danke Jona, es ist mir eine große Ehre, Teil dieses ehrenhaften Volkes zu sein.« Jona klopfte mir auf die Schulter. »Ich werde mich jetzt zurückziehen. Gute Nacht.«

Samira rieb sich die Augen. »Lass uns ein paar Stunden schlafen. Es wird schön sein, endlich wieder in einem Bett zu liegen.«

Kija nahm meine Hand und zog mich mit sich. »Komm, ich zeige dir unsere Hütte.« Es wärmte mein Herz, wie selbstverständlich sie mich akzeptierte. Ich wusste ja, dass Kija die Welt für Samira bedeutete.

Die junge Dschinda zog mich in eine Hütte ganz am Rand der Siedlung. Gleich hinter der Eingangstür befand sich ein großer Raum. Drei Sitzkissen lagen in der Mitte.

Eine Feuerstelle, die in eine Wand eingelassen war, konnte in den kalten Wüstennächten Wärme spenden. Die hintere Wand bestand aus einem riesigen Regal. Ketten aus Kieselsteinen hingen von der Decke und bildeten einen Vorhang vor dem Regal. Rechts sah ich zwei Durchgänge, die mit ebensolchen Kieselvorhängen vom Wohnbereich abgetrennt waren. Kija folgte meinem Blick.

»Ach ja, du musst müde sein. Hier ist mein Zimmer und daneben ist das von Samira. Sie hat ein großes Bett. Da passt ihr auch beide rein.«

Gerade in diesem Moment betrat Samira das Wohnzimmer. Sie sah meinen erschrockenen Blick. »Was hast du zu ihm gesagt? Er sieht ja aus, als würde er gleich umfallen.«

»Nichts Schlimmes. Nur, dass ihr beide Platz in deinem Bett haben werdet.« Samira lächelte und kam auf mich zu. »Womit sie natürlich recht hat. Das Bett ist groß genug für uns beide.« Hätte mich in diesem Moment jemand etwas gefragt, es wäre nur Gestammel aus meinem Mund gekommen. Natürlich hatten wir während unserer Reise eng aneinandergeschmiegt geschlafen. Ich konnte mir auch nicht vorstellen, jemals wieder ohne sie zu sein, aber sie hier, in ihrem Schlafzimmer, in meinen Armen zu halten, wäre ein endgültiges Zeichen für mich, dass sie zu mir gehören wollte. Ein Zeichen, dass sie mich in ihr Leben ließ. Mein Herz wollte vor Freude aus meiner Brust springen. Ich hatte das dringende Bedürfnis zum Tempel zu rennen, und diesen Idioten ins Gesicht zu schreien, dass ich, Kadir, der Nichtsnutz, die schönste, stärkste und herzlichste aller Frauen für mich gewonnen hatte. Sollten sie doch weiterhin ihre Seelen verderben, indem sie hübsche Dorfmädchen verführten und dann fallen ließen. Ich hatte eine Frau gefunden, die auf sie herabsehen würde. Meine Samira stand Welten über ihnen und sie hatte mich auserwählt.

Das Grinsen auf meinem Gesicht musste für sich sprechen, denn Samira drückte mir glucksend einen Kuss auf die Lippen und Kija wackelte anzüglich mit den Augenbrauen, bevor sie in ihrem Zimmer verschwand.

Samira setzte sich auf eines der Sitzkissen. Sie hielt einen Kohlestift und einige Blätter Papyrus auf dem Schoß. »Wir müssen den Brief an Thehe schreiben. Nur so kann ich mein Anliegen vorbringen, ohne dass er mich sofort zerfleischt. Du musst mir versprechen, dass ihn der Brief erreicht.«

Ich zögerte kurz. »Wir werden uns gemeinsam einen Weg überlegen.«

»Wenn ich dir deine Wünsche erfüllt habe, wirst du vielleicht schon ein angesehener Bürger der Stadt sein. Er wird dich nicht abweisen Kadir, aber ich werde immer ein Dschinda bleiben und möchte es auch nicht anders haben. Solange Thehe mein Volk tot sehen will, kann ich mich wohl kaum in seine Nähe wagen.«

Die drei Wünsche, natürlich. Ich hatte sie schon fast vergessen. Unsere Reise durch die Duat war vorüber. Samira würde mir die Wünsche erfüllen, die ich schon mein ganzes Leben lang mit mir herumgetragen hatte.

Ich schaute zu Samira, die gerade in die Worte versunken war, die sie an Thehe schrieb. Seit sie im Tempel aufgetaucht war, erschien mir die Zukunft in den schillerndsten Farben. Wäre nicht die Ungewissheit meiner Herkunft gewesen, die noch immer an mir nagte. Ich wäre auch ohne diese Wünsche ein glücklicher Mann.

Samira legte den Stift zur Seite. Vorsichtig rollte sie den Papyrusbogen zusammen und legte das Schriftstück auf ihren Schoß. Lange saß sie einfach nur da und sagte kein Wort. Ich schwieg, wollte sie in ihren Gedanken nicht stören. Irgendetwas marterte sie. Das war mir schon lange aufgefallen, aber ich wusste, dass es keinen Sinn machte, Samira unter Druck zu setzen, um ihr Geheimnis zu erfahren. Sie war eine stolze Frau. Sie entschied selbst, welche Informationen sie weitergab und welche sie besser für sich behielt. Das hatte nichts mit fehlendem Vertrauen zu tun. Nein, Samira wollte erst selbst an einer Lösung arbeiten und einen passenden Weg finden, bevor sie diesen präsentierte. Es fiel ihr nicht leicht um Hilfe zu bitten, wenn sie keine Gegenleistung anbieten konnte.

In diesem Moment drehte sie sich zu mir um und der Blick aus ihren Katzenaugen ließ mir den Atem stocken. Es lag ein Versprechen darin und unbändige Sehnsucht. Sie stand auf und strich ihr Haar zur Seite. »Würdet ihr bitte bei Kija schlafen? Ich hätte gern etwas Zeit mit Kadir allein.«

Meine Kehle wurde trocken und meine Hände schweißnass. Ellil zwinkerte mir verschwörerisch zu, bevor er mit Izzy im Schlepptau unter Kijas Vorhang verschwand.

Samira kam mit wiegenden Hüften auf mich zu. Sie legte ihre Arme um meinen Nacken und zog meinen Kopf zu sich herunter. »Kadir, ich will deine Frau sein, mit

347

allem, was ich dir schenken kann. Ich habe noch nie einen Mann so sehr gewollt wie dich. Bitte Kadir, liebe mich.«

Das musste sie mir nicht zweimal sagen. Ich senkte meine Lippen auf ihren Mund, ertrank in ihrer Süße. Meine Samira. Ihr Körper schmiegte sich an meinen. Nichts passte mehr zwischen uns. Dort wo mein Körper endete, begann der ihre.

Schritt für Schritt schob sie mich vorwärts. Meine Augen waren geschlossen. Ich fühlte den Tanz ihrer Zunge an meiner und seufzte. Meine Finger gruben sich in ihr Haar. Weich wie Seide kitzelten die Strähnen meine Haut. Ihr Duft nach Gras und Wildheit machte mich willenlos. Ein wahrgewordener Traum.

Das Klappern der kleinen Steinchen zeigte mir, dass wir ihr Schlafzimmer erreicht hatten. Meine Waden stießen an etwas Hartes. Es stoppte meine Rückwärtsbewegung. Samira griff den Saum meines Hemdes und zog es mir über den Kopf. Nur für diesen kurzen Moment ließen ihre Lippen von mir ab.

Jetzt wanderten sie über meinen Hals. Ihre Zähne knabberten an meinem Schlüsselbein. Ein Schauer nach dem anderen überlief meinen Körper. Selbst die Stellen, die ich durch die Narben als tot und kalt empfunden hatte, erwachten zu neuem Leben. Sie musste nur ihre zarten Finger darüber gleiten lassen und ich fühlte die Berührung tief in meinem Herzen. Diese Narben sind ein Zeichen deiner Stärke, mit diesen Worten hatte sich Samira in mein Herz geschlichen und mit ihrer Leidenschaft machte sie den Raum, den sie dort einnahm, größer und größer. Ich fühlte mich, als müsse mein Brustkorb jeden Moment zerspringen, weil die Liebe zu Samira zu groß für mich wurde.

Sie stieß mich nach hinten. Ich fiel zwischen weiche Laken und riss erschrocken die Augen auf ... und wollte sie nie wieder schließen. Samira stand am Fuße des Bettes und nestelte an ihrer Tunika. Sie lockerte die Bänder, die den Stoff zusammenhielten, ganz langsam. Löste zu keiner Sekunde den Blickkontakt zwischen uns. Ich schluckte schwer, als sie das Kleidungsstück zu Boden gleiten ließ. Noch nie hatte ich etwas so Schönes gesehen. Ihre Haut strahlte in der Farbe des süßesten Karamells. Sie atmete schwer und die Bewegungen ließen ihre Brüste auf und ab wippen. Die Spitzen hatten sich zu harten Perlen zusammengezogen. So stand diese Göttin vor mir und Unsicherheit zeichnete ihren Blick.

Ich setzte mich auf die Bettkante und zog sie zu mir heran. »Du bist so wunderschön, Samira. Die Götter haben sich selbst übertroffen, als sie dich erschufen.« Mit diesen Worten beugte ich mich vor und ließ meine Zunge über ihren Bauch gleiten. Eine Hand wanderte wie von selbst zu einer dieser wundervollen Halbkugeln, die nach Liebe zu betteln schienen. Mein Daumen strich über die kleine Perle und ihr ersticktes Stöhnen, war mein Antrieb weiterzumachen. Ich wollte sie glücklich machen. Da ich aber selbst nicht wusste, was ich tun sollte, folgte ich ihrem Stöhnen, den kleinen spitzen Schreien, die sie ausstieß, wie einem Kompass.

Meine Zunge umkreiste ihren Bauchnabel und ich umfasste mit der freien Hand ihre runde Pobacke, um sie noch fester an mich pressen zu können.

349

In meinem Kopf tobte es, meine Lenden schmerzten vor übergroßer Lust. Sollte es wirklich wahr sein? Vielleicht war ich noch immer in der Duat in meiner Fantasie gefangen? Doch dann öffnete Samira die Bänder ihrer Hose. Sie glitt nach unten und mein Kopf war augenblicklich leer. Der Geruch nach Weiblichkeit und Moschus umnebelte mich, machte mich zu ihrem willenlosen Sklaven. Nun war ich es, der hilflos zu ihr aufschaute. Liebevoll strich sie über meine Wange, während sie Hose und Schuhe abstreifte. »Mein Kadir«, hauchte sie und ließ sich neben mir auf die Matratze sinken. Sie öffnete die Arme und ich ließ mich nur zu gern in ihre Umarmung sinken.

Wir küssten uns mit so viel Liebe und ich wusste, das hier war keine Fantasie, denn etwas so Wundervolles hätte sich mein Geist niemals vorstellen können. Das war aber auch mehr als nur eine reine Vereinigung der Körper. Unsere Seelen liebten sich und unsere Herzen verwoben sich zu einem unlösbaren Schwur. Ich senkte meine Lippen auf ihre Brust. Meine Zunge spielte mit der Perle, die Samira die schönsten Töne entlockte. Mehr, mehr, ich wollte mehr. Mit den Fingerspitzen strich ich an der Innenseite ihrer Oberschenkel nach oben. Das Fleisch zitterte unter meine Berührung. Ich hob den Kopf, schaute in ihr von Leidenschaft vernebeltes Gesicht, während ich ihrer Mitte immer näherkam. Sie biss sich auf die Unterlippe, hob ihr Becken meiner Berührung entgegen. Ich stöhnte fast genauso laut wie sie selbst, als ich ihre Feuchtigkeit erstmals berührte. Ihre Nägel bohrten sich in meinen Rücken. Dieser Schmerz war süß

und so voller Versprechen. Ich streichelte sie und achtet
genau auf ihre Reaktionen. Ich lächelte, als ich die kleine
nasse Perle gefunden hatte, deren Berührung, sie dazu
brachte, um mehr zu betteln. Ihr Atem kam stoßweise. Sie
zuckte und bog den Rücken durch, um dann meine Hand
zwischen ihren Oberschenkeln gefangen zu nehmen.
Fasziniert beobachtete ich sie. Als sie die Augen
aufschlug, war so viel Glück in ihnen, dass ich weinen
wollte. Ich hatte ihr dieses Glück geschenkt. Ich, der
unwissende Kadir.

Samira schob sich auf einen Ellenbogen und zog mich
zu einem Kuss zu sich.

»Das war unglaublich, mein Liebster. Aber du hast
mich noch nicht zu deiner Frau gemacht. Bitte, liebe
mich.«

Sie nestelte an meinem Hosenbund, aber ihre Finger
zitterten so sehr, dass ich ihr zur Hand gehen musste. Ich
schob meine Hose von mir und erhaschte einen
ängstlichen Blick von Samira. »Wenn du nicht willst, dann
kann ich das verstehen, mein Sonnenschein. Ich kann
warten. Solange ich die Gelegenheit haben darf, deinem
Körper Freude zu schenken, bin ich der glücklichste
Mann der Welt.«

»Ich kann nicht warten. Ich will es, Kadir. Nimm mir
die Angst.«

Ich atmete tief durch. »Du kannst jederzeit sagen, dass
ich aufhören soll. Auch wenn es mich dann umbringt, das
ist egal. Hörst du? Tu nichts, was du nicht willst.«

Samira nickte. Ich nahm ihre Hand und legte sie um
mein Geschlecht. »Ich fühle hier genauso wie du, als ich

351

dich berührt habe.« Meine Stimme zitterte. Schon diese Berührung ihrer kleinen, mit Schwielen übersäten Hand brachte mich an den Rand der Erlösung. So ging das nicht. Mit aller Macht riss ich mich zusammen. Ich stöhnte aber sofort auf, als ihr Daumen über die Spitze fuhr. Sie rieb immer wieder über die Feuchtigkeit, die sich dort gesammelt hatte. Ich sah die Faszination in ihren Augen, während ich um meine Beherrschung kämpfte und mich in das Laken krallte.

Umso überraschte war ich, als sie mich umstieß und sich auf mich schwang. Ihre Mitte rieb sich an mir. Ich warf den Kopf hin und her, war nicht mehr fähig, irgendetwas von der Welle der Leidenschaft zu kontrollieren, die gerade über mich hinweg raste. Es war zu viel. Sie hob das Becken. Ich riss die Augen auf und erhaschte noch die entschlossene Wildheit in ihrem Blick, als sie mich in einer schnellen Bewegung in sich versenkte. Ein kleiner Schrei kam über ihre Lippen, als der Widerstand in ihr zerriss. Ich hielt ganz still, auch wenn ihre enge Hitze mich um den Verstand brachte. Ich wollte in sie stoßen, meinen Triumph herausbrüllen, aber ich überließ ihr das Tempo. Ganz langsam begann sie ihr Becken zu bewegen. Ich streichelte dabei ihre Brüste, die wie reife Früchte vor meinen Augen schwangen.

Immer schneller wurde das vor und zurück auf meinen Lenden. Ich konnte nicht mehr anders, packte ihre Pobacken und zwang sie, mein schnelleres Tempo zu akzeptieren. Sie passte sich meinen Bewegungen an. Ich spürte, als sich ihr Fleisch um mich zusammenzog und in diesem Moment konnte ich auch nicht mehr an mir

halten. Ich stieß in sie und fand mit ihr gemeinsam Erlösung irgendwo über den Wolken, durch die Sterne katapultiert.

Ich spürte, wie sie auf mich sank. Ihr Kopf ruhte auf meiner Schulter und ihr Haar bedeckte uns wie eine Decke. Ich küsste sanft den Scheitel meiner Frau, meiner Liebsten, meiner besten Freundin. Erst dann fühlte ich die heiße Nässe auf meiner Haut. »Samira, Liebste, weinst du? Habe ich dir wehgetan?«

»Mach dir keine Sorgen. Ich weine, weil ich noch nie in meinem Leben so glücklich war. Ich liebe dich so sehr, dass es mir das Herz zerreißen will.« Kleine Schluchzer schüttelten ihren Körper. Ich hielt sie fest und wusste, was sie in diesem Moment fühlte, denn auch mich erschütterte die Menge an Gefühlen, die durch meinen Körper rasten und mich zu einem neuen Menschen formten.

Ich wusste nicht, wie lange ich sie einfach nur in meinen Armen hielt, bevor ihr Atem gleichmäßiger wurde. Erst jetzt konnte auch ich mich der Erschöpfung hingeben und in einen tiefen Schlaf sinken.

Kapitel 31

Kadir

Als ich aufwachte, saß Samira bereits angezogen an der Bettkante und beobachtete mich. Ich streckte mich und gähnte. »Guten Morgen, Sonne meines Herzens. Warum hast du mich nicht geweckt?«

Sie lächelte. »Ich wollte dich noch ein wenig beobachten. Dein Gesicht sieht so glücklich aus, wenn du schläfst. Diese Erinnerung wollte ich ganz tief in mein Herz malen, damit sie mich für die Ewigkeit wärmen kann.«

Ich robbte mich zu ihr hinüber und umschlang sie mit Armen und Beinen. »Wenn du bei mir bist, wird mein Gesicht nie mehr etwas anderes zeigen, außer Glück.« Ich küsste ihre Schulter. »Habe ich dir schon gesagt, dass ich dich liebe.«

Sie seufzte und kuschelte sich in meine Umarmung. »Und ich liebe dich Kadir, bis zum Ende der Ewigkeit.« Sie streichelte sanft über meine Arme.

»Es wird Zeit, meinen Teil der Abmachung zu erfüllen. Wir haben vor Osiris geschworen, dass drei Wünsche die Bezahlung für deine Begleitung sein sollen. Du hast sie dir redlich verdient, denn du hast mich nicht nur begleitet, sondern auch mehr als einmal mein Leben gerettet.« Sie drehte sich zu mir um. »Außerdem hast du mir gezeigt, dass Liebe und Vertrauen zwischen Dschinda und Menschen möglich ist.« Ich küsste ihre Lippen. Es war noch immer ein berauschendes Gefühl. Allein der Gedanke daran, dass ich sie nun jeden Tag unseres Lebens küssen durfte, dass sie zugestimmt hatte meine Frau zu sein, ließ mein Herz jubeln.

»Wir werden gemeinsam glücklich sein. Meine Wünsche werden mir Wohlstand und eine Familie geben. Ich werde nicht mehr Kadir, der Tempelsklave sein. Sondern der Sohn von jemandem. Du wirst stolz darauf sein, meine Frau sein zu dürfen.«

»Für mich warst du immer mehr als ein Tempelsklave. Von Anfang an habe ich dein Wissen, deine Aufrichtigkeit und dein gutes Herz geschätzt. Dazu brauche ich nicht wissen, wer dein Vater ist.«

Sie erhob sich und zog mich auf die Beine. »Geh bitte in den Nebenraum und sprich dort deine Wünsche aus. Ich möchte nicht, dass du siehst, wie ich Magie wirke, denn das hat uns Dschinda zu Hassobjekten der Menschen werden lassen.«

Ich wickelte mich in das Laken. Auch wenn ich sie niemals hassen könnte, verstand ich ihren Wunsch. »Ist es wie in den Märchen? Wirst du nach den drei Wünschen frei sein?«

Sie wandte das Gesicht ab. »Ja, Kadir, meine Seele wird frei sein.«

»Dann ist es ja gut. Egal unter welchem Bann die Dschinda stehen, es ist schön, zu wissen, dass ich dich davon befreien kann.« Ich ging in den kleinen Wohnraum und lehnte mich neben der Tür an die Wand. Mit Aufregung, die in meinem Magen eintausend Schmetterlinge aufsteigen ließ, sagte ich meinen ersten

Wunsch. Ganz leise, aber so, dass Samira ihn hören würde.

»Ich wünsche mir, eine Schule, die keine Fragen über die Herkunft eines Kindes stellt, und dass Kija sie besuchen kann, ohne Angst um ihre Unversehrtheit haben zu müssen.«

Ich hörte Samiras Schluchzen aus dem Schlafzimmer. Sicherlich freute sie sich darüber, dass ich einen meiner drei Wünsche für ihre Schwester genutzt hatte. Wie hätte es auch anders sein sollen. Sie liebte Kija und wenn ich eine gemeinsame Zukunft mit Samira plante, dann würde auch ihre Schwester immer ein Teil dieser Zukunft sein. Diesem lieben Mädchen seinen sehnlichsten Wunsch zu erfüllen, war für mich eine Selbstverständlichkeit.

Das blaue Licht der Magie warf einen hellen Schein ins Wohnzimmer und tauchte für einen kurzen Augenblick die Welt um mich herum in eine Unterwasserlandschaft. Als die Welt sich wieder in das Dämmerlicht des Morgengrauens zurückverwandelt hatte, atmete ich tief durch. Zeit für den zweiten Wunsch.

»Ich wünsche mir ein Haus, in dem meine Frau, unsere Kinder und ich in Sicherheit leben können und immer gut versorgt sind.«

Ein weiteres Schluchzen, diesmal leiser, gequälter. Wieder hatte ich bei diesem Wunsch an meine Samira gedacht. Sie sollte ein Heim haben, in dem sie sicher war. Niemand sollte ihr je wieder etwas zuleide tun und auch unsere Kinder sollten behütet und glücklich groß werden. Ich schloss die Augen und sah einen riesigen Palast vor meinen Augen. Langsam ging ich zu einem der großen

Torbögen und blickte auf den Nil. Sein Wasser glitzerte in der untergehenden Sonne. Das war ja unglaublich! Sollte dieser Palast mein neues Zuhause sein? Ich hatte mir einen größeren Lehmbau mit etwas bewässertem Acker vorgestellt und nie an einen solchen Luxus gedacht. Ich lehnte mich in meiner Vorstellung an eine der erhabenen Säulen und atmete tief ein. Der Duft von Jasmin stieg mir in die Nase. Ich ging nach vorn an die Brüstung und sah nach unten. Ein riesiger Garten erstreckte sich unter mir und die Jasminbüsche standen in voller Blüte. Hinter den Mauern fingen einige Menschen an zu jubeln. Sie zeigten mit den Fingern auf mich. Wahre Freude stand in ihren Gesichtern.

Das Bild verlosch so schnell, wie es gekommen war. Ich lehnte noch immer an der dünnen Wand, die mich vom Schlafzimmer meiner Liebsten trennte. Das blaue Licht erfüllte den Raum und ich musste die Augen abschirmen, um nicht geblendet zu werden. Die Macht von Samira musste unendlich gewaltig sein. Vielleicht war das der Grund, warum die Menschen eine so große Angst vor diesem Volk hatten. Wenn die Menschen nur wüssten, wie konsequent die Dschinda gegenüber der Erfüllung von Wünschen waren. Ich schüttelte den Kopf. Nein, selbst das würde ihnen die Angst nicht nehmen. Menschen waren verbohrt. Sie wollten immer einen wahren Kern in ihren Geschichten und Mythen finden. Sie könnten es einfach nicht ertragen, wenn ein friedliebendes Volk mächtiger wäre als sie selbst.

Der letzte Wunsch und dann würden Samira und ich glücklich leben können. Vielleicht konnte ich meine

Eltern zu uns einladen und wir würden eine glückliche große Familie werden. Das war bereits mein Traum, bevor ich überhaupt denken konnte. Ich wollte lieben und geliebt werden. Ich wollte kein Fehler sein, den man auf Tempelstufen entsorgte. Schnell schickte ich noch ein Stoßgebet zu den Göttern, dass ich mir mit meinem letzten Wunsch keinen eigenen Tiefschlag verpasste. Aber egal, was ich sehen würde, auch wenn sie schreckliche Menschen waren, die mich wirklich zum Sterben zurückgelassen hatten, ich hatte Samira. Sie war die Frau an meiner Seite, die mich liebte und die meine Liebe, als ein Geschenk behandelte. Wir würden unseren Kindern, all das geben, was ich nie gekannt und Samira viel zu früh verloren hatte.

»Ich wünsche mir, zu wissen, wer meine Eltern sind.«

Ein kurzer Schrei kam aus dem Schlafzimmer, dann erfasste mich ein Wirbel. Schwerelos wurde ich in der Luft umhergeworfen, hatte keine Möglichkeit, irgendwo Halt zu finden. Die Wüste jagte in rasender Geschwindigkeit unter mir dahin. Mein Magen rebellierte. Ich war froh noch nichts gegessen zu haben. In der Ferne erkannte ich den Wasserfall. Wo brachte mich der Sturm hin? Ich wollte nicht zurück in die Duat, nicht allein. Ohne Samira war ich dort verloren. Ich hatte keine Waffen, konnte sie allerdings sowieso nicht richtig anwenden. Auch nach diesem Abenteuer benutzte ich ein Schwert mehr wie eine Axt. Außerdem war ich nur in ein Bettlaken gehüllt. Ich wurde mit den fallenden Wassermassen nach unten katapultiert. Der Boden raste unaufhaltsam näher. Gleich würde ich aufschlagen. Panisch rollte ich mich zusammen,

versuchte, meinen Kopf mit den Armen zu schützen. Im letzten Moment wurde ich abgebremst. Der Wind warf mich in eine andere Richtung. Verschwommen sah ich Osiris, der sich vor mir verbeugte. Bevor ich durch das Portal zu den Gefilden der Binsen geworfen wurde.

Mir war speiübel. Alles um mich herum drehte sich. War ich gestorben? Warum sonst hatte dieser Sturm mich in das Reich der Toten gebracht? Langsam rappelte ich mich auf. Die Hand an der schmerzenden Schläfe schaute ich mich um.

Ich befand mich auf einer Wiese, die mir schon fast zu Grün erschien. Bunte Blumen blühten und verströmten einen wunderbaren Geruch. Eine Sonne schien warm und hell vom azurblauen Himmel. Ihre Strahlen kitzelten auf meiner nackten Haut. Nur wenige flauschige Wolken warfen Schatten auf die Welt unter ihnen. In einiger Entfernung sah ich eine Siedlung. Weiß getünchte Häuser reihten sich aneinander. Dort wo Häuser waren, sollte ich auch Menschen finden. Vielleicht konnte man mir helfen. Mein Wunsch war es gewesen, meine Eltern zu sehen, zu wissen wer sie waren und sie vielleicht fragen zu können, ob sie mich jemals geliebt hatten. Im Moment sah es nicht so aus, als würde der Zauber richtig funktionieren.

Aus dem Laken bastelte ich mir eine Tunika. Mit festen Knoten an den richtigen Stellen fühlte ich mich fast bekleidet. Das Gras war weich und angenehm unter meinen Fußsohlen, während ich auf die Häuser zuhielt.

Vor dem Ersten saß ein alter Mann in einem Schaukelstuhl. Er rauchte eine Pfeife, hielt das Gesicht in die Sonne und hatte die Augen geschlossen. Auf seinen

Lippen hing ein kleines Lächeln. Es tat mir fast ein wenig leid, ihn zu stören, aber ich brauchte dringend Hilfe. Schließlich wartete ein Leben mit der unglaublichsten Frau der Welt auf mich. Da wollte ich mich nicht zu lange im Reich der Toten aufhalten.

Ich räusperte mich. Der Alte schlug die Augen auf. Als er meiner gewahr wurde, riss er die Lider auf und ließ sich aus dem Stuhl fallen. »Mein König, wie kann ich Euch behilflich sein?«

Ich runzelte die Stirn. Mein König? War der Mann vielleicht blind oder hatte nicht mehr alle seine Sinne beisammen? »Ähm, ich bin Kadir, guter Mann. Deinen König habe ich leider nicht bei mir, aber vielleicht hast du eine Ahnung, wo ich meine Eltern finden kann?«

»Wie ihr befehlt, mein Herr. Im größten Haus, in der Mitte unserer Siedlung, dort werdet ihr sie finden. Sie erwarten Euch bereits seit Tagen.«

Das war merkwürdig. Trotzdem bedankte ich mich bei dem Alten und ging weiter. Das große Haus glich doch eher einem Palast und war kaum zu verfehlen. Ich fragte mich, was meine Eltern dort zu suchen hatten. Gab es auch in der Ewigkeit Dienstpersonal? Standen sie in Anstellung bei den Eigentümern dieses prachtvollen Anwesens?

Meine Schritte knirschten im Kies, als ich die lange Allee zum Eingangstor entlangging. Wie von selbst öffnete sich das geschmiedete Tor und gab den Weg in einen prachtvollen Garten frei. Jasminbüsche verströmten ihren sinnlichen Duft. Es glich hier dem Bild, das ich bei meinem zweiten Wunsch gesehen hatte, als ich in den

361

Garten unter der Brüstung geschaut hatte. Auch hier hatte jemand mit viel Liebe zum Detail eine eigene kleine Welt erschaffen. Eine Welt, in der man Frieden finden konnte.

»Mein Junge, wie schön, dass du gekommen bist.« Aremun kam über eine der geschnittenen Rasenflächen auf mich zu. Er hatte seine Arme weit ausgebreitet und das Lächeln auf seinem Gesicht war so strahlend, wie ich es nie zuvor an ihm gesehen hatte.

Ich umarmte ihn herzlich. »Komm, ich stelle dir meine Nasgari vor. Dies ist ihr Haus. Ich komme jede Nacht eine Stunde hierher. Es ist so schön, sie endlich wiederzuhaben.«

»Ich habe keine Zeit, Aremun. Ein Wunsch hat mich hierhergeführt. Ich muss meine Eltern suchen. Sie müssen hier sein.«

»Ich weiß, mein Junge und genau deshalb bist du hier in diesem Haus.«

»Das verstehe ich nicht. Kannst du...«

»Mein Sohn!« Der Schrei einer Frau ließ mich herumfahren. Sie rannte auf mich zu. Tränen liefen über ihre Wangen.

Aber ... Noch bevor ich den Gedanken zu Ende führen konnte, warf sie sich an meine Brust. Sie zog meinen Kopf zu sich herunter und bedeckte mein Gesicht mit unzähligen Küssen.

»Lass ihn doch erst einmal Luft holen, Nasgari.« Aremun zog seine Frau zur Seite.

»Du kannst ja gut reden, weil du ihn schon kennenlernen durftest. Mir hat man erst mein Leben und dann auch noch mein Kind gestohlen. Ich sehe ihn gerade nach zwanzig Jahren zum ersten Mal wieder. Also erlaube mir meine Freude.« Noch immer liefen Tränen über ihr schönen Wangen und in ihren Augen sah ich etwas, dass ich nicht erwartet hatte. Dort war Liebe. Aber wie konnte das sein? Sie war Nasgari, die erste Frau des Pharaos.

»Sieh dir den Jungen an. Er ist total verwirrt.« Aremun nahm seine Frau an der Hand und legte mir den Arm um die Schulter.

Wie aus dem Nichts entstanden vor uns auf der Wiese drei Sitzkissen und in der Mitte ein Tischchen mit drei Teetassen.

»Nimm Platz. Ich war genauso verwirrt wie du jetzt, als ich es erkannte, aber es gibt keinen Zweifel. Du bist unser Sohn Thehe.«

Ich ließ mich auf ein Kissen fallen. In meinem Kopf rauschte es. Ich sollte der Sohn des Pharaos sein?

»Dann habe ich im Spiegel deine Liebe erkannt?« Ich schaute zu Nasgari. Sie faltete die Hände vor der Brust und die Freude in ihren Worten ließ mich erschaudern. »Dann hast du es gespürt? Du hast die ganze Zeit gewusst, dass ich dich mehr geliebt habe als alles andere auf der Welt.« Sie schaute zu Aremun.

»Das war sein Moment, als er in den Spiegel geschaut hat?«

»Ja, meine Liebste. Er hat dich gespürt. Deine Liebe, war sein schönster Moment im Leben.« Sie ergriff meine Hand. »Es tut mir so leid, dass ich dich nicht beschützen konnte, Thehe. Es ist so schrecklich, was dir von diesem Miststück, das dein Vater auch noch heiraten musste, angetan wurde, nachdem sie mich vergiftet hat.«

»Diese Frau hat alles vernichtet, mein Sohn. Deshalb wollte sie dich aus dem Weg schaffen. Deshalb hat sie mich erst ermorden lassen, als ihr falscher Prinz alt genug war, um sich auf dem Thron behaupten zu können. Wie konnte ich nur so blind sein.« Er zeigte auf das Muttermal an meinem Knöchel. Der Blitz war eindeutig zu erkennen. »So etwas verschwindet nicht einfach so.«

Nasgari zog ihren Rocksaum ein Stück nach oben und zeigte mir das gleiche Mal an ihrem Knöchel.

Ein dicker Kloß bildete sich in meinem Hals. Diese Teufel, der Priester und diese Hexe, hatten mir nicht nur meine Eltern genommen, sondern Ägypten seine Zukunft. Ich war Thehe. Und bei dem nächsten Gedanken wurden mir die Knie weich. Ich war der rechtmäßige Pharao von Ägypten. Der Palast, den ich gesehen hatte, es war der Herrscherpalast am Nil gewesen. Deshalb hatten die Menschen gejubelt, als sie mich sahen.

»Ich bin doch aber nur Kadir, der Sklave, den die Priester schlagen und die Anwärter verhöhnen. Wie soll ich ein Reich regieren?« Ich hatte diese Worte mehr zu mir selbst gesprochen, aber Aremun sprang auf die Beine. Seine Augen schienen Funken zu sprühen. »Du bist mein Sohn, der stärkste Pharao, den Ägypten je hatte. Du hast die schlimmsten Qualen stoisch ertragen, bist nicht daran zerbrochen. Du übertriffst andere nicht nur in deinem Wissen, sondern auch in deiner Herzensgüte. Du bist mutig genug, in die Duat zu gehen und einer Dschinda bei der Rettung ihres Volkes beizustehen, und du hast so viel Hoffnung in deinem Herzen, dass du weder Gold noch Ruhm als Bezahlung für dieses Risiko forderst, sondern die Möglichkeit einmal die Liebe deiner Eltern zu spüren.« Mein Vater kniete sich vor mich und legte mir die Hände auf die Schulter. »Ich frage dich, welcher Mensch wäre besser geeignet ein Volk mit Liebe und Verstand zum Wohlstand zu führen?«

»Es gibt keinen«, antwortete Nasgari. Sie küsste meine Hand. »Ich neige mein Haupt vor meinem neuen Pharao, Thehe der Erste. Ich wünsche mir, dass dein Herz immer mit Liebe gefüllt sein wird, bis du eines Tages selbst die Reise in der Sonnenbarke antreten wirst. So lange werden dein Vater und ich auf dich warten.«

Ich spürte erneut den Wind an mir zerren. Unmöglich, ich wollte noch nicht weg. Mit aller Kraft klammerte ich mich an Aremun, meinem Vater fest. »Du kannst nicht hierbleiben. Eine Aufgabe wartet auf dich und ich weiß, dass du mich stolz machen wirst. Ich liebe dich, Kadir, Thehe oder wie auch immer du genannt werden willst.« Mit diesen Worten löste er meine Hände. Der Wirbel erfasste mich. Als ich an Osiris vorbeiflog, rief er mir die Worte hinterher: »Frag Ellil. Er wird dir helfen und dann sind wir an deiner Seite.« Isis schmiegte sich an ihren Gemahl und lächelte mir zu. Alles ging so schnell. Einen Augenblick später lag ich ausgestreckt auf dem Lehmboden des kleinen Wohnzimmers. Die Gedanken kreisten durch meinen Kopf. Hatte ich mir das alles nur eingebildet? War ich eingeschlafen? Ich setzte mich auf und sah an mir herunter. Ich trug noch immer das Laken, wie eine Tunika um mich geknotet und an einem dieser Knoten steckte eine weiße Jasminblüte. Ich zog sie heraus und hob sie an meine Nase. Nein, das war kein Traum.

Samiras Zauber hatte mir genau das gezeigt, was ich hatte sehen wollen; meine Eltern.

Ich sprang auf die Füße. Mein Herz hämmerte vor Glück und Aufregung in meiner Brust. Ich musste Samira sagen, wie wundervoll ihr Zauber war und wir glücklich sie mich damit gemacht hatte. Ich schob fröhlich den Vorhang aus kleinen Kieseln zur Seite ... und erstarrte. Samira lag auf dem Bett. Ihr Atem ging viel zu schnell und ihre Augen irrten blind umher. Ich zog sie an meine Brust. Was war mit ihr? Ein dünner Blutfaden rann aus ihrer Nase und sie war so blass. Der Karamellton hatte sich in ein Grau verwandelt. Sie keuchte und Schweiß verklebte ihre Haare. »Samira, was ist los? Sag was.« Panik schnürte mir die Kehle zu. Hier in meinen Armen lag das Liebste, dass ich in diesem Leben hatte, und litt Todesqualen. Ich legte meine Hand an ihre Wange. Sie war eiskalt.

»Kadir, bist du das?« Ihre Stimme war so zart, dass ich mich ganz zu ihr herunterbeugen musste, um etwas zu verstehen.

»Ja, mein Sonnenschein. Ich bin da. Was ist mit dir. Bitte sag mir, was ich tun kann.«

»Nichts, mein Liebster. Ich bin bald frei. So wie Dschinda frei sein können, wenn sie drei Wünsche erfüllt haben.« Sie hustete und blutiger Schaum bildete sich auf ihren Lippen. »Nein, Samira. Du darfst mich nicht verlassen. Bitte. Ich brauch dich doch.« Ich schluchzte inzwischen haltlos und presste ihren Körper, wie ein Ertrinkender an mich. Sie war doch mein Leben, mein ganzes Glück.

»Du wirst glücklich werden, mein Kadir. Ich weiß es,

denn niemand hat es so verdient wie du.«

Sie hob die Hand und strich mir über die Wange. Ich sah, dass sie lächeln wollte, aber es nicht mehr zustande brachte. »Ich werde dich nie vergessen und mein Herz bleibt bei dir. Es passt auf dich auf.« Ihre Hand fiel schlaff herab. Ihre Augen starrten leer ins Nirgendwo und Brustkorb bewegte sich nicht mehr. Nein, das durfte nicht wahr sein. Mein Geist schrie ihren Namen immer und immer wieder, versuchte, ihre Seele hier zu halten. Ich schüttelte sie, dann versenkte ich mein Gesicht in ihren Haaren. Sie durfte nicht weg sein. Ich dachte in meiner Qual an Ellil, der sich so gern in ihre Locken gekuschelt hatte.

Ellil, ich riss die Augen auf. Osiris hatte gesagt, ich soll Ellil fragen. Vielleicht hatte er genau diese Situation vorhergesehen.

»Ellil!« Ich schrie seinen Namen, so laut ich konnte. »Ellil, schnell!«

Es dauerte keine zwei Sekunden und der Gecko schlüpfte ins Zimmer. Als er mich sah, Samira im leblos im Arm und tränenüberströmt, wurde er ganz blass. Er schien gar zu schrumpfen.

»Bitte Ellil, tu etwas. Hol sie mir zurück.« Ich schluchzte so schlimm, dass ich mich selbst nicht richtig verstand. Aber Ellil flitzte aus dem Zimmer. Kurze Zeit später, stand er mit Kija wieder da. Die Kleine sank auf die Knie. »Was ist passiert?«

»Sie hat mir die drei Wünsche erfüllt, die der Handel dafür waren, dass ich sie in die Duat begleite. Was ist nur schiefgelaufen, Kija?«

Die Kleine ließ den Kopf sinken, aber ich sah noch durch meinen Tränenschleier, auch ihre Augen ertranken in Nässe. »Diese Wünsche haben sie getötet. Es ist ein Geheimnis der Dschinda, dass uns jeder Wunsch, den wir erfüllen, zwanzig Jahre unseres Lebens nimmt. Drei Wünsche überlebt niemand.«

»Aber warum hat sie mir nichts gesagt. Ich hätte niemals diese verfluchten Wünsche ausgesprochen. Ich will sie, nur sie. Samira, hörst du? Ich liebe dich. Ich will mein Leben mit dir, Kija und diesen zwei verrücken Geckos verbringen. Ich will Kinder mit deinen Augen und deiner Sturheit, die ich lieben und verwöhnen kann. Ich wünsche mir nichts mehr, als dass du meine Frau wirst und mein ganzes Leben an meiner Seite verbringst. Hörst du Samira. Das ist alles, was ich mir wünsche.«

Plötzlich wurde der ganze Raum in ein strahlendes Blau getaucht. Er war so hell, dass ich die Augen schließen musste. Ich hörte Kija schreien. Es lag so viel Verzweiflung in diesem Ton, sie drang selbst durch meine Trauer und sich als weiterer Ballast auf meine Seele legte. Ich sank aufs Bett. Samira noch immer fest an mich gedrückt. Ich hatte diesem Kind die Schwester genommen, den Rest ihrer Familie und ich hatte selbst die Liebe meines Lebens getötet. Wie sollte ich so weiterleben können?

In meinen Armen regte sich etwas. »Kadir, du zerquetschst mich.«

Ein Traum. Meine Hoffnungen spielten meiner Trauer einen Streich. Mir war, als hätte ich die Stimme von Samira gehört. Klar wie ein Wasserfall und so unglaublich süß.

Ich atmete tief ein. Ihr Geruch nach Gras und Liebe hüllte mich ein. Ich flehte die Götter an, mich in dieser Illusion zu belassen. Ich wollte nicht mehr aufwachen, nicht zurück in diese furchtbare Realität.

»Kadir, bitte lass mich los.« Eine Hand strich über meine Locken. Ich fühlte die Wärme der Haut und die Schwielen, die an meiner Schläfe kratzten.

»Was für eine schöne Fantasie. Ich werde sie nicht loslassen. Dann verliere ich dich. Ich kann dich nicht verlieren, ohne selbst zu zerbrechen. Bitte Samira, lass uns hierbleiben.« Meine Stimme zitterte. Ich hatte panische Angst, diese Blase des Glücks zu zerstören, von der Realität erschlagen zu werden. Denn sie schnitt tiefer, als die Peitsche eines Priesters es je gekonnt hätte. Nur hier, wo ich ihre Stimme hörte und ihr Körper wieder warm und weich war, nur hier wollte ich sein.

»Das hast du nun davon, Mensch. Jetzt klebt er an dir und du musst ihn mit dir rumschleppen, wie einen übergroßen Buckel.« Ich spürte, wie Ellil über mich hinweg huschte. Mit Nachdruck stemmte er mein Augenlid auf. Sein Gesicht war so nah, dass ich zurückzuckte.

»So, und jetzt schau dich um, du störrischer Kerl.« Sein Gesicht zuckte zur Seite und ich sah Samira. Sie lächelte und ihre grünen Augen blitzten. »Lässt du mir jetzt ein wenig Luft zum Atmen? Sonst muss ich nämlich Gewalt anwenden.«

Mir klappte der Mund auf. Übermut schäumte durch meinen Körper, der gerade noch zerbrochen auf dem Bett gelegen hatte. Von jetzt auf gleich heilte der Schmerz und machte einer so großen Glückseligkeit Platz. Sie war so überwältigend, dass ich am liebsten geschrien hätte.

»Du lebst!« Meine Hände umfassten ihr Gesicht.

»Ja, ich weiß auch nicht warum, aber ich lebe.« Ich presste meine Lippen auf ihre.

»Vorsicht, Kinder im Raum!« Ich drehte mich zu Ellil um, der auf Kijas Schulter saß.

»Ich nehme dein Versprechen ernst, dass du mit Samira, mir und beiden Geckos zusammenleben willst, Kadir. Nur deshalb habe ich dir deinen Wunsch erfüllt.«

»Du hast was?« Samira stieß die Worte ungläubig hervor.

»Ich habe zwanzig Jahre meines Lebens geopfert, damit meine Schwester bei mir bleiben kann. Da kannst du schimpfen, wie du willst. Ich bin Kadir sehr dankbar, dass er diesen Wunsch ausgesprochen hat und ich ihn erfüllen konnte. Nichts anderes hättest du für mich getan!«

Die Kleine verschränkte die Arme vor der Brust. Izzy und Ellil taten es ihr gleich. Was hatte ich nur für eine wundervolle Familie.

Epilog

Samira

Eigentlich wollte Kadir den Tempel des Osiris nie wieder betreten. Zu viele Erinnerungen hingen an jeder Ecke dieses verfluchten Ortes. Und es waren ausschließlich Erinnerung größter Qual und tiefen Leids. Der Sklave Kadir wurde geschlagen, verhöhnt und gequält. Doch Prinz Thehe der Erste, Sohn des Aremun und der Nasgari, würde sich niemandem mehr beugen. Aus ihm war ein Krieger geworden. Er hatte die Duat durchquert und damit mächtige Verbündete in seinem Kampf für ein besseres Ägypten gefunden. Ein Kampf, von dem er nicht einmal selbst gewusst hatte, dass es seiner sein würde.

Mit Stolz erhobenem Haupt schritt er voran. Seine goldene Kleidung funkelte unter der Sonne, die sein Vater an diesem Tag extra hell für seinen Sohn scheinen ließ. Sein Oberkörper war für alle Umstehenden gut zu sehen. Mein Mann hatte auf ein Obergewand verzichtet. Sollten doch alle seine Narben sehen. Ein Lächeln huschte über mein Gesicht, als ich mich daran erinnerte, dass er meine Worte benutzt hatte, um mir zu erklären, warum er wollte, dass alle Welt diese Narben zu Gesicht bekam.

»Sie sind ein Zeichen meiner Stärke, zeigen sie doch, dass ich das Unmögliche überlebt habe.« Ich hatte die Tunika wieder zurückgelegt und ihm mit Freudentränen in den Augen einen Kuss auf die Wange gedrückt. Endlich

371

wusste er um seine Kraft. Auch das Volk erkannte seine Stärke. Sie hatten sich versammelt, um heute der Krönung ihres neuen Pharaos beizuwohnen. Sie jubelten und feierten diesen besonderen Tag, doch wurden sie still und traten zu Seite, als wir, angeführt von unserem Herrscher die Wege zum Tempel beschritten.

Niemand hielt uns auf. Wir gelangten ohne Widerstand in die heilige Halle des Osiris. Inzwischen war es so ruhig, man hätte eine Nadel fallen hören.

Zu Füßen der Osirisstatue kniete der falsche Thehe und vor ihm stand der Priester, der zu feige war, dem echten Prinzen das Leben in einem Akt der Gnade zu nehmen, aber nicht davor zurückschreckte, eben diesem Kind so schlimme Wunden zuzufügen, um ihn an die Schwelle des Todes zu schicken. Wäre mein Liebster gestorben, dieser Mann hätte den Göttern die Schuld daran gegeben.

Er hatte die Augen im Gebet geschlossen und hielt die Krone Ägyptens über den Kopf des falschen Prinzen. Langsam senkte er sie herab.

»Ich verlange, dass ihr sofort mit diesem Schauspiel aufhört. Dieser Mann vor Euch ist nicht der rechtmäßige Herrscher Ägyptens. Er ist ein Schwindler und Mörder.«

Die Augen der Königin bewegten sich zu Kadir. Panik zeigte sich in ihrer Miene. Trotzdem wollte sie sich noch nicht geschlagen geben. »Nehmt diesen Sklaven gefangen, der es wagt, die Krönung zu unterbrechen.« Ein bösartiges Grinsen huschte über ihre Lippen. »Wollt ihr auf jemanden hören, der noch vor wenigen Wochen im Dreck des Tempels gekrochen ist. Erkennt ihr nicht Kadir, den

372

Sklaven, dessen beste Freunde die Tiere im Stall gewesen waren? Er ist nicht mehr wert als der Unrat, den er täglich entsorgt hat. Habe ich nicht recht, Hohepriester?«

Sie wartete, aber erhielt keine Antwort. Auch keiner der Wachen rührte sich vom Fleck. Der Blick des Mannes, der sich Hohepriester nannte, wie auch der aller anderen, war auf einen Bereich hinter den Säulen der Halle gerichtet. Die Angst hatte sein Gesicht zu Stein erstarren lassen und die Krone in seinen Händen zitterte.

»Was soll der Mist.« Thehe erhob sich wütend und riss dem Priester die Krone aus den Händen. Mit Schwung setzte er sich das riesige Ding auf den Kopf und drehte sich um.

Die Augen fielen ihm fast aus dem Kopf, als sein Vater an die Seite von Kadir trat.

»Ich weiß nicht, ob es dir klar ist, aber du bist nicht mein Sohn. Vielleicht bist du ja ebenso in die Machenschaften dieser beiden hineingezogen worden.« Er zeigte auf seine zweite Frau und den Schwindler in Priesterkleidung. »Trotzdem warst du es, der mir das Messer in die Brust gerammt hat, um an meinen Thron zu kommen.« Aremun trat vor und nahm ihm die Krone vom Kopf. »Du warst nie der Prinz von Ägypten. Ich weiß nicht, aus welcher Gosse dieses Weibsbild dich gezogen hat, aber ich habe nur einen Sohn.« Aremun trat mit der Krone in der Hand vor Kadir.

»Das werde ich nicht zulassen! Es ist mein Recht!« Mit einem Dolch in den Händen stürzte der falsche Thehe sich auf Kadir. Er hatte allerdings nicht mit mir gerechnet. Mein Schwert surrte durch die Luft und noch ehe, er es

373

begriffen hatte, kippte der Kopf von seinen Schultern und rollte über den Boden. Ohne mit der Wimper zu zucken, steckte ich das Schwert wieder in die Scheide.

»Dich hätte ich vor ein paar Monaten in meiner Leibwache gebraucht.« Aremun grinste mich schief an. Dann setzte er Kadir die Krone auf den Kopf. Die Menge brach in Jubelrufe aus, die ohrenbetäubend durch die Halle hallten, doch als alle 42 Götter des Totengerichts an dem neuen Pharao vorbeigingen und ihr Haupt vor ihm neigten, war wieder alles still.

Osiris trat vor. Sein grünes Antlitz machte ihn unübersehbar zum außergewöhnlichsten aller anwesenden Götter. »Wir wissen, dass wir von dir Großes zu erwarten haben. Du bist einer von uns, ein Gott unter Göttern. Schütze die Dschina, wie du auch die Frau an deiner Seite schützen wirst. Sie sind ehrenwert und ohne Arglist in ihrem Herzen.« Er drehte sich zu den Menschen um, die ihm an den Lippen hingen. »Jeden, der einem Menschen vom Volk der Dschinda etwas Böses zuleide tut, wird die schwarze Nacht holen.« Er zeigte auf Ellil, der seine Flügel ausbreitete und den gesamten Vorplatz damit in Schatten tauchte. »Er ist der Beschützer dieses Volkes. Rache ist sein oberstes Ziel. Vergesst das niemals und tragt meine Worte hinaus in die Welt.«

Isis trat an die Seite ihres Mannes.

Sie lächelte mich an, während sie sich liebevoll an ihn kuschelte und ihm einen Kuss auf die Wange hauchte.

»Macht das Beste daraus, ihr zwei. Noch nie habe ich es einem Herrscherpaar so sehr gegönnt, glücklich zu sein. Ihr seid wundervoll. Aber bitte vergesst nicht: Liebe ist es auch, was dieses Land so dringend braucht!«

Danksagung

Liebe Leserin, lieber Leser,

ich hoffe, dass ich es mit meiner Geschichte schaffen konnte, dich zu einem Fan meines Schreibens zu machen. Dabei sei zu erwähnen, dass es sich um eine Welt und handelnde Personen handelt, die allein meiner Fantasy entsprungen sind. Natürlich habe ich mir ein paar Anregungen aus der wundervollen altägyptischen Mythologie gestohlen. Sie gibt einfach so viel Inspiration.

Ich bedanke mich beim Traumschwingen-Verlag für die Liebe und das Vertrauen zu meiner Geschichte. Es ist mir eine Ehre, dass sie eure Herzen berühren und eure Gedanken beflügeln konnte. Ihr habt Samira, Kadir und Ellil ein Zuhause gegeben und ich wünsche mir von Herzen, dass sie ein Schmuckstück in euren Regalen werden wird.

Daran, dass die Geschichte so gut geworden ist, tragen auch die vielen wundervollen Testleser bei. Ihr habt mich unterstützt und das Beste aus meinem Manuskript herausgeholt. Euer Lob war Balsam für meine Seele und eure Kritik mein Antrieb noch besser zu werden. Ich weiß eure Arbeit zu schätzen und danke euch von ganzen Herzen dafür.

Natürlich arbeite ich auch immer weiter an abenteuerlichen Geschichten, die die Fantasie auf Reisen schicken. Wollt ihr mehr darüber erfahren, dann folgt mir

376

doch einfach.

Facebook: Autorin Yvonne Wundersee
Instagram: yvonne_wundersee
Homepage: www.yvonnewundersee-Autorin.com

Hat euch dieses Buch gefallen? Dann lest doch gleich eine weitere aufregende Fantasygeschichte aus den Federn des Traumschwingen - Verlags.

"Stelle keine Fragen, für deren Antworten du nicht bereit bist."

Cathryne Bennett ist Schülerin einer Privatschule in London. Aber sie kommt mit dem Leistungsdruck nicht klar. Auch die Tatsache, dass sie niemanden hat, mit dem sie reden kann, nagt an ihr. Das ändert sich erst, als zwei neue Schülerinnen in ihre Klasse kommen. Die beiden sind so verschieden wie Tag und Nacht, doch beide geben Cathryne das Gefühl, endlich wieder Freunde zu haben. Plötzlich wird Cathryne jedoch von Albträumen geplagt, die ihr die Zukunft zeigen, und ein gemein- samer DVD-Abend endet in einer Geisterbeschwörung, die Cathryne das Blut in den Adern gefrieren lässt. Auf ihrer Suche nach Antworten muss sie erkennen, dass nur eine von beiden auf ihrer Seite steht, während die andere versucht, sie zu töten. Und plötzlich sieht sie sich mit der Wahrheit, nach der sie so lange gesucht hat, konfron- tiert. Eine Wahrheit, die ihr ganzes Leben auf den Kopf stellt…

"Taliel: Erwachen" ist der Auftakt zu einer neuen Fantasy-Reihe, die eure Fantasie buchstäblich beflügeln wird.